ANA HUANG

jogos do AMOR

Twisted Games

AQUELA GAROTA É PROIBIDA
MAS ELE FARÁ DE TUDO PARA FICAR COM ELA

Tradução
Débora Isidoro

Copyright © Ana Huang, 2023
Copyright © Editora Planeta do Brasil, 2023
Copyright de tradução © Débora Isidoro, 2023
Todos os direitos reservados.
Título original: *Twisted Games*

Preparação: Renato Ritto
Revisão: Fernanda Costa e Tamiris Sene
Projeto gráfico e diagramação: Márcia Matos
Capa: E. James Designs/ Sourcebooks
Adaptação de capa: Emily Macedo
Imagens de capa: tomert/depositphotos; york_76/depositphotos

Dados Internacionais de Catalogação na Publicação (CIP)
Angélica Ilacqua CRB-8/7057

Huang, Ana
  Jogos do amor / Ana Huang; tradução de Débora Isidoro. - São Paulo: Planeta do Brasil, 2023.
  400 p.

ISBN 978-85-422-2459-7
Título original: Twisted Games

1. Ficção norte-americana I. Título II. Isidoro, Débora

23-5819   CDD 813

Índice para catálogo sistemático:
1. Ficção norte-americana

 Ao escolher este livro, você está apoiando o manejo responsável das florestas do mundo

2025
Todos os direitos desta edição reservados à
EDITORA PLANETA DO BRASIL LTDA.
Rua Bela Cintra, 986 – 4º andar
01415-002 – Consolação – São Paulo-SP
www.planetadelivros.com.br
faleconosco@editoraplaneta.com.br

Acreditamos nos livros

Este livro foi composto em Freight Text Pro e impresso pela Geográfica para a Editora Planeta do Brasil em abril de 2025.

Para todas as garotas que disseram: "Foda-se o Príncipe Encantado, desce um cavaleiro cheio de cicatrizes".

AVISO DE CONTEÚDO IMPRÓPRIO

Esta história tem conteúdo sexual explícito, palavrões e temas aos quais alguns leitores podem ser sensíveis.

Para informações mais detalhadas, leia o QR code abaixo.

NOTA AOS LEITORES

Esta história acontece ao longo de mais de quatro anos e inclui vários saltos no tempo, especialmente na Parte I, até chegar ao presente. Tem linhas do tempo que se sobrepõem ao livro anterior, *Amor corrompido*.

A Parte I acontece no epílogo de *Amor corrompido* (o passado); a Parte II acontece depois (o presente).

Recomenda-se ler primeiro *Amor corrompido* para entender o que acontece, embora não seja necessário.

PLAYLIST

"Queen" – Loren Gray
"Castle" – Halsey
"Arcade" – Duncan Laurence
"You Should See Me In a Crown" – Billie Eilish
"Telepatía" – Kali Uchis[1]
"Stay" – Rihanna & Mikky Ekko
"Uncover" – Zara Larsson
"Secret Love Song" – Little Mix
"They Don't Know About Us" – One Direction
"Minefields" – Faouzia & John Legend
"Wildest Dreams" – Taylor Swift
"Princesses Don't Cry" – CARYS
"Fairytale" (Slow Version) – Alexander Rybak
"I Guess I'm in Love" – Clinton Kane

---

[1] Mais pelo clima do capítulo 18 do que pela letra.

PARTE 1

CAPÍTULO 1

Bridget

— Me bate! Mestre, me bate!

Sufoquei uma risada ao ver a cara do meu guarda-costas, Booth, quando Couro, o papagaio, esganiçou na gaiola. O nome do papagaio diz tudo o que você precisa saber sobre a vida sexual de seu dono anterior, e, embora algumas pessoas se divertissem com ele, Booth não achava o bicho engraçado. Ele odiava aves. Dizia que o faziam pensar em ratos gigantes com asas.

— Um dia, ele e Couro vão se entender — afirmou Emma, a diretora do abrigo para animais, Caudas e Bigodes, estalando a língua. — Coitado do Booth.

Engoli a risada de novo, apesar de sentir o coração apertado.

— Provavelmente não. Booth vai embora em breve.

Eu tentava não pensar nisso. Booth estava comigo havia quatro anos, mas sairia em licença paternidade na semana seguinte e, depois disso, ficaria em Eldorra para ficar mais perto da esposa e do recém-nascido. Estava feliz por ele, mas sentiria sua falta. Ele não era só meu guarda-costas, mas um amigo, e eu só podia torcer para ter uma relação boa como aquela com seu substituto.

— Ah, sim, esqueci. — O rosto de Emma se suavizou. Aos sessenta e poucos anos, ela tinha cabelo curto com mechas grisalhas e afetuosos olhos castanhos. — São muitas mudanças para você em pouco tempo, querida.

Ela sabia o quanto eu odiava despedidas.

Estava trabalhando como voluntária na Caudas e Bigodes desde o segundo ano da faculdade, e Emma tinha se tornado uma amiga próxima e mentora. Infelizmente, ela também iria embora. Continuaria em Hazelburg, mas se aposentaria da direção do abrigo, o que significava que eu não a veria mais toda semana.

— Uma delas não *precisa* acontecer — falei, e era só parcialmente brincadeira. — Você poderia ficar.

Ela balançou a cabeça.

— Cuidei do abrigo por quase uma década, e é hora de sangue novo. Alguém que possa limpar as jaulas *sem* sentir dor nas costas e no quadril.

— É pra isso que servem os voluntários. — Apontei para mim. Estava insistindo demais, mas não conseguia evitar. Com a saída de Emma e Booth e minha iminente formatura na Universidade Thayer, onde eu me formaria em relações internacionais – como era o esperado de uma Princesa –, tinha despedidas suficientes para os próximos cinco anos.

— Você é um amor. Não conte aos outros, mas... — Ela baixou a voz num sussurro condescendente. — Você é minha voluntária favorita. É raro encontrar alguém da sua importância fazendo caridade porque quer, não para fazer um espetáculo para as câmeras.

O elogio me fez corar.

— É um prazer. Adoro animais.

Herdei isso da minha mãe. É uma das poucas partes dela que me restam.

Em outra vida, eu teria sido veterinária, mas nesta? Meu caminho foi traçado para mim antes de eu nascer.

— Você daria uma rainha incrível. — Emma deu um passo para o lado para dar passagem a um membro da equipe que carregava um cachorrinho agitado. — De verdade.

Eu ri da ideia.

— Obrigada, mas não tenho interesse em ser rainha. Mesmo que tivesse, as chances de usar a coroa são mínimas.

Como princesa de Eldorra, um pequeno reino europeu, cheguei mais perto de governar que a maioria das pessoas. Meus pais morreram quando eu era criança – minha mãe, no parto; meu pai, em um acidente de automóvel alguns anos depois – e eu me tornei a segunda na linha de sucessão ao trono. Meu irmão, Nikolai, quatro anos mais velho que eu, é treinado para ocupar o trono por nosso avô, o Rei Edvard, desde que aprendeu a andar. Quando Nikolai tiver filhos, vou ser afastada da linha de sucessão, algo de que não me queixo. Eu tenho tanta vontade de ser rainha quanto de me banhar em uma tina de ácido.

Emma fez uma cara desapontada.

— Ah, bom, o sentimento é o mesmo.

— Emma! — chamou outro membro da equipe. — Temos um problema com os gatos.

Ela suspirou.

— São sempre os gatos — resmungou. — Enfim, queria contar sobre minha aposentadoria antes que você soubesse por outra pessoa. Ainda fico por aqui até o fim da semana que vem, então vejo você na terça-feira.

— Combinado. — Eu me despedi dela com um abraço e a vi se afastar apressada para ir resolver uma briga de gatos, literalmente, e a dor em meu peito aumentou.

Estava feliz por Emma não ter me contado sobre a aposentadoria antes do fim do expediente, ou isso teria ocupado minha cabeça o tempo todo.

— Pronta, Alteza? — Booth perguntou, visivelmente aflito para sair de perto de Couro.

— Sim. Vamos.

— Sim, vamos! — gritou Couro quando saímos. — Me bate!

Finalmente desisti de segurar a risada quando vi a careta de Booth.

— Vou sentir sua falta, Couro também vai. — Coloquei as mãos nos bolsos do casaco para protegê-las do frio cortante do outono. — E o novo guarda-costas, como ele é?

As folhas rangiam sob meus pés no caminho de volta para minha casa perto do campus, a apenas quinze minutos dali. Eu adorava o outono e tudo o que tinha a ver com ele – as roupas aconchegantes, a confusão de cores terrosas nas árvores, o toque de canela e fumaça no ar.

Em Athenberg, eu não conseguiria andar pela rua sem ser cercada pelas pessoas, e isso era o melhor em Thayer. A população de estudantes contava com tantos herdeiros da realeza e de celebridades que uma princesa não era grande coisa. Eu podia ter uma vida universitária relativamente comum.

— Não sei muito sobre o novo guarda-costas — admitiu Booth. — Apenas que ele é terceirizado.

Levantei as sobrancelhas.

— Sério?

Às vezes, a Coroa contratava seguranças particulares terceirizados para servir junto à guarda real, mas era raro. Nos meus vinte e um anos, nunca tinha visto um guarda-costas terceirizado.

— Ele é, supostamente, o melhor — disse Booth, confundindo minha surpresa com desconfiança. — Ex-militar da força de operações especiais da

Marinha, a Navy SEAL, recomendações incontestáveis e de alta categoria, experiência em garantir a segurança de celebridades com grande exposição. Ele é o profissional mais requisitado da empresa para a qual presta serviço.

— Humm. — *Um guarda americano. Interessante.* — Espero que a gente se dê bem.

Quando duas pessoas têm que conviver vinte e quatro horas por dia, todos os dias, compatibilidade é uma coisa importante. Pra caramba. Eu conhecia pessoas que não tinham se envolvido com os detalhes da própria segurança e esses arranjos nunca tinham durado muito.

— Tenho certeza de que vão se dar bem. É fácil conviver com você, Alteza.

— Só está dizendo isso porque sou sua chefe.

Booth soltou um sorriso irônico.

— Tecnicamente, o diretor da guarda real é meu chefe.

Apontei um dedo para ele com ar brincalhão.

— Já está me desacatando? Que decepção.

Ele riu. Apesar da insistência em me chamar de "Alteza", estabelecemos ao longo dos anos um companheirismo casual que eu apreciava. Formalidade excessiva me cansava.

Durante o restante do trajeto, falamos sobre a paternidade iminente na vida de Booth e a mudança de volta a Eldorra. Ele estava quase explodindo de orgulho do filho que ia nascer, e eu não conseguia evitar uma pontinha de inveja. Não estava nem perto de me casar e ter filhos, mas queria o que Booth e a esposa dele tinham.

Amor. Paixão. *Escolha.* Coisas que dinheiro nenhum podia comprar.

Um sorriso sarcástico passou pelos meus lábios. Sem dúvida, se alguém pudesse ouvir meus pensamentos, pensaria que sou uma mimada ingrata. Podia ter qualquer bem material que desejasse com um estalar dos dedos e estava choramingando por amor.

Mas pessoas eram pessoas, independentemente do título que carregavam, e alguns desejos eram universais. A capacidade de realizá-los, infelizmente, não era.

Talvez eu me apaixonasse por um príncipe que me tiraria do chão, mas não acreditava nisso. Provavelmente acabaria tendo um casamento chato, socialmente aceitável, com um homem chato, socialmente aceitável, que iria transar comigo só na posição papai e mamãe e passaríamos férias nos mesmos dois lugares todos os anos.

Deixei de lado esse pensamento deprimente. Tinha um longo caminho a percorrer antes de sequer *pensar* em casamento, e atravessaria essa ponte quando chegasse lá.

Vi minha casa ao longe e notei a BMW preta desconhecida parada na entrada. Presumi que fosse do meu novo guarda-costas.

— Ele chegou cedo. — Booth levantou uma sobrancelha em sinal de surpresa. — Não devia vir antes das cinco.

— Acho que pontualidade é um bom sinal. — Mas meia hora de antecedência *podia* ser exagero.

A porta do carro foi aberta, e um grande sapato preto pisou no asfalto. Um segundo depois, o maior homem que já vi na vida saiu de dentro do automóvel e senti a boca seca.

Que. Delícia!

Meu novo guarda-costas devia ter um metro e noventa e cinco, pelo menos, talvez um e noventa e oito, com músculos sólidos e esculpidos em cada centímetro do corpo poderoso. O cabelo preto dele encontrava o colarinho da camisa e caía sobre os olhos cinzentos, e as pernas eram tão longas que ele devorou a distância entre nós com três passos.

Para alguém tão grande, ele se movia com discrição surpreendente. Se não estivesse olhando para ele, não teria notado a aproximação.

Ele parou na minha frente e jurei que meu corpo tinha se inclinado um centímetro na direção do homem, incapaz de resistir à força magnética dele. Também me sentia estranhamente tentada a deslizar a mão por seus cabelos escuros e grossos. Muitos ex-militares mantinham o corte militar mesmo depois de deixarem o serviço, mas ele não fazia parte desse grupo, claramente.

— Rhys Larsen. — A voz profunda e grave me envolveu como uma carícia aveludada. Agora que ele estava mais perto, vi uma cicatriz fina cortando a sobrancelha esquerda, dando um toque ameaçador à boa aparência. Havia uma sombra de barba em seu rosto, e uma insinuação de tatuagem escapava das duas mangas da camisa.

Ele era o oposto dos tipos certinhos e bem-barbeados pelos quais eu costumava me interessar, mas isso não me impedia de sentir uma borboleta no estômago.

Fiquei tão impressionada por sua aparência que esqueci de responder, até ouvir Booth tossir ao meu lado.

— Sou Bridget. Muito prazer — falei, torcendo para que nenhum dos dois notasse o rubor subindo por meu pescoço.

Omiti o título de "Princesa" de propósito. Parecia pretensioso demais para uma apresentação informal.

No entanto, notei que Rhys não se dirigia a mim com "Alteza", como Booth fazia. Não me incomodava, já fazia anos que eu tentava convencer Booth a me chamar pelo nome, mas era outro sinal de que meu novo guarda-costas não seria nada como o antigo.

— Vai precisar se mudar.

Olhei para ele.

— Como é que é?

— Sua casa. — Rhys acenou com a cabeça na direção da minha não tão espaçosa, mas aconchegante, casa de dois dormitórios. — É um pesadelo para a segurança. Não sei quem escolheu o lugar, mas precisa se mudar.

A borboleta em meu estômago desapareceu.

Nós nos conhecemos há menos de dois minutos e *ele* já estava me dando ordens como se fosse o chefe. *Quem ele pensa que é?*

— Moro aqui há dois anos. Nunca tive problemas.

— A primeira vez que tivesse seria a última.

— Não vou me mudar. — Pronunciei as palavras com uma dureza que raramente usava, mas o tom condescendente de Rhys me irritava.

Qualquer atração que eu tivesse sentido por ele virou cinzas. A ascensão e queda do interesse mais rápidas de toda minha história com o sexo oposto.

Não que fosse dar em alguma coisa. Afinal, ele era meu guarda-costas, mas seria bom ter um colírio para os olhos *sem* sentir vontade de chutar o cara porta afora.

Homens. Só precisam abrir a boca para estragar tudo.

— Você é o especialista em segurança — acrescentei, com frieza. — Resolva isso.

Rhys me encarou com as sobrancelhas pretas e grossas abaixadas. Não me lembrava da última vez em que alguém tinha feito cara feia para mim.

— Sim, *Alteza*. — O tom de voz ao pronunciar a última palavra debochava do tratamento, e as brasas de indignação queimaram com mais intensidade em meu estômago.

Abri a boca para responder – não sei como, porque ele não tinha sido abertamente hostil –, mas Booth interferiu antes que eu dissesse alguma coisa de que acabaria me arrependendo.

— Por que não entramos? Parece que vai chover — falou depressa.

Rhys e eu olhamos para cima. Para o céu azul e limpo.

Booth pigarreou.

— Nunca se sabe. Às vezes chove do nada — ele resmungou. — Por favor, Alteza.

Entramos na casa em silêncio.

Tirei o casaco e o pendurei no mancebo de metal ao lado da porta antes de tentar mais uma vez me comportar com alguma civilidade.

— Quer beber alguma coisa?

Ainda estava irritada, mas odiava confrontos, e não queria que meu relacionamento com o novo guarda-costas começasse de forma tão azeda.

— Não. — Rhys estudou a sala, que eu decorei em tons de verde-jade e bege. Uma diarista fazia a faxina completa a cada quinze dias, mas, no geral, eu mantinha o lugar limpo e arrumado.

— Por que não aproveitamos para nos conhecer? — falou Booth, com um tom jovial e um pouco alto demais. — Quer dizer, você e Rhys, Alteza. Podemos falar sobre suas necessidades, expectativas, horários...

— Excelente ideia. — Com um sorriso forçado, apontei o sofá, convidando Rhys a sentar-se. — Por favor. Sente-se.

Nos quarenta e cinco minutos seguintes, falamos sobre a logística da situação. Booth ainda seria meu guarda-costas até segunda-feira, mas Rhys o acompanharia até lá para poder ter uma ideia de como as coisas funcionavam.

— Tudo certo. — Rhys fechou a pasta que continha um relatório detalhado dos meus horários de aulas e minha agenda semanal, os próximos eventos públicos e as viagens programadas. — Vou ser bem franco, Princesa Bridget. Você não é a primeira herdeira real que protejo, nem será a última. Trabalho para a Harper Security há cinco anos e nunca um cliente sob minha proteção foi prejudicado. Quer saber por quê?

— Vou tentar adivinhar. Seu charme estonteante chocou os atacantes em potencial e os reduziu a criaturas complacentes — falei.

Booth deixou escapar uma gargalhada, que transformou rapidamente em tosse.

Rhys nem sorriu. *É claro que não*. Minha piada não era digna do Comedy Central, mas imaginava que seria mais fácil encontrar uma cachoeira no Saara do que um pingo de humor naquele corpo grande e esculpido.

— Por dois motivos — continuou Rhys, calmo, como se eu não tivesse falado nada. — Primeiro, não me envolvo na vida pessoal dos clientes. Estou aqui para garantir sua integridade física. Só isso. Não estou aqui para ser seu amigo, confidente ou qualquer outra coisa. Isso garante que meu julgamento não seja comprometido. Segundo, meus clientes entendem como as coisas devem funcionar, se quiserem permanecer seguros.

— E como é que devem funcionar? — Meu sorriso educado transmitia um aviso que ele não notou, ou ignorou.

— Eles fazem o que eu digo, quando a orientação tem a ver com questões de segurança. — Os olhos cinzentos de Rhys encontraram os meus. Era como olhar para uma parede de aço. — Entende, Alteza?

Esqueça amor e paixão. O que eu mais queria era esbofetear o rosto dele até sua expressão arrogante sumir, e meter o joelho em suas joias mais preciosas.

Pressionei os dedos contra as coxas e me obriguei a contar até três antes de responder. Quando respondi, minha voz era gelada o suficiente para fazer a Antártida parecer uma praia paradisíaca.

— Sim. — Meu sorriso ficou ainda mais largo. — Felizmente para nós dois, sr. Larsen, não tenho interesse em ser sua amiga, confidente ou qualquer outra coisa.

Não me incomodei em abordar a segunda parte de sua declaração – aquela sobre fazer o que ele dissesse, quando dissesse. Não era nenhuma idiota. Sempre seguia os conselhos de Booth em relação à segurança, mas não alimentaria o ego inflado de Rhys.

— Que bom. — Rhys se levantou. Eu odiava o quanto ele era alto. Sua presença encobria tudo ao redor até ele ser a única coisa em que eu conseguia me concentrar. — Vou verificar a casa antes de discutirmos os próximos passos, inclusive o aperfeiçoamento do seu sistema de segurança. No momento, qualquer adolescente com acesso a tutoriais no YouTube consegue desativar o alarme. — Ele me encarou com ar desaprovador antes de desaparecer na cozinha.

Meu queixo caiu.

— Ele... você... — gaguejei, atipicamente sem fala. — Ora, que absurdo! — Olhei para Booth, que tentava desaparecer no gigantesco vaso de plantas ao lado da porta da frente. — Você não vai embora. Eu proíbo.

Rhys *não podia* ser meu guarda-costas. Eu o mataria, e a diarista *me* mataria por sujar o carpete de sangue.

— Ele deve estar nervoso, é o primeiro dia. — Booth parecia tão inseguro quanto sua voz. — Vocês vão se dar bem depois do... hã... período de transição, Alteza.

Talvez... se chegássemos vivos ao fim do período de transição.

— Tem razão. — Levei os dedos às têmporas e respirei fundo. *Eu consigo.* Já tinha lidado com pessoas difíceis antes. Meu primo Andreas era o próprio filho de satã, e um lorde inglês certa vez tentou me apalpar por baixo da mesa no Baile da Rosa em Mônaco. Só parou depois que eu "acidentalmente" furei sua mão com um garfo.

O que era um guarda-costas mal-humorado comparado a aristocratas arrogantes, repórteres intrometidos e familiares diabólicos?

Rhys voltou. Surpresa, surpresa, ele continuava de cara feia.

— Detectei seis vulnerabilidades que precisamos resolver imediatamente — ele disse. — Vamos começar pela primeira: as janelas.

— Quais? — *Mantenha a calma. Seja razoável.*

— Todas.

Booth cobriu o rosto com as mãos enquanto eu considerava a ideia de transformar meu grampo de cabelo em uma arma mortal.

Nós *definitivamente* não chegaríamos vivos ao fim do período de transição.

CAPÍTULO 2

Rhys

A Princesa Bridget Von Ascheberg, de Eldorra, seria meu fim. Se não a minha morte literal, a morte da minha paciência e da minha sanidade. Disso eu tinha certeza, e só estávamos trabalhando juntos havia duas semanas.

Nunca tinha tido um cliente que me enfurecesse tanto quanto ela. Sim, ela era bonita (o que não é bom, para quem está na minha posição) e encantadora (com todo mundo, menos comigo), mas também era um chute real no meu saco. Quando eu dizia "direita", ela ia para a esquerda; quando eu dizia "vá embora", ela ficava. Insistia em frequentar espontaneamente eventos lotados antes que eu pudesse fazer o trabalho preparatório, e tratava minhas preocupações com sua segurança como se fossem algo para se pensar depois, não uma emergência.

Bridget dizia que era assim que as coisas funcionavam com Booth e que ela estava bem. Eu dizia que eu não era Booth, então, não queria nem saber o que ela fazia ou não fazia quando estava com ele. Agora eu comandava o espetáculo.

Ela não gostou muito disso, mas eu não dei a mínima. Não estava ali para ganhar o título de Mister Simpatia. Estava ali para mantê-la viva.

E hoje, o "ali" era o bar mais cheio de Hazelburg. Metade de Thayer tinha comparecido para a noite da Sexta no Cripta com especiais pela metade do preço, e eu tinha certeza de que o bar tinha ultrapassado a lotação máxima.

Música barulhenta, pessoas barulhentas. O tipo de lugar de que eu menos gostava e, aparentemente, o favorito de Bridget, considerando a veemência com que ela tinha insistido em vir.

— Então. — Jules, a amiga ruiva de Bridget, olhou para mim por cima do copo. — Você foi da Navy SEAL, né?

— Sim. — Não me deixei enganar pelo tom de flerte ou pela atitude de garota descolada. Pesquisei o passado e as origens de todas as amigas de Bridget no momento em que aceitei o serviço, e sabia que Jules Ambrose era mais perigosa do que parecia. Mas ela não representava uma ameaça para Bridget, por isso nunca mencionei o que ela tinha feito em Ohio. Não tinha o direito de contar uma história que não era minha.

— Adoro militares — ela ronronou.

— Ex-militar, J. — Bridget não olhou para mim enquanto terminava sua bebida. — Além do mais, ele é velho demais para você.

Essa era uma das poucas coisas sobre as quais eu concordava com ela. Eu tinha apenas trinta e um anos, então não era nenhum idoso, mas tinha visto e testemunhado merda suficiente na minha vida para me *sentir* idoso, especialmente em comparação aos universitários de carinha limpa que ainda nem tinham arrumado o primeiro emprego de verdade.

Nunca tive carinha limpa, nem quando eu era criança. Cresci na sujeira e na terra.

Enquanto isso, Bridget estava sentada na minha frente e parecia a princesa de conto de fadas que era. Grandes olhos azuis e lábios rosados e carnudos em um rosto com formato de coração, pele perfeita de alabastro, cabelo dourado caindo sobre as costas em ondas soltas. O top preto deixava à mostra os ombros suaves, e pequenos diamantes cintilavam em suas orelhas.

Jovem, rica e nobre. O oposto de mim em todos os sentidos.

— Negativo. Adoro homens mais velhos. — Jules aumentou o brilho do sorriso quando me olhou novamente da cabeça aos pés. — E você é gostoso.

Não retribui o sorriso. Não era burro para me envolver com uma amiga da minha cliente. Eu já estava bem ocupado com Bridget.

No sentido figurado.

— Deixa o cara em paz. — Stella riu. *Designer de moda e mestre em comunicações. Filha de uma advogada especialista em meio ambiente e do chefe de estafe de um gabinete de secretário de estado. Estrela das redes sociais.* Meu cérebro relacionou todas as informações que colhi sobre Stella enquanto ela tirava uma foto de seu coquetel antes de beber um gole. — Vai procurar alguém da sua idade.

— Os caras da minha idade são chatos. Já sei disso. Saí com vários. — Jules dá uma cotovelada de leve em Ava, a última integrante do grupo de amigas próximas de Bridget. Com exceção das cantadas impróprias de Jules, elas formavam um grupo decente. Com certeza, melhor que as amigas da estrelinha em ascensão de Hollywood cuja segurança tinha cuidado por três meses, que foram uma tortura, e durante os quais vi mais exibições "acidentais" de genitais do que imaginava que veria em toda a minha vida. — Falando em caras mais velhos, cadê o seu namorado?

Ava ficou vermelha.

— Não vem. Tinha uma reunião por vídeo com uns sócios comerciais do Japão.

— Ah, ele vem — falou Jules, em tom debochado. — Você está em um bar, cercada de universitários bêbados e cheios de tesão. Estou surpresa por ele ainda não ter... ah. Falando no diabo. Lá vem ele.

Segui o olhar dela até um homem alto e de cabelo escuro que abria caminho entre os tais universitários bêbados e cheios de tesão.

Olhos verdes, terno de grife e uma expressão fria que fazia a tundra gelada da Groenlândia parecer uma ilha tropical.

Alex Volkov.

Eu conhecia o nome e a reputação, embora não o conhecesse pessoalmente. O nome dele era uma lenda em certos círculos.

CEO da maior corporação do país, Alex tinha conexões e material para chantagem em quantidade suficiente para derrubar metade do Congresso e da Fortune 500.

Não confiava nele, mas o homem namorava uma das melhores amigas de Bridget, o que significava que sua presença era inevitável.

O rosto de Ava se iluminou quando ela o viu.

— Alex! Pensei que tivesse uma reunião.

— Acabamos cedo, e aí pensei em dar uma passada. — Ele a cumprimenta com um selinho.

— Adoro quando estou certa, o que acontece quase sempre. — Jules olha de relance para Alex. — Alex Volkov em um bar de universitários? Nunca pensei que viveria para ver este dia.

Ele a ignorou.

A música mudou de um R&B calmo para um remix do último sucesso das rádios e o bar enlouqueceu. Jules e Stella pularam da cadeira e foram para a pista de dança seguidas por Bridget, mas Ava continuou onde estava.

— Podem ir. Vou ficar aqui. — Ela bocejou. — Estou meio cansada.

Jules reagiu horrorizada.

— São só onze horas! — E olhou para mim. — Rhys, vem dançar com a gente. Tem que compensar essa... blasfêmia. — Ela acenou para Ava, encolhida junto do corpo de Alex, que mantinha um braço protetor sobre os ombros dela. Ava fez uma careta; a expressão de Alex se manteve inalterada. Já vi blocos de gelo demonstrarem mais emoção.

Continuei sentado.

— Eu não danço.

— Você não dança. Alex não canta. Vocês dois são uma descarga de alegria — Jules resmungou. — Bridget, faz alguma coisa.

Bridget olhou para mim, antes de desviar o olhar.

— Ele está aqui a trabalho. Fala sério — debochou. — Stella e eu não bastamos?

Jules suspirou com exagero.

— Acho que sim. Você e seu jeitinho de me fazer sentir culpada.

— Aprendi a arte sutil de provocar culpa na escola de princesas. — Bridget puxou as amigas para a pista de dança. — Vamos.

Ninguém se surpreendeu quando Ava e Alex decidiram ir embora pouco depois, e eu fiquei sentado à mesa sozinho com metade da atenção nas garotas e a outra metade no resto do bar. Eu tentava, pelo menos. Meus olhos buscavam Bridget, e só Bridget, com mais frequência do que eu gostaria, e não só por ela ser minha cliente.

Eu soube que ela seria um problema no minuto em que Christian me informou minha nova missão. Informou, não perguntou, porque Christian Harper trabalha com ordens, não com solicitações. Mas temos história suficiente para a decisão de recusar o serviço ser minha, se eu quisesse – e eu quis muito, quis pra cacete. Ser guarda-costas da princesa de Eldorra, quando não queria ter nada a ver com Eldorra? Pior ideia da história das ideias ruins.

Então olhei para a fotografia de Bridget e vi alguma coisa nos olhos dela que mexeu comigo. Talvez fosse a sugestão de solidão, ou a vulnerabilidade que ela tentava esconder. O que quer que fosse, foi o suficiente para eu dizer sim, mesmo relutante.

Agora eu estava ali, protegendo alguém que mal me tolerava, e vice-versa.

Você é um tremendo idiota, Larsen.

Mas por mais que eu achasse Bridget irritante, tinha que admitir, gostava de vê-la como hoje à noite. Sorriso grande, rosto iluminado, olhos brilhando, rindo e se divertindo. Sem nenhum sinal da solidão que tinha visto na foto que Christian tinha me dado.

Ela levantou os braços e balançou o quadril no ritmo da música, e meus olhos se demoraram no trecho exposto de pernas longas e lisas antes de eu me virar e contrair a mandíbula.

Já cuidei da segurança de muitas mulheres bonitas antes, mas quando vi Bridget pela primeira vez, reagi como jamais havia reagido antes. O sangue esquentou, o pau endureceu, e as mãos formigaram para descobrir como era sentir o cabelo loiro enrolado em meu pulso. Foi visceral, inesperado, e quase o suficiente para me fazer abandonar o serviço antes de começar, porque desejar uma cliente só pode acabar em desastre.

Mas meu orgulho venceu e eu fiquei. Só esperava não me arrepender disso.

Jules e Stella disseram alguma coisa a Bridget, que assentiu antes de elas saírem da pista, provavelmente para ir ao banheiro. Dois minutos depois de as garotas terem ido embora da pista, um sujeito com cara de garoto de fraternidade, vestido com uma camisa polo cor-de-rosa, seguiu na direção de Bridget com uma expressão determinada.

Meus ombros ficaram tensos.

Eu me levantei no instante em que o Garoto de Fraternidade alcançou Bridget e cochichou alguma coisa em seu ouvido. Ela sacudiu a cabeça, mas o sujeito continuou onde estava.

Alguma coisa sombria se distendeu no meu estômago. Se tinha uma coisa que eu odiava era um homem que não sabia entender a porra de um não.

O Garoto de Fraternidade tentou segurar o braço de Bridget. Ela puxou o braço antes que ele a tocasse e disse mais alguma coisa, e, dessa vez, sua expressão estava mais dura. O sujeito franziu a testa. Tentou segurá-la de novo, mas antes que pudesse tocá-la, eu me coloquei entre os dois, impedindo o contato.

— Algum problema? — Olhei altivo para ele.

O Garoto de Fraternidade tinha aquela aura de quem, graças ao dinheiro do papai, não sabia ouvir "não", e era idiota ou arrogante demais para perceber que eu estava a dois segundos de reformular a cara dele tão completamente que nenhum cirurgião plástico conseguiria consertar o estrago.

— Nenhum problema. Estava perguntando se ela queria dançar — respondeu o Garoto de Fraternidade que me olhava como se estivesse pensando em me enfrentar.

Idiota, com toda certeza.

— Não quero dançar. — Bridget saiu de trás de mim e encarou o Garoto de Fraternidade. — Já falei duas vezes. Não me faça falar uma terceira. Não vai gostar do que vai acontecer.

Havia momentos em que eu até esquecia que Bridget era uma princesa, como quando ela cantava desafinado no chuveiro - ela achava que eu não conseguia ouvir, mas conseguia - ou quando virava a noite sentada à mesa da cozinha estudando.

Mas este não era um desses momentos. Uma frieza altiva irradiava de cada um de seus poros, e um sorrisinho impressionado ameaçou distender meus lábios antes de eu apagá-lo.

A cara feia do Garoto de Fraternidade permanecia, mas ele era minoria e sabia disso. Saiu dali a passos arrastados e resmungou "piranha estúpida" enquanto se afastava.

Considerando as bochechas vermelhas de Bridget, ela ouviu. E, para o azar dele, eu também ouvi.

O sujeito não tinha dado o segundo passo quando o agarrei com força o suficiente para arrancar um gritinho dele. Se eu virasse o pulso dele de forma estratégica, poderia quebrar seu braço, mas não queria fazer cena, então ele estava com sorte.

Por enquanto.

— O que foi que disse? — Uma nota perigosa dominou minha voz.

Bridget e eu não éramos as pessoas preferidas um do outro, mas isso não queria dizer que qualquer um podia xingá-la. Não enquanto eu estivesse vigiando.

Era uma questão de princípio e decência básica.

— N... nada. — O cérebro de ameixa do Garoto de Fraternidade finalmente entendeu a situação, e seu rosto ficou vermelho de pânico.

— Não acho que tenha sido nada. — Segurei mais forte, e ele gemeu de dor. — Acho que usou uma palavra muito feia para ofender a moça ali. —

Mais um aperto, outro gemido. — E acho que é melhor se desculpar antes que a situação piore. Não concorda?

Não precisei explicar o que significava "piorar" neste caso.

— Desculpe — murmurou o Garoto de Fraternidade para Bridget, que o encarou com um olhar gelado. Ela não respondeu.

— Não ouvi — eu disse.

Os olhos do Garoto de Fraternidade brilharam de ódio, mas ele não era tão idiota assim a ponto de discutir.

— Desculpe — repetiu mais alto.

— Pelo quê?

— Por ter te chamado de... — Ele parou e olhou para mim, com medo. — Por ter te xingado.

— E...? — insisti.

Ele me encarou confuso.

Meu sorriso continha mais ameaça que humor.

— Diga que pede desculpas por ser um idiota pau mole que não sabe respeitar as mulheres.

Tive a impressão de que Bridget engoliu uma risadinha, mas estava concentrado na reação do Garoto de Fraternidade. Ele parecia querer me socar com a mão livre, e quase desejei que ele me agredisse. Seria divertido ver o cara tentar alcançar meu rosto. Eu tinha, pelo menos, uns vinte centímetros a mais que ele, e o cara tinha braços de camarão.

— Peço desculpas por ser um idiota pau mole que não sabe respeitar as mulheres. — O ressentimento transbordava dele em ondas.

— Aceita o pedido de desculpas? — perguntei a Bridget. — Se não aceitar, posso levar o problema lá para fora.

O Garoto de Fraternidade ficou branco.

Bridget inclinou a cabeça, fez uma cara de quem estava pensando e outro sorriso ameaçou curvar sua boca. *Ela é boa nisso.*

— Acho que sim — disse, finalmente, como quem fazia um grande favor. — Não vale a pena desperdiçar nosso tempo com alguém insignificante.

A vontade de rir temperou um pouco da raiva que eu ainda sentia depois de ouvir a ofensa do Garoto de Fraternidade.

— Você teve sorte. — Soltei o braço dele. — Se eu te pegar incomodando ela ou outra mulher de novo... — Baixei o tom de voz. — É bom aprender a fazer tudo com a mão esquerda, porque a direita não vai prestar para mais nada. Nunca mais. Agora some daqui.

Não precisei falar duas vezes. O Garoto de Fraternidade desapareceu, vi sua camisa cor-de-rosa saltitando no meio do povo até desaparecer para além da porta de saída.

Já vai tarde.

— Obrigada — disse Bridget. — Agradeço por ter me livrado dele, apesar de ser frustrante que alguém tenha tido que interferir para ele entender o recado. Minha palavra não é o suficiente?

Ela fez uma cara aborrecida.

— Algumas pessoas são idiotas e algumas pessoas são babacas. — Dei um passo para o lado para dar passagem a um grupo de festeiros dando risadinhas. — O que aconteceu foi que você encontrou alguém que é as duas coisas.

Isso me rendeu um sorrisinho.

— Sr. Larsen, creio que estamos tendo uma conversa civilizada.

— Estamos? Alguém verifique a temperatura no inferno — falei, sério.

O sorriso de Bridget ficou mais largo e vou estar mentindo se disser que não senti um solavanco no estômago.

— Quer beber alguma coisa? — Ela inclinou a cabeça na direção do bar. — Por minha conta.

Balancei a cabeça.

— Estou aqui a serviço e não bebo.

Ela me encarou surpresa.

— Nunca?

— Nunca. — Nada de drogas, álcool ou cigarro. Conhecia o caos que essas coisas podiam provocar e não estava interessado em entrar para as estatísticas. — Não é para mim.

A expressão de Bridget me disse que ela suspeitava de que nessa história havia mais do que eu estava contando, mas não me pressionou e eu me senti grato. Algumas pessoas eram muito bisbilhoteiras.

— Desculpe por ter demorado tanto! — Jules voltou com Stella. — A fila do banheiro estava ridícula. — Ela olhou para mim, depois para Bridget. — Tá tudo bem?

— Sim, o sr. Larsen me fez companhia enquanto vocês estavam no banheiro — Bridget respondeu sem hesitar.

— Sério? — Jules arqueou uma sobrancelha. — Quanta gentileza.

Bridget e eu não mordemos a isca.

— Calma, J. — Ouvi Stella dizer quando voltei à mesa depois de resolver a situação com o Garoto de Fraternidade e as amigas dela estarem de volta. — O trabalho dele é cuidar dela.

Exatamente. Esse era o meu trabalho, e Bridget era minha cliente. Nada mais, nada menos.

Bridget olhou para mim e nos encaramos por uma fração de segundo antes de ela interromper o contato visual.

Minha mão se contraiu sobre a coxa.

Sim, eu me sentia atraído por ela. A garota era linda, inteligente e tinha uma espinha de aço. É *claro* que me sentia atraído por ela. Isso não significava que devia fazer alguma coisa em relação a isso.

Em meus cinco anos como guarda-costas, nunca ultrapassei meus limites profissionais, nem uma vez.

E não ia começar agora.

CAPÍTULO 3

Bridget

UMA DAS PIORES COISAS EM TER UM GUARDA-COSTAS EM TEMPO integral era morar com ele. Com Booth isso não tinha sido um problema, porque nos dávamos muito bem, mas viver tão perto de Rhys me deixava nervosa.

De repente, minha casa parecia pequena demais, e para onde quer que eu olhasse, Rhys estava *lá*.

Bebendo café na cozinha. Saindo do banho. Malhando no quintal, contraindo os músculos sob a pele brilhante de suor.

Tudo tinha um clima estranhamente doméstico de um jeito que eu não sentia com Booth, e isso não me agradava nem um pouco.

— Não está com calor com essa roupa? — perguntei em um dia especialmente quente, quando vi Rhys fazendo flexões.

Era outono, mas a temperatura beirava os vinte e sete graus, e uma gota de suor escorreu por minha nuca, apesar do vestido de algodão e da limonada gelada no copo em minha mão.

Rhys devia estar cozinhando na camiseta preta e no short esportivo.

— Está tentando me fazer tirar a camiseta? — Ele continuou fazendo flexões e sua voz não soava nada ofegante.

Um calor que não tinha nada a ver com a temperatura se espalhou pelo meu rosto.

— Vai sonhando. — Não foi a resposta mais elaborada que já dei, mas foi tudo o que consegui pensar.

Honestamente, eu *estava* curiosa para ver Rhys sem camisa. Não para dar uma espiada em seu tanquinho – que eu precisava admitir que devia ser fantástico, considerando o resto do corpo –, mas porque ele parecia muito determinado a *não* ficar sem camiseta. Mesmo quando saía do banheiro depois do banho, aparecia completamente vestido.

Talvez não se sentisse confortável com a ideia de ficar seminu na frente de uma cliente, mas eu tinha a sensação de que nada desconcertava Rhys Larsen. Devia ser outra coisa. Uma tatuagem constrangedora, talvez, ou um estranho problema de pele que só afetava o tronco.

Rhys terminou as flexões e se dirigiu à barra suspensa.

— Vai continuar me secando ou precisa da minha ajuda para alguma coisa, Princesa?

O calor ficou mais forte.

— Não estava te secando. Estava torcendo silenciosamente para você ter uma insolação. Se tiver, não conte com a minha ajuda. Tenho... que ler um livro.

Santo Deus, o que estou falando? Não fazia sentido nem para mim mesma.

Depois do nosso momento de solidariedade no Cripta há duas semanas, Rhys e eu retomamos ao padrão familiar de sarcasmo e deboche que eu odiava porque não era uma pessoa sarcástica e debochada normalmente.

Um esboço de sorriso moveu os cantos da boca de Rhys, mas desapareceu antes de desabrochar em algo real.

— Bom saber.

A essa altura, eu tinha certeza de que estava vermelha feito uma beterraba, mas levantei o queixo e voltei para dentro de casa com toda dignidade de que era capaz.

Rhys que torrasse no sol. Eu torcia *mesmo* para ele ter uma insolação. Talvez assim não sobrasse energia para ele ser tão babaca.

Infelizmente, ele não teve e ainda conservava muita energia para ser babaca.

— E o livro? — perguntou mais tarde, quando terminou de se exercitar, e eu peguei o livro mais próximo que encontrei antes de ele entrar na sala de estar.

— Envolvente. — Tentei me concentrar na página, não em como a camiseta suada de Rhys colava ao seu peito.

Tanquinho, com certeza. Seis gominhos. Oito, talvez. Não que eu estivesse contando.

— Parece que é mesmo. — O rosto de Rhys permanecia inalterado, mas ouvi o tom debochado em sua voz. Ele se dirigiu ao banheiro e, sem olhar para trás, acrescentou: — Mas está de cabeça para baixo, Princesa.

Fechei o livro de capa dura com força, sentindo o rosto queimar de vergonha.

Deus, ele era insuportável. Um cavalheiro não faria esse comentário em voz alta, mas Rhys Larsen não era um cavalheiro. Era o fim da minha existência.

Infelizmente, eu era a única que pensava assim. Todo mundo achava seu mau humor charmoso, inclusive minhas amigas e as pessoas no abrigo, por isso eu não podia nem reclamar sobre como ele acabaria com a minha vida.

— Qual é o problema com o guarda-costas novo? — sussurrou Wendy, outra antiga voluntária no Caudas e Bigodes. Ela olhou para o canto onde Rhys estava sentado, rígido como uma estátua de músculos e tatuagens. — Ele tem aquela coisa forte, silenciosa... é um gostoso.

— Diz isso porque não é você que tem que morar com ele.

Fazia dois dias desde a vergonha do livro de cabeça para baixo, e Rhys e eu não voltamos a conversar depois daquilo para além do *bom dia* e *boa noite*.

Eu não me importava. Assim ficava mais fácil fingir que ele não existia.

Wendy deu risada.

— Eu trocaria de lugar com você com prazer. A pessoa que divide o apartamento *comigo* insiste em fazer peixe no micro-ondas e empesteia a cozinha toda, e não se parece em nada com seu guarda-costas. — Ela ajeitou o rabo de cavalo e se levantou. — Falando em trocar de lugar, tenho que ir para o grupo de estudos. Precisa de alguma coisa?

Sacudi a cabeça. Tinha assumido o plantão depois de Wendy tantas vezes que conhecia a rotina de cor.

Depois que ela saiu, o silêncio se tornou tão denso que me cobriu como um manto.

Rhys não se moveu do lugar em que estava lá no canto. Estávamos sozinhos, mas ele olhava para a sala de brinquedos como se esperasse ver um assassino surgir de trás do condomínio dos gatos a qualquer momento.

— Isso não é exaustivo? — Cocei a cabeça de Meadow, a mais nova gata do abrigo.

— O quê?

— Estar alerta o tempo todo. — Constantemente atento, procurando perigo. Era o trabalho dele, mas eu nunca vi Rhys relaxar, nem quando estávamos só nós dois em casa.

— Não.

— Você sabe que não precisa me dar respostas monossilábicas, né?

— Sim.

Ele era impossível.

— Graças a Deus tenho você, benzinho — falei para Meadow. — Pelo menos você consegue manter uma conversa decente.

Ela miou como se concordasse e eu sorri. Juro, às vezes gatos são mais espertos que humanos.

Houve outro longo período de silêncio antes de Rhys me surpreender perguntando:

— Por que faz trabalho voluntário em um abrigo para animais?

Fiquei tão chocada por ele iniciar uma conversa não relacionada à segurança, que parei de afagar a gata. Meadow miou de novo, dessa vez em sinal de protesto.

Retomei o afago, pensando em quanto dizer a Rhys antes de optar pela resposta simples.

— Gosto de animais. Portanto, abrigo animal.

— Humm.

Fiquei tensa com o ceticismo na voz dele.

— Por que a pergunta?

Rhys deu de ombros.

— Não me parece o tipo de coisa que você faria no seu tempo livre.

Não precisei perguntar para saber que tipo de coisas ele "achava" que eu gostaria de fazer no meu tempo livre. Muita gente olhava para mim e tirava conclusões baseadas em minha aparência e nas minhas origens, e, sim, algumas estavam corretas. Eu gostava de fazer compras e ir a festas tanto quanto qualquer outra garota, mas isso não significava que não me importava com outras coisas.

— É incrível o quanto você sabe da minha personalidade depois de me conhecer há apenas um mês — falei com frieza.

— Faço minhas pesquisas, Princesa. — Esse era o único tratamento que Rhys usava comigo. Ele se recusava a me chamar pelo primeiro nome ou por *Alteza*. De birra, eu me negava a chamá-lo de qualquer coisa que não fosse sr. Larsen. Não sabia se isso surtia algum efeito, já que ele não dava nenhuma indicação de que o tratamento o aborrecia, mas satisfazia minha porção ressentida. — Sei mais sobre você do que pensa.

— Mas não sabe por que sou voluntária em um abrigo para animais. Então claramente precisa desenvolver mais suas habilidades de pesquisador.

Ele olhou para mim com aqueles olhos cinzentos e pensei ter visto uma faísca de humor antes de os muros subirem de novo.

— Touché. — Ele hesitou, depois acrescentou relutante: — Você é diferente do que eu esperava.

— Por quê? Por não ser uma cabeça de vento superficial?

Minha voz esfriou mais um grau quando tentei disfarçar o incômodo inesperado provocado por suas palavras.

— Eu nunca disse que você era uma cabeça de vento superficial.

— Você insinuou.

Rhys fez uma careta.

— Você não é a primeira herdeira real que protejo — disse. — Não é nem a terceira ou quarta. Todas se comportavam de um jeito parecido, e eu esperava que você agisse como elas. Mas você não é...

Arqueei uma sobrancelha.

— Não sou...?

Um sorrisinho passou por seu rosto tão depressa que quase o perdi.

— Uma cabeça de vento superficial.

Não consegui evitar. Dei risada.

Eu, rindo de uma coisa que Rhys Larsen tinha dito. O inferno devia ter congelado.

— Minha mãe amava animais — falei, surpreendendo a mim mesma. Não tinha planejado falar sobre minha mãe com Rhys, mas quis tirar proveito da trégua em nossa relação normalmente antagônica. — Herdei isso dela. Mas o palácio não permite animais de estimação, e o único jeito de interagir regularmente com os bichos era como voluntária em abrigos.

Estendi a mão e sorri quando Meadow bateu com a pata nela, como se me cumprimentasse.

— Eu gosto, mas também faço isso porque... — procurei as palavras exatas — ... me sinto mais perto da minha mãe. O amor por animais é algo que só nós duas compartilhamos. O resto da família gosta deles, mas não os amam como nós. Ou, no caso dela, amava.

Não sabia o que tinha provocado essa confissão. Eu queria provar que o voluntariado não era um golpe publicitário? E por que, então, estava me importando com o que Rhys pensava de mim?

Talvez fosse porque precisava falar sobre minha mãe com alguém que não a tinha conhecido. Em Athenberg, eu não podia mencioná-la sem atrair olhares de pena, mas Rhys continuava calmo e inabalável como sempre.

— Entendo — ele disse.

Uma palavra simples, mas que rastejou para dentro de mim e acalmou uma parte minha que eu nem sabia que precisava ser acalmada.

Nossos olhares se encontraram e o ar ficou mais denso.

Sombrio, misterioso, penetrante. Rhys tinha aqueles olhos que enxergavam a alma de uma pessoa, ultrapassando camadas de mentiras complexas e encontrando as verdades feias lá no fundo.

Quantas das minhas verdades ele conseguia ver? Enxergava a garota por trás da máscara, a que carregava um fardo de décadas que tinha pavor de compartilhar, a que havia matado...

— Mestre! Me bate, Mestre! — Couro escolheu esse momento para ter uma de suas famosas e inconvenientes explosões. — Por favor, me bate!

O encanto se quebrou tão depressa quanto se criou.

Rhys desviou o olhar e eu abaixei a cabeça, soltando o ar com uma mistura de alívio e decepção.

— Mest... — Couro ficou quieto quando Rhys olhou para ele fixamente. O pássaro sacudiu as penas e saltitou pela gaiola antes de se acomodar em um silêncio nervoso.

— Parabéns — falei, tentando dissipar a inquietante eletricidade de um momento atrás. — Você deve ser a primeira pessoa que já fez Couro parar de falar no meio de uma frase. Devia adotá-lo.

— Nem fodendo. Não me relaciono com animais de boca suja.

Nós nos encaramos por um segundo antes de eu rir baixinho e a cortina de ferro que velava seus olhos se abrir o suficiente para me deixar ver outra centelha de humor.

Não voltamos a conversar até o fim do meu turno, mas o clima entre nós ficou bem mais leve, tanto que me convenci de que entre mim e Rhys poderia haver um relacionamento de trabalho funcional.

Não tinha certeza se era otimismo ou delírio, mas meu cérebro sempre se apegava à menor evidência de que as coisas não eram tão ruins a ponto de justificar o desconforto.

Senti o vento gelado no rosto e no pescoço quando fomos para casa a pé depois do meu turno. Rhys e eu tínhamos discutido sobre ir de carro ou andando, mas, no fim, até ele teve que admitir que seria bobagem usar o carro para percorrer uma distância tão pequena.

— Está empolgado para visitar Eldorra? — perguntei. Partiríamos para Athenberg em poucos dias para o recesso de inverno, e Rhys tinha mencionado que seria sua primeira visita ao país.

Eu esperava reforçar nosso momento anterior de camaradagem, mas devo ter me enganado, porque Rhys fechou a cara na velocidade da luz.

— Não estou viajando de férias, Princesa. — Ele falava como se eu o estivesse obrigando a ir para um campo de prisioneiros, não a um lugar que a *Travel + Leisure* tinha classificado como a nona melhor cidade do mundo para se visitar.

— Sei que não é uma viagem de férias. — Não consegui afastar a irritação da voz. — Mas vai ter tempo liv...

O ruído estridente de pneus derrapando cortou o ar. Meu cérebro não teve tempo de processar o som antes de Rhys me empurrar contra a parede de um beco próximo e sacar a arma, usando o próprio corpo para cobrir o meu.

Meu coração disparou, resultado da descarga de adrenalina e da proximidade dele. Rhys irradiava calor e tensão de cada centímetro do corpo grande e musculoso, que me envolveu como um casulo quando um carro passou em alta velocidade, transbordando música alta e gargalhadas pelas janelas abertas.

O coração de Rhys batia contra as minhas costas, e ficamos paralisados no beco por muito tempo depois de a música desaparecer e restar apenas o som da nossa respiração.

— Sr. Larsen — falei baixinho. — Acho que estamos bem.

Ele não se moveu. Eu estava presa entre ele e a parede, dois obstáculos intransponíveis que me isolavam do mundo. Ele mantinha uma das mãos na parede, ao lado da minha cabeça, e estava tão perto que eu podia sentir cada contorno e saliência de seu corpo contra o meu.

Mais um longo instante se passou antes que Rhys guardasse a arma e virasse a cabeça para olhar para mim.

— Tem certeza de que está bem? — A voz dele era profunda e áspera, e os olhos buscavam nos meus sinais de ferimentos, embora nada tivesse acontecido comigo.

— Sim. O carro fez uma curva em alta velocidade. Só isso. — Soltei uma risada nervosa, sentindo a pele esquentar sob o olhar atento. — Fiquei mais assustada quando você me jogou no beco.

— Por isso deveríamos ter vindo de carro. — Ele recuou, levando todo o calor, e o ar frio preencheu a lacuna. Senti um arrepio, lamentei não ter vestido um suéter mais grosso. De repente estava frio demais. — Você fica muito exposta e desprotegida andando desse jeito. Podia ter sido um atentado.

Quase dei risada da sugestão.

— Acho que não. É mais fácil um gato voar do que acontecer um atentado em Hazelburg.

Estávamos em uma das cidades mais seguras do país, e a maioria dos estudantes nem tinha carro.

Rhys não parecia impressionado com minha analogia.

— Quantas vezes preciso repetir? Basta uma vez. De agora em diante, chega de ir e voltar a pé do abrigo.

— Não foi nada, literalmente. Você está exagerando — retruquei, sentindo a irritação voltar com força total.

A expressão dele endureceu.

— Meu *trabalho* é pensar em tudo o que pode dar errado. Se não gosta disso, pode me demitir. Até lá, você faz o que eu digo, quando eu digo, como avisei no primeiro dia.

Qualquer resquício da trégua que houve entre nós no abrigo desapareceu. *Queria* poder demitir este homem, mas não tinha autoridade sobre decisões da minha equipe e nem um bom motivo para demitir Rhys, exceto o fato de não nos darmos bem.

Cheguei a ter certeza de que a interação no abrigo marcaria o início de uma nova fase em nosso relacionamento, mas Rhys e eu demos um passo para a frente e dois para trás.

Imaginei nós dois voando para Athenberg sem nada além do conhecido silêncio gelado para nos fazer companhia durante horas e fiz uma careta.

Seria um *longo* recesso de Natal.

CAPÍTULO 4

Rhys

BRIDGET E EU CHEGAMOS EM ATHENBERG, CAPITAL DE ELDORRA, quatro dias depois do meu decreto de encerramento das caminhadas ter aberto uma segunda frente em nossa contínua guerra fria. A viagem de avião foi mais gelada que um mergulho de inverno em um rio russo, mas eu não me importava.

Não precisava da simpatia dela para fazer meu trabalho.

Examinei o Cemitério Nacional da cidade, quase vazio, ouvindo o uivo sinistro do vento assobiando entre as árvores sem folhas. Um frio profundo atravessava o cemitério, penetrando em todas as camadas de roupa que eu vestia e chegando até os ossos.

Hoje era o primeiro dia meio livre na agenda de Bridget desde que tínhamos pousado, e ela me chocou quando insistiu em passar esse tempo no cemitério.

Mas quando vi o porquê, entendi.

Mantive uma distância respeitosa de onde ela estava ajoelhada, entre duas lápides, mas ainda perto o suficiente para ver os nomes gravados nelas.

Josefine von Ascheberg. Frederik von Ascheberg.

Os pais dela.

Eu tinha dez anos quando a Princesa Coroada Josefine morreu no parto. Lembrava de ter visto fotos da falecida princesa nas revistas e na tela da TV durante semanas. O Príncipe Frederik morreu alguns anos mais tarde em decorrência de um acidente de carro.

Bridget e eu não éramos amigos. Droga, na maior parte do tempo, não éramos nem amigáveis. Mas isso não me impediu de sentir um aperto estranho no coração quando vi a tristeza em seu rosto e os lábios murmurando alguma coisa para os túmulos dos pais.

Bridget afastou o cabelo do rosto, a expressão triste se dissolveu em um sorriso apagado e ela disse mais alguma coisa. Raramente me importava com o que as pessoas faziam e diziam na vida pessoal, mas quase desejei estar perto o bastante para ouvir o que a fazia sorrir.

Meu celular vibrou, e recebi com alívio a distração para os meus pensamentos inquietantes até ver a mensagem.

Christian: Posso conseguir o nome para você em menos de dez minutos.

Eu: Não. Esquece.

Outra mensagem chegou, mas guardei o celular no bolso sem ler.
A irritação foi imediata.
Christian era um filho da mãe insistente que sentia prazer em tirar do armário os esqueletos de outras pessoas. Vinha me atormentando desde que descobrira que eu passaria as festas em Eldorra – sabia dos meus problemas no país – e se não fosse meu chefe e a coisa mais próxima que eu tinha de um amigo, o rosto dele teria conhecido meu punho há muito tempo.

Disse a ele que não queria saber o nome e estava falando sério. Tinha sobrevivido trinta e um anos sem saber. Podia viver mais trinta e um, ou o tempo que tivesse antes de morrer.

Voltei a prestar atenção em Bridget justamente quando um graveto estalou ali perto, seguido do clique suave de uma câmera.

Levantei a cabeça e um rugido baixo brotou do meu peito quando vi um tufo de cabelo loiro atrás de um túmulo perto dali.

Malditos paparazzi.

O babaca tentou fugir quando percebeu que tinha sido visto, mas corri e o segurei pelas costas do paletó antes que ele conseguisse dar mais que alguns passos.

Pelo canto do olho, vi Bridget se levantar, preocupada.

— Me dá a câmera — falei com voz calma, apesar de estar furioso. Os Paparazzi eram um mal inevitável quando se protegia pessoas famosas, mas havia uma diferença entre fotografar alguém comendo e fazendo compras ou capturar momentos privados.

Bridget estava visitando o *túmulo* dos pais, cacete, e esse merdinha teve a ousadia de invadir sua privacidade.

— De jeito nenhum — o paparazzi reagiu. — Estamos em um país livre, e a Princesa Bridget é uma figura pública. Posso...

Não esperei ele terminar a frase antes de arrancar a câmera de sua mão, jogá-la no chão e estraçalhar com meu sapato.

Não gostava de pedir duas vezes.

Ele uivou em resposta.

— Essa câmera custou cinco mil dólares!

— Considere-se sortudo por eu ter quebrado só ela. — Soltei seu paletó e o ajeitei para ele, um movimento mais ameaçador que de cortesia. — Você tem cinco segundos para sair da minha frente antes que eu mude de ideia.

O paparazzo ficou indignado, mas não era idiota. Dois segundos depois, ele havia desaparecido entre as árvores, deixando para trás os pedaços da câmera, agora inútil. Mais um minuto e ouvi o ruído de um motor e um carro saindo do estacionamento.

— Reconheci o homem. Ele é do *National Express*. — Bridget apareceu atrás de mim e não parecia nada surpresa com os últimos acontecimentos. — O tabloide mais podre de todos. Provavelmente vão publicar alguma coisa sobre eu fazer parte de um culto satânico ou alguma coisa assim depois do que você fez com a câmera dele.

Ri baixinho.

— Ele mereceu. Não suporto gente que não respeita a privacidade dos outros.

Um sorrisinho passou pelo rosto dela, o primeiro que ela me dirigia em dias, e a frieza anterior diminuiu.

— Ele é paparazzo. O trabalho dele é invadir a privacidade dos outros.

— Não quando as pessoas estão na porra do cemitério.

— Estou acostumada com isso. A menos que eu esteja no palácio, tem sempre uma chance de fazer alguma coisa que vá parar nos jornais. — Bridget parecia resignada. — Obrigada por ter cuidado disso, apesar do método ter sido mais... agressivo do que o recomendado.

Uma nota de tristeza permanecia nos olhos dela, e senti novamente aquele aperto estranho no peito. Talvez por me identificar com a origem de sua tristeza – a sensação de estar só no mundo, sem as duas pessoas que mais deveriam me amar.

Nunca tive amor de pai e mãe, então, apesar do vazio que isso deixa, não entendia a falta que ela estava sentindo. Bridget *tinha vivido* esse amor, pelo menos com o pai, e eu imaginava que a perda devia ser ainda maior para ela.

Você não está aqui para se identificar com ela, babaca. Está aqui para cuidar da segurança dela. Só isso. Por mais bonita que ela fosse e por mais triste que parecesse, por mais que eu quisesse apagar a melancolia que a envolvia.

Fazê-la se sentir melhor não era parte do meu trabalho.

Recuei um passo.

— Pronta para ir embora? Podemos ficar mais, se quiser, mas você tem um evento em uma hora.

— Não, podemos ir. Só queria desejar Feliz Natal aos meus pais e contar para eles as novidades da minha vida. — Bridget ajeitou o cabelo atrás da orelha, meio acanhada. — Parece bobo, mas é tradição, e sinto como se eles estivessem ouvindo... — Ela se interrompeu. — Como eu disse, é bobagem.

— Não é bobagem. — O aperto em meu peito se espalhou e me sufocou com lembranças que eram melhores esquecidas. — Faço a mesma coisa com velhos companheiros militares.

Com os enterrados na área da capital, pelo menos, embora tentasse ir também aos outros lugares quando podia.

Eu era o motivo para eles estarem mortos. O mínimo que podia fazer era homenageá-los.

— Você mantém contato com seus amigos da marinha? — perguntou Bridget enquanto caminhávamos para a saída.

Eu me mantinha atento para outros paparazzi e pessoas mal-intencionadas, mas não havia mais ninguém ali, só nós e nossos fantasmas do passado.

— Alguns. E não com a frequência de que gostaria.

Minha unidade era minha família, mas depois do que aconteceu, ficou muito difícil para os sobreviventes manterem contato. Lembrávamos demais aos outros aquilo que tínhamos perdido.

A única pessoa com quem mantinha contato regularmente era meu antigo comandante dos primeiros dias na marinha.

— Por que pediu dispensa? — Bridget pôs as mãos nos bolsos do casaco, e resisti à urgência de puxá-la para mais perto a fim de dividir o calor do meu corpo. Fazia muito frio, e seu casaco não parecia ser o suficiente para protegê-la do vento.

— Ficou complicado. As transferências, a incerteza, os funerais. Ver os homens com quem eu servia morrerem na minha frente. — O aperto ficou mais forte, e me forcei a respirar através dele antes de continuar. — Aquilo acabava comigo, e se não tivesse saído quando saí... — *Teria perdido o que restava de mim mesmo.* Balancei a cabeça. — É a mesma história de muitos veteranos. Não sou especial.

Chegamos ao carro, mas quando abri a porta para Bridget entrar, ela tocou meu braço.

Fiquei tenso, senti o contato me queimar através das roupas com mais intensidade que qualquer frio ou chama.

— Sinto muito — ela disse. — Pelo que aconteceu e por ter sido invasiva.

— Faz anos que saí. Se não quisesse falar sobre isso, eu não falaria. Não tem problema. — Afastei o braço e puxei a porta, mas a impressão do toque permaneceu. — Não me arrependo de ter passado um tempo na marinha. Os homens da minha unidade eram como irmãos para mim, o mais próximo que tive de uma família de verdade, e não teria desistido daquilo por nada no mundo. Mas a linha de frente? É, não deu mais para mim.

Nunca tinha dividido isso com ninguém. Por outro lado, não tinha ninguém com quem *dividir* essa história exceto minha antiga terapeuta, e tinha questões o suficiente para trabalhar na terapia sem ela questionar por que desisti de ser militar.

— E mesmo assim você escolheu ser guarda-costas depois de tudo isso — apontou Bridget. — Não é exatamente uma ocupação livre de perigo.

— Tenho as habilidades para ser um bom guarda-costas.

Muitos membros da SEAL tinham ido para a área da segurança privada depois da dispensa, e Christian podia ser um filho da mãe, mas era um filho da mãe persuasivo. Ele me convenceu a assinar o contrato menos de um dia depois do meu retorno ao território americano.

— Mas acho que nunca corri tanto perigo quanto depois de você ter se tornado minha cliente.

Ela me olhou com ar confuso e quase sorri.

Quase.

— O risco de eu acabar com uma artéria rompida aumentou dez vezes.

A confusão no rosto de Bridget desapareceu e deu lugar a uma mistura estranha de humor e irritação.

— É muito bom ver que você tem senso de humor, sr. Larsen. Um milagre de Natal.

Uma risada escapou da minha garganta, um som tão estranho para mim que mal reconheci como sendo produzido por mim, e alguma coisa se agitou em minha alma despertada pela lembrança de que existiam outras coisas para além da escuridão que me assombrou por tanto tempo.

Vi a surpresa nos olhos de Bridget antes de responder com um sorriso hesitante, e aquela *alguma coisa* se agitou um pouco mais com o incentivo.

Eu empurrei o sentimento para o fundo.

Dar risada era aceitável. Qualquer coisa além disso não era.

— Vamos. — Apaguei o sorriso do rosto. — Ou vai se atrasar.

Bridget

SE EU PUDESSE RESUMIR MEU RELACIONAMENTO COM RHYS EM UMA música, seria "Hot N Cold", da Katy Perry. Em um minuto estávamos brigando e nos tratando com frieza. No outro, ríamos e estreitávamos nossos laços com piadas.

Tudo bem, *estreitar laços* é forte demais para o que tinha acontecido no estacionamento do cemitério. *Agir como seres humanos normais* era uma descrição mais precisa. E Rhys não exatamente riu, só deixou escapar uma meia risada, mas, no mundo dele, talvez isso fosse uma gargalhada. Eu não conseguia imaginar esse homem gargalhando de verdade, não mais do que podia imaginar o The Rock dançando balé.

Mas se aprendi uma coisa no último mês foi que eu precisava tirar proveito dos momentos favoráveis do nosso relacionamento sempre que pudesse.

Então, depois da planejada visita "surpresa" a um colégio local, onde fiz um discurso sobre a importância da gentileza e da saúde mental, toquei em um assunto que tinha evitado durante a semana anterior.

— Normalmente passo mais tempo em Eldorra para as festas, mas estou feliz por voltarmos mais cedo para o campus este ano — comentei casualmente quando nos sentamos no restaurante perto do colégio.

Não obtive resposta.

Quando eu já imaginava que Rhys ia ignorar a isca, ele disse:

— Desembucha, Princesa. O que você quer?

Olha aí o rabugento de novo.

Fiquei um pouco mais séria. Eu me sentia como uma criança pedindo permissão aos pais quando falava com ele, o que era ridículo, mas ele irradiava tanta autoridade que às vezes eu me esquecia de que o empregado era ele, e não o contrário.

Bem, tecnicamente ele era um prestador de serviço contratado pelo palácio, mas isso era só um pequeno detalhe.

— Minha banda favorita vai tocar em Washington em janeiro. Ava e eu já compramos os ingressos — falei.

— Nome da banda e local do show.

Dei as informações.

— Vou ver e te aviso. — Rhys fechou o cardápio quando o garçom se aproximou. — Um hambúrguer no ponto, mais para malpassado, por favor. Obrigado.

Fiz meu pedido e esperei o garçom se afastar antes de repetir com tensão.

— Já comprei os ingressos. — Tradução: *eu vou, goste você ou não.*

— Espero que sejam reembolsáveis.

Ele olhou em volta, registrando cada detalhe dos clientes e da disposição dos móveis na sala.

E lá se foi o nosso relacionamento por água abaixo mais uma vez, pontual como um relógio.

— Seu trabalho não é administrar minha vida. Pare de agir como um pai superprotetor. — Minha frustração aumentava. Eu preferia odiar esse homem ininterruptamente a sentir emoções oscilantes o tempo todo como um ponteiro enguiçado. Era exaustivo. — Como é que ainda está empregado? É uma surpresa que seus clientes anteriores não tenham se queixado com sua empresa por suas... suas...

Rhys esperou com uma sobrancelha erguida enquanto eu procurava as palavras certas.

— Suas tendências superprotetoras — concluí com um tom patético. *Droga*. Precisava de um arsenal de insultos maior e melhor.

— Porque eu sou o melhor. Eles sabem disso, e você também sabe — ele respondeu, arrogante. Depois se inclinou para frente, e seus olhos escureceram. — Acha que quero agir feito seu pai? Não quero. Se quisesse filhos, arrumaria um emprego em um escritório e construiria uma casa no subúrbio com uma cerquinha e um cachorro. Estou neste ramo para salvar vidas, Princesa. Já acabei com muitas, e agora...

Ele parou de repente, mas suas palavras ficaram pairando no ar.

Pensei no que ele disse no estacionamento. *Não deu mais para mim. Ver homens que eu considerava irmãos morrerem na minha frente.*

Rhys não entrou em detalhes sobre o que havia acontecido quando ele era militar, mas não era necessário. Eu podia imaginar.

Culpa e piedade se misturaram dentro de mim, envolvendo meu coração.

Era por *isso* que eu alternava tanto em meus sentimentos por ele. Por mais que eu não gostasse da postura e das atitudes de Rhys, não deixava de gostar dele, porque entendia o motivo de ele fazer o que fazia.

Era uma questão complicada e, infelizmente, eu não via uma saída para ela.

— Basta um deslize — continuou Rhys. — Um segundo de distração e você explode ao pisar em uma mina. Um erro de julgamento e você pode acabar com uma bala na cabeça. — Ele se encostou na cadeira e o véu desceu sobre os olhos cinzentos como metal. — Então é isso, estou pouco me fodendo para os ingressos que você já comprou. Vou checar o lugar, e se alguma coisa não me agradar, você não vai. Assunto encerrado.

Uma dúzia de respostas diferentes rodopiaram na minha cabeça, mas a que saiu não era a que eu pretendia falar.

— Não estamos em uma zona de guerra — falei em tom suave. — Não precisamos ficar em alerta vinte e quatro horas por dia, sete dias por semana.

Rhys contraiu a mandíbula, e apesar de ter saído da marinha anos atrás, me peguei pensando em quanto tempo fazia que ele travava as próprias batalhas internas.

— A *vida* é uma zona de guerra, Princesa. Quanto antes entender isso, mais estará segura.

Minha vida não era perfeita, mas era muito melhor que a da maioria das pessoas. Eu sabia disso. Cresci em uma bolha, protegida do que a humanidade tem de pior, e sou incrivelmente privilegiada por isso. Mas a ideia de viver como se estivesse em guerra com a vida todos os dias me deixava muito triste.

— A vida é mais do que tentar não morrer. — Continuei olhando para Rhys quando o garçom trouxe nossos pedidos e os deixou sobre a mesa. — É só um show. Garanto que vou ficar bem.

CAPÍTULO 5

Rhys

VOU FICAR BEM O CACETE.

As palavras de Bridget, ditas com tanta confiança um mês atrás, caíram na testa dela, e na minha, por extensão. Depois de verificar o local do show, um galpão velho que devia estar fechado por desrespeitar mil regras do código de segurança, eu disse com todas as letras que ela não iria. O prédio estava a um vento forte de desmoronar.

No entanto, Bridget desrespeitou minhas ordens e *escapou* no meio da noite para ir à porcaria do show, e acabou sendo sequestrada.

Exatamente. Ela foi sequestrada por um mercenário que pegou Ava e Bridget na rua.

Não foi nem o show que me deixou furioso. Se Bridget tivesse insistido em ir, eu teria ido com ela, porque ela era a cliente. Não podia impedi-la fisicamente de fazer o que quisesse.

Não, eu estava puto porque ela me enganou, e todo o incidente do sequestro poderia ter sido evitado se ela tivesse sido honesta comigo.

Olhei pelo espelho retrovisor para ter certeza de que Bridget ainda estava ali. Por maior que fosse a minha fúria, vê-la no banco de trás, machucada, mas segura, amenizava parte do terror gelado que tinha me dominado desde que acordei e percebi que ela havia sumido.

Por sorte, tive a precaução de instalar um chip secreto de rastreamento no celular dela algumas semanas atrás que me levou à Filadélfia, onde encontrei Bridget e Ava amarradas e à mercê de um pistoleiro de aluguel. A situação toda era resultado de uma longa e sórdida saga envolvendo Alex Volkov e anos de segredos e vingança. O tio psicopata de Alex sequestrou Ava para usar como instrumento contra o sobrinho.

Honestamente, não dei a mínima para o drama. Só me importava em tirar Bridget de lá em segurança, nem que fosse para eu mesmo acabar com ela, e tirei.

— Ava vai ficar com a gente hoje à noite. — Bridget passou a mão no cabelo da amiga, e vi a preocupação em seu rosto. — Não quero que ela fique sozinha.

Ava estava deitada em seu colo, soluçando mais baixo que antes, mas ainda com frequência o suficiente para me incomodar. Eu não sabia o que fazer quando as pessoas choravam, especialmente com alguém cujo agora ex-namorado tinha confessado ter mentido durante todo o relacionamento para se vingar do homem que ele acreditava ter assassinado sua família. E essa era só a versão resumida do que tinha acontecido.

Era uma história fodida, mas Alex Volkov sempre tinha sido fodido daquele jeito *talvez eu te mate se acordar de mau humor*. Pelo menos todos estavam vivos... tirando o tio dele e o pistoleiro.

— Certo. — A palavra ricocheteou no carro como uma bala.

Bridget se encolheu no banco de trás e uma pequena semente de culpa germinou no meu peito. Não era o suficiente para sufocar a raiva, mas era o bastante para me fazer sentir um babaca quando estacionei na frente da casa dela. Bridget tinha passado por coisas horríveis, e eu devia deixá-la dormir e superar o choque dos acontecimentos das últimas vinte e quatro horas antes de estourar com ela.

A palavra-chave aí é: devia. Mas nunca me importei muito com o que *devia* fazer. O que importava era o que eu *precisava* fazer, e eu precisava fazer Bridget entender que ela não podia brincar com as minhas regras. Serviam para protegê-la, droga, e se alguma coisa acontecesse com ela...

Um terror renovado me invadiu.

Entramos na casa e esperei até Ava ir para o quarto de Bridget antes de acenar com a cabeça para o lado direito.

— Cozinha. Agora.

Bridget cruzou os braços. Outra onda de raiva explodiu dentro de mim ao ver aquela pele vermelha e esfolada onde as cordas tinham machucado seus pulsos.

Se o mercenário já não estivesse morto, eu mesmo o teria matado, e teria demorado mais e me divertido mais do que Alex demorou.

Ela entrou na cozinha e começou a preparar um chá, o tempo todo evitando me encarar.

— Deu tudo certo — disse, em voz baixa. — Estou bem.

Uma veia pulsava em minha têmpora.

— Você está bem — repeti, e minha voz saiu como um rosnado.

Estávamos a um metro e meio de distância um do outro: eu na porta com os punhos cerrados junto do corpo, Bridget perto da pia, segurando a caneca com as duas mãos, os olhos grandes demais no rosto pálido. A habitual atitude fria e altiva tinha desaparecido, removida pelos acontecimentos das últimas vinte e quatro horas, e percebi um leve tremor em seus ombros.

— Cometi um erro, mas...

— Um erro? — Meu sangue ferveu, e esse fogo me queimou de dentro para fora. — Um *erro* é entrar na aula errada. Um *erro* é se esquecer de trancar a porta quando sai de casa. Ser sequestrada e quase morta por um psicopata porque saiu escondida feito uma estudante desrespeitando o horário de dormir não é um erro. É bem mais do que isso.

Minha voz se erguia a cada palavra, até que comecei a berrar. Nunca tinha perdido a cabeça com um cliente antes, mas Bridget tinha uma habilidade sobrenatural de provocar todas as emoções em mim, boas e ruins.

— Não é como se eu *quisesse* ter sido sequestrada. — Parte do fogo voltou aos olhos dela. — O show foi totalmente seguro, apesar do que você disse. Foi só depois... — Ela respirou fundo. — O alvo não era eu. Era Ava, eu só estava com ela. Podia ter acontecido a qualquer hora.

A veia em minha têmpora pulsou mais forte.

— Não. *Não* podia ter acontecido a qualquer hora. — Eu me aproximei dela e senti um prazer sombrio quando vi o medo em seus olhos. *Ótimo*. Ela *devia mesmo* ter medo de mim, porque eu estava pronto para estragar essa pretensa ingenuidade dela. — Quer saber por quê?

Bridget teve o bom senso de não responder. Para cada passo que eu dava para a frente, ela dava um para trás, até que suas costas encontraram a parede e ela segurou a caneca com mais força.

— Porque *eu teria estado lá* — sussurrei. — Foda-se se o alvo era você, Ava ou a porra do Garibaldo da Vila Sésamo. Se eu estivesse lá, teria neutralizado o cretino antes de ele encostar um dedo em você.

Não era arrogância, era a verdade. Havia um motivo para eu ser o agente mais solicitado da Harper Security, e não era minha personalidade.

— O que foi que eu disse quando nos conhecemos?

Bridget não respondeu.

— O. Que. Foi. Que. Eu. Disse? — Plantei o antebraço na parede acima da cabeça dela e a mão ao lado de seu rosto, encurralando-a. Estávamos tão próximos que eu conseguia sentir seu perfume, alguma coisa sutil e inebriante como flores frescas em um dia de verão, e ver o círculo escuro em torno de suas pupilas. Nunca tinha visto olhos como aqueles antes, tão profundos e azuis que era como olhar para as profundezas do oceano. Eram olhos que atraíam e sugavam a pessoa antes que ela percebesse o que estava acontecendo.

O fato de eu ter notado essas coisas idiotas no meio do pior dia da minha carreira só me enfurecia ainda mais.

— Que tenho que fazer o que você disser, quando disser.

Uma nota de desafio temperava esse sussurro.

— Exatamente. Não foi o que você fez, e quase morreu. — *Se eu não tivesse chegado lá na hora em que cheguei...* meu sangue gelou. Alex estava lá, mas aquele imbecil tanto podia atirar em Bridget quanto salvá-la. — Sabe o que poderia ter acontecido... — Parei no meio da frase. Estava gritando de novo. Contraí a mandíbula e me forcei a respirar fundo. — Sei que acha que sou exagerado e paranoico, mas não nego as coisas porque quero te torturar, Princesa. Quero te proteger, e se continuar me desafiando o tempo todo, vai acabar morrendo e matando quem está por perto. É isso que você quer?

— Não.

O desafio ainda estava lá, mas não deixei de notar o brilho suspeito nos olhos ou o leve tremor no queixo de Bridget. Um amor mais bruto funcionava, e ela precisava de montanhas de amor bruto.

Mas, mesmo assim, suavizei um pouco o tom de voz quando continuei falando.

— Você precisa confiar em mim. Para de brigar comigo por tudo e principalmente, porra, *não* faz as coisas pelas minhas costas. Da próxima vez, fala comigo antes.

— Toda vez que tento conversar com você, acabamos brigando e a conversa não chega a lugar nenhum. — Bridget me encarou, quase como se me desafiando a desmenti-la. Não a desmenti. Estava acostumado a fazer as coisas do meu jeito, e normalmente meu jeito era o certo. — Confiança é uma via de mão dupla. Você instalou um chip secreto no meu celular...

— Que bom, ou você estaria morta agora, provavelmente — grunhi.

Ela comprimiu os lábios, e meu olhar foi atraído para aquela boca. Carnuda, rosada e capaz de mais safadeza do que se poderia esperar de uma princesa recatada. Mas não havia nada de recato no que existia abaixo da superfície... ou nos pensamentos que passavam por minha cabeça.

Essa era a pior hora possível para eu pensar em alguma coisa remotamente relacionada a sexo. Ela tinha sido sequestrada menos de quarenta e oito horas antes, pelo amor de Deus. Mas, para mim, adrenalina e excitação sempre tinham andado de mãos dadas, e, para ser bem honesto, havia poucas situações em que ela não me excitava. Mesmo quando estava furioso com ela, eu a desejava.

Meu pau endureceu, e cerrei os punhos de novo. Tinha protegido as mulheres mais lindas do planeta – estrelas de cinema, supermodelos, herdeiras, e muitas delas tinham deixado bem claro que estavam dispostas a se submeter às minhas ordens, dentro e fora do quarto – mas nunca aceitei as ofertas delas. Nunca me senti tentado a aceitar.

Fazia sentido que a única mulher que preferisse me ver queimar a tocar em mim fosse justamente aquela pela qual eu sentia tesão.

— Disse que preciso confiar em você. Como, se você não confia em mim? — Bridget adotou o tom de negociação que eu reconhecia depois de tê-la acompanhado a inúmeros eventos públicos.

A voz me incomodava mais do que eu podia acreditar. Seria muito melhor se ela gritasse comigo, em vez de me tratar como um estranho de quem precisava se livrar.

— Vamos fazer um acordo. Você tira o chip e, em troca, eu faço o que você disser, quando disser, desde que seja relacionado à segurança. — Os olhos de Bridget não desviavam dos meus. — Prometo.

Inacreditável pra porra. Era *ela* que estava errada e ainda queria negociar *comigo*.

E eu estava pensando em aceitar a proposta.

— Por que eu acreditaria em você? — Soltei o ar com um sopro determinado, e um arrepio leve sacudiu seu corpo. Via claramente os mamilos dela através da seda fina e preta do vestido que usava. Eretos e duros, implorando por meu toque. Talvez fosse por causa do frio – paredes grossas e janelas de vidraça duplas não impediam a entrada do ar gelado –, mas considerando as bochechas vermelhas de Bridget, eu não era o único que tinha percebido o ar carregado de energia entre nós.

Senti minhas narinas dilatarem. Ainda estava ereto, duro como uma pedra, e odiava isso. Odiava Bridget por me tentar desse jeito. Odiava a mim mesmo por não ter mais autocontrole perto dela.

— Não costumo quebrar minhas promessas, sr. Larsen. — Bridget insistia em me chamar por meu sobrenome da mesma forma que eu insistia em chamá-la de *Princesa*. Isso irritava a nós dois, mas nenhum dos dois tomava a iniciativa de mudar. *E isso refletia o nosso relacionamento inteiro.* — E aí, negócio fechado?

Minha mandíbula latejava no ritmo da pulsação do meu sangue. *Um. Dois. Três.*

Meu primeiro impulso tinha sido dizer *de jeito nenhum*. O chip era a única razão para ela estar viva agora. Mas isso era o mais perto que já tínhamos chegado de uma trégua, e embora eu não tivesse problema nenhum em ser o policial mau, seria melhor trabalhar com a cooperação de Bridget a ter que ficar em seu cangote todo dia.

— Tudo bem — cedo. — Vamos começar com um período de experiência. Quatro meses. Você cumpre seu lado do acordo e eu recuo. Se não cumprir, vai ficar tão algemada a mim que não vai poder nem mijar em paz. Entendeu?

Ela comprimiu os lábios com mais força, mas não protestou.

— Quatro meses de experiência. Tudo bem. — Bridget hesitou, depois acrescentou: — Só mais uma coisa...

A incredulidade me fez reagir.

— Você *só pode* estar de brincadeira.

Ela ficou vermelha.

— Não pode reportar o que aconteceu para ninguém. Principalmente para o palácio.

— Está me pedindo para mentir. — Era meu dever fazer um relatório de todos os incidentes com um cliente e entregá-lo a Christian. O último que não tinha cumprido essa obrigação... bom, vamos dizer que acabou se arrependendo da decisão. Muito.

— Mentir não, omitir. — Bridget me corrigiu. — Pense nisso. Se meu avô souber o que aconteceu, você vai ser demitido e sua reputação vai ser arruinada.

Apelando para o meu ego. *Boa tentativa, Princesa.*

— Minha reputação aguenta. — Levantei uma sobrancelha. — E achei que ficaria feliz em se livrar de mim.

O vermelho em seu rosto ficou mais intenso.

— É aquele ditado. É melhor o diabo conhecido...

— Humm. — Com exceção da ocasional interação civilizada, não suportávamos a presença um do outro, apesar do meu pau duro e de seus mamilos eretos. A luxúria estava ali, mas se continuássemos desse jeito, acabaríamos nos matando. Sem mencionar que eu desrespeitaria todas as regras, se guardasse segredo sobre o que tinha acontecido na Filadélfia. Devia fazer o relatório para Christian, ele que se entendesse com o palácio já que era melhor que eu nessa chatice de diplomacia.

Mas pensar em me afastar de Bridget e nunca mais vê-la de novo me causava um desconforto estranho. Por mais que ela fosse irritante, era uma das clientes mais interessantes que já tive. Mais inteligente, mais gentil, menos mimada e prepotente.

— Acho que seu pedido não tem a ver com a certeza de que você nunca mais vai ter um segundo de liberdade depois que o rei descobrir o que aconteceu, né, Princesa? — Minha respiração fazia cócegas em sua orelha, e ela se arrepiou de novo.

Para alguém que estava em segundo lugar na linha de sucessão do trono, Bridget tinha muita liberdade para ir e vir como quisesse. Mas se o Rei Edvard descobrisse que alguém tinha sequestrado a preciosa neta dele, manteria Bridget trancada.

Ela engoliu em seco.

— Isso faz diferença? No fim, queremos a mesma coisa. Manter o status quo. Você preserva sua reputação; eu, minha liberdade.

Manter o status quo? *De jeito nenhum.*

Seria muito fácil ceder ao desejo que corria por minhas veias, agarrá-la pelo cabelo e descobrir quanto calor ela escondia por trás daquele exterior frio. Ela queria isso tanto quanto eu. Dava para ouvir na respiração ofegante, ver no jeito como ela olhava para mim, *sentir* na leve inclinação do corpo dela em direção ao meu.

Aparentemente, eu não era o único movido a raiva e adrenalina.

Pense com a cabeça de cima, Larsen. Não com a de baixo.

Fechei os olhos e me obriguei a contar mentalmente até cinco. Quando voltei a abri-los, eles encontraram os de Bridget.

Tempestades cinzentas em céus azuis.

— Negócio fechado. Mas se deixar de cumprir sua parte ou fizer qualquer coisa pelas minhas costas de novo... — Minha voz baixou, sombria e cheia de ameaças tácitas. — Vai descobrir do pior jeito o que acontece quando você faz negócios com o diabo.

CAPÍTULO 6

Bridget

Primeiro mês de experiência

— Tá de brincadeira? — Tirei o colete preto do pacote e o segurei com a ponta dos dedos como se fosse uma roupa suja.

Rhys bebeu seu café e não levantou os olhos do jornal.

— Eu não brinco com segurança.

— Isto é um *colete à prova de balas*.

— Eu sei. Fui eu que comprei.

Inspira. Expira.

— Sr. Larsen, por favor, explique por que preciso de um colete à prova de balas. Onde vou usar isto? Na aula? No meu próximo turno como voluntária no abrigo?

— Para te proteger de balas, e, sim, é claro. Se quiser.

Um músculo se contraiu embaixo do meu olho. Fazia um mês que tínhamos fechado nosso acordo e eu já tinha entendido. Tinha cometido um erro grave. Não devia ter saído escondido com Ava, mas ela estava muito deprimida com os problemas no relacionamento com Alex, e eu queria animá-la.

Evidentemente, o tiro saiu pela culatra.

O incidente do sequestro foi um balde de água fria sobre minha antiga visão cor-de-rosa a respeito de segurança pessoal, e assumi o compromisso de me comportar com mais responsabilidade. Odiava admitir quando Rhys estava certo, porque ele era um idiota arrogante quando falava disso na maior parte do tempo, mas punha sua vida em risco por mim todos os dias. No entanto, ele também parecia determinado a me induzir a renegar o acordo, fazendo as sugestões mais absurdas todos os dias.

Tipo um colete à prova de balas.

— Comprei apenas por precaução — respondeu Rhys, tranquilo. — Mas agora que você mencionou, acho que devemos aproveitar para testá-lo na próxima vez que você estiver em público.

Você tira o chip e, em troca, eu faço o que você disser, quando disser, desde que seja relacionado à segurança. Prometo.

Rangi os dentes. Rhys tinha removido o chip, e eu não estava deixando de cumprir minha promessa.

— Tudo bem. — Tive uma ideia, e um sorriso lento se espalhou pelo meu rosto. — Vou vestir o colete agora.

Ele finalmente levantou a cabeça, desconfiado da minha rendição fácil.

— Aonde vamos?

— Fazer compras.

Se tinha uma coisa que Rhys odiava, era me acompanhar quando eu ia fazer compras. Um ponto fraco masculino, um estereótipo, e eu pretendia explorar essa fraqueza.

Meu sorriso se alargou quando ele ficou ainda mais carrancudo.

Isso vai ser divertido.

Uma hora mais tarde, chegamos ao Hazelburg Mall, um shopping de quatro andares que eu usaria para torturar Rhys. Felizmente era inverno, o que significava que eu podia esconder o colete embaixo de um suéter grosso e um casaco.

De acordo com Rhys, ele tinha comprado uma versão mais leve para mim, mas o colete ainda era quente, pesado e desajeitado. Quase me arrependi do plano de vingança no shopping, mas a expressão feroz de Rhys fazia o sacrifício valer a pena... até que a catástrofe aconteceu.

Eu estava experimentando roupas na décima boutique do dia quando fiquei presa em um vestido. Sem querer, peguei o número errado, e o tecido resistente apertou minhas costelas e prendeu meus braços acima da cabeça. Não enxergava nada, e mal conseguia me mexer.

— *Merda*.

Eu raramente falava palavrões, mas a situação pedia. Um dos meus eternos medos irracionais era ficar presa na roupa dentro de uma loja

— Que foi? — perguntou Rhys do lado de fora do provador. — Está tudo bem?

— Sim. — Belisquei as laterais do vestido e tentei puxá-lo para cima de novo, mas foi inútil. — Tudo bem.

Dez minutos mais tarde, eu estava suando e arfando pelo esforço e pela falta de ar, e meus braços doíam depois de tanto tempo levantados.

Merda, merda, merda.

— Que porra tá acontecendo aí dentro? — A irritação de Rhys atravessou a porta, alta e clara. — Está demorando demais.

Eu não tinha escolha. Precisava de ajuda.

— Pode me chamar uma vendedora? Preciso de ajuda com um...hã... probleminha com a roupa.

Houve uma longa pausa.

— Você ficou presa.

Labaredas de vergonha lamberam minha pele.

— Só chama alguém. Por favor.

— Não posso. Uma funcionária saiu para almoçar e a outra está no caixa, e tem seis pessoas na fila. — É claro que Rhys rastreava cada movimento de todo mundo enquanto me esperava. — Eu ajudo.

Se eu conseguisse enxergar meu reflexo, tenho certeza de que veria uma máscara de horror me encarando de volta.

— *Não.* Você não pode entrar aqui!

— Por que não?

— Porque eu... — *Estou seminua. Exposta.* — Não estou decente.

— Já vi mulheres seminuas antes, Princesa. Ou me deixa entrar para tirá-la da roupa em que ficou presa ou se prepara para esperar uma hora, porque é o tempo que a moça no caixa vai levar para atender todos os clientes de fim de semana. A fila está andando mais devagar que uma tartaruga chapada de morfina.

O universo me odiava. Eu tinha certeza disso.

— Está bem. — Empurrei a porta para que abrisse, sentindo as labaredas de vergonha queimando mais forte. — Entra.

O provador não tinha trancas, e um segundo depois, Rhys ocupou o pequeno espaço. Mesmo que não tivesse ouvido seus passos, eu teria sentido sua presença. Ele exalava uma energia intensa que mudava cada molécula de ar até tudo vibrar na mesma frequência que *ele*.

Selvagem. Masculino. Poderoso.

Prendi o fôlego quando ele se aproximou, ouvindo os passos macios sobre o piso de linóleo. Para alguém tão grande, ele se movia com a elegância de uma pantera.

O vestido cobria meu peito, mas a calcinha de renda estava à mostra, e tentei não pensar em quanto do meu corpo eu exibia quando Rhys parou na minha frente. Estava perto o bastante para eu sentir o calor que emanava de seu corpo e o cheiro fresco e limpo de sabonete.

Tensão e silêncio vibravam em igual medida quando ele segurou a bainha do vestido acima da minha cabeça e puxou. Ele deslizou meio centímetro e emperrou de novo, e gemi quando o tecido apertou outro trecho de pele.

— Vou tentar pela parte de baixo — Rhys avisou, com a voz distante, controlada.

Parte de baixo. O que significava que teria que pôr as mãos em minha pele nua.

— Tudo bem. — Minha voz saiu mais esganiçada do que eu gostaria.

Cada músculo do meu corpo ficou tenso quando ele apoiou as mãos abertas na parte superior das minhas costelas. Deslizou os polegares brevemente sobre a área marcada, onde o vestido tinha ficado preso antes, antes de enganchar os dedos no tecido tanto quanto podia e empurrá-lo para cima.

Eu não conseguia mais prender o fôlego.

Finalmente soltei o ar, e meu peito inflou como se tentasse se aproximar mais do toque morno e potente de Rhys. A respiração soava constrangedoramente alta naquele silêncio.

Rhys parou. O vestido agora estava na metade dos ombros, deixando à mostra meus seios no sutiã.

— Respire devagar, Princesa, ou isso não vai dar certo — ele disse, e parecia um pouco mais tenso do que estava um minuto atrás.

O calor queimava minha pele, mas consegui controlar a respiração, e ele retomou o trabalho.

Mais um centímetro... outro... eu estava livre.

Ar fresco invadiu minhas narinas, e pisquei para me adaptar à luz depois de ter passado os últimos vinte minutos presa no vestido.

Segurei o tecido na frente do corpo, sentindo o rosto quente de constrangimento e alívio.

— Obrigada.

Eu não sabia o que mais poderia dizer.

Rhys recuou um passo, o rosto duro como granito. Em vez de responder, ele pegou o colete à prova de balas e a camiseta que eu usava embaixo dele e me chamou, flexionando o dedo.

— Vem cá.

— Consigo vestir sozinha.

De novo, nenhuma resposta.

Suspirei e me aproximei dele. Estava cansada demais para brigar, e não resisti quando ele deslizou a camiseta por minha cabeça, depois o colete. Eu o via pelo espelho enquanto ele trabalhava, ajustando o colete e as correias até que ele envolvesse confortavelmente meu tronco. Continuava segurando o vestido na frente do corpo, posicionando-o para cobrir minha roupa íntima.

Não sabia por que estava me incomodando com isso. Rhys demonstrava tanto interesse por minha silhueta seminua quanto teria exibido por um manequim de espuma.

Senti uma pontada estranha de irritação.

Rhys terminou de ajustar o colete, mas antes que eu pudesse me afastar, as mãos dele seguraram meus braços feito garras de ferro. Eram tão grandes que envolviam completamente meus bíceps.

Ele olhou nos meus olhos pelo espelho e baixou a cabeça até a boca se aproximar de minha orelha.

Meu coração parou por um segundo, e apertei o vestido com mais força.

— Não pense que eu não sei o que ficou fazendo o dia todo. — A respiração de Rhys sussurrava um aviso sombrio em minha pele. — Dessa vez eu aceitei, Princesa, mas não gosto de jogos. Para sua sorte, passou no teste.

Ele deslizou as mãos pelos meus braços até encontrar os ombros cobertos pelo colete, deixando uma trilha de fogo onde tocava.

— Você precisa aprender a seguir instruções sem discutir. Não me interessa se acha que estou sendo ridículo. Um segundo de atraso pode significar a diferença entre a vida e a morte. Se eu disser para abaixar, você se abaixa. Se eu disse que vai à praia com a porra do colete à prova de balas, você vai de colete. Entendeu?

Minhas mãos espremiam o vestido.

— O colete foi um teste para ver se eu o usaria? Isso é muito... *dissimulado*. — Um dia inteiro perdido com um teste idiota. A indignação me dominou. — Odeio quando você faz essas coisas.

Um meio sorriso bailou nos lábios de Rhys.

— Prefiro que me odeie viva do que me ame morta. — E soltou meus ombros. — Vista-se. Vamos embora.

Ele saiu e fechou a porta.

Finalmente consegui respirar normalmente, mas não fui capaz de impedir o eco das palavras dele em minha cabeça.

Prefiro que me odeie viva do que me ame morta.

O problema era que eu *não* o odiava. Odiava essas regras e restrições, mas não *ele*.

Queria odiar.

Isso tornaria minha vida muito mais simples.

<hr />

Terceiro mês de experiência

— Não posso ir.

— Como assim, não pode ir? — A incredulidade de Jules estava clara do outro lado da linha. — Falamos sobre o festival desde o segundo ano. Combinamos roupas. Stella alugou um carro! Podemos morrer na estrada por ela ser uma péssima motorista...

— Eu ouvi isso! — Stella gritou ao fundo.

— ... mas ela é a única que tem habilitação.

— Eu sei. — Olhei para Rhys, que estava sentado no sofá polindo uma faca como um psicopata. — Um certo guarda-costas decidiu que não é seguro.

Minhas amigas e eu passamos anos planejando ir ao festival de música Rokbury, e agora eu tinha que ficar de fora.

— E daí? Vai assim mesmo. Ele trabalha para você, não o contrário.

Queria poder ir, mas ainda estávamos no período de experiência do nosso acordo, e as preocupações de Rhys não eram totalmente descabidas. Rokbury acontecia em uma área de camping a uma hora e meia da cidade de Nova York, e apesar de parecer incrível, alguma coisa muito errada acontecia todos os anos – uma barraca pegava fogo, um pessoal bêbado brigava, e a briga acabava em várias hospitalizações, uma correria provocada por pânico. Além disso, havia previsão de tempestade no fim de semana do festival, o que significava que o terreno se transformaria em um gigantesco poço de lama, mas minhas amigas decidiram ir assim mesmo.

— Desculpe, J. Vou deixar para a próxima.

Jules suspirou.

— Fala para o seu boy que ele é uma delícia, mas um tremendo empata foda.

— Ele não é meu boy. É meu guarda-costas. — Baixei a voz, mas tive a impressão de que Rhys tinha feito uma pausa de uma fração de segundo antes de voltar a polir a faca.

— Pior ainda. Ele está acabando com a sua vida e você não ganha nem a pica dele.

— *Jules*.

— Você sabe que é verdade. — Outro suspiro. — Tudo bem, entendi. Você vai fazer falta, mas contamos tudo na volta.

— Ótimo.

Desliguei e me joguei na poltrona, vítima de um surto de FOMO – que significava *fear of missing out*, o famoso medo de perder o rolê. Tinha comprado o ingresso para o festival meses atrás, mas Rhys começou a trabalhar para mim, e fui obrigada a vendê-los para uma caloura da minha turma de Teoria Política.

— Espero que esteja feliz — falei.

Ele não respondeu.

Rhys e eu tínhamos adotado uma dinâmica mais funcional nos últimos três meses, mas ainda havia momentos em que eu queria jogar um livro nele. Como agora.

No entanto, no dia do festival, no fim de semana seguinte, acordei e vivi o maior choque da minha vida.

Entrei na sala de estar ainda sonolenta e encontrei tudo diferente. A mobília tinha sido empurrada para um lado, substituída por uma pilha de travesseiros e almofadas com estampas coloridas no chão. A mesinha de centro sustentava petiscos e bebidas, e o festival Rokbury era exibido ao vivo em uma tela. A *pièce de résistance*, porém, era uma barraca decorada com luzinhas, exatamente igual àquelas que as pessoas montam nos festivais desse tipo.

Rhys estava sentado no sofá, que agora estava encostado na parede embaixo da janela, olhando sério para a tela do celular.

— O qu... — Esfreguei os olhos. Não, não estava sonhando. A barraca, os petiscos, estava tudo ali. — O que é isso?

— Festival em casa — ele resmungou.

— Você montou tudo isso.

Era mais uma declaração de incredulidade que uma pergunta.

— Relutante, e com ajuda. — Rhys levantou a cabeça. — Sua amiga ruiva é uma ameaça.

É claro. Agora isso fazia mais sentido. Minhas amigas deviam ter ficado chateadas porque perdi o festival, então organizaram uma festinha de consolação, digamos assim. Mas alguma coisa não encaixava.

— Elas saíram da cidade ontem à noite.

— Deixaram tudo aqui antes, quando você estava no banho.

Hmm, plausível. Meus banhos eram longos.

Satisfeita e alegre, peguei uns pacotes de salgadinhos, uns doces e refrigerante, e entrei na barraca cheia de almofadas, de onde vi minhas bandas favoritas pela TV. A qualidade de som e imagem era tão boa que era *quase* como se eu estivesse lá.

É claro que estava mais confortável do que estaria no festival, mas sentia falta de ter outras pessoas com quem me divertir.

Uma hora mais tarde, pus a cabeça para fora da barraca e falei hesitante:

— Sr. Larsen, por que não vem ver também? Tem comida de sobra.

Ele continuava sentado no sofá, carrancudo como um urso que acordou do lado errado da caverna.

— Não, obrigado.

— Ah, fala sério. — Balancei a mão mostrando o ambiente. — Não me obrigue a aproveitar a festa sozinha. É muito triste.

A boca de Rhys se curvou em uma risadinha torta antes de ele se levantar.

— Só vou porque me escutou e não foi ao festival.

Dessa vez, fui eu que fiz cara feia.

— Você fala como se estivesse treinando um cachorro.

— A maioria das coisas na vida é igual a treinar um cachorro.

— Não é verdade.

— Você trabalha, recebe por isso. Passa uma cantada numa garota, transa. Estuda, tira boas notas. Ação e recompensa. É assim que a sociedade funciona.

Abri a boca para argumentar, mas ele estava certo.

— Ninguém mais fala *passa uma cantada* — resmunguei. Odiava quando ele estava certo.

O sorriso dele ganhou mais uma fração de centímetro.

Ele era grande demais para caber na barraca comigo, por isso se ajeitou no chão ao lado dela. Apesar da minha insistência, recusou-se a tocar na comida, e fui comendo tudo sozinha.

Uma hora ainda mais tarde, eu tinha ingerido tanto açúcar e carboidrato que estava meio enjoada, e Rhys parecia tão entediado que estava quase pegando no sono.

— Pelo jeito, você não é fã de música eletrônica. — Eu me espreguicei e fiz uma careta. O último pacote de chips de sal e vinagre não tinha sido uma boa ideia.

— Parece um comercial de refrigerante que deu errado.

Quase me engasguei com a água.

— Talvez. — Limpei a boca com um guardanapo sem conseguir esconder um sorriso. Rhys era tão sério que eu adorava quando surgia uma brecha em sua máscara rígida. — Então, me conta. Se não gosta de EDM, gosta do quê?

— Não ouço muita música.

— Não tem um hobby? — insisti. — Deve ter algum.

Ele não respondeu, mas uma mudança sutil de expressão revelou tudo que eu precisava saber.

— Você tem! — Eu sabia tão pouco sobre Rhys fora do trabalho que abocanhava qualquer migalha de informação como um animal faminto. — O que é? Vamos ver se adivinho... Tricô. Não, observação de pássaros. Não, cosplay.

Escolhia os hobbies mais aleatórios e menos prováveis que conseguia imaginar para ele.

— Não.

— Coleciona selos? Faz ioga? Caça Pokémon...

— Se eu contar você cala a boca? — ele disparou, rabugento.

Respondi com um sorriso angelical.

— Talvez.

Rhys hesitou por um longo instante antes de dizer:

— Eu desenho, às vezes.

De todas as coisas que eu esperava ouvir dele, essa não estava nem entre as cem primeiras.

— Desenha o quê? — Meu tom era bem-humorado. — Imagino que desenhe veículos blindados e alarmes de segurança. Talvez um pastor alemão, quando está se sentindo leve e fofo.

Ele riu baixinho.

— Com exceção do pastor, você fala como se eu fosse chato demais.

Abri a boca e ele levantou a mão.

— Nem pense em concordar.

Fechei a boca, mas continuei sorrindo.

— Como foi que começou a desenhar?

— Minha terapeuta sugeriu. Disse que ajudaria com meu transtorno. E eu acabei gostando. — Ele deu de ombros. — Parei com a terapia, mas desenhar ficou.

Fui invadida novamente pela surpresa, tanto por ele ter uma terapeuta, quanto por falar com tanta liberdade sobre ela. A maioria das pessoas não admitiria aquele tipo de coisa com tanta tranquilidade.

Mas fazia sentido. Ele foi militar por uma década. Devia ter vivido uma boa cota de experiências assustadoras.

— TEPT? — perguntei em voz baixa.

Rhys assentiu rapidamente.

— TEPT complexo. — Não explicou, e eu não fiz perguntas. Era um assunto pessoal demais, seria invasivo.

— Estou decepcionada — falei, mudando de assunto ao ter a *impressão* de que ele se fechava outra vez. — Sério, achei que fizesse cosplay. Você daria um ótimo Thor, só que de cabelo escuro.

— É a segunda vez que tenta me fazer tirar a camisa, Princesa. Cuidado, ou vou pensar que está tentando me seduzir.

Meu rosto esquentou.

— Não estou tentando fazer você tirar a camisa. O Thor nem... — Parei quando ouvi a risadinha de Rhys. — Está zoando com a minha cara.

— Quando você fica irritada, seu rosto parece um morango.

Entre o festival montado na minha sala e as palavras *seu rosto parece um morango* saindo da boca de Rhys, tive certeza de que havia acordado em uma dimensão alternativa.

— Eu *não* pareço um morango — respondi com toda dignidade de que era capaz. — Pelo menos não sou eu que me recuso a fazer cirurgia.

Rhys ficou sério.

— Para essa cara feia eterna — expliquei. — Um bom cirurgião plástico poderia te ajudar com isso.

Minhas palavras pairaram no ar por um segundo, antes de Rhys fazer uma coisa que me chocou profundamente. Ele riu.

Uma risada *de verdade*, não as meias risadinhas que tinha deixado escapar em Eldorra. Os olhos dele se estreitaram, aprofundando as linhas finas e estranhamente sexy em torno deles, e os dentes brilharam, brancos em contraste com a pele bronzeada.

O som me acariciou, tão áspero e cheio de texturas como eu imaginava que seria seu toque.

Não que eu já tivesse imaginado como seria sentir seu toque. Era hipotético.

— Touché. — Os resquícios de humor preenchiam os cantos de sua boca, transformando-o de lindo em arrasador.

E foi então que outra catástrofe aconteceu, algo mais perturbador que ficar presa em um vestido apertado demais em um provador público.

Algo leve e aveludado tocou minha barriga... e me *arrepiou*. Só uma vez, mas o suficiente para eu identificar.

Uma borboleta no estômago.

Não, não, não.

Eu amava animais, mas *não* queria uma borboleta vivendo em meu estômago. Não por Rhys Larsen. Ela tinha que morrer imediatamente.

— Você está bem? — Ele olhou para mim de um jeito estranho. — Está com cara de quem vai vomitar.

— Sim, estou bem. — Olhei para a tela e me concentrei, fazendo o possível para *não* olhar para ele. — Comi demais, muito depressa. Só isso.

Mas estava tão agitada que não consegui recuperar o foco durante o resto da tarde, e quando finalmente chegou a hora de ir para a cama, não consegui dormir.

Não podia me sentir atraída por meu guarda-costas. Não a ponto de ter borboletas no estômago.

Tinha sentido isso apenas uma vez quando nos conhecemos, mas tinha passado assim que Rhys tinha aberto a boca. Por que estavam voltando *agora*, bem quando eu sabia perfeitamente o quanto ele era insuportável?

Segura a onda, Bridget.

Meu telefone vibrou anunciando uma chamada, e eu atendi, grata pela distração.

— Bridge! — Jules murmurou, claramente bêbada. — E aí, baby?

— Já estou deitada. — Dei risada. — Está se divertindo no festival?

— Siiiim, mas queria que você estivesse aqui. Não é tão legal sem você.

— Também queria estar aí. — Tirei uma mecha de cabelo do olho. — Pelo menos tive o festival em casa. Foi uma ideia brilhante, aliás. Obrigada.

— Festival em casa? — Jules parecia confusa. — Do que está falando?

— O esquema que você armou com Rhys — expliquei. — A barraca, as almofadas, a comida?

— Talvez eu esteja mais bêbada do que pensava, mas você não está falando coisa com coisa. Eu não planejei nada com Rhys.

Seu tom de voz era sincero, e Jules não tinha motivos para mentir. Mas se Rhys não havia planejado tudo com minhas amigas, então...

Meu coração acelerou um pouquinho.

Jules continuou falando, mas eu já não ouvia mais nada.

A única coisa que conseguia registrar era que não apenas uma, mas mil borboletas tinham invadido meu estômago.

CAPÍTULO 7

Bridget

QUARTO MÊS DE EXPERIÊNCIA

Quando a formatura chegou um mês depois, eu tinha colocado todas as borboletas numa gaiola, mas uma delas tinha escapado duas vezes. Uma vez quando vi Rhys afagando Meadow, que o tinha conquistado com sua fofura, e outra vez quando vi os músculos de seu braço se contraindo enquanto ele carregava as compras do supermercado para dentro de casa.

Não precisava de muita coisa para essas borboletas resolverem aparecer. *Inferno*.

E ainda assim, por mais que eu tivesse bichos morando sem pagar aluguel em meu estômago, eu tentava agir normalmente perto de Rhys. Não tinha alternativa.

— Recebo uma medalha ou um certificado de reconhecimento por meu incrível autocontrole nos últimos quatro meses?

O último dia do período de experiência coincidia com a cerimônia de formatura, e não consegui resistir ao impulso de provocar Rhys enquanto esperávamos Ava montar o tripé para as fotos. Hoje ela era a fotógrafa não oficial para os retratos do nosso grupo.

— Não. Você já tem um celular sem rastreador. — Rhys olhou em volta com atenção, estudando, desconfiado, os pais com barriga de urso e as mães muito brancas da alta sociedade vestidas de Tory Burch da cabeça aos pés.

— Ficou sem rastreador esse tempo todo.

— Não, ele *continua* sem rastreador.

Aparentemente, Rhys não entendia o conceito de entrar na energia do outro. Eu estava tentando relaxar e ele estava sendo mais sério que um ataque cardíaco.

Sério, Bridget? É por esse cara que você quer sentir frio na barriga?

Antes que eu encontrasse uma resposta engraçadinha, Ava acenou avisando que faria as fotos, e Rhys ficou para trás, enquanto eu me juntava a Jules, Stella, Josh, que era irmão de Ava, e Ava, que controlava a câmera por um aplicativo no celular.

Eu cuidaria do meu frio na barriga inapropriado mais tarde. Essa era a última vez que eu estava no campus com minhas amigas como aluna, e queria aproveitar o momento.

— Você pisou no meu pé — Jules avisou Josh em tom irritado.

— Era o seu pé que estava na minha frente — Josh respondeu no mesmo tom.

— Como se eu fosse deixar qualquer parte do meu corpo na sua frente de propósito.

— Vou ter que me desinfetar para tirar seu...

— Parem! — Stella moveu a mão no ar como se fizesse um corte, surpreendendo a todos com seu tom incisivo. Normalmente, ela era a mais tranquila do nosso grupo. — Ou vou postar umas fotos espontâneas e *muito* desfavoráveis que tenho de *vocês dois*.

Josh e Jules reagiram chocados.

— Você não faria isso — disseram ao mesmo tempo, antes de se olharem feio.

Sufoquei o riso enquanto Ava, que normalmente era a mediadora relutante entre a amiga e o irmão, sorriu.

No fim, conseguimos enquadrar todo mundo em uma foto de grupo respeitável, depois outra e outra, até tirarmos fotos o suficiente para encher meia dúzia de álbuns e chegar a hora do adeus.

Abracei minhas amigas e tentei engolir o nó emocionado que bloqueava minha garganta.

— Vou sentir saudade de vocês.

Jules e Stella ficariam em Washington para cursar Direito e trabalhar como assistente na revista *DC Style*, respectivamente, mas Ava iria para Londres, onde ficaria estudando fotografia com uma bolsa integral durante um ano, e eu me mudaria para Nova York.

Tinha convencido o palácio a me deixar ficar nos Estados Unidos como embaixadora real de Eldorra. Se algum evento exigisse a presença de alguém da realeza eldorrana, eu era a pessoa que desempenharia essa função. Infelizmente, por mais que eu quisesse ficar em Washington, a maioria dos eventos acontecia em Nova York, e era para lá que eu iria.

Abracei Ava com mais força e por mais tempo. Com o drama na família dela e o rompimento com Alex, ela tinha passado pelo inferno nos últimos meses, e precisava de uma dose extra de amor.

— Você vai amar Londres — falei. — Vai ser um recomeço, e já te dei o livrinho preto com a lista de lugares para visitar.

Ava deu um sorrisinho.

— Eu vou, com certeza. Obrigada. — Ela olhou em volta, e me perguntei se estava procurando por Alex. Por mais que dissesse o contrário, Ava não tinha superado essa história, nem a superaria por um bom tempo.

Não o vi na plateia, mas não fiquei surpresa. Para um suposto gênio, ele podia ser bem idiota. Tinha dito e feito coisas horríveis que a tinham machucado, mas gostava de Ava. Só era teimoso ou burro demais para se comportar de acordo com o que sentia.

Decidi ir visitá-lo, antes de viajar para Nova York. Estava cansada de esperar esse cara tirar a cabeça do próprio rabo.

Depois de uma longa rodada de abraços, minhas amigas foram embora com os familiares e ficamos só Rhys e eu.

Meu avô e Nikolai queriam vir, mas cancelaram a viagem no último minuto por causa de uma crise diplomática com a Itália. Os dois ficaram muito chateados por perderem minha formatura, mas garanti a eles que estava tudo bem.

E estava. Eu entendia as responsabilidades que acompanhavam a Coroa e a posição de herdeira. Mas isso não queria dizer que eu não podia mergulhar em um pouco de autopiedade.

— Pronta? — Rhys perguntou, com um tom um pouco mais gentil que o normal.

Assenti, sufocando a onda de solidão enquanto caminhávamos em direção ao carro. Formatura, mudança de cidade, me despedir de tudo que amei durante os últimos quatro anos... eram muitas mudanças em pouco tempo.

Estava tão distraída que não percebi que seguíamos rumo à cidade, e não para casa, até que vi o Monumento de Washington brilhando ao longe.

— Aonde vamos? — Sentei mais ereta no banco. — Não está me levando para um galpão para me estripar, está?

Eu não conseguia ver o rosto de Rhys, mas podia *ouvir* o revirar de olhos dele.

— Se quisesse, eu teria feito isso um dia depois de te conhecer.

Continuei séria, mais ofendida que tranquila, mas engoli a resposta atravessada quando ele acrescentou:

— Achei que não ia querer ficar em casa e pedir comida na noite da sua formatura.

Eu *não* queria ficar em casa na noite da minha formatura. Seria triste, mas seria ainda mais triste jantar sozinha em algum restaurante chique.

Eu tinha Rhys, mas ele era pago para estar ali e não era lá uma companhia muito falante. Mas sabia exatamente do que eu precisava sem eu ter que dizer uma palavra sequer.

Outra borboleta escapou em meu estômago antes de eu enfiá-la de volta na gaiola.

— Aonde vamos, então? — repeti a pergunta, a curiosidade superando a melancolia de antes.

Ele parou na frente de um centro comercial. Não havia muitos na capital, mas esse tinha todas as ofertas de um posto avançado de bairro, inclusive um Subway, um salão de manicure e um restaurante chamado Walia.

— Ao melhor restaurante etíope da cidade. — Rhys desligou o motor.

Meu coração parou por um instante. A culinária etíope era minha favorita. É claro, Rhys poderia ter escolhido o lugar aleatoriamente sem se lembrar dessa informação, que deixei escapar uma noite quando voltávamos para casa.

— Não acredito nisso — respondi. — O melhor fica na Rua U.

Eu estava enganada. Assim que provei a injera, uma espécie de massa de pão sem fermentação, e a carne ensopada *tibs wot* meia hora mais tarde no restaurante Walia, soube que Rhys estava certo. Esse era *mesmo* o melhor restaurante etíope da cidade.

— Como é que eu nunca soube deste lugar? — perguntei, quebrando mais um pedaço de injera e usando-o para pegar a carne. Na cultura etíope, o pão é tanto um utensílio de mesa quanto um alimento.

— Ele passa despercebido para muita gente. Trabalhei como guarda-costas de um VIP etíope durante muito tempo. É só por isso que conheço este lugar.

— Você é uma caixinha de surpresas. — Mastiguei a comida enquanto pensava. Depois que a engoli, disse: — Como é minha noite de formatura, vamos fazer um jogo. Chama "Conhecendo Rhys Larsen".

— Deve ser chato. — Ele olhou em volta, para o restaurante. — Eu já conheço Rhys Larsen.

— Eu não.

Rhys soltou um longo suspiro de sofrimento e contive o impulso de comemorar, porque essa reação era sinal de que ele estava prestes a ceder. Não acontecia com muita frequência, mas quando acontecia, eu ficava alegre como uma criança em uma loja de doces.

— Está bem. — Rhys encostou-se na cadeira e cruzou as mãos sobre a barriga, a imagem da rabugice. — Só porque é a noite da sua formatura.

Sorri.

Bridget: um. Rhys: zero.

Durante o restante do jantar, eu o enchi de perguntas que sempre quis fazer, começando pelas coisas pequenas.

Comida favorita? Batata-doce assada.

Cor favorita? Preto. (Chocante.)

Filme favorito? *Cães de Aluguel*

Depois de esgotar o básico, entrei em território mais pessoal. Para minha surpresa, ele respondeu à maioria das minhas questões sem reclamar. As únicas que evitou foram aquelas sobre sua família.

Maior medo? Fracassar.

Maior sonho? Paz.

Maior arrependimento? Inatividade.

Rhys não elaborou essas respostas vagas, e eu não o pressionei. Já tinha mais do que esperava, e se insistisse muito, ele se fecharia.

Finalmente, criei coragem para perguntar uma coisa que me atormentou nas últimas semanas.

O hidromel ajudou. A bebida me deixava quente e vibrante, e ia removendo minhas inibições gole a gole.

— Sobre o festival Rokbury que você montou em casa...

Rhys espetou um pedaço de carne, ignorando as mulheres que estavam em uma mesa no canto e o comiam com os olhos.

— O que tem?

— Mencionei a experiência para as minhas amigas e elas não sabiam do que eu estava falando.

Tinha falado com Ava e Stella também, só para garantir, e as duas ficaram me olhando como se eu tivesse duas cabeças.

— E daí?

Terminei minha bebida com os nervos saltitando.

— Você disse que minhas amigas tinham ajudado você a arrumar tudo.

Rhys mastigava em silêncio, sem responder.

— Você...

Um nó estranho se formou em minha garganta. Atribuí ao excesso de comida.

— A ideia foi sua? Você fez tudo sozinho?

— Não foi grande coisa. — Ele continuou comendo sem olhar para mim.

Eu sabia que tinha sido ele desde aquele telefonema de Jules, mas ouvi-lo confirmar era outra história.

As borboletas em meu estômago escaparam todas de uma vez, e o nó na minha garganta cresceu.

— É grande coisa *sim*. Foi muito... muito atencioso. Assim como este jantar. Obrigada. — Girei o anel de prata no dedo. — Mas não entendo por que não me contou que a ideia foi sua, ou por que fez tudo aquilo. Você nem gosta de mim.

Rhys franziu a testa.

— Quem disse que não gosto de você?

— *Você*.

— Eu nunca disse isso.

— Insinuou. Está sempre azedo, brigando comigo.

— Só quando não me ouve.

Engoli uma resposta ríspida. A noite estava indo muito bem, e eu não queria estragar tudo, mesmo que ele me fizesse parecer uma criança mal-educada, às vezes.

— Eu não falei porque teria sido impróprio — Rhys acrescentou relutante. — Você é minha cliente. Eu não devia... estar fazendo esse tipo de coisa.

Meu coração batia forte no peito.

— Mas fez mesmo assim.

Rhys comprimiu os lábios em uma linha fina de contrariedade, como se estivesse zangado com as próprias atitudes.

— Sim.

— Por quê?

Ele finalmente me encarou.

— Porque entendo como é estar sozinho.

Sozinho.

A palavra me atingiu com mais força do que deveria. Eu não estava fisicamente sozinha, estava cercada de gente o dia todo, todos os dias. Mas por mais que tentasse fingir que era uma universitária normal, não era. Eu era a princesa de Eldorra. Isso significava glamour e celebridade, mas também significava guarda-costas e proteção em tempo integral, coletes à prova de bala e uma vida que era planejada, não vivida.

Os outros membros da realeza que eu conhecia, inclusive meu irmão, tinham se contentado com a vida em um aquário. Eu era a única me rebelando e que queria desesperadamente abandonar esse papel.

Sozinha.

De algum jeito, Rhys reconheceu minha verdade inerente antes de mim mesma.

— Atencioso *e* observador. — Ele observava muito o ambiente, mas não esperava que *me* observasse com tanta atenção a ponto de ver partes minhas que eu escondia de mim mesma. — Você é *mesmo* uma caixinha de surpresas.

— Não conta para ninguém, ou vou ter que matar todo mundo.

A tensão se dissipou e um sorriso pequeno, genuíno, delineou-se em meus lábios.

— E engraçado também. Estou convencida de que aliens sequestraram seu corpo.

Rhys riu.

— Eles que tentem, quero ver.

Não fiz mais perguntas depois disso, e Rhys não ofereceu mais respostas. Terminamos o jantar em um silêncio confortável e, depois de pagar a conta, que ele se recusou a dividir comigo, fomos caminhar para fazer a digestão em um parque próximo dali.

— Está realmente me deixando andar por aí sem colete? — provoquei-o. O colete à prova de balas estava pendurado no meu closet, e eu não o tinha usado desde a nossa visita ao shopping.

Uma imagem das mãos de Rhys em minha pele no provador passou por minha cabeça e senti o rosto esquentar.

Graças a Deus está escuro.

— Não me faça lamentar essa decisão. — Rhys parou antes de acrescentar: — Você provou que sabe se cuidar sem eu ter que ficar no seu cangote.

O tom dele era quase relutante.

Eu *tinha sido* mais cuidadosa com minhas atitudes nos últimos meses, mesmo sem as instruções explícitas de Rhys, mas não esperava que ele tivesse notado. Ele não tinha feito nenhum comentário até agora.

Um calor agradável se espalhou por meu estômago.

— Sr. Larsen, talvez a gente não se mate, afinal.

A boca dele se distendeu.

Continuamos andando pelo parque, passamos por alguns casais namorando nos bancos, adolescentes agarrados perto da fonte, um músico de rua tocando seu violão.

Eu queria ficar nesse momento pacífico para sempre, mas depois do jantar, álcool e de um longo dia planejado para me deixar exausta, não consegui disfarçar um bocejo.

Rhys notou imediatamente.

— É hora de ir, Princesa. Vamos para a cama.

Talvez fosse o cansaço que me fazia delirar e o excesso de emoções para um dia só, ou era o período de abstinência em relação ao sexo oposto, mas uma imagem dele indo comigo para a cama passou por minha cabeça e meu corpo todo esquentou.

Porque, na minha cabeça, faríamos tudo, *menos* dormir.

Imagens de Rhys nu em cima de mim, embaixo de mim, atrás de mim... todas elas encheram minha cabeça até minhas coxas se contraírem e as roupas irritarem a pele. Minha língua de repente parecia grossa demais, o ar, muito fino.

A primeira fantasia sexual que eu tinha com o homem e ele estava a menos de um metro e meio, olhando diretamente para mim.

Eu era uma princesa. Ele, meu guarda-costas.

Eu tinha vinte e dois anos. Ele, trinta e dois.

Era errado, mas eu não conseguia parar.

Os olhos de Rhys escureceram. Ninguém podia ler pensamentos, isso não existia, mas eu tinha a sensação sobrenatural de que, de algum jeito, ele conseguia se esgueirar para dentro do meu cérebro e captar todos os pensamentos obscenos e proibidos que eu tinha com ele.

Abri a boca sem saber o que dizer, mas precisava falar *alguma coisa* para interromper o silêncio perigosamente carregado.

Porém, antes que eu pudesse pronunciar uma palavra sequer, um tiro rasgou a noite e trouxe o caos.

CAPÍTULO 8

Bridget

Em um segundo eu estava em pé e no outro estava deitada no chão, com o rosto pressionado contra a grama, Rhys cobrindo meu corpo com o dele e gritos ecoando pelo parque.

Aconteceu tudo tão depressa que meu cérebro levou vários instantes para alcançar meu coração acelerado.

Jantar. Parque. Tiros. Gritos.

Palavras individuais que faziam sentido sozinhas, mas eu não conseguia juntá-las em um pensamento coerente.

Houve outro tiro, seguido por mais gritos.

Rhys, em cima de mim, resmungou um palavrão, mas a voz dele era tão baixa e ríspida que eu mais senti do que ouvi.

— Quando eu contar até três, corremos para o meio das árvores. — A voz firme dele amenizou um pouco meu nervosismo. — Entendeu?

Assenti. O jantar ameaçava voltar, mas me obriguei a manter o foco. Não podia surtar, não quando estávamos expostos a um atirador.

Agora eu o via. Estava tão escuro que eu não conseguia ver mais detalhes além do cabelo dele – meio comprido e encaracolado na parte de cima – e as roupas. Moletom, calça jeans, tênis. Ele parecia um dos muitos garotos da minha turma na Thayer, e isso o tornava mais aterrorizante.

Estava de costas para nós, olhando para alguma coisa, para *alguém* – uma vítima –, mas podia se virar a qualquer instante.

Rhys mudou de posição para eu poder me apoiar sobre as mãos e os joelhos, sem me levantar. Tinha sacado a arma, e o homem rabugento, mas atencioso, do jantar havia desaparecido, substituído por um soldado frio e duro.

Focado. Determinado. Letal.

Pela primeira vez, vislumbrei o militar que ele tinha sido, e um arrepio percorreu minhas costas. Tive pena de qualquer um que tivesse sido forçado a enfrentá-lo no campo de batalha.

Rhys contou com a mesma voz calma:

— Um, dois... *três*.

Eu não pensei. Corri.

Outro tiro soou atrás de nós e eu me encolhi e tropecei em uma pedra. Rhys segurou meus braços com mãos firmes, ainda usando o corpo como um escudo para proteger o meu, e me guiou para a parte mais densa das árvores, no limite do parque. Não podíamos chegar à saída sem passar diretamente pelo atirador, onde não havia nenhum tipo de proteção, por isso teríamos que esperar a polícia chegar.

Eles chegariam logo, certo? Alguém no parque já devia ter chamado a polícia.

Rhys me empurrou para baixo e para trás de uma árvore grande.

— Espera aqui e *não* se mexa até eu dar o ok — ordenou. — Acima de tudo, não deixe ninguém te ver.

Meu coração acelerou ainda mais.

— Aonde você vai?

— Alguém tem que parar o cara.

Comecei a suar frio. Ele não podia estar dizendo o que eu achava que ele estava dizendo.

— Não precisa ser *você*. A polícia...

— Vai chegar tarde demais. — Rhys parecia mais sombrio do que jamais o vi. — *Não. Se. Mexa*.

E ele se afastou.

Horrorizada, vi Rhys atravessar a grande área gramada em direção ao atirador, que apontava a arma para alguém no chão. Um banco me impedia de ver quem era a vítima, mas quando me abaixei um pouco mais, consegui ver por baixo do banco e fiquei duas vezes mais horrorizada.

Não era uma pessoa. Eram *duas*. Um homem e, considerando o tamanho da pessoa ao lado dele, uma criança.

Agora eu entendia por que Rhys estava com aquela cara quando se afastou.

Quem atacaria uma *criança*?

Apertei a boca com o punho fechado, lutando contra a ânsia de vômito. Há menos de uma hora, eu estava jantando e provocando Rhys enquanto pensava em tudo que ainda precisava arrumar antes de ir para Nova York. Agora estava escondida atrás de uma árvore em um parque qualquer, vendo meu guarda-costas correr ao encontro da morte, talvez.

Rhys era um soldado e um agente de segurança experiente, mas ainda era humano, e humanos morrem. Em um minuto estavam ali. No outro tinham desaparecido, deixando para trás só um vazio, uma casca sem vida da pessoa que um dia foram.

"Querida, tenho más notícias." Os olhos de meu avô estavam vermelhos, e abracei minha girafa de pelúcia com força, sentindo o medo se espalhar por meu corpo. Meu avô nunca chorava. "É seu pai. Aconteceu um acidente."

Pisquei e afastei a lembrança a tempo de ver o homem no chão virar a cabeça um centímetro. Tinha visto Rhys se aproximando do atirador pelas costas.

Infelizmente, o pequeno movimento foi suficiente para alertar o atirador, que girou e disparou o terceiro tiro no mesmo instante em que Rhys descarregou sua pistola.

Um grito escapou da minha boca.

Rhys. Tiro. Rhys. Tiro.

As palavras giravam dentro da minha cabeça como o mais horrível dos mantras.

O atirador caiu. Rhys cambaleou, mas continuou em pé.

Sirenes soaram ao longe.

Toda a cena, desde o primeiro tiro até agora, aconteceu em menos de dez minutos, mas o terror dilata o tempo até cada segundo conter uma eternidade.

O jantar parecia ter acontecido há anos. A formatura podia ter sido em outra vida.

O instinto me fez ficar em pé, e corri para Rhys com o coração na garganta.

Esteja bem, por favor.

Quando o alcancei, ele havia desarmado o tirador, que continuava no chão, gemendo e perdendo sangue. A alguns metros, o homem que era o alvo do pistoleiro também sangrava, e seu rosto estava pálido sob a luz da lua. A criança, um menino que parecia ter sete ou oito anos, estava ajoelhado ao lado dele, olhando para mim e para Rhys com os olhos arregalados, cheios de terror.

— Que *porra* está fazendo? — Rhys perguntou ao me ver.

Eu o examinei desesperada em busca de ferimentos, mas ele estava em pé e rabugento como sempre, então não podia estar *muito* ferido.

O menino, por outro lado, precisava de apoio.

Ignorei a pergunta de Rhys e me abaixei até estar no mesmo nível que a criança.

— Está tudo bem — falei em voz baixa. Não me aproximei mais, não queria deixá-lo ainda mais assustado. — Não vamos te machucar.

Ele segurou com mais força o braço do homem, que eu supunha ser seu pai.

— Meu pai vai morrer? — perguntou baixinho.

Um nó de emoção se formou em minha garganta. Eu tinha mais ou menos a idade dele quando meu pai morreu, e...

Para. Isso não tem a ver com você. Tenha foco no agora.

— Os médicos vão chegar logo e vão cuidar dele.

Eu torcia por isso. O homem estava lutando contra a inconsciência, indo e voltando, e perdia tanto sangue que havia uma poça em volta dele, sujando os tênis do menino.

Tecnicamente, os paramédicos estavam a caminho, não os médicos, mas eu não ia explicar a diferença para uma criança traumatizada. Ele se sentiria mais confiante com "médicos".

Rhys se ajoelhou ao meu lado.

— Ela está certa. Os médicos sabem o que fazem. — Ele falava com uma voz tranquila que eu nunca tinha ouvido, e alguma coisa apertou meu peito. Com força. — Vamos ficar com você até eles chegarem. O que acha?

O queixo do menino tremeu, mas ele assentiu.

— Ok.

Antes que ele pudesse dizer mais alguma coisa, fomos iluminados por uma luz forte e uma voz reverberou pelo parque.

— Polícia! Mãos para cima!

Rhys

Perguntas. Exames médicos. Mais perguntas, e alguns tapi-nhas nas costas por ter sido um "herói".

Durante uma hora, minha paciência foi testada como nunca antes... exceto a maldita mulher na minha frente.

— Eu falei para você *ficar lá*. Era uma instrução simples, Princesa — grunhi.

Vê-la correndo em minha direção enquanto o atirador ainda estava livre me fez sentir um pânico maior do que ter uma arma apontada para minha cara.

Não fazia diferença que eu tivesse desarmado o atirador. E se ele tivesse outra arma que não vi?

O terror deslizava as garras por minhas costas.

Eu podia lidar com um tiro. O que não suportaria era ver Bridget se machucando.

— Você foi atingido, sr. Larsen. — Ela cruzou os braços. Eu estava sentado na parte de trás de uma ambulância, e ela estava na minha frente, teimosa como sempre. — Já tinha neutralizado o atirador, e eu pensei que você fosse *morrer*.

A voz dela tremeu no final, e minha raiva se dissipou.

Com exceção dos meus companheiros da marinha, eu não conseguia me lembrar da última vez em que alguém tinha se importado comigo, se eu ia viver ou morrer. Mas Bridget se importava, por alguma razão desconhecida, e não era só por eu ser o guarda-costas dela. Vi nos olhos dela, e ouvi no leve tremor da voz normalmente fria, precisa.

E essa constatação me atingiu com mais força que uma bala no peito.

— Estou bem. Foi um tiro de raspão, só isso. A bala nem penetrou a pele.

Os paramédicos tinham feito um curativo e eu estaria novo em uma ou duas semanas.

O atirador foi surpreendido e atirou por instinto, sem mirar. Uma esquiva rápida e escapei do que teria sido um ferimento mais sério no ombro.

A polícia o tinha levado para o hospital. Ainda investigavam o que tinha acontecido, mas pelo que consegui ouvir, foi um ataque dirigido ao pai do menino. Alguma coisa relacionada a uma transação comercial que tinha dado errado, uma falência. O atirador estava completamente chapado, a ponto de não se importar com os riscos de tentar se vingar em um parque cheio de gente.

Por sorte, também estava chapado o suficiente para ficar resmungando sobre como pai do garoto tinha acabado com a vida dele em vez de atirar para matar.

A ambulância tinha levado o pai e o menino algum tempo atrás. O pai perdeu muito sangue, mas tinha sido estabilizado e ia sobreviver. O menino estava bem. Traumatizado, mas vivo. Fiz questão de ir dar uma olhada nele antes que fosse embora.

Graças a Deus.

— Você estava sangrando. — Bridget passou os dedos sobre o curativo, e seu toque me queimou através da bandagem até os ossos.

Fiquei rígido, e ela parou de se mexer.

— Doeu quando eu mexi?

— Não.

Não no sentido em que ela perguntava.

Mas o jeito como olhava para mim, como se eu pudesse desaparecer se ela piscasse? Aquilo fazia meu coração doer como se ela arrancasse um pedaço dele.

— Aposto que não foi assim que imaginou a noite da sua formatura. — Passei a mão no queixo e minha boca se distendeu em uma careta. — Devíamos ter ido direto para casa depois do jantar.

Usei a desculpa esfarrapada de fazer digestão para justificar a visita ao parque, mas a verdade era que queria prolongar a noite, porque, quando acordássemos, voltaríamos a ser o que éramos. A princesa e seu guarda-costas, uma cliente e um prestador de serviço.

Era tudo que podíamos ser, mas isso não impediu que pensamentos ridículos se infiltrassem em minha cabeça durante o jantar. Pensamentos sobre como eu poderia ficar lá com ela a noite toda, mesmo odiando responder perguntas sobre minha vida. Pensamentos sobre se o sabor de Bridget era tão bom quanto sua aparência, e sobre como eu queria remover as camadas de sua atitude fria até chegar ao fogo dentro dela. Deixar esse calor me aquecer, queimar o resto do mundo até restarmos só nós.

Como eu disse, pensamentos ridículos. Empurrei todos para um canto assim que apareceram, mas eles ainda permaneciam no fundo da minha cabeça feito a letra de uma música chiclete.

Sustentei a careta.

Bridget balançou a cabeça.

— Não. Foi uma noite boa, até... bom, até isso. — Ela gesticulou mostrando o parque. — Se tivéssemos ido para casa, o menino e o pai poderiam ter morrido.

— Talvez, mas eu piorei tudo. — Não acontecia com frequência, mas eu era capaz de admitir, quando acontecia. — Minha prioridade como guarda-costas é sua segurança, não bancar o herói. Eu devia ter tirado você daqui e deixado o incidente para trás, mas...

Um músculo se contraiu em minha mandíbula.

Bridget esperou paciente até eu terminar de falar. Mesmo com o cabelo bagunçado e o vestido sujo de terra, lembrança de quando a joguei no chão, ela podia passar por um anjo no inferno da minha vida. Cabelo loiro, olhos de oceano e uma luminosidade que não tinha nada a ver com sua beleza exterior, mas tudo a ver com seu interior.

Ela era bonita demais para ser tocada por qualquer parte do meu passado feio, mas alguma coisa me fazia continuar.

— Quando estava no colégio, conheci um garoto. — As lembranças se sucediam como um filme sujo de sangue, e uma culpa familiar atravessou meu coração. — Não era um amigo, mas era o mais perto disso que jamais tive. Morávamos a alguns quarteirões de distância um do outro, e ficávamos na casa dele nos fins de semana.

Nunca convidei Travis para ir à minha casa. Não queria que ele visse como era morar lá.

— Um dia, cheguei lá e o vi na mira de um revólver bem no jardim da casa dele. A mãe dele estava trabalhando, e o bairro era perigoso, essas coisas aconteciam. Mas Travis se recusou a entregar o relógio. Tinha sido presente do pai dele, que morreu quando ele era pequeno. O assaltante não reagiu bem à recusa e atirou nele bem ali, à luz do dia. Ninguém fez nada, nem eu. Nosso bairro tinha duas regras que deviam ser seguidas por quem quisesse sobreviver: primeira, ficar de boca fechada, e segunda, cuidar da própria vida.

Um gosto ácido invadiu minha boca. Eu me lembrei da cena e do som do corpo de Travis caindo no chão. O sangue jorrando de seu peito, a surpresa em seus olhos... e a traição quando me viu ali, vendo ele morrer.

— Fui para casa, vomitei e prometi a mim mesmo que nunca mais seria covarde.

Maior arrependimento? Inatividade.

Eu tinha me alistado na marinha para encontrar um propósito e a família que nunca tive. Tinha me tornado guarda-costas para me absolver dos pecados que nunca consegui purgar.

Vidas salvas em troca de vidas tiradas, de maneira direta ou indireta.

Maior medo? Fracasso.

— Não foi culpa sua — disse Bridget. — Você também era uma criança. Não havia nada que pudesse ter feito contra um assaltante armado. Se tivesse tentado, teria morrido também.

Aí estava. Outra conotação para a palavra *morrer*.

Bridget desviou o olhar, mas não antes de eu perceber o brilho desconfiado.

Fechei e abri os punhos.

Não faz isso. Mas eu já tinha cometido vários erros esta noite. Que diferença faria mais um?

— Vem cá, Princesa. — Abri um braço. Ela se encaixou nele e escondeu o rosto em meu ombro inteiro. Foi a situação mais vulnerável em que estivemos diante um do outro desde que nos conhecemos, e isso atingiu alguma coisa dentro de mim. — Está tudo bem. — Bati de leve no braço dela com um movimento desajeitado. Era péssimo em confortar pessoas. — Acabou. Está todo mundo bem, menos o cuzão com a pistola. Só acho que não foi uma noite boa para deixar o colete à prova de balas em casa.

A risada sufocada dela vibrou por todo o meu corpo.

— Isso foi uma piada, sr. Larsen?

— Um comentário. Eu não...

— Não faz piadas — ela concluiu. — Eu sei.

Passamos mais um tempo sentados na parte de trás da ambulância vendo a polícia isolar a cena do crime enquanto eu tentava conter o forte sentimento de proteção que desabrochava em meu peito. Protegia todos os meus clientes, mas isso era diferente. Era mais visceral.

Uma parte de mim queria empurrá-la para longe, e outra parte queria tomá-la nos braços e mantê-la ali como minha.

Mas eu não podia.

Bridget era muito jovem, muito inocente e estava muito além dos limites, e era muito bom eu não me esquecer disso.

CAPÍTULO 9

Bridget

Alguma coisa mudou na noite da minha formatura. Talvez fosse o trauma compartilhado, ou o fato de Rhys ter se aberto comigo voluntariamente e falado de seu passado, mas o velho antagonismo entre nós transformou-se em outra coisa – algo que me mantinha acordada à noite e tinha enlouquecido as borboletas do meu estômago.

Não era exatamente um *crush*. Era mais uma atração associada a... curiosidade? Fascínio? O que quer que fosse, me deixava estressada, porque, das piores ideias que já tive, sair escondida e ser sequestrada era a segunda. Desenvolver sentimentos não platônicos por meu guarda-costas ocupava o primeiro lugar da lista.

Felizmente, a agenda em Nova York me mantinha tão ocupada que eu mal tinha tempo para respirar, muito menos me entregar a fantasias impróprias.

Rhys e eu nos mudamos para Nova York três dias depois da formatura, e o verão seguinte foi um turbilhão de reuniões de conselho de caridade, eventos sociais e esforço para encontrar uma casa.

Quando agosto chegou, eu tinha assinado o acordo de locação de uma bela casa em Greenwich Village, arruinado dois pares de sapatos de salto andando pela cidade e conhecido todo mundo no circuito social, inclusive algumas pessoas que eu preferia *não* ter conhecido.

— Está escapando.

Rhys estudava as pessoas à nossa volta.

Estávamos na abertura de uma exposição no Upper East Side, uma homenagem a artistas eldorranos, um evento que, normalmente, não seria grande coisa, mas a lista de convidados incluía o nome do artista de cinema de ação Nate Reynolds, e os paparazzi estavam presentes com força total.

— O quê? — perguntei, sem deixar de sorrir para as câmeras. Às vezes essas aparições eram cansativas. Havia um limite para quantos sorrisos, acenos e conversa mole uma garota conseguia aguentar antes de desfalecer de tédio, mas tudo isso fazia parte do meu trabalho, por isso eu sorria e suportava. Literalmente.

— Seu sorriso. Está escapando.

Ele estava certo. Eu nem tinha notado.

Alarguei novamente o sorriso e tentei não bocejar. *Meu Deus, mal posso esperar para chegar em casa.* Ainda haveria um almoço, duas entrevistas, uma reunião com a diretoria do Fundo para Resgate Animal de Nova York e algumas tarefas a cumprir, mas depois disso... pijama e dormir.

Não *odeio* meu trabalho, mas queria fazer alguma coisa mais significativa do que ser um manequim que anda e fala.

E continuou assim. Dia após dia, mês após mês, a mesma coisa. O outono virou inverno, a primavera virou verão e o outono voltou.

Rhys permanecia ao meu lado o tempo todo, severo e carrancudo como sempre, mas não era mais tão exagerado. Tomando ele mesmo como comparação, quero dizer. Comparado a uma pessoa normal, ele ainda era superprotetor a ponto de ser neurótico.

Eu amava e odiava a mudança na mesma medida. Amava porque tinha mais liberdade, odiava porque não podia mais usar a irritação como um escudo para aquilo que surgia entre nós.

E *surgia* alguma coisa. Eu só não sabia se estava vendo isso sozinha ou se ele também percebia.

Não perguntei. Era mais seguro assim.

— Você já pensou em fazer outra coisa além de guardacostar? — perguntei em uma rara noite em casa. Pela primeira vez, não tinha planos além de sorvete e TV, e estava adorando.

Era setembro, quase dois anos depois de Rhys e eu termos nos conhecido e um ano desde que tinha me mudado para Nova York. Não poupei esforços com a decoração sazonal, providenciando até uma guirlanda de outono sobre a lateira, almofadas e cobertores em tons terrosos e um centro de mesa em formato de abóbora para a mesinha de canto na sala.

Rhys e eu estávamos vendo uma comédia maluca que tinha aparecido nas minhas recomendações da Netflix. Ele se mantinha ereto na poltrona, totalmente vestido com as roupas de trabalho, enquanto eu estava jogada no sofá com um pote de sorvete na mão.

— Guardacostar?

— Essa palavra existe — retruquei. — E se não existia, agora existe por decreto real.

Ele deu um sorriso torto.

— É bem a sua cara. E, em resposta à sua pergunta, não, nunca penso nisso. No dia em que pensar, vai ser hora de parar de "guardacostar".

Revirei os olhos.

— Deve ser legal ver tudo assim, preto no branco.

Rhys me encarou por um segundo antes de desviar o olhar.

— Acredite em mim — disse —, nem tudo é preto no branco.

De maneira inexplicável, meu coração deu um pulo, mas me obriguei a não exigir explicações. Provavelmente, isso não queria dizer nada. Devia ser uma resposta aleatória.

Em vez de insistir no assunto, me concentrei no filme novamente e em *não* olhar para o homem sentado ao meu lado.

Funcionou. Mais ou menos.

Dei risada de alguma coisa que um personagem disse e notei, pelo canto do olho, que Rhys olhava para mim.

— É bonito — ele disse.

— O quê?

— Seu sorriso de verdade.

Esquece a história do pulo. Meu coração saiu dando cambalhotas.

Dessa vez, no entanto, disfarcei apontando para ele com a colher.

— Isso foi um elogio.

— Se você diz...

— Não tenta fingir que não. — Eu me orgulhava de como conseguia manter a voz normal quando dentro de mim aconteciam coisas que não tinham *nada* de normal. Tremores, saltos, torções. Meu médico se divertiria. — Ultrapassamos um marco. O primeiro elogio de Rhys Larsen a Bridget von Ascheberg, e só demorou dois anos. Registre isso.

Rhys sufocou uma risada, mas havia humor em seus olhos.

— Um ano e dez meses — disse. — Se quer contar de verdade.

E ele estava contando.

Se meu coração desse mais cambalhotas, eu começaria a ficar tonta.

Isso não é bom. Não é nada bom.

Esse sentimento por Rhys, o que quer que fosse, não podia ir além do que já era agora. Então, em um esforço para me livrar das reações cada vez mais perturbadoras ao meu guarda-costas, aceitei um convite para sair com Louis, o filho do embaixador francês para as Nações Unidas, quando o encontrei em um evento um mês depois da noite de cinema em casa com Rhys.

Louis apareceu às sete em ponto com um buquê de flores vermelhas e um sorriso encantador, que desapareceu quando ele viu o guarda-costas carrancudo atrás de mim, tão perto que eu podia sentir o calor de seu corpo.

— Para você. — Ele me entregou as flores enquanto olhava para Rhys com uma cara desconfiada. — Você está linda.

Um grunhido baixo soou atrás de mim, e Louis engoliu em seco visivelmente.

— Obrigada, são muito bonitas — respondi com um sorriso elegante. — Vou pôr as flores na água, já volto.

Meu sorriso sumiu quando dei as costas para Louis e olhei para Rhys.

— Sr. Larsen, por favor, me acompanhe. — Assim que entramos na cozinha, eu disparei, sussurrando: — *Pare* de ameaçar os caras com quem eu saio com a sua arma.

Não precisei olhar para saber que ele havia aberto o paletó o suficiente para deixar aparecer o revólver.

Louis não era o primeiro homem com quem eu saía em Nova York, mas a última vez tinha sido há meses. Rhys sempre afugentava meus possíveis parceiros românticos, e metade dos homens da cidade tinha medo de me convidar para sair por receio de levar um tiro.

Isso não tinha me incomodado antes porque não tinha me interessado por nenhum dos rapazes, mas era irritante quando eu estava me esforçando para superar essa coisa estranha que sentia por Rhys.

O olhar dele ganhou mais intensidade.

— Ele está usando sapatos com elevação. Merece ser ameaçado.

Comprimi os lábios, mas olhei rapidamente para os pés de Louis pela porta da cozinha e confirmei a observação de Rhys. Bem que achei que ele parecia *mesmo* mais alto. Não tinha nada contra palmilhas de elevação, mas sete centímetros já era um pouco demais.

Infelizmente, embora pudesse tolerar as palmilhas de elevação nos sapatos, não conseguia fingir que não percebia a completa falta de química entre nós.

Louis e eu jantamos em um excelente restaurante francês, onde me esforcei muito para não cochilar enquanto ele falava sem parar sobre seus verões em Saint-Tropez. Rhys ficou sentado na mesa mais próxima com uma cara tão feia que os vizinhos do outro lado pediram para trocar de lugar.

Quando terminamos de jantar, Louis estava tão agitado com a presença ameaçadora a menos de um metro que derrubou sua taça de vinho e quase fez um garçom derrubar a bandeja com comida.

— Está tudo bem — falei, ajudando Louis, mortificado, a limpar a sujeira, enquanto o garçom tentava salvar a toalha de linho manchada. — Foi um acidente.

Olhei feio para Rhys, que me encarou de volta sem nenhum sinal de remorso.

— É claro. — Louis sorriu, mas o constrangimento persistia em seus olhos.

Quando terminamos de limpar tudo, ele deixou uma gorjeta generosa e se despediu de mim com um "boa noite" educado. Não me convidou para sair de novo.

Não fiquei triste por isso. Mas estava furiosa com um certo pé no saco de olhos cinzentos.

— Você quase matou Louis de medo — falei, quando Rhys e eu voltamos para casa. Não conseguia disfarçar a raiva. — Da próxima vez, tente não deixar meu acompanhante nervoso a ponto de derrubar todo o vinho em cima dele mesmo.

— Se ele fica apavorado com tanta facilidade, não é digno de sair com você. — Rhys tinha se vestido para estar de acordo com os frequentadores do restaurante, mas a gravata e o paletó não disfarçavam a masculinidade crua e selvagem que emanava dele em ondas poderosas.

— Você estava armado, olhando para o coitado como se ele tivesse matado seu cachorro. É difícil *não* ficar assustado nessas circunstâncias.

Joguei as chaves em cima da mesa lateral e tirei os sapatos de salto.

— Não tenho cachorro.

— Foi uma metáfora. — Soltei o cabelo e passei as mãos por entre as ondas. — Se continuar fazendo isso, vou acabar igual a uma daquelas solteironas dos romances históricos. Você assustou todos os pretendentes que tive no último ano.

Uma coisa que não mudou durante todo esse tempo? Minha insistência em chamá-lo de sr. Larsen, e a dele em se recusar a me chamar de qualquer outra coisa que não fosse *Princesa*.

Rhys fechou ainda mais a cara.

— Vou parar de assustá-los quando você tiver mais bom gosto para homens. Não me admira que sua vida amorosa esteja na sarjeta. Olha só os trastes com quem insiste em sair.

Meu sangue ferveu. Minha vida amorosa *não* estava na sarjeta. Estava perto dela, mas ainda não tinha chegado lá.

— Olha só quem fala.

Ele cruzou os braços.

— Como assim?

— Não vi você sair com ninguém desde que começou a trabalhar para mim. — Tirei o casaco, e seus olhos desceram até meus ombros nus por um segundo antes de voltarem para o meu rosto. — Não tem qualificações para me dar conselhos amorosos.

— Eu não namoro. Isso não significa que não sou capaz de identificar idiotas imprestáveis quando os vejo.

Fiz uma pausa, surpresa pela confissão dele. Rhys estava sempre ao meu lado durante o dia, mas estava livre depois que eu me recolhia. Às vezes ele ficava em casa, às vezes, não. Sempre deduzi que ele estivesse... ocupado nessas noites em que saía.

Uma estranha mistura de alívio e incredulidade me invadiu. Incredulidade porque Rhys não era o homem mais encantador do planeta, mas era *mesmo* lindo, o bastante para a maioria das mulheres tolerar seu humor azedo. Alívio porque... bem, prefiro não examinar o motivo com muita atenção.

— Dois anos de celibato?

A pergunta escapuliu antes de eu pensar nela, e me arrependi imediatamente. Rhys arqueou uma sobrancelha, e a cara feia se transformou em uma careta debochada.

— Está fazendo perguntas sobre minha vida sexual, Princesa?

Senti meu rosto esquentar de vergonha, tanto pela pergunta imprópria, quanto por ouvir algo relacionado a *sexo* sair de sua boca.

— É claro que não.

— Posso não ter frequentado uma faculdade cara como a sua, mas sei ler nas entrelinhas. — O humor iluminava seus olhos cinzentos. — Só para constar, namorar e transar são coisas diferentes.

Certo. É claro.

Alguma coisa desagradável substituiu meu alívio de antes. A ideia de Rhys "não namorando" alguém me incomodava mais do que deveria.

— Eu sei disso — respondi. — Também não namoro todo mundo com quem transo.

O que estou dizendo? Não transava com ninguém há tanto tempo que era surpreendente que minha vagina não tivesse me processado por negligência, mas queria... sei lá, provar que Rhys não era o único que podia fazer sexo casual? Sair por cima nessa conversa?

Se era isso, funcionou, porque o humor debochado dele desapareceu e a cara feia voltou.

— E quando foi a última vez que transou sem namorar?

Levantei o queixo, me recusando a recuar sob o peso daquele olhar de aço.

— Essa é uma pergunta altamente imprópria.

— Foi você que começou — ele resmungou. — Responda, Princesa.

Respira. Ouvi a voz de Elin, a secretária de comunicação do palácio, na minha cabeça, me ensinando a lidar com a imprensa. *Você não pode controlar o que eles dizem, mas pode controlar o que você diz. Não deixe que percebam que está com medo. Esquive-se, se for necessário, retome o poder e guie a conversa para onde você quer que ela vá. Você é a princesa. Não se acovarde diante de ninguém.* Elin era assustadora, mas competente, e segui seu conselho ao tentar não morder a isca de Rhys.

Um... dois... três...

Soltei o ar e alinhei os ombros, olhando para ele de cima, apesar de ser quase vinte centímetros mais baixa.

— Não vou responder. Esta conversa termina aqui — falei, de forma fria. *Antes que ela descambe ainda mais.* — Boa noite, sr. Larsen.

O olhar dele me chamava de covarde. O meu dizia a ele para ir cuidar da própria vida. O ar pulsou com um silêncio pesado enquanto nos encarávamos. Era tarde, ele estava cansado, eu estava cansada, mas eu não seria a primeira a recuar.

Considerando a postura beligerante de Rhys, ele estava pensando a mesma coisa.

Teríamos ficado ali para sempre, olhando feio um para o outro, se não fosse pelo toque estridente de um telefone. Mesmo assim, esperei meu celular tocar três vezes antes de desviar o olhar de Rhys para ver quem estava ligando.

Minha irritação deu lugar à confusão, depois à preocupação, quando vi o nome na tela. *Nikolai*. Meu irmão e eu raramente conversávamos por telefone, e eram cinco da manhã em Eldorra. Ele costumava acordar cedo, mas não *tão* cedo assim.

Atendi, consciente do olhar de Rhys cravado em mim.

— Nik, está tudo bem?

Nikolai não telefonaria do nada a essa hora, se não fosse uma emergência.

— Infelizmente não. — A voz dele sugeria cansaço. — É o vovô.

O pânico explodiu em meu peito, e tive que me apoiar na mesa de canto enquanto Nikolai explicava a situação. *Não. O vovô não.* Ele era a única figura parental que me restava, e se o perdesse...

Rhys se aproximou de mim, e sua expressão agora demonstrava preocupação, mas ele parou quando balancei a cabeça. Quanto mais Nikolai falava, mais eu queria vomitar.

Quinze minutos depois, quando encerrei a ligação, estava entorpecida pelo choque.

— O que foi que aconteceu? — Rhys se mantinha alguns metros distante, mas havia uma certa tensão em sua postura, como se ele estivesse pronto para assassinar quem estava do outro lado da linha, me causando inquietação.

Todos os pensamentos sobre nossa discussão idiota desapareceram, e a urgência repentina de me jogar nos braços dele e me deixar sustentar por sua força se apoderou de mim.

Mas é claro, não podia fazer isso.

— É... é meu avô.

Engoli as lágrimas que ameaçavam correr por meu rosto. Chorar seria uma horrível quebra de etiqueta. A realeza não chora diante de outras pessoas. Mas, nesse momento, eu não era uma princesa. Era só uma neta com medo de perder o homem que a criou.

— Ele sofreu um colapso e foi levado para o hospital, e eu...

Olhei para Rhys, e meu peito ficou tão apertado que não conseguia respirar.

— Não sei se ele vai sobreviver.

CAPÍTULO 10

Rhys

BRIDGET QUERIA PARTIR PARA ELDORRA IMEDIATAMENTE, MAS eu a forcei a dormir um pouco antes. Tivemos um dia longo, e embora eu funcionasse bem com o mínimo de horas de sono, Bridget ficava... azeda.

Dizia que não, mas ficava. Eu sei. Era sempre eu que aturava o mau humor. Além do mais, não havia muito que pudéssemos fazer naquela situação às onze da noite.

Enquanto ela dormia, ou fingia dormir, fiz as malas com o necessário, reservei o voo usando a linha privativa VIP da princesa com a habitual companhia de fretamento aéreo e dormi um pouco, antes de ir buscar café e alguma coisa para a refeição matinal na padaria mais próxima.

Saímos de casa quando o sol surgia no horizonte e fomos em silêncio até o aeroporto de Teterboro. Quando embarcamos no jato fretado, Bridget praticamente vibrava com a agitação.

— Obrigada por ter providenciado tudo. — Ela mexia no colar, e balançou a cabeça quando a comissária de bordo ofereceu um copo de suco de laranja. — Não precisava.

— Não foi tão difícil. Só dei um telefonema.

Nada me deixava mais desconfortável que gratidão franca. Em um mundo ideal, as pessoas aceitariam um gesto de bondade e nunca mais falariam sobre ele. As coisas seriam menos constrangedoras para todo mundo.

— Não foi só um telefonema. Foi o café da manhã e... estar aqui, acho.

— Estar aqui é meu trabalho, Princesa.

Vi a dor surgir em seu rosto e, imediatamente, me senti o maior cretino do mundo. *Chutando cachorro morto, Larsen, que feio.*

Se eu fosse outra pessoa, se ela fosse outra pessoa, eu tentaria pedir desculpas, mas, nas circunstâncias atuais, isso só tornaria tudo ainda pior.

Palavras bonitas não eram meu ponto forte, especialmente não com Bridget. Tudo saía do jeito errado quando eu falava com ela.

Mudei de assunto.

— Está com cara de quem precisa dormir mais.

Ela fez uma careta.

— Está tão ruim assim, é?

E é por isso que preciso ficar de boca fechada. Passei a mão no rosto, constrangido e irritado comigo mesmo.

— Não foi isso que eu quis dizer.

— Tudo bem. Sei que estou horrorosa. Se Elin, nossa secretária de comunicação, me visse nesse estado, ela teria um ataque.

Ri baixinho.

— Princesa, você não ficaria horrível nem que se esforçasse.

Apesar de parecer mais cansada que de costume, de ter manchas escuras sob os olhos e não exibir a luminosidade de sempre na pele, ainda era mais bonita que as outras mulheres.

Bridget levantou as sobrancelhas.

— Isso foi outro elogio, sr. Larsen? Dois em dois anos. Cuidado, ou vou pensar que gosta de mim.

— Entenda como quiser — respondi sem pressa. — Mas vou gostar de você no dia em que gostar de mim.

Bridget olhou para mim com um sorriso autêntico e quase sorri de volta. Apesar das minhas palavras, estávamos nos dando bem ultimamente, com exceção de uma ou outra discussão. No começo tinha sido difícil, mas tínhamos aprendido a nos adaptar e ceder... menos quando o assunto eram os homens com quem ela saía.

Nenhum daqueles idiotas merecia o tempo dela, e tinham sorte por eu não ter arrancado seus olhos depois de olharem para ela daquele jeito, como se quisessem devorá-la.

Se eu não estivesse presente naqueles encontros, teriam tentado alguma coisa, certamente, e pensar nisso fazia meu sangue ferver.

Notei que Bridget não parava de olhar para o telefone de bordo, e finalmente disse:

— Vai ser melhor se ele não tocar.

O Príncipe Nikolai tinha prometido que ligaria para ela se tivesse alguma notícia. Até agora não tinha entrado em contato, mas, nessa situação, não ter notícias já era uma boa notícia.

Ela suspirou.

— Eu sei. Só estou muito aflita por não saber o que está acontecendo. Eu deveria estar lá. Devia ter voltado para lá depois da formatura, em vez de insistir em ficar nos Estados Unidos. — A culpa estava estampada em seu rosto. — E se eu nunca mais o vir? E se...

— Não pensa assim. Logo estaremos lá.

O voo até Athenberg durava sete horas. Muita coisa podia acontecer em sete horas, mas guardei esse comentário para mim.

— Ele nos criou, sabe? — Bridget olhava pela janela com ar distante. — Depois que meu pai morreu, meu avô assumiu a responsabilidade e fez tudo o que pôde para ser uma figura paterna. Apesar de ser o rei e ter uma tonelada de compromissos, encontrava tempo para nós sempre que podia. Tomava café com a gente todo dia de manhã, quando não estava viajando, e comparecia a todas as atividades escolares, até as mais bobas e sem importância. — Um sorrisinho se abriu em seus lábios. — Uma vez ele remarcou uma reunião com o primeiro-ministro japonês para poder me ver no papel de Girassol Número Três no teatro da escola, no quinto ano. Eu era uma péssima atriz, e nem meu status de herdeira real foi suficiente para garantir um papel com falas.

Esbocei um sorriso ao pensar na pequena Bridget vestida de girassol.

— Provocando um incidente internacional aos dez anos. Por que não me surpreende?

Ela olhou para mim fingindo estar ofendida.

— Para sua informação, eu tinha onze anos, e o primeiro-ministro foi muito compreensivo. Ele também é avô.

O sorriso dela desapareceu.

— Não sei o que faria se alguma coisa acontecesse com ele — sussurrou Bridget.

Não estávamos mais falando sobre o primeiro-ministro.

— As coisas sempre se ajeitam. — Não era inteiramente verdadeiro, mas eu não conseguia pensar em mais nada para dizer.

Eu era realmente péssimo nessa coisa de tentar confortar alguém. Por isso era guarda-costas, não enfermeiro.

— Você tem razão. É claro. — Bridget respirou fundo. — Desculpe. Não sei o que deu em mim. Normalmente não sou assim. — Ela girou o anel no dedo. — Chega de falar sobre mim. Conta alguma coisa sobre você que eu não sei.

Tradução? *Me distraia do fato de que meu avô pode ou não estar morrendo.*

— Que tipo de coisa?

— Ah... — Ela pensou um pouco. — Seu sabor preferido de pizza.

Era uma pergunta que ela não tinha feito na sessão improvisada de perguntas e respostas durante o jantar de formatura.

— Não como pizza. — Não contive um sorriso ao ver sua expressão chocada. — Brincadeira. Precisa ser um pouco mais cética, Princesa.

— Em dois anos, nunca vi você comer pizza. Então era possível. — Ela se defendeu.

Meu sorriso ficou um pouco mais largo.

— Não é a comida de que mais gosto, mas escolho sempre pepperoni. Gosto de simplicidade.

— Já percebi. — Ela olhou para minhas roupas, camisa, calça e sapatos pretos. Alguns clientes preferiam que o guarda-costas caprichasse no vestuário, exigiam terno, gravata, rádio na orelha, a parafernália completa, mas Bridget preferia que eu passasse despercebido, daí o estilo casual.

A análise que fez não foi sexual, mas isso não impediu a contração entre minhas pernas quando seus olhos desceram dos ombros ao ventre e passaram para as coxas. O número de ereções espontâneas que eu tinha na presença dela era constrangedor, considerando que eu era um homem adulto, não um adolescente dominado por hormônios.

Mas Bridget tinha aquele tipo de beleza rara com a qual se topava apenas uma vez na vida, e sua personalidade complicava ainda mais as coisas, porque ela de fato tinha personalidade. Uma *boa* personalidade, diga-se de passagem, pelo menos quando não estava me enlouquecendo com sua teimosia.

Aceitei esse trabalho convencido de que ela era mimada e arrogante como a outra princesa que protegi, mas ela se mostrou inteligente, generosa e pé no chão, com a dose certa de fogo queimando por trás da aparência fria para me fazer querer remover cada camada externa até ela estar exposta para mim e só para mim.

Os olhos de Bridget fizeram uma parada rápida na região abaixo do meu cinto. Meu pau subiu um pouco mais, e segurei os apoios de braço do assento com uma força desnecessária. Isso era muito errado. Ela estava preocupada com o avô, que podia estar morrendo, e eu aqui fantasiando, pensando em trepar com ela de todos os jeitos possíveis no meio da cabine do avião.

Eu tenho problemas sérios. E o menor deles era estar sexualmente frustrado.

— Sugiro que pare de olhar para mim desse jeito, Princesa — falei com voz mansa, mas letal. — A menos que tenha planos de fazer alguma coisa em relação a isso.

Essa era a coisa mais imprópria que eu já tinha dito a ela e totalmente fora dos limites do profissionalismo, mas tudo isso estava me enlouquecendo.

Apesar da insinuação do dia anterior, não tocava em uma mulher desde que tinha começado esse trabalho. Não que eu não quisesse. Eu ia a bares, flertava, recebia muitas ofertas, mas todas as vezes, não sentia nada. Nem centelhas, nem desejo, nem luxúria. Eu até estaria preocupado com o meu garoto lá embaixo, não fossem as reações viscerais que tinha a Bridget.

A única pessoa que me deixava de pau duro atualmente era minha cliente.

Eu sou azarado pra caralho.

Bridget levantou a cabeça de repente e arregalou os olhos.

— Não estou... não estava...

— Faça outra pergunta.

— O quê?

— Você disse que queria saber mais sobre mim. Faça outra pergunta — repeti por entre os dentes. *Qualquer coisa que me distraia do quanto quero levantar essa sua saia e descobrir o quanto te deixo molhada.*

Porque ela estava. Deixando de lado a longa e recente temporada de recesso, eu tinha experiência o suficiente com o sexo oposto para identificar os sinais de excitação feminina a um quilômetro de distância.

Pupilas dilatadas, bochechas coradas, respiração rasa.

Sim, sim, e sim, porra.

— Ah, hum. — Bridget pigarreou, e parecia mais agitada do que jamais a vi. — Fala... fala sobre a sua família.

Um balde de água fria na minha libido.

Fiquei tenso e meu desejo foi desaparecendo enquanto eu tentava pensar em como responder.

É claro que ela quer saber justamente sobre a coisa que eu detesto discutir.

— Não tem muito o que dizer — falei finalmente. — Não tenho irmãos. Minha mãe morreu quando eu era criança. Não conheci meu pai. Avós mortos também.

Talvez devesse ter omitido essa última parte, considerando a situação do avô dela, mas Bridget não pareceu ter se incomodado. Em vez disso, olhou para mim com compaixão.

— O que aconteceu?

Não precisava de esclarecimentos para saber a que ela se referia. *Minha mãezinha querida.*

— Overdose — respondi sem rodeios. — Cocaína. Eu tinha onze anos e a encontrei voltando da escola. Ela estava sentada na frente da TV, que transmitia o programa preferido dela. Havia um prato com restos de macarrão em cima da mesinha de centro. Pensei que estivesse dormindo, às vezes ela pegava no sono assim, mas quando me aproximei... — Engoli em seco. — Os olhos dela estavam abertos. Vidrados, sem foco. Então percebi que ela tinha morrido.

Bridget respirou fundo. Minha história nunca deixava de causar piedade em quem a ouvia, e era por isso que eu odiava contá-la. Não queria piedade de ninguém.

— Sabe o que foi engraçado? Peguei o prato de macarrão e lavei como se ela fosse acordar e gritar comigo se eu não lavasse. Depois lavei a louça que estava na pia. Desliguei a TV. Limpei a mesinha de centro. Só então liguei para a polícia. — Deixei escapar uma risada sem nenhum humor enquanto Bridget olhava para mim com uma expressão insuportavelmente suave. — Ela já estava morta, mas na minha cabeça, só seria *verdade* quando a ambulância aparecesse e fizesse o anúncio oficial. Lógica infantil.

Esse era o maior número de palavras que tinha pronunciado sobre minha mãe nas últimas duas décadas.

— Sinto muito — respondeu Bridget em voz baixa. — Perder um dos pais nunca é fácil.

Ela sabia disso melhor do que ninguém. Tinha perdido pai e mãe, e um deles ela nem tinha chegado a conhecer. Igual a mim, mas havia a possibilidade de meu pai ainda estar vivo, e a mãe dela morreu no parto.

— Não tenha pena de mim, Princesa. — Girei o copo de água entre os dedos, lamentando que não contivesse algo mais forte. Eu não bebia, mas às vezes dava vontade. — Minha mãe era uma cretina.

Bridget arregalou os olhos com o choque. Pouca gente falava sobre a morte da mãe e depois concluía, no mesmo instante, com "ela era uma cretina".

Mas se alguém merecia esse título, essa pessoa era Deirdre Larsen.

— Ainda assim, era minha mãe — continuei. — O único parente vivo que eu tinha. Não sabia onde meu pai estava e, mesmo que soubesse, era óbvio que ele não queria nada comigo. Então, sim, fiquei triste com a morte dela, mas não fiquei arrasado.

A verdade é que fiquei aliviado. Era doentio e meio perverso, mas viver com minha mãe tinha sido um pesadelo. Antes da overdose, pensei em fugir várias vezes, mas uma noção confusa de lealdade me fez desistir em todas elas.

Deirdre podia ser uma drogada alcoolista abusiva, mas só tinha a mim no mundo, e ela era tudo que eu tinha. Acho que isso contava para alguma coisa.

Bridget se inclinou e afagou minha mão. Fiquei tenso quando uma corrente elétrica inesperada subiu por meu braço, mas mantive a expressão inalterada.

— Seu pai não tem ideia do que está perdendo. — A voz dela transbordava sinceridade, e meu peito ficou apertado.

Olhei para o contraste entre a mão macia e quente dela e a minha, áspera e calejada.

Uma mão limpa em cima de uma manchada de sangue. Inocência em cima de escuridão.

Dois mundos que nunca deveriam se tocar.

Puxei a mão e me levantei de repente.

— Preciso trabalhar numa papelada — disse.

Era mentira. Tinha terminado toda a documentação para a viagem de última hora a Eldorra na noite anterior, e me sentia mal por deixar Bridget sozinha agora, mas precisava me afastar dela e recuperar o controle.

— Tudo bem. — Ela parecia assustada com a repentina mudança de clima, mas não teve chance de dizer nada antes de eu me afastar e me acomodar no assento atrás dela para não ter que encará-la.

Minha cabeça ia para todos os lugares, meu pau estava duro de novo e meu profissionalismo tinha pulado pela janela.

Passei a mão no rosto, praguejando mentalmente contra mim, contra Christian, contra o antigo guarda-costas dela, que teve um bebê e abandonou seu posto, e contra tudo e todos que tinham contribuído para a situação caótica em que eu me encontrava. Mais especificamente, desejar alguém que eu não deveria querer e nunca poderia ter.

Aceitei esse trabalho pensando que tinha um objetivo, mas agora era óbvio que tinha dois.

O primeiro era proteger Bridget.

O segundo era resistir a ela.

CAPÍTULO 11

Bridget

RHYS E EU NÃO VOLTAMOS A CONVERSAR NO AVIÃO, MAS ELE DESVIOU meus pensamentos da situação do meu avô de tal maneira que peguei no sono assim que ele se levantou. Não tinha dormido nada na noite anterior, e passei a maior parte do voo apagada.

Mas quando pousamos, todo o meu nervosismo voltou, e tive que me controlar para não estourar com o motorista e exigir que fosse mais depressa enquanto atravessávamos o centro da cidade a caminho do hospital. Cada segundo que passávamos em um farol vermelho era como um segundo que eu perdia com meu avô.

E se eu não conseguisse vê-lo vivo por dois ou três minutos?

Senti vertigem e tive que fechar os olhos e respirar fundo algumas vezes para não ser dominada pela ansiedade.

Quando finalmente chegamos ao hospital, encontramos Markus, o secretário particular do meu avô e seu braço direito, esperando por nós na entrada secreta, usada para pacientes famosos. Eu tinha visto a aglomeração de repórteres na frente da entrada principal, e a cena triplicou minha ansiedade.

— Sua Majestade está bem — disse Markus ao me ver. Parecia mais desmazelado que de costume, o que, no mundo de Markus, significava alguns fios de cabelo fora de lugar e uma ruguinha quase imperceptível na camisa.
— Acordou pouco antes de eu chegar.

— Ai, graças a Deus — suspirei aliviada. Se meu avô estava acordado, as coisas não podiam ser *tão* ruins. Certo?

Pegamos o elevador para a suíte privada, onde encontrei Nikolai andando no corredor externo com ar preocupado.

— Ele me expulsou — meu irmão anunciou. — Disse que eu estava muito em cima dele.

Abri um sorriso.

— Típico. — Se havia uma coisa que Edvard von Ascheberg III odiava, era ser alvo de atenções exageradas.

— Pois é. — Nikolai riu, uma risada que era meio resignada, meio aliviada, depois me puxou para um abraço. — É bom te ver, Bridge.

Não nos víamos nem conversávamos com frequência. Tínhamos vidas diferentes – Nikolai como príncipe coroado em Eldorra, eu como princesa fazendo de tudo para fingir que não era uma princesa nos Estados Unidos –, mas nada aproximava mais duas pessoas que uma tragédia compartilhada.

Por outro lado, se isso fosse verdade, deveríamos ser unidos como gêmeos siameses desde que nossos pais morreram. Mas não tinha sido assim que as coisas tinham acontecido.

— É bom te ver também. — Apertei um pouco mais o abraço antes de cumprimentar a namorada dele. — Oi, Sabrina.

— Oi. — Ela me deu um abraço rápido, cheio de solidariedade.

Sabrina era americana, comissária de bordo, e Nikolai a tinha conhecido em um voo para os Estados Unidos. Fazia dois anos que eles namoravam, e o relacionamento tinha causado uma tempestade na mídia quando viera à tona. Um príncipe namorando uma plebeia? O paraíso dos tabloides. A cobertura perdera força desde então, em parte porque Nikolai e Sabrina mantinham o relacionamento protegido com toda discrição, mas o namoro ainda era alvo de muita fofoca na sociedade de Athenberg.

Talvez por isso eu sentisse tanto prazer em namorar alguém "apropriado". Não queria desapontar meu avô também. Ele aprendeu a gostar de Sabrina, mas quase teve um surto quando descobriu sobre ela.

— Ele está te esperando lá dentro. — Nikolai sorriu. — Só não exagera no cuidado, ou ele vai te expulsar também.

Consegui dar risada.

— Vou me lembrar disso.

— Vou esperar aqui — disse Rhys. Normalmente, ele insistia em me seguir a todos os lugares, mas parecia saber que eu precisava de um tempo a sós com meu avô.

Sorri para ele com gratidão antes de entrar no quarto de hospital.

Edvard estava, como prometido, acordado e sentado na cama, mas vê-lo com a camisola do hospital e conectado a tantas máquinas me fez lembrar de muitas coisas.

— *Papai, acorda! Por favor, acorda!*

Eu soluçava, tentando me livrar das mãos de Elin e correr para perto dele.

— *Papai!*

Porém, por mais que eu gritasse e chorasse, ele continuava pálido e imóvel. A máquina ao lado da cama apitava, um ruído contínuo e ininterrupto, e todo mundo no quarto gritava e corria de um lado para o outro, exceto meu avô, que continuou sentado de cabeça baixa, com os ombros tremendo. Eles forçaram Nikolai a sair do quarto mais cedo e agora tentavam me tirar de lá também, mas eu me recusava a sair.

Não enquanto meu pai não acordasse.

— *Papai, por favor!* — *gritei até ficar rouca, e meu último apelo foi um sussurro.*

Eu não entendia. Ele estava bem algumas horas antes. Tinha saído para comprar pipoca e doces, porque não tinha mais nada disso na cozinha do palácio, ele disse que era bobagem mandar alguém fazer o que ele podia resolver por conta própria. Dissera que, quando voltasse, comeríamos pipoca e veríamos A Bela e a Fera *juntos.*

Mas ele não voltou.

Ouvi os médicos e as enfermeiras conversando mais cedo. Alguma coisa sobre o carro dele e um choque repentino. Não sabia o que isso significava, mas sabia que não era bom.

E sabia que meu papai não voltaria nunca mais.

Senti o ardor das lágrimas no fundo dos olhos e um aperto familiar no peito, mas forcei um sorriso e tentei não demonstrar preocupação.

— Vovô. — Corri para perto de Edvard. Eu o chamava de vovô quando era criança e nunca perdi esse hábito, mas agora só podia usar esse tratamento quando estávamos sozinhos, porque era "informal" demais para um rei.

— Bridget. — Ele estava pálido e parecia cansado, mas conseguiu esboçar um sorriso. — Não precisava ter vindo de tão longe. Estou bem.

— Vou acreditar nisso quando o médico disser. — Afaguei a mão dele, um gesto que era mais para me tranquilizar do que para confortá-lo.

— Eu sou o rei — ele retrucou. — O que eu digo é uma ordem.

— Não em questões médicas.

Edvard suspirou e resmungou, mas não discutiu. Em vez disso, perguntou sobre Nova York, e contei todas as novidades desde a última vez que o tinha visto no Natal passado até ele se cansar e cochilar no meio de uma história sobre como Louis derrubou a taça de vinho.

Ele se recusou a me contar como tinha ido parar no hospital, mas Nikolai e os médicos me deram todas as informações. Aparentemente, meu avô tinha um problema cardíaco raro, até então não diagnosticado, que costumava vir à tona quando acionado por estresse ou ansiedade extremos. Nestes casos, o quadro podia levar a uma parada cardíaca repentina e à morte.

Quem quase teve uma parada cardíaca fui eu ao ouvir isso, mas os médicos garantiram que o caso do meu avô era moderado. Ele tinha desmaiado e ficado inconsciente por um tempo, mas não precisaria de cirurgia, o que era bom. No entanto, não existia cura para o transtorno, e ele teria que adotar um novo estilo de vida para reduzir os níveis de estresse, se não quisesse enfrentar um incidente mais sério no futuro.

Eu bem podia imaginar a resposta de Edvard para isso. Ele era o exemplo perfeito de workaholic.

Os médicos o mantiveram no hospital por mais três dias para monitorá-lo. Queriam que ele ficasse uma semana, mas meu avô se recusou. Disse que seria ruim para o moral do povo e que precisava voltar ao trabalho. E quando o rei queria alguma coisa, ninguém o contrariava.

Depois que ele voltou para casa, Nikolai e eu tentamos de tudo para convencê-lo a delegar algumas de suas responsabilidades aos conselheiros, mas ele nos ignorava.

Três semanas mais tarde, ainda vivíamos esse impasse, e eu não sabia mais o que fazer.

— Ele é teimoso. — Não conseguia banir a frustração da minha voz enquanto guiava meu cavalo para os fundos do terreno do palácio. Edvard, farto de ouvir Nikolai e eu repetindo que ele precisava seguir os conselhos do médico, nos expulsou do palácio durante a tarde toda. *Vão tomar um pouco de sol*, dissera. *E deixem eu me estressar em paz*. Nikolai e eu não tínhamos achado graça. — Devia reduzir as reuniões noturnas, pelo menos.

— Você sabe como ele é. — Nikolai cavalgava ao meu lado no próprio cavalo, descabelado pelo vento. — Mais teimoso que você.

— Você, *me* chamando de teimosa? Essa é boa! — zombei. — Se me lembro bem, foi você quem fez três dias de greve de fome porque o vovô não autorizou sua viagem para ir mergulhar com os seus amigos.

Nikolai riu.

— Funcionou, não foi? Ele cedeu antes do fim do terceiro dia. — Meu irmão era uma cópia quase idêntica de nosso pai, cabelos cor de trigo, olhos azuis e queixo quadrado, e às vezes a semelhança era tão grande que meu coração doía. — Além do mais, isso não foi nada comparado a sua *insistência* em morar nos Estados Unidos. Nosso país é mesmo assim tão chato?

Pronto. Nada como um belo dia de outono com uma porção de culpa para acompanhar.

— Você sabe que o motivo não é esse.

— Bridget, consigo contar nos dedos de uma das mãos quantas vezes você voltou para casa nos últimos cinco anos. Não vejo nenhuma outra explicação.

— Você sabe que sinto saudades suas e do vovô. Mas é que... toda vez que estou em casa... — Tentei pensar na melhor maneira de colocar a situação. — Fico sob a lente de um microscópio. Cada coisinha que faço, o que visto, o que falo, tudo é dissecado. Juro, os tabloides poderiam fazer um artigo sobre como eu *respiro* errado. Ninguém se importa com isso nos Estados Unidos. Desde que eu não cometa nenhuma imprudência, posso ser só normal. Ou tão normal quanto alguém como eu pode ser.

Não consigo respirar aqui, Nik.

— Sei que é demais — respondeu ele, com uma expressão mais suave. — Mas nascemos para isso, e você cresceu aqui. Antes, não tinha problemas com toda a atenção.

Sim, eu tinha. Só não demonstrava nunca.

— Eu era mais nova. — Paramos os cavalos e afaguei o pescoço da minha montaria, buscando conforto na sensação familiar do pelo sedoso embaixo da minha mão. — As pessoas não eram tão cruéis quando eu era mais nova, e isso foi antes de eu ir para a faculdade e experimentar a sensação de viver a vida de uma garota normal. É uma sensação... boa.

Nikolai me encarou com uma expressão estranha. Se eu não o conhecesse bem, poderia jurar que era culpa, mas não fazia sentido. Que motivo ele teria para se sentir culpado?

— Bridge...

— O que é? — Meu coração acelerou. O tom de voz, a expressão, a tensão nos ombros dele. O que quer que meu irmão tivesse para dizer, eu não ia gostar.

Ele abaixou a cabeça.

— Você vai me odiar por isso.

Segurei as rédeas com mais força.

— Fale de uma vez.

— Antes de falar, quero que saiba que não planejei nada disso — respondeu Nikolai. — Não esperava conhecer Sabrina e me apaixonar por ela, nem esperava estar ao lado dela dois anos depois.

Confusão se misturou à apreensão. *O que Sabrina tem a ver com isso?*

— Eu queria ter falado antes — ele acrescentou. — Mas o vovô foi hospitalizado, e... — ele pausou, e vi o movimento em seu pescoço quando ele engoliu em seco antes de continuar: — ... Bridge, pedi Sabrina em casamento. E ela aceitou.

Eu esperava ouvir qualquer coisa, menos isso. Não esperava isso nem de longe.

Não conhecia Sabrina muito bem, mas gostava dela. Ela era doce, divertida e fazia meu irmão feliz. Para mim, isso era o suficiente. Não entendia por que ele estava tão nervoso em me dar essa notícia.

— Nik, isso é maravilhoso. Parabéns! Já contou ao vovô?

— Contei. — Nikolai continuava olhando para mim com cara de culpa.

Meu sorriso desapareceu.

— Ele ficou aborrecido? Sei que ele não gostou quando vocês começaram a namorar porque...

Parei. Dedos gelados acariciaram minhas costas quando as peças finalmente se encaixaram.

— Espera aí — falei. — Você não pode se casar com Sabrina. Ela não tem sangue nobre.

Essa era a lei, não a minha opinião. A Lei dos Casamentos Reais de Eldorra determinava que o monarca tinha que se casar com alguém de origem nobre. Era arcaico, mas imutável e, como futuro rei, Nikolai precisava se submeter a essa lei.

— Não — respondeu. — Ela não é nobre.

Fiquei encarando meu irmão. O silêncio era tão intenso que eu conseguia ouvir as folhas das árvores caindo no chão.

— Onde está querendo chegar?

O medo crescia em meu peito como um balão, inflando e inflando até expulsar todo o ar dos meus pulmões.

— Bridget, eu vou abdicar.

O balão estourou, deixando pedaços de medo espalhados por meu corpo. Coração, garganta, olhos, dedos das mãos e dos pés. Fui consumida pelo medo de tal maneira que não consegui falar por um minuto.

— Não — reagi, piscando como se tentasse acordar de um pesadelo. Não adiantou. — Não vai. Você vai ser rei. Foi treinado para isso durante toda a vida. Não pode só decidir que vai jogar isso fora.

— Bridget...

— Não. — Tudo à minha volta ficou turvo, as cores da folha, do céu e da grama se misturaram em um borrão, uma paisagem infernal multicolorida. — Nik, como você pode?

Normalmente, eu conseguia lidar com qualquer situação através do diálogo, mas a razão tinha desaparecido, me deixando apenas com emoção pura e uma sensação de náusea.

Não posso ser rainha. Não posso, não posso, não posso.

— Acha que eu quero que seja assim? — O rosto de Nikolai ficou tenso. — Sei o quanto isso é importante. Isso tem me consumido há *meses*, e venho tentando encontrar brechas e razões para desistir de Sabrina. Mas você sabe como é o Parlamento. Como é tradicional. Eles nunca mudariam a lei, e eu... — Ele suspirou, parecendo, de repente, muito mais velho que seus vinte e sete anos. — Não posso desistir dela, Bridge. Eu a amo.

Fechei os olhos. De todos os motivos que Nikolai poderia ter escolhido para abdicar, ele escolheu o único que eu não poderia contestar.

Nunca me apaixonei, mas sonhei com isso a vida toda. Encontrar esse amor grandioso, arrebatador, do tipo que justifica abrir mão de um reino.

Nikolai encontrou o dele. Como eu poderia guardar ressentimento por ele escolher uma coisa pela qual eu daria minha vida?

Quando abri os olhos de novo, ele ainda estava lá, altivo e reto sobre o cavalo. A imagem do rei que nunca seria.

— Quando? — perguntei com tom resignado.

Um esboço de sorriso suavizou sua expressão. Ele provavelmente esperava uma briga, mas o estresse do último mês tinha me deixado sem forças para isso. Não serviria para nada, de qualquer maneira. Quando meu irmão tomava uma decisão, ele não recuava.

A teimosia era uma característica presente em todos da nossa família.

— Vamos esperar até toda essa comoção em torno da hospitalização do vovô passar. Talvez mais um ou dois meses. Você sabe como é o ciclo das notícias hoje em dia. Logo tudo isso vai deixar de ser interessante. Vamos manter o noivado em segredo também, por enquanto. Elin está trabalhando em uma declaração para a imprensa e um plano, e...

— Espera aí. — Levantei a mão. — *Elin* já sabe?

Um rubor tingiu o rosto de Nikolai quando ele percebeu seu erro.

— Eu tive que...

— Quem mais sabe? — *Tum. Tum. Tum.* Meu coração batia alto demais em meus ouvidos. Fiquei pensando se eu também não teria um problema cardíaco, como meu avô. Fiquei pensando também o que aconteceria se Nikolai abdicasse e eu morresse bem ali, em cima da sela. — Para quem mais contou, antes de falar comigo?

Eu cuspia as palavras. Cada uma delas tinha um gosto mais amargo, revestida de traição.

— Elin, vovô e Markus. *Precisei* contar para eles. — Nikolai sustentava meu olhar. — Elin e Markus precisam tomar a frente de tudo isso, politicamente e em relação à imprensa. Eles precisam de tempo.

Uma risada insana brotou da minha garganta. Nunca tinha produzido um som tão feroz em toda a minha vida, e meu irmão reagiu assustado.

— *Eles* precisam de tempo? *Eu* preciso de tempo, Nik! — *Liberdade. Amor. Escolhas.* Coisas que eu já tinha tão pouco e tinha perdido para sempre. Ou ainda perderia, assim que Nikolai anunciasse sua renúncia ao trono. — Preciso das duas décadas e meia que você já teve para se preparar para o trono. Preciso não me sentir uma substituta em uma decisão que vai mudar minha vida inteira. Preciso...

Preciso sair daqui.

Ou vou acabar fazendo alguma coisa de que me arrependa, como dar um soco na cara do meu irmão.

Nunca dei um soco em ninguém antes, mas vi filmes o bastante para pegar o jeito.

Em vez de concluir a frase, fui me afastando em um trote moderado que logo virou um galope. *Respira. Só respira.*

— Bridget, espera!

Ignorei o grito de Nikolai e esporeei o cavalo para aumentar a velocidade até as árvores passarem por mim como um borrão.

Bridget, eu vou abdicar.

As palavras dele ecoavam em minha cabeça, me atormentando.

Nunca, nem uma vez na vida, pensei na possibilidade de Nikolai não assumir o trono. Ele *queria* ser rei. *Todo mundo* queria que ele fosse rei. Ele tinha sido preparado para isso.

Eu? Eu nunca estaria pronta.

Quando foi que Nikolai pediu a mão de Sabrina? Há quanto tempo todo mundo sabia? O plano de abdicar tinha sido parte do motivo do colapso do vovô?

Eu não me lembrava de ter visto uma aliança de noivado no dedo de Sabrina no hospital, mas se eles tinham decidido guardar segredo até o anúncio, ela não usaria aliança nenhuma.

Não fui informada sobre uma coisa que me afetava mais do que a qualquer outra pessoa, exceto Nikolai, e estava tão consumida por meu turbilhão interior que não percebi o galho baixo se aproximando em alta velocidade até já ser tarde demais.

A dor explodiu na minha testa. Caí do cavalo e bati no chão com um baque surdo, e a última coisa que me lembro de ter visto foram as nuvens de tempestade se aglomerando antes de a escuridão me engolir inteira.

CAPÍTULO 12

Rhys

Senti o problema antes mesmo de entrar no hall de recepção do palácio, onde ouvi o Príncipe Nikolai falando em murmúrios. Senti um arrepio na nuca, e embora não conseguisse ouvir o que o irmão de Bridget dizia, a nota estressada em sua voz disparou alarmes em minha cabeça.

Meus sapatos guincharam no piso de mármore polido, e Nikolai ficou em silêncio. Ele estava no meio do espaço amplo de dois andares ao lado de Elin e Viggo, assistente do chefe da segurança real. Eu havia memorizado o rosto e o nome de cada membro do estafe, porque assim saberia se alguém tentasse entrar disfarçado de empregado do palácio.

Cumprimentei o grupo com um breve aceno de cabeça.

— Alteza.

— Sr. Larsen — respondeu Nikolai, com um aceno altivo. — Espero que esteja aproveitando seus dias de folga.

Como o palácio era protegido por uma forte guarda, eu era dispensado quando Bridget estava em casa, o que aconteceu na maioria dos dias desde que o avô dela havia sido hospitalizado. Era estranho. Eu estava tão acostumado a ficar ao lado dela vinte e quatro horas por dia, sete dias por semana, que...

Você não sente falta dela. Descartei a ideia ridícula antes de ela se tornar um pensamento inteiramente formado.

— Têm sido ótimos.

Tinha tentado desenhar novamente, mas não fui muito além de algumas linhas no papel. Fiquei sem criatividade, inspiração, chame do que quiser, meses atrás, e hoje tinha sido a primeira vez que tinha pegado o caderno de desenhos depois de todo esse tempo.

Precisava de alguma coisa para ocupar as mãos e a mente.

Alguma coisa que não fosse perfeita, com a cara de um anjo e curvas que encaixariam perfeitamente nas minhas mãos.

Ah, mas que cacete.

Enrijeci a mandíbula, determinado a não fantasiar com a porra da cliente na frente do irmão dela. Nunca, na verdade.

— Onde está a Princesa Bridget? — De acordo com a agenda, ela devia estar cavalgando com Nikolai. Mas o céu parecia prestes a se abrir em água, então, deduzi que os irmãos tinham encerrado o passeio mais cedo.

Nikolai trocou olhares com Elin e Viggo, e o ponteiro do meu radar de problema se aproximou da zona vermelha.

— Tenho certeza de que Sua Alteza está em algum lugar no palácio — respondeu Viggo. Ele era um homem baixo e encorpado, com um rosto vermelho e uma leve semelhança com um Danny DeVito escandinavo. — Estamos procurando por ela.

O ponteiro ultrapassou a zona vermelha e entrou na zona de emergência.

— Como assim, estão procurando por ela? — Minha voz era calma, mas estava em alerta e a raiva borbulhava dentro de mim. — Pensei que ela estivesse com você, Alteza.

Elin encarou Viggo. Ela não precisou falar para eu ouvir seu grito: *Viggo, seu idiota.*

Fosse o que estivesse acontecendo, eu não deveria saber.

Nikolai alternou o peso de um pé para o outro e vi o desconforto passar por seu rosto.

— Ela estava, mas nós discutimos e ela, ah, se afastou a galope.

— Faz quanto tempo? — Eu nem ligava se estava sendo desrespeitoso. Era uma questão de segurança pessoal, e eu era o guarda-costas de Bridget. Tinha o direito de saber o que tinha acontecido.

O desconforto de Nikolai aumentou visivelmente.

— Há uma hora.

A raiva explodiu, ultrapassando o alarme por um fio de cabelo.

— Uma *hora*? E ninguém pensou em me avisar?

— Cuidado com o tom, sr. Larsen — Elin me avisou. — Está falando com o príncipe herdeiro.

— Eu sei. — Elin podia pegar seus olhares críticos e enfiar no rabo junto com aquela eterna arrogância. — Ninguém viu a princesa desde então?

— Um empregado encontrou o cavalo dela — disse Viggo. — Nós o levamos de volta ao...

— Encontrou o cavalo. — Uma veia pulsou em minha testa. — O que significa que ela não estava em cima dele, e não o levou de volta ao estábulo. — Por mais furiosa que estivesse, Bridget nunca abandonaria um animal. Tinha acontecido alguma coisa com ela. O pânico me rasgava por dentro quando falei: — Procuraram em toda a propriedade, ou só no palácio?

— Sua Alteza não ficaria lá fora. — Viggo se irritou. — Está chovendo muito! Ela entrou...

— A menos que tenha caído do cavalo e esteja inconsciente em algum lugar.

Jesus, como caralho esse cara tinha sido nomeado assistente do chefe de segurança? Havia hamsters com mais inteligência que ele.

— Bridget cavalga muito bem, e temos algumas pessoas fazendo uma busca lá fora. Ela pode ter fugido para um de seus esconderijos. Costumava fazer isso quando era criança. — Nikolai olhou para Viggo. — Mas o sr. Larsen está certo. Não custa nada ser ainda mais minucioso. Devemos mandar mais homens para verificar a propriedade?

— Se quiser, Alteza. Posso desenhar os quadrantes...

Mas que porra, isso é inacreditável.

Eu já estava na metade do caminho para a porta quando Viggo terminou sua frase idiota. Pena que o chefe da segurança, que era competente, estivesse de férias, porque seu assistente era um imbecil. Quando ele terminasse de desenhar os quadrantes, Bridget poderia estar gravemente ferida.

— Aonde vai? — Elin perguntou atrás de mim.

— Fazer o meu trabalho.

Acelerei o passo, xingando o tamanho do palácio enquanto corria para a porta mais próxima para o exterior. Quando consegui sair, o pânico tinha se transformado em terror. Um trovão reverberou tão alto que sacudiu a porta que eu tinha acabado de fechar, e chovia tão forte que jardins e fontes eram borrões na minha frente.

A propriedade era muito grande para eu percorrer sozinho, por isso precisava ser estratégico. A melhor alternativa era começar na trilha oficial de cavalgada no sudeste do terreno e seguir dali, apesar de, a essa altura, a chuva ter lavado todas as pegadas.

Felizmente, o palácio tinha uma frota de carros motorizados para transportar hóspedes pela propriedade, e eu cheguei à trilha de cavalgada em dez minutos, não em meia hora, como teria sido se eu tivesse ido a pé.

— Por favor, Princesa, onde você está? — murmurei, tentando enxergar através da pesada cortina de água.

Imagens de Bridget caída no chão, com o corpo retorcido e quebrado, passavam por minha cabeça. Minha pele ficou gelada, e o volante se tornou escorregadio em minhas mãos suadas.

Se tivesse acontecido alguma coisa com ela, eu mataria Viggo. Lentamente.

Percorri as trilhas, mas vinte minutos mais tarde, ainda não a tinha encontrado, e estava ficando desesperado. Ela *podia* estar dentro do palácio, mas minha intuição dizia que não estava, e minha intuição nunca errava.

Talvez ela estivesse na área aonde o carrinho não chegava. Não faria mal conferir.

Desliguei o motor e desci, ignorando o ardor dos pingos pesados na pele.

— Bridget!

A chuva engolia o nome dela, e resmunguei um palavrão.

— Bridget!

Tentei de novo, sentindo os sapatos afundarem na lama da área próxima à trilha. A chuva colava minhas roupas ao corpo, dificultando os movimentos, mas eu havia enfrentado coisas bem piores que uma tempestade nos meus tempos de SEAL.

Não desistiria enquanto não a encontrasse.

Estava quase mudando para outra parte do terreno quando vi um lampejo de cabelo claro pelo canto do olho. Meu coração tropeçou e paralisei por meio segundo antes de correr até lá.

Por favor, que seja ela.

Era.

Ajoelhei ao lado dela e meu peito ficou vazio quando vi a palidez em seu rosto e o enorme hematoma roxo em sua testa. Um fio de sangue escorria por um lado do rosto, tingido de rosa pela água da chuva. Ela estava inconsciente e completamente ensopada.

Um animal furioso e protetor despertou em meu peito, tão feroz que fiquei chocado.

Viggo podia dar adeus à própria vida. Se ele não tivesse procrastinado, se alguém tivesse me *ligado* e informado que Bridget estava desaparecida...

Eu me obriguei a deixar a raiva de lado, por ora. Tinha coisas mais importantes em que me concentrar.

Verifiquei seu pulso. Fraco, mas estável. *Graças a Deus.* Fiz um exame rápido em busca de sinais de lesões. Respiração normal, nenhum membro quebrado e não havia mais sangue, exceto o que saía do corte na testa. O capacete dela estava torto, e rosto e roupas estavam sujos de terra.

A fera em meu peito rugiu de novo, pronta para dilacerar não só Viggo, mas Nikolai também por não tê-la protegido, ou não estar ali com ela, pelo menos.

Ele provavelmente não poderia ter feito nada para impedir que Bridget caísse do cavalo – a julgar pelo capacete e a posição no chão, era isso que tinha acontecido –, mas a fera não se importava. Tudo que sabia era que ela estava ferida e alguém teria que pagar por isso.

Mais tarde.

Eu precisava, primeiro, levá-la ao médico.

Resmunguei outro palavrão quando vi que meu celular estava sem serviço. A tempestade devia ter derrubado o sinal.

A orientação padrão era nunca mover uma pessoa ferida sem a presença de profissionais da saúde, mas eu não tinha escolha.

Peguei Bridget nos braços e a levei para o carrinho, sustentando seu pescoço com uma das mãos. Estávamos na metade do caminho quando ouvi um gemido baixo.

Meu coração tropeçou outra vez.

— Princesa, está acordada? — Mantive a voz calma, não queria assustá-la ou provocar pânico.

Bridget gemeu de novo, e seus olhos se abriram devagar.

— Sr. Larsen? O que você está fazendo? O que aconteceu? — Ela tentou virar a cabeça para olhar em volta, mas eu a contive apertando sua perna com força.

— Você se machucou. Não se mexa, a menos que seja absolutamente necessário. — Chegamos ao carrinho, e eu a coloquei com todo cuidado no banco do passageiro antes de me sentar ao volante e ligar o motor. O alívio que invadia minhas veias era tão intenso, que quase sufoquei.

Ela estava bem. Podia ter uma concussão, a julgar pelo hematoma, mas estava consciente, falando e *viva*.

— Você se lembra do que aconteceu? — Eu queria voltar correndo ao palácio, que tinha uma médica residente, mas me forcei a dirigir devagar para minimizar os solavancos e movimentos bruscos.

Bridget tocou a testa e fez cara de dor.

— Eu estava cavalgando e... tinha um galho. Quando eu vi, já era tarde demais. — E fechou os olhos com força. — Minha cabeça dói, estou vendo tudo turvo.

Droga. Concussão, com certeza.

Apertei o volante com força, projetando nele o pescoço de Viggo.

— Já vamos chegar ao palácio. Até lá, relaxe e não faça esforço para falar.

É claro que ela não me ouviu.

— Como me encontrou? — Bridget falava mais devagar que o habitual, e a nota de dor em sua voz revirava meu estômago.

— Eu procurei. — Estacionei o carrinho perto da entrada do fundo. — Devia demitir o assistente do chefe de segurança. Ele é um idiota. Se eu não tivesse te encontrado, ele ainda estaria mandando todo mundo te procurar *dentro* do palácio... que foi?

— Por quanto tempo você me procurou? — Bridget olhava para mim de um jeito que fazia meu coração se contorcer de maneira estranha.

— Não lembro — resmunguei. — Vamos entrar. Você está ensopada.

— Você também. — Ela continuou no carrinho. — Foi... me procurar na chuva sozinho?

— Como eu disse, Viggo é um idiota. Entra, Princesa. Esse corte e a pancada precisam de atenção. Deve ter tido uma concussão.

— Estou bem. — Mas Bridget não protestou quando enlacei sua cintura com um braço e passei o dela em torno do meu pescoço, deixando que me usasse como muleta enquanto andávamos em direção à porta.

Felizmente, o consultório da médica não ficava muito longe da entrada do fundo, e quando ela viu o estado em que Bridget estava, entrou em ação.

Enquanto ela fazia um curativo na testa de Bridget e um exame mais minucioso para ver se havia outros ferimentos, fui me enxugar no banheiro e fiquei esperando no corredor. Não me sentia capaz de olhar para aquele hematoma em Bridget sem perder a porra da cabeça.

O som de passos rápidos ecoou no corredor, e crispei os lábios quando vi Nikolai correndo em minha direção seguido por Viggo e Elin. Alguém do estafe devia tê-los avisado quando me viu chegar com Bridget.

Ótimo. Eu precisava extravasar.

— Bridget está bem? — o príncipe me perguntou, preocupado.

— De maneira geral, sim. A médica está fazendo um exame.

Esperei Nikolai entrar no consultório e só então dirigi minha atenção a Viggo.

— *Você.* — Agarrei o sujeito pelo colarinho e o levantei até seus pés balançarem no ar. — Eu *falei* que ela estava lá fora. Qualquer um com um mínimo de bom senso saberia que ela estava lá fora, mas você perdeu uma hora procurando por ela *aqui dentro* enquanto Bridget estava inconsciente na chuva.

— Sr. Larsen! — Elin reagiu, escandalizada. — Estamos no palácio real, *não* em um bar onde você pode brigar com outros clientes. Solte Viggo.

Eu a ignorei e baixei a voz até que somente Viggo pudesse me ouvir.

— É bom *rezar* para a princesa não ter sofrido nenhum ferimento grave.

— Está me ameaçando? — ele balbuciou.

— Estou.

— Posso te demitir.

Mostrei os dentes em uma paródia de sorriso.

— Experimenta.

O chefe da segurança real supervisionava meu contrato, mas Viggo não conseguiria sequer encontrar o caminho até a própria bunda nem se alguém o indicasse com luzes neon, muito menos me demitir sem a aprovação de seu chefe.

Soltei o colarinho de Viggo e o pus no chão quando a porta do consultório foi aberta.

— Sr. Larsen, Viggo, Elin. — Se a médica suspeitava de algum problema do lado de fora de seu consultório, não demonstrou. — Terminei o exame. Entrem.

A raiva que eu sentia de Viggo ficou em segundo plano quando entramos na pequena clínica e a preocupação com Bridget me dominou. Ela estava sentada na cama hospitalar. Não parecia feliz com a presença de Nikolai, que estava ao lado dela com uma expressão tensa.

A médica informou a todos que Bridget tinha realmente uma concussão, mas estaria recuperada em dez dias, no máximo, catorze. Também tinha sofrido um leve entorse no pulso, e dava sinais de início de resfriado forte. Nada que ameaçasse sua vida, mas as próximas semanas seriam desconfortáveis.

Olhei para Viggo, que se encolheu atrás de Nikolai feito um covarde.

Depois que todos foram embora, eu fiquei, e a médica olhou para mim por um instante antes de pedir licença e sair, me deixando a sós com Bridget.

— Estou bem — ela falou antes que eu pudesse abrir a boca. — Algumas semanas de repouso e estarei nova.

Cruzei os braços sem me convencer.

— Que porra aconteceu? Nikolai disse que você saiu galopando depois de discutir com ele.

Ela baixou o olhar.

— Briga de irmãos. Nada sério.

— Mentira. Você não foge quando está com raiva.

E Bridget não falou com o irmão, enquanto ele esteve ali, o que dizia alguma coisa. Ela jamais ignoraria Nikolai, a menos que estivesse *realmente* furiosa.

— Tem uma primeira vez para tudo — disse a princesa.

Não disfarcei a frustração.

— Mas que droga, Princesa, precisa ter mais cuidado. Se acontecesse alguma coisa com você, eu...

Parei de repente, engolindo o restante das palavras. *Não sei o que eu faria.*

O rosto de Bridget ganhou uma nova suavidade.

— Está tudo bem — ela repetiu. — Não se preocupe comigo.

— Tarde pra cacete pra isso.

Ela hesitou, como se pensasse muito no que ia dizer.

— Porque é seu trabalho.

A questão ficou suspensa no ar, carregada de um significado mais profundo.

Minha mandíbula se contraiu.

— Sim — respondi finalmente, com o coração dando aquela estranha pirueta de novo. — Porque é meu trabalho.

CAPÍTULO 13

Bridget

As semanas seguintes foram horríveis, não só porque eu estava doente e me curando de ferimentos, mas porque minha agenda fechada me dava tempo demais para surtar com a abdicação de Nikolai.

Eu seria rainha. Talvez não amanhã ou daqui um mês, mas um dia, e um dia era cedo demais.

Levei a taça de vinho aos lábios e olhei para o céu noturno. Fazia três semanas desde que tivera aquela conversa com Nikolai.

Tinha me recuperado da concussão e também me curado do resfriado. Ainda precisava tomar cuidado com o pulso, mas de maneira geral, estava inteira de novo, o que significava que tinha que ir em reuniões e mais reuniões sobre como e quando anunciar a abdicação, como lidar com os resultados desse anúncio, planejar minha mudança permanente de volta a Eldorra e um milhão de outras coisas que faziam minha cabeça girar.

Naquela manhã, minha família, Markus e eu decidimos que o anúncio oficial seria feito dentro de um mês. Ou melhor, todo mundo decidiu, e eu aceitei porque não tinha escolha.

Um mês. Mais um mês de liberdade, e era isso.

Já ia pegar mais um drinque quando alguém abriu a porta da cobertura. Endireitei as costas e meu queixo caiu quando vi Rhys aparecer na varanda. Considerando como ele ergueu as sobrancelhas, estava tão surpreso por me ver quanto eu por vê-lo.

— O que está fazendo aqui? — perguntamos ao mesmo tempo.

Ri baixinho.

— Sr. Larsen, esta é minha casa. Só eu deveria fazer essa pergunta.

— Não pensei que alguém viesse aqui fora. — Ele se sentou ao meu lado, e tentei não notar que seu cheiro era bom, uma mistura de sabonete e alguma coisa indescritivelmente Rhys. Limpa, simples, masculina.

Estávamos na cobertura de uma das torres no lado norte do palácio, a que se tinha acesso apenas pelo corredor de serviço perto da cozinha. Comparado ao jardim na cobertura do palácio, não era nada, mal acomodava as cadeiras que um dos empregados tinha me ajudado a trazer depois que o subornara. Mas era por isso que eu gostava dali. Era meu paraíso secreto, o lugar para onde fugia quando precisava pensar e ficar longe de olhares curiosos.

Esvaziei minha taça de vinho e peguei a garrafa, mas descobri que ela também estava vazia. Eu raramente bebia tanto assim, mas precisava de alguma coisa para aliviar a ansiedade que, ultimamente, me seguia a todos os lugares como uma nuvem densa.

— Só eu. As pessoas mal sabem que este lugar existe — respondi. — Como *você* o descobriu?

— Eu descubro tudo. — Rhys sorriu quando torci o nariz para a arrogância dele. — Tenho as plantas do palácio, Princesa. Conheço cada canto e nicho deste lugar. É meu...

— Trabalho — concluí. — Eu sei. Não precisa ficar repetindo.

Ele tinha dito a mesma coisa no consultório da dra. Hausen. Eu não sabia o motivo pelo qual isso me incomodava tanto. Talvez porque, por um segundo, poderia ter jurado que a preocupação dele por mim ia além de suas obrigações profissionais. E talvez, por um segundo, poderia ter jurado que queria que fosse assim. Queria que ele se importasse comigo por *mim*, não por ser cliente dele.

Rhys sorriu mais uma vez antes de olhar para a minha testa.

— E o hematoma?

— Quase desapareceu, graças a Deus. — Ainda havia um pequeno calombo onde o galho tinha acertado minha cabeça, mas era melhor que ter uma mancha roxa dominando boa parte do rosto. — E não dói mais.

— Ótimo. — Ele tocou a região com delicadeza e minha respiração se alterou. Rhys nunca me tocava, a menos que fosse necessário, mas naquele momento, não tinha sido *necessário*. O que significava que ele tinha tido vontade de me tocar. — Precisa ter mais cuidado, Princesa.

— Você já disse isso.

— E vou continuar dizendo até entrar na sua cabeça.

— Pode acreditar. Já entrou. Como não entraria se você não para de me atormentar?

Apesar do mau humor, eu sentia um estranho conforto nesse tormento. Em um mundo onde todo o resto estava mudando, Rhys continuava sendo *ele mesmo*, maravilhoso e implacável, e eu não queria que isso mudasse nunca.

A mão dele permaneceu na minha testa por mais um momento antes de ele a remover, e o oxigênio voltou aos meus pulmões.

— Então... — Rhys se recostou na cadeira e uniu as mãos atrás da cabeça. Não olhou para mim ao perguntar: — ... quem você costuma trazer aqui?

— O quê? — Olhei para ele, confusa. Nunca tinha levado ninguém àquele lugar.

— Duas cadeiras. — Ele acenou com a cabeça para a minha, depois para a outra em que estava sentado. — Para quem é a segunda?

O tom dele era casual, mas havia ali uma nota de tensão.

— Ninguém. São duas cadeiras porque... — Hesitei. — Não sei. Acho que esperava encontrar alguém que quisesse trazer aqui um dia.

Eu tinha ideias bobas e românticas sobre mim e um homem misterioso fugindo para cá para beijar, rir e conversar a noite toda, mas as chances de realizar essa fantasia agora diminuíam a cada minuto.

— Hum. — Rhys ficou em silêncio por um instante, antes de dizer: — Quer que eu vá embora?

— O quê? — Eu parecia um disco riscado.

A pancada na cabeça devia *mesmo* ter sacudido meu cérebro, porque nunca fui assim, incapaz de articular pensamento e fala.

— Parece que este é seu lugar secreto. Não me dei conta de que estava sendo invasivo quando vim para cá — ele explicou, sério.

Alguma coisa quente invadiu meu estômago.

— Não é invasivo — respondi. — Fica. Por favor. Estou precisando de companhia.

— Ok.

E foi isso.

Não consegui evitar um sorriso. Não imaginava que gostaria de dividir esse espaço com outra pessoa, mas gostava de ter Rhys aqui comigo. Ele não sentia necessidade de preencher o silêncio com conversas vazias, e a presença dele me confortava, embora também me irritasse. Quando ele estava por perto, eu me sentia segura.

Estiquei as pernas e, sem querer, bati na garrafa vazia, que rolou no chão para perto de Rhys. Nós dois nos abaixamos para pegá-la ao mesmo tempo e, acidentalmente, nossos dedos se tocaram por um segundo.

Não, não foi nem um segundo. Uma fração de segundo. Mas foi o suficiente para provocar uma corrente elétrica que subiu por meu braço e desceu pelas costas.

Afastei a mão, sentindo a pele quente, e ele recolheu a garrafa e a deixou do outro lado de sua cadeira, longe de nossas pernas.

Nosso toque breve pareceu indecente, como se estivéssemos fazendo alguma coisa que não devíamos fazer. O que era ridículo. Não tinha sido nem planejado. Tinha sido um acidente.

Você está pensando demais.

As nuvens se dissiparam, revelando parte da lua, e a luz se derramou pela torre e iluminou um pedaço do rosto de Rhys. Ele parecia ainda mais sério que um momento atrás.

Mesmo assim, era bonito. Não de um jeito perfeito, como a escultura de um deus grego, mas de um jeito puro e descaradamente másculo. A sombra escura da barba, a pequena cicatriz no supercílio, os olhos cor de metal...

Meu estômago se apertou enquanto eu tentava não pensar em como estávamos sozinhos aqui em cima. Podíamos fazer qualquer coisa, ninguém saberia.

Ninguém além de nós.

— Ouvi dizer que viajamos na semana que vem — disse Rhys. Podia ser minha imaginação, mas achei sua voz tensa, como se ele também lutasse contra alguma coisa que não podia controlar completamente.

— Sim. — Eu esperava que minha voz não estivesse tão trêmula quanto eu a ouvia. — Meu avô está bem agora, e preciso resolver tudo em Nova York antes de me mudar de volta para cá.

Percebi meu erro antes de terminar a frase.

Ainda não tinha contado a Rhys sobre a abdicação de Nikolai, o que significava que ele não sabia sobre meus planos de voltar a morar em Athenberg. Permanentemente.

Rhys ficou chocado.

— Mudar de volta? — Sua voz era calma, mas a tempestade que se formava em seus olhos era evidente. — Para cá?

Engoli em seco.

— Sim.

— Não tinha falado nada sobre isso, Princesa. — Ainda calmo, ainda perigoso, como o olho de um furacão. — Me parece uma informação importante demais para eu não saber.

— Não tem nada certo, mas o plano é esse. Eu... quero ficar mais perto do meu avô.

O que, em partes, era verdade. Ele se recuperou bem depois da visita ao hospital, e tinha gente acompanhando seu quadro em tempo integral, mas eu continuava preocupada e queria estar por perto caso acontecesse alguma coisa. No entanto, como princesa coroada, também tinha que voltar a Athenberg para ser treinada antes de ser rainha. Já estava atrasada em décadas.

As narinas de Rhys dilataram.

— Quando pretendia me contar?

— Logo — sussurrei.

O palácio estava mantendo a abdicação de Nikolai em sigilo absoluto, e eu não tinha autorização para falar sobre o assunto até pouco antes do anúncio oficial. Podia ter informado Rhys antes sobre a mudança com a desculpa que acabei de dar a ele, mas quis fingir que tudo continuava normal por mais um tempo.

Foi burrice, mas minha cabeça estava péssima ultimamente e eu não conseguia entender nem minhas próprias atitudes.

Alguma coisa cintilou nos olhos de Rhys. Se eu não tivesse bom senso, poderia pensar que ele estava *magoado*.

— Bom, agora vai poder se livrar de mim, finalmente — ele falou em tom leve, mas com uma expressão dura. — Vou avisar meu chefe na segunda-feira e começar a documentação para a transição.

Transição.

Minha respiração, meu coração. Tudo parou.

— Está se demitindo?

— Você não precisa de mim aqui. Tem a guarda real. Ou eu me demito, ou o palácio encerra meu contrato. O resultado é o mesmo.

Eu não havia pensado nisso, mas fazia sentido. Rhys fora contratado pelo palácio porque não queria afastar nenhum guarda real da família enquanto eu morasse nos Estados Unidos. Agora que eu voltaria a morar aqui, não seria preciso manter um prestador de serviço.

— Mas eu...

Preciso de você.

Rhys e eu não tínhamos nos dado bem no começo, mas agora eu não conseguia imaginar a vida sem ele ao meu lado.

O sequestro. A formatura. A hospitalização do meu avô. Dezenas de viagens, centenas de eventos, milhares de momentos, como quando ele pediu canja de galinha quando fiquei doente, ou me emprestou sua jaqueta porque eu tinha deixado a minha em casa.

Ele esteve comigo em todas essas situações.

— Então é isso. — Pisquei para me livrar do ardor nos olhos. — Temos mais um mês, e depois você... vai embora.

Os olhos dele escureceram, e um músculo ficou saliente na lateral de seu rosto.

— Não se preocupe, Princesa. Talvez Booth volte a ocupar o cargo de guarda-costas. Vai ser como nos velhos tempos para vocês dois.

De repente, senti uma raiva irracional. Dele, de seu tom despreocupado, de toda a situação.

— Talvez mesmo — respondi. — Mal posso esperar. Ele foi o melhor guarda-costas que já tive.

Era golpe baixo, e a tensão imediata em Rhys sinalizava que tinha acertado o alvo.

— Ótimo. Todo mundo fica satisfeito, então — ele retrucou com voz fria, controlada. Depois se levantou e saiu sem olhar para trás.

A porta bateu depois que ele passou, e eu pulei sobressaltada.

O ardor em meus olhos ficou mais forte, até que uma lágrima solitária correu por meu rosto. Eu a enxuguei furiosa.

Não tinha motivo para chorar. Já tinha trocado de guarda-costas muitas vezes antes, e estava acostumada a me despedir das pessoas. Rhys nem estava comigo há tanto tempo. Booth estivera comigo por quatro anos, e não chorei quando *ele* tinha ido embora.

Outra lágrima caiu. Enxuguei essa também.

Princesas não choram. O tom desaprovador de Elin ecoou em minha cabeça.

Ela estava certa.

Eu me negava a passar meu último mês de liberdade aflita por causa de Rhys Larsen. Voltaríamos a Nova York, eu resolveria tudo por lá e aproveitaria cada minuto que me restava como simples princesa, não como futura rainha.

Não ia nem pensar em propriedade e protocolo. Se havia um momento para viver a vida como eu queria, esse momento era agora.

E se Rhys tivesse algum problema com isso? Que pena.

CAPÍTULO 14

Rhys

Três semanas depois

Algumas pessoas têm dias ou semanas de merda. Eu tive um *mês* de merda.

As coisas entre mim e Bridget gelaram desde que ela tinha me contado que voltaria para Eldorra, e eu odiava passar meus últimos dias com ela desse jeito.

Meus últimos dias com ela.

Meu peito ficou apertado quando pensei nisso, mas me obriguei a ignorar a reação e me concentrar na tarefa. Eu ainda estava contratado. Tínhamos mais uma semana em Nova York. Depois disso, eu a acompanharia na viagem para Athenberg, onde ficaria por mais uma semana até concluir a transição do cargo para o novo guarda-costas.

Ainda não sabíamos quem seria esse novo profissional, mas eu já odiava o cara... embora não tanto quanto odiava o sujeito com quem Bridget estava dançando agora.

Estávamos na sala VIP do Borgia, uma boate chique no centro de Manhattan, e Bridget abraçava o babaca bonitinho que não tinha desviado os olhos dela a noite toda. Eu o reconheci: Vincent Hauz, herdeiro da indústria eletrônica e famoso mulherengo, passava a maior parte do tempo bebendo, frequentando festas e abastecendo o caixa dos traficantes da cidade. Ele e Bridget já tinham estado nos mesmos eventos no passado, mas tinham sido poucos.

Nunca tinha tido vontade de arrancar os braços dele até agora.

Bastava olhar para a cara dele para saber que tipo de pensamentos passavam por sua cabeça, e não tinha nada a ver com apenas dançar. Não na vertical, pelo menos.

Meu sangue ferveu quando Bridget riu de alguma coisa que Vincent disse. Tinha certeza de que ele não seria capaz de falar nada espirituoso, nem se alguém ameaçasse tirar sua herança, mas Bridget estava bêbada. Já tinha bebido dois coquetéis e cinco shots – eu contei – e dava para ver o rubor alcoólico em suas bochechas do outro lado da sala.

Ela usava um vestido prateado que mal cobria a bunda e usava sandálias de salto que a deixavam muito mais alta do que já era. Cabelos loiros e bagunçados, pernas longas, pele cintilando de suor... ela era magnífica. E não estava sendo ela mesma.

A Bridget normal nunca usaria um vestido como aquele – não por não poder, mas porque não era seu estilo –, mas ela andava se comportando de um jeito estranho desde aquela noite na cobertura. Mais inconsequente, menos inibida e mais propensa a decisões questionáveis.

Por exemplo: Vincent Hauz. Ela nem gostava do cara. Ela mesma tinha me dito uma vez, mas estava lá nos braços dele, que a puxou para mais perto e deslizou as mãos por suas costas para apalpar sua bunda.

Antes de perceber o que estava fazendo, atravessei a pista de dança lotada e segurei o ombro de Vincent com força suficiente para ele se encolher e soltar Bridget, tentando ver quem era o intruso.

— Precisa de alguma coisa? — Seu tom transbordava desdém quando ele me olhou de cima abaixo, obviamente notando a falta de roupas de grife e acessórios elegantes.

Merdinha. Talvez ficasse mais impressionado com meu punho na cara dele.

— Sim. — Mostrei os dentes em um arremedo de sorriso. — Tire as mãos dela antes que eu faça isso por você.

— E que porra você pensa que é para me dar ordens? — reagiu Vincent, agressivo.

O homem que está a um passo de amassar sua cara.

Antes que eu pudesse responder, Bridget interferiu.

— Ninguém. — Ela me encarou, irritada. — Estou *bem*. Volte para o seu posto.

De jeito nenhum.

Se Bridget fosse qualquer outra pessoa que não minha cliente, eu a arrastaria até o banheiro, a poria de quatro e bateria na bunda dela pelo tom insolente.

Em vez disso, retribuí o olhar e tentei manter um tom de voz controlado.

Ela queria festa? Muito bem. Queria me ignorar? Muito bem. Mas só se envolveria com o merda do Vincent Hauz passando por cima do meu cadáver. O homem devia ser um catálogo de infecções sexualmente transmissíveis.

O olhar de Vincent ia e voltava entre nós até ele entender a situação.

— Você é o guarda-costas! — Ele estalou os dedos. — Cara, devia ter avisado. Não se preocupe.

Vincent enlaçou a cintura de Bridget e a puxou para perto com um sorriso predador.

— Eu vou cuidar bem dela.

Amassar a porra da cara dele. Eu queria arrancar todos os dentes dele.

Infelizmente, isso seria um escândalo, e a regra número um de "guarda-costar", como Bridget dizia, era não provocar escândalos. Então, fiquei com a segunda melhor opção. Apertei com mais força o ombro que eu ainda segurava até ouvir um *crec* no meio da música.

Vincent deu um gritinho e soltou Bridget, e seu rosto se contorceu de dor.

— Que *porra* é essa, cara?

— O que eu falei sobre tirar as mãos dela? — perguntei calmo.

— Bridget, quem é esse cara? — ele reagiu, furioso. — Demita-o!

Ignorei o sujeito e olhei para Bridget.

— É hora de ir, Alteza. — Estávamos chamando atenção, e essa era a última coisa que eu queria, mas não ia deixar esse canalha se aproveitar dela. — Vai ter que acordar cedo amanhã.

Não era verdade. Eu estava sugerindo uma desculpa. E ela não aproveitou a chance.

— Boa ideia. — Bridget ignorou meu olhar de alerta e apoiou a mão no peito de Vincent. A veia embaixo do meu colarinho pulsava raivosa. — Eu vou embora com Vincent. Pode tirar o resto da noite de folga.

— Você ouviu. — Vincent escapou da minha mão e se colocou atrás de Bridget. *Covarde.* — Cai fora daqui. Eu levo ela para casa de manhã.

Ele olhou para o peito e as pernas de Bridget e seu olhar era pervertido.

O homem não tinha um neurônio dentro daquele cabeção. Se tivesse, já estaria correndo.

— Errado. Vou dizer o que você *vai* fazer. — Mantive a voz baixa. Amistosa.

Mas por trás do verniz educado, havia uma lâmina afiada. — Vai dar meia volta, se afastar e nunca mais falar com ela, tocá-la ou olhar na direção dela. Este é o primeiro e último aviso, sr. Hauz.

Eu sabia o nome dele. Ele sabia que eu sabia o nome dele. E se fosse idiota a ponto de ignorar meu aviso, eu iria atrás dele, arrancaria suas bolas e o obrigaria a comê-las.

O rosto de Vincent ficou vermelho.

— Está me *ameaçando*?

Cheguei um pouco mais perto dele, adorando ver o medo passar por seus olhos.

— Estou.

— Não liga para ele — Bridget falou por entre os dentes. — Ele não sabe o que está dizendo.

Vincent recuou mais um passo, exalando ódio, mas o medo em seu olhar persistia.

— Deixa pra lá. Essa merda perdeu a graça.

Ele se afastou e desapareceu no meio da multidão bêbada.

Bridget me encarou.

— Qual é o seu *problema*?

— Meu problema é que você está se comportando feito uma pirralha mimada e bêbada — disparei. — Bebeu tanto, que não tem ideia do que está fazendo.

— Sei exatamente o que estou fazendo. — Ela me encarava, provocante e feroz, e senti um fogo arder dentro de mim. Não sabia por que a raiva que ela dirigia a mim me excitava tanto. Talvez por ser uma das poucas situações em que eu via *Bridget* de verdade, em vez da máscara que ela mostrava ao mundo. — Estou me divertindo e vou pra casa com um cara no fim da noite. Você não pode me impedir.

Sorri com frieza.

— Tem razão. Vai mesmo pra casa com um cara. Eu.

— Não, não vou. — Ela cruzou os braços.

— Você tem duas opções. — Cheguei mais perto e senti o perfume dela. — Ou sai daqui comigo andando igual a uma adulta ou sai em cima do meu ombro, igual a uma criança. Qual das duas vai ser, Princesa?

Ela não era a única que estava furiosa hoje.

Eu estava furioso por ela ter passado a última meia hora deixando um pilantra de merda passar as mãos nela. Estava furioso porque estávamos brigando e só tínhamos mais duas semanas juntos. Acima de tudo, estava furioso com o quanto eu a queria e não podia tê-la.

Se tinha uma coisa que a volta dela para Eldorra deixava clara era que o nosso relacionamento era temporário. Sempre fora, mas só agora eu entendia perfeitamente.

No fim das contas, ela era uma princesa, e eu era o homem que tinha sido contratado até não precisarem mais de mim.

O rosto de Bridget ficou ainda mais vermelho.

— Você não se atreveria.

— Experimenta.

— Está esquecendo que não é o chefe aqui, sr. Larsen.

A temperatura do meu sorriso caiu mais dez graus.

— Quer testar essa teoria?

Ela contraiu os lábios. Por um segundo, pensei que ela ficaria ali só para me desafiar. Depois, sem dizer mais nada nem olhar para mim, ela se virou e começou a andar para a saída com os ombros rígidos. Eu a segui, e minha cara estava tão ameaçadora que as outras pessoas abriam caminho, espalhando-se como pedrinhas à minha frente.

Pegamos o primeiro táxi que vimos e o carro mal tinha parado na frente de casa quando Bridget saltou e se dirigiu apressada à porta de entrada. Paguei a corrida e a alcancei em seguida.

Entramos em casa e nossos passos ecoaram no assoalho de madeira. Quando chegamos ao segundo andar, Bridget abriu a porta do quarto dela e tentou batê-la na minha cara, mas encaixei o braço no vão e a impedi.

— Precisamos conversar — falei.

— Não quero conversar. Você já estragou minha noite. Agora me deixa em paz.

— Não enquanto não me contar que caralho está acontecendo. — Meus olhos penetravam os dela, procurando alguma indicação do que acontecia naquela cabecinha. — Você está se comportando de um jeito estranho há semanas. Tem alguma coisa errada.

— Não tem nada errado. — Bridget desistiu de tentar me impedir de entrar e soltou a porta. Eu a abri completamente, mas continuei do lado de fora, olhando para ela. Esperando. — Tenho vinte e três anos, sr. Larsen. Pessoas de vinte e três anos saem, bebem e dormem com outras pessoas.

Um músculo se contraiu em minha mandíbula.

— Não do jeito que você tem feito desde que voltamos para Nova York.

A parte de dormir com outras pessoas não, graças a Deus, mas sair e beber sim.

— Talvez eu esteja cansada de viver a vida que *deveria* ter e queira viver a vida que *poderia* ter. — Bridget tirou as joias e as deixou sobre a cômoda. — Meu avô quase morreu. Um dia ele estava em pé, no outro tinha sofrido um colapso. Quem me garante que não vai acontecer a mesma coisa comigo?

As palavras dela tinham um fundo de verdade, mas não eram a verdade completa. Eu conhecia cada nota de sua voz, cada significado por trás de cada movimento. Ela estava escondendo alguma coisa.

— E você decidiu que, se aquele fosse seu último momento, queria passá-lo com Vincent Hauz? — Dei risada.

— Você nem o conhece.

— Conheço o suficiente.

— Por favor. — Bridget se virou para mim, e vi fúria e alguma coisa infinitamente mais triste cintilando em seus olhos. — É só eu sorrir para um homem que você se mete, *toda vez*, entre mim e ele como um urso marcando território. Por que, sr. Larsen? Se não me engano, quando nos conhecemos, você disse que não se envolvia na vida particular dos clientes.

Não respondi, mas o músculo de um lado do meu rosto continuou se contraindo, acompanhando o meu ritmo cardíaco. *Tique. Tique. Tique.* Uma bomba pronta para explodir e acabar com nossa vida como a conhecemos.

— Talvez... — A expressão de Bridget ficou contemplativa quando ela deu um passo em minha direção. *Erro número um.* — Queira estar no lugar deles.

Ela sorriu, mas o brilho atormentado permaneceu em seus olhos.

— Você me quer, sr. Larsen? A princesa e o guarda-costas. Que bela história para contar para os seus amigos.

Erro número dois.

— É melhor parar de falar agora, Princesa — respondi com toda a tranquilidade. — E tomar muito, muito cuidado com o que vai fazer a partir de agora.

— Por quê? — Bridget deu outro passo em minha direção, depois mais um, até estar a menos de trinta centímetros. — Não tenho medo de você. Todo mundo tem, mas eu não.

Ela pôs a mão no meu peito.

Erro número três.

O grito nem tinha saído completamente de sua boca quando a segurei e virei, empurrando-a contra a cômoda, segurando seu queixo com uma das mãos para forçar a cabeça para trás enquanto a outra se fechava em torno do pescoço dela. Meu pau pressionava a bunda dela, duro e furioso.

Estivera a noite toda no meu limite. Inferno, tinha passado dois anos no meu limite. No momento em que Bridget von Ascheberg entrou na minha vida, comecei uma contagem regressiva para a destruição, e esta podia ser a noite em que tudo iria pelos ares.

— Devia ter, Princesa. Quer saber por quê? — grunhi. — Porque você está certa. Eu quero você. Mas não quero beijar, nem fazer amor. Eu quero te *foder*. Quero te castigar por me desafiar e deixar outro homem te tocar. Quero arrancar essa porra desse vestido minúsculo do seu corpo e meter em você com tanta força que vai passar dias sem conseguir andar. Quero fazer todas essas coisas, embora não possa. Mas se não parar de olhar para mim desse jeito... — Apertei com mais força o queixo e o pescoço dela. Bridget me encarava pelo espelho, a boca entreaberta e os olhos escurecidos pelo desejo. — Posso fazer todas elas mesmo assim.

Eram palavras duras, amargas, encharcadas de partes iguais de luxúria e raiva. Palavras que deviam afastá-la, mas Bridget não parecia assustada. Parecia *com tesão*.

— Então faz — ela disse. Fiquei paralisado, com a mão em volta do pescoço dela enquanto meu pau ameaçava abrir um buraco em minha calça. — Vai, me fode como acabou de prometer.

CAPÍTULO 15

Rhys

Ouvir a palavra *fode* saindo da boca de Bridget naquela voz dela, tão elegante e recatada...

Tive que recorrer a todo meu autocontrole para não fazer o que disse que faria. O que ela me *pedia* para fazer.

Mesmo querendo mais que tudo jogar a cautela pela janela e mandar um *foda-se*, dar a ela exatamente o que nós queríamos, não foi o que fiz. Bridget ainda estava bêbada. Talvez menos do que meia hora atrás, mas o suficiente para estar com o julgamento comprometido.

Eu não sabia se era ela ou o álcool falando. Bridget estava pronta para ir para a casa de Vincent Hauz, e ela odiava o cara.

— Não foi uma promessa, Princesa.

Meu dedos a apertaram um pouco mais.

— Foi o que pareceu pra mim.

Jesus. A tentação estava tão perto que eu podia sentir seu gosto. Tudo que precisava fazer era pegar e...

Onde está com a cabeça, Larsen?, minha consciência rosnou. *Ela é sua cliente, e ainda é uma princesa. Saia de perto dela, porra, antes que faça alguma coisa que vai lamentar ainda mais do que o que está fazendo agora.*

Não fazia diferença ela ser minha cliente só por mais duas semanas. Ela ainda era minha cliente, e já tínhamos ultrapassado quase todos os limites profissionais em uma noite.

— É disso que estou falando — falei, sem saber se estava mais bravo com ela ou comigo. — Você está se comportando como se fosse outra pessoa. A Bridget que eu conheço não pediria ao guarda-costas para que a fodesse. Que *porra* está acontecendo com você?

O rosto dela endureceu.

— Não pedi uma DR, sr. Larsen. Ou me fode, ou vou encontrar alguém para me foder.

Ela deixou escapar um gritinho quando a empurrei sobre a cômoda, formando um ângulo de noventa graus com seu corpo e pressionando seu rosto contra a madeira.

Eu me debrucei sobre ela até estar perto o bastante para ouvir cada vez que ela engolia, cada vez que respirava.

— Faça isso — respondi —, e vai ser responsável pela morte lenta e sangrenta de um homem. É isso que você quer, Princesa?

Bridget cerrou os punhos.

— Você não vai me tocar, mas não permite que ninguém mais me toque. Então me diz, sr. Larsen, o que *você* quer?

Você.

Minha frustração com tudo, com a porcaria da minha vida inteira, me levava ao ponto de ebulição.

— Quero saber por que está se comportando feito uma adolescente impulsiva em vez de uma mulher adulta!

Bridget era a pessoa mais equilibrada que eu conhecia. Pelo menos tinha sido, antes do transplante de personalidade.

— Porque essa é minha *última* chance! — ela berrou. Nos dois anos que trabalhei com ela, nunca ouvi Bridget levantar a voz, nenhuma vez, e isso me chocou de tal maneira que a soltei e recuei um passo. Bridget se virou e se levantou para me encarar, o peito arfando de emoção. — Só tenho mais uma semana. Uma semana até...

De repente, um terror gelado me invadiu.

— Até o quê? — perguntei, sentindo a bile subir à garganta. — Está doente?

— Não. — Ela desviou o olhar. — Não estou doente. Estou recebendo o que muita gente sonha em ter.

A confusão superou o breve lampejo de alívio.

— O título de princesa herdeira — ela esclareceu. E se apoiou na cômoda, cansada. — Antes que diga qualquer coisa, eu sei. Probleminha de gente privilegiada, essas coisas. Tem gente morrendo de fome e eu reclamando de herdar um trono.

Minha confusão duplicou.

— Mas o Príncipe Nikolai...

— Vai abdicar. Por amor. — Bridget exibiu um sorriso sem humor. — Teve a ousadia de se apaixonar por uma plebeia, e por isso precisou abrir mão de seu direito de nascença. Porque a lei proíbe que o monarca de Eldorra se case com alguém que não tem sangue nobre.

Ah, mas que caralho. Que ano é hoje, o século dezessete?

— Isso é ridículo.

— Sim, é ridículo, mas temos que acatar. Inclusive eu, agora que sou a próxima na linha de sucessão ao trono.

Soltei um grunhido baixo ao pensar nela se casando com outro homem. Era irracional, mas nada em minhas reações era racional quando a envolvia. Bridget era capaz de acabar com toda minha noção de lógica e adequação.

Ela continuou, sem perceber o caos que me dominava.

— O palácio vai fazer o anúncio oficial na semana que vem. Eu não devia contar para ninguém até lá, por isso não tinha dito nada. — Ela engoliu com dificuldade. — Depois do anúncio, serei oficialmente a herdeira do trono, e minha vida não vai mais ser minha. Tudo que fizer e disser vai refletir a Coroa, e não posso desapontar minha família ou meu país. — Ela respirou fundo. — Por isso que, ultimamente, tenho me comportado de um jeito meio... maluco. Quero saborear a vida normal pela última vez. Relativamente normal.

Fiquei em silêncio enquanto digeria a bomba.

Bridget, futura rainha de Eldorra. *Puta merda.*

Ela estava certa, muitas mulheres matariam para estar no lugar dela. Mas Bridget era a garota que um dia saiu correndo no meio de uma tempestade e dançou na chuva. Que passava o tempo livre trabalhando como voluntária em um abrigo para animais, e preferia ficar em casa vendo TV e tomando sorvete a ir a uma festa requintada.

Para ela, ser rainha não era um sonho; era um pesadelo.

— Não era para ser eu, nunca. Eu fui o que sobrou. — Bridget piscou, e vi que seus olhos brilhavam, inundados de lágrimas. Meu peito ficou apertado. — Não era para ser eu, nunca — repetiu.

Segurei seu queixo e o levantei até ela olhar para mim.

— Você é muitas coisas, Princesa. Teimosa, irritante, um pé no meu saco. Mas te garanto que você não é sobra nenhuma.

Ela riu, uma risada fraca.

— Essa deve ser a coisa mais legal que você já falou pra mim.

— Não se acostuma.

Outra risadinha, e essa desapareceu tão depressa quanto chegou.

— O que vou fazer? — sussurrou Bridget. — Não estou preparada. Acho que nunca vou estar.

— Você é Bridget von Ascheberg. Vai estar pronta.

Bridget se superava em tudo que fazia, e ser rainha não seria exceção.

— Até lá... — Esperava não me arrepender do que ia dizer. — Você vai viver sua vida como quiser. Desde que isso não envolva o merdinha do Vincent Hauz.

Se eu visse o cretino de novo, quebraria cada osso de seu corpo só por ter tocado nela e ocupado espaço em seus pensamentos. Ele não merecia nem um centímetro dela.

Bridget se animou um pouco.

— Isso significa que vai me foder?

Continua bêbada, com toda certeza.

Deixei escapar um gemido, consciente da ereção que não tinha baixado durante todo esse tempo.

— Não, Princesa. Não é uma boa ideia.

Ela franziu a testa.

— Mas está na minha lista de coisas a serem feitas.

Ai, Jesus. Eu tinha medo de perguntar, mas...

— Você tem uma lista de coisas a serem feitas?

Bridget assentiu.

— Antes de voltar a Eldorra. — Ela começou a contar os itens nos dedos. — Um, ir a algum lugar onde ninguém saiba ou se importe com quem eu sou. Dois, comer, ler e me bronzear o dia todo sem ter que me preocupar com o horário de um evento à noite ou acordar cedo na manhã seguinte. Três, fazer alguma coisa que me encharque de adrenalina e que faria meu avô gritar comigo por tentar, como *bungee jumping*. E quatro, ter um orgasmo que não tenha sido provocado por mim mesma. — Os ombros dela caíram. — Já faz um tempo.

Cacete. Agora a imagem mental de Bridget provocando o próprio orgasmo ficaria gravada em minha cabeça para sempre.

Passei a mão no rosto. Como eu tinha me metido neste *caralho* de situação? A noite tinha descarrilhado tanto que eu nem conseguia mais ver os trilhos.

— O primeiro item deve estar fora de cogitação — ela continuou. — Mas você pode me ajudar com o quarto.

Ela ia conseguir uma coisa que nem minha mãe, nem a marinha tinham conseguido. Ia me matar.

— Vai para a cama — falei com voz tensa. — *Sozinha*. Você está bêbada e já é tarde.

Bridget olhou para a minha virilha, onde a ereção estava evidente embaixo da calça.

— Mas...

— Não. — Eu tinha que sair dali. Rápido. — Sem mas. Amanhã você vai me agradecer por isso.

Antes que ela pudesse continuar protestando, saí e fui para o meu quarto, onde tomei o banho mais longo e mais gelado do mundo. Não adiantou nada, minha ereção se mantinha firme e forte. Também não adiantou usar a mão para chegar a um orgasmo insatisfatório.

Só uma coisa diminuiria essa frustração, e eu a havia recusado como um idiota. Desliguei o chuveiro e me enxuguei, conformado com uma noite de insônia.

Enquanto isso, a péssima ideia que se formava no fundo da minha cabeça desde que Bridget falara sobre sua lista se recusava a ir embora. Pelo contrário, parecia cada vez mais uma *boa* ideia.

Era ridículo e podia ser perigoso. Não tinha tempo para preparar tudo, e isso contrariava todo meu treinamento e meus instintos de proteção.

Mas não conseguia esquecer os olhos ou as palavras tristes de Bridget.

Quero saborear a vida normal pela última vez.

— Vou me arrepender disso — resmunguei quando saí do banheiro e abri o notebook.

Não tinha importância.

Porque, por mais que eu quisesse Bridget segura, queria ainda mais que ela fosse feliz.

CAPÍTULO 16

Bridget

SERIA POSSÍVEL MORRER DE HUMILHAÇÃO?

Quarenta e oito horas atrás, eu teria dito que não, mas enquanto tomava o café da manhã sentada na frente de Rhys, percebia que sim, era perfeitamente possível. Ou explodiria com a intensidade do rubor em meu rosto, ou derreteria em uma poça de vergonha, o que quer que acontecesse primeiro.

— Quer mais bacon? — Ele empurrou a travessa na minha direção.

Balancei a cabeça, incapaz de encará-lo.

Acordei mais cedo com uma dor de cabeça latejante, uma pulsação quente por entre as pernas e uma lembrança horrivelmente nítida das coisas que fiz – e disse – na noite passada.

Me fode como acabou de prometer.

E quatro, ter um orgasmo que não tenha sido provocado por mim mesma. Já faz um tempo.

Engasguei com a torrada e tive um ataque de tosse.

Rhys levantou as sobrancelhas.

— Você tá bem? — Ele se mantinha calmo e frio, como se nada tivesse acontecido, e eu não sabia se me sentia aliviada ou ofendida.

— Sim — respondi sufocada. Peguei o copo de água e bebi metade, até passar de tossir.

— Devia comer mais carboidrato — ele comentou sem se alterar. — Pode ajudar com a ressaca.

— Como sabe que estou de ressaca?

— Tomou cinco shots ontem à noite, cada um de uma bebida diferente. Foi só um palpite certeiro.

Ouvir Rhys reconhecer que qualquer parte da noite passada aconteceu só aumentou meu constrangimento. Queria poder apagar os eventos pós-Borgia da cabeça de *nós dois*.

Como não podia, me senti tentada a fingir que não me lembrava do que havia acontecido, mas eu me lembrava *sim*, e se não resolvesse a questão, ela me assombraria para sempre.

— Escuta. Sobre ontem à noite... — Fiz um esforço e olhei para Rhys. — Estava bêbada, confusa e disse coisas que não devia ter dito. Desculpe se causei algum desconforto.

Algo semelhante a desapontamento passou pelo rosto de Rhys e desapareceu.

— Eu também — ele disse. — Está tudo certo.

Não quero beijar, nem fazer amor. Eu quero te foder. Quero te castigar por me desafiar e deixar outro homem te tocar. Quero arrancar essa porra desse vestido minúsculo do seu corpo e meter em você com tanta força, que vai passar dias sem conseguir andar.

Uma gota de suor brotou em minha testa. Mudei de posição na banqueta, tentando diminuir a pulsação no meu clitóris, mas o movimento só piorou a situação.

Eu não devia ter dito as coisas que disse, mas isso não significava que não tinha sido honesta. Quando Rhys me empurrou em cima da cômoda e senti aquele pau pressionado em mim...

Bebi o resto da água no copo para diminuir o calor que se espalhava por minha pele.

— Nesse caso, a melhor coisa a fazer é fingir que a noite passada não aconteceu e nunca mais falar sobre isso.

Eu precisava de mais água. E de um ar-condicionado. E possivelmente de um banho gelado.

— Por mim, tudo certo. — Rhys se apoiou na bancada e descansou uma das mãos sobre a superfície, enquanto bebia café de sua xícara com a outra mão. Eram movimentos casuais e corriqueiros que não deviam ser tão excitantes. — Só tem um problema.

Ai, Deus.

— Que seria...?

— Sua lista de coisas para fazer antes de voltar para Eldorra. — Os olhos metálicos me penetravam. — Quer mesmo fazer tudo aquilo antes de voltar para casa?

Não era o que eu esperava ouvir.

Suspirei aliviada antes de me lembrar do quarto item da lista e ficar vermelha de novo.

— Sim, mas a maioria nem deve ser possível.

Era mais uma lista de fantasias, na verdade. Eu tinha essa noção quando a criara, mas uma garota tem o direito de sonhar.

— E se eu disser que é? — Rhys levou a xícara à pia antes de olhar para mim de novo.

— Eu diria que está de zoeira com a minha cara.

Ele sorriu, e senti um arrepio. Rhys não sorria com frequência, mas quando sorria, era destruidor.

— É sempre bom ouvir você usar esse vocabulário refinado, Princesa.

Me fode como acabou de prometer.

A lembrança deve ter passado por minha cabeça no mesmo instante em que passou pela dele, porque seu sorriso desapareceu e os olhos brilharam enquanto eu afundava um pouco mais na banqueta.

— Não estou zoando com a sua cara — ele respondeu, e sua voz soou um pouco mais ríspida dessa vez. — Posso fazer sua lista acontecer, se quiser.

À luz do dia, eu não tinha a coragem necessária para perguntar se a proposta incluía o número quatro.

— Por que faria isso?

— É minha boa ação do ano.

Aquela resposta evasiva típica de Rhys, mas a curiosidade foi maior que minha irritação.

— Tudo bem, eu topo — decidi. — Como vai ser?

— Não é como, é onde? — Rhys sorriu de novo, para minha surpresa. — Vamos para a Costa Rica.

CAPÍTULO 17

Bridget

Dois dias mais tarde, aterrissamos na Costa Rica como Rhys havia prometido, depois fizemos uma viagem de duas horas de carro até uma cidadezinha na costa do Pacífico.

Eu olhava pela janela para aquela paisagem exuberante do país e não conseguia entender como tudo havia acontecido tão depressa. Incrível, mas Rhys, o sr. Segurança, tinha sugerido uma viagem de última hora. E eu não estava reclamando. Tinha visitado a Costa Rica antes, e quatro dias em um paraíso tropical era, bom, um paraíso.

Terminamos de encaixotar tudo na casa em Nova York e entreguei as chaves naquela manhã. Tudo que ainda precisava fazer podia ser feito on-line. Para todos os efeitos, eu ainda estava livre até voltarmos a Nova York.

— É aqui. — Rhys estacionou na frente de uma casa ampla de dois andares. — Item número um da lista.

Ir a algum lugar onde ninguém saiba ou se importe com quem eu sou.

Era o caso ali. A casa ficava aninhada no alto das colinas e era a única na região. Como Rhys tinha encontrado esse lugar?

Meu peito apertou de emoção quando tiramos as malas do carro e caminhamos para a entrada.

— Como organizou tudo tão depressa?

Rhys nunca me deixava ir a lugar nenhum sem antes fazer todo o trabalho de varredura e preparação, mas fazia apenas quarenta e oito horas que tinha mencionado minha lista. Pouco tempo para pesquisar a cidade, fretar o jato, alugar a casa e cuidar dos milhões de detalhes que envolviam a viagem de um membro da realeza.

— Trapaceei um pouco — ele confessou enquanto destrancava a porta da frente. — Um antigo companheiro meu da marinha se mudou para cá há alguns anos, ele é dono da casa. Está de férias no momento e me emprestou o lugar por alguns dias. Venho visitar esse amigo todos os anos, conheço bem a cidade e as pessoas. É seguro. Tranquilo. Fora do radar.

— Exatamente do que eu precisava — murmurei. O aperto no peito aumentou.

Rhys me mostrou a casa. As paredes eram todas de vidro, oferecendo uma linda vista panorâmica das montanhas e do Oceano Pacífico ao longe. Era tudo aberto, arejado, feito de pedra e madeira, e o projeto tinha criado a impressão de que a casa flutuava sobre o ambiente, em vez de invadi-lo. Mas o detalhe de que mais gostei foi a piscina de borda infinita no terraço do segundo andar. De um certo ângulo, ela parecia desaguar diretamente no oceano.

Rhys, sendo quem era, também me mostrou todo o esquema de segurança. Vidros escuros à prova de bala, sensores de movimento de primeira linha e uma sala do pânico subterrânea com um estoque de comida suficiente para um ano. Isso foi tudo que registrei antes de desligar.

Eu reconhecia a importância das medidas de segurança, mas não precisava de uma explicação detalhada de marca e modelo das câmeras. Só queria comer e nadar.

— Não me deixa esquecer de agradecer seu amigo — disse. — Esse lugar é incrível.

— Ele adora exibir a casa, normalmente deixando as pessoas se hospedarem aqui — Rhys respondeu com tom seco. — Mas vou dizer a ele que você agradeceu.

Já eram quase duas da tarde, então a primeira coisa que fizemos depois da visita foi trocar de roupa e voltar à cidade para almoçar. O centro ficava a vinte minutos de carro e, de acordo com Rhys, tinha uma população de menos de mil habitantes. Nenhum deles parecia saber ou se interessar por quem eu era.

Primeiro item da lista.

Comemos em um restaurante gerido por uma família cuja dona, uma idosa de rosto redondo chamada Luciana, alegrou-se ao ver Rhys. Ela o cobriu de beijos antes de me abraçar também.

— *¡Ay, que bonita!* — exclamou, me olhando da cabeça aos pés. — *¿Rhys, es tu novia?*

— *No.* — Rhys e eu respondemos ao mesmo tempo. Olhamos um para o outro antes de ele esclarecer. — *Sólo somos amigos.*

— Ah. — Luciana parecia decepcionada. E em nosso idioma, falou: — Um dia, você vai trazer uma namorada. Talvez seja você.

E piscou para mim, antes de nos levar a uma mesa.

Culpei o calor pelo rubor em meu rosto.

Em vez de escolher no cardápio, Rhys me disse para confiar na escolha de Luciana, e fiquei muito feliz por ter aceitado essa sugestão quando, vinte minutos depois, a comida chegou. *Olla de carne, arroz com pollo, plátanos maduros...* tudo tão delicioso que eu pediria as receitas a Luciana, se tivesse alguma habilidade culinária para além de ovos mexidos e café.

— Isso está fantástico — falei depois de engolir uma porção de frango e arroz.

— Luci faz a melhor comida da cidade.

— Sim, mas não era disso que estava falando. Era *disso tudo*. — Abri os braços para mostrar o entorno. — A viagem. Tudo. Você não precisava ter feito isso.

Especialmente porque Rhys estava pagando tudo sozinho. Imaginei que o amigo não teria cobrado aluguel pela casa, mas o voo, o aluguel do carro... tudo isso custava um bom dinheiro. Eu tinha me oferecido para devolver tudo, mas ele tinha me olhado com uma cara tão feia que não insisti.

— Considere como meu presente de despedida — falou, sem levantar o olhar do prato. — Dois anos. Achei que merecia uma viagem.

O frango, que estava tão delicioso até um segundo atrás, transformou-se em cinzas na minha boca.

É verdade. Quase tinha esquecido. Rhys só teria mais duas semanas como meu guarda-costas.

Espetei a comida com o garfo, mas meu apetite desapareceu.

— Já tem um novo cliente em vista? — perguntei casualmente.

Quem quer que fosse, já odiava essa pessoa por ter um começo com Rhys, em vez de um fim.

Ele passou a mão na nuca.

— Vou dar um tempo. Talvez volte para a Costa Rica, ou vá para a África do Sul.

— Ah. — Espetei o frango com mais força. — Parece legal.

Ótimo. Ele ia viajar pelo mundo enquanto eu teria aulas no palácio sobre como ser rainha. Talvez ele conhecesse uma bela costa-riquenha ou sul-africana, e os dois passassem os dias surfando e transando...

Para com isso.

— E você? — Rhys perguntou, também em tom casual. — Já sabe quem é seu novo guarda-costas?

Balancei a cabeça.

— Pedi para ser Booth, mas ele já foi designado a outra pessoa.

— Engraçado. Esperava que fossem mais complacentes, considerando que você é a princesa herdeira. — Rhys cortou o frango com mais força do que era necessário.

— Ainda não sou princesa herdeira. Enfim, vamos mudar de assunto. — Essa conversa estava me deprimindo. — O que tem de divertido para fazer por aqui?

A resposta era nada demais. Depois do almoço, Rhys e eu andamos pela cidade, onde compramos algumas lembrancinhas para os amigos. Visitamos uma galeria de arte que exibia artistas locais, paramos em uma cafeteria, onde tomei o melhor café que já provei, e compramos comida no mercado dos produtores locais.

Um dia simples, comum, cheio de atividades corriqueiras e nada especialmente empolgante.

Era perfeito.

Quando voltamos para casa, eu estava pronta para cair na cama, mas Rhys me impediu de ir me deitar.

— Se conseguir ficar acordada só mais um pouco, queria te mostrar uma coisa.

A curiosidade superou a exaustão.

— É bom que seja muito legal. — Eu o segui até o terraço e desabei em uma das cadeiras de vime ao lado da piscina, sufocando um bocejo. — Fico azeda quando durmo pouco.

— Ah, acredite, eu sei. — Rhys deu risada. — Mas é bom que reconheça.

Observei-o apagar todas as luzes, inclusive os holofotes externos.

— O que está fazendo?

Ele *nunca* apagava todas as luzes antes de ir para a cama.

Rhys sentou-se ao meu lado e vi o brilho de seus dentes brancos na escuridão antes de ele levantar o queixo.

— Olhe para cima, Princesa.

Olhei. E não contive uma exclamação chocada.

Milhares e milhares de estrelas salpicavam o céu, tão numerosas e tão juntas que mais pareciam uma pintura.

A Via Láctea bem ali, em toda a sua glória cintilante.

Não havia me ocorrido que poderíamos vê-la com tanta nitidez ali, mas fazia sentido. Estávamos no alto das montanhas, a quilômetros da cidade mais próxima. Não tinha ninguém e nada em volta, só nós, o céu e a noite.

— Achei que fosse gostar — disse Rhys. — Não é algo que se veja em Nova York ou Athenberg.

— Não, não é. — A emoção apertou meu peito. — E você acertou. Adorei. Valeu a pena ficar acordada e azeda de sono para ver isso.

A risadinha dele vibrou dentro de mim e me aqueceu de dentro para fora.

Ficamos ali por mais uma hora, só olhando para o céu e absorvendo a beleza dele.

Eu gostava de pensar que meus pais estavam lá em cima, cuidando de mim.

Especulava se tinha me tornado o que eles esperavam que eu fosse, e se tinham orgulho de mim. Queria saber o que diriam sobre a abdicação de Nikolai, e se minha mãe sabia que eu devia ter morrido aquele dia no hospital, não ela.

Ela deveria ter sido a rainha, não eu.

Pelo menos ela e meu pai estavam juntos. Tinham sido um desses casais de sorte que haviam começado com um casamento arranjado e se apaixonaram. Meu pai nunca mais fora o mesmo depois da morte de minha mãe. Era o que todo mundo dizia. Eu era pequena demais para saber.

Às vezes, ficava me perguntando se ele havia perdido o controle do carro de propósito só para ir encontrá-la mais cedo.

Virei a cabeça e olhei para Rhys. Meus olhos tinham se adaptado à escuridão e eu conseguia ver a pequena saliência em seu nariz e a curva firme da boca.

— Você já se apaixonou? — perguntei, em parte porque realmente queria saber, em parte porque queria me distrair dos pensamentos mórbidos que me invadiam.

— Não.

— Sério? Nunca?

— Não — repetiu Rhys. E arqueou uma sobrancelha. — Surpresa?

— Um pouco. Você é velho. A este ponto já devia ter se apaixonado umas três vezes, pelo menos.

Ele era dez anos mais velho que eu, o que não significava que era um idoso, mas eu gostava de atormentá-lo quando podia.

Um som profundo e poderoso vibrou no ar, e percebi, chocada, que Rhys estava *rindo*. A risada mais profunda, mais alta e mais verdadeira que já tinha ouvido dele.

Era linda.

— Um amor para cada década — Rhys falou, depois da gargalhada. — Por esses cálculos, você devia ter se apaixonado duas vezes, a essa altura. — A intensidade de seu olhar atravessou a escuridão. — E aí, Princesa? Você já se apaixonou?

— Não. — Olhei novamente para as estrelas. — Mas espero que eu me apaixone um dia.

CAPÍTULO 18

Bridget

Passamos quatro dias perfeitos e gloriosos na Costa Rica. Eu acordava tarde, ia dormir tarde e passava os dias comendo, tomando banho de sol e lendo um romance que comprei no aeroporto. *Segundo item da lista.*

No terceiro dia, fomos de carro até Monteverde, onde havia uma tirolesa. Ele disse que a companhia que administrava a experiência era a melhor da região, e que já tinha deslizado pela tirolesa deles várias vezes.

Mesmo assim, a expressão dele era de pura tensão quando me preparei para descer pelo trajeto mais longo de tirolesa. Até agora, tínhamos percorrido apenas os cabos mais curtos, e tinha sido divertido, mas eu queria *mais*.

O que eu ia descer agora ficava bem acima da floresta, e era tão longo que eu não conseguia enxergar o fim. Fui dominada por uma mistura de empolgação e nervosismo.

— Verifique os cabos de novo — Rhys exigiu ao ver nosso guia levantar o polegar para mim.

Ninguém perdeu tempo discutindo. Rhys fez o guia verificar todo o equipamento de segurança três vezes antes de eu descer pela linha, e argumentar teria sido inútil.

— Se emperrar, não entre em pânico — Rhys me avisou, ao ver o guia repetir o gesto de que estava tudo bem e eu podia ir. — Nós vamos te buscar.

— Nós, na verdade, sou eu — o guia brincou. — Mas sim, nós vamos te buscar. Não se preocupe, senhorita.

— Eu não tinha pensado na possibilidade de emperrar até agora, muito obrigada por isso — respondi aflita.

A expressão séria de Rhys não se alterou, mas parei de pensar nisso quando me posicionei. O guia me empurrou e *finalmente* comecei a deslizar pela linha. O vento sacudia meu cabelo, e eu não consegui evitar um enorme sorriso.

A tirolesa parecia assustadora vista do chão, mas quando se estava no ar? Era emocionante.

Fechei os olhos, saboreando o vento e a sensação de estar *longe* de tudo. Sem preocupações, sem responsabilidades, só eu e a natureza.

Quando cheguei à plataforma seguinte sobre as árvores, ainda estava empolgada com a experiência, e não resisti ao impulso de provocar Rhys quando ele chegou ao meu lado pouco depois.

— Viu? Estou bem — falei. — Não precisou ir buscar meus pedaços no chão.

Ele não pareceu achar graça, mas não me incomodei.

Terceiro item da lista.

Apesar de toda superproteção, Rhys estava *mesmo* mais relaxado aqui. Não completamente relaxado, é claro, mas havia trocado as roupas pretas por short e, chocante, camiseta branca, e tinha concordado com a maioria das atividades que eu tinha proposto sem muita reclamação, inclusive *parasailing* e um passeio radical de quadriciclo.

Entretanto, a única coisa que ele se recusou a fazer foi entrar na piscina comigo, e na nossa última tarde, tentei mais uma vez fazê-lo mudar de ideia.

— Nunca ouvi falar de um SEAL que não nada. — Parei no terraço, onde Rhys desenhava em seu caderno. Ele ainda não havia mostrado nenhum de seus desenhos, e eu não tinha pedido. Arte é algo extremamente pessoal, e eu não queria forçá-lo a me mostrar nada se ele não quisesse. — Vamos lá. É nosso último dia e você não aproveitou a piscina nenhuma vez.

Fiz um movimento circular com o braço, como se apresentasse a piscina brilhante.

— É só uma piscina, Princesa. — Rhys não levantou o olhar do desenho. — Já estive em piscinas antes.

— Então me prova.

Sem resposta.

— Tudo bem. Vou nadar sozinha, então. De novo. — Tirei a saída de praia e deixei o tecido branco e fino cair no chão antes de passar por Rhys a caminho da piscina.

Talvez tenha andado um pouco mais devagar que o normal e acrescentado um movimento extra ao quadril.

E também posso ter escolhido meu menor e mais escandaloso biquíni. Afinal, ainda faltava cumprir um item da minha lista.

Estava bêbada quando contei a Rhys sobre a existência dessa lista, mas agora estava sóbria, e ainda queria que ele me ajudasse a realizar o item número quatro.

Eu me sentia atraída por ele; ele se sentia atraído por mim. Isso era óbvio, depois do que tinha acontecido no meu quarto pós-Borgia. Ele não seria meu guarda-costas por muito mais tempo, e ninguém saberia de nada, a menos que contássemos.

Uma noite louca e tórrida com meu guarda-costas sexy antes de eu assumir o dever que me ocuparia pelo resto da vida. Era pedir demais?

Entrei na piscina e contive um sorriso ao sentir o olhar de Rhys queimando minha pele, mas não me virei até chegar do outro lado. Quando olhei para ele, Rhys estava concentrado no desenho de novo, mas seus ombros tinham uma tensão que não estava ali antes.

— Tem certeza de que não quer vir? — insisti. — A água está uma delícia.

— Estou bem aqui — ele respondeu.

Suspirei e desisti... por enquanto.

Enquanto ele desenhava, nadei de um lado para o outro da piscina várias vezes, sentindo a água na pele e o sol em minhas costas.

Quando finalmente parei para descansar, o sol estava quase se pondo, e a luz de fim de tarde espalhava um brilho nebuloso, quase onírico, por toda parte.

— Última chance, sr. Larsen. — Mergulhei para ajeitar o cabelo e pisquei, tirando a água dos olhos. — Nade agora ou cale-se para sempre.

Era uma piada péssima, mas Rhys sorriu antes de comprimir os lábios novamente em uma linha fina.

— Vai parar de me atormentar se eu disser que não?

Sorri.

— Provavelmente não.

Meu coração deu um pulinho quando ele fechou o caderno, deixou-o sobre a mesa e ficou em pé.

Não esperava que ele fosse ceder.

Rhys caminhou até a piscina, já tirando a camiseta, e perdi a capacidade de respirar.

Ombros largos, músculos perfeitamente esculpidos, tanquinho. A perfeição masculina absoluta.

O centro do meu corpo pulsou enquanto meus olhos o devoravam. Tatuagens cobriam seu peito, os dois bíceps e um lado das costelas, e um V pronunciado funcionava como uma seta apontando para um volume impressionante, considerando o que tinha sentido quando ele tinha me debruçado sobre a cômoda.

Rhys entrou na água e nadou em minha direção, deslizando pelo azul líquido com a graça e a agilidade de um golfinho. Parou ao meu lado e tive que me esforçar para resistir ao impulso de afastar os cabelos molhados de seu rosto.

— Pronto. Estou na piscina. Satisfeita?

— Sim. Devia ficar sem camisa mais vezes. — Rhys levantou as sobrancelhas, e meu rosto queimou antes de eu tentar corrigir bem rápido. — Parece mais relaxado assim. Menos intimidante.

— Princesa, ser intimidante faz parte do meu trabalho.

Se eu nunca mais ouvisse as palavras "meu trabalho", eu seria uma pessoa mais feliz.

— Você entendeu — resmunguei. — Na cidade, está sempre tenso, em estado de alerta.

Ele deu de ombros.

— Isso acontece com quem tem TEPT-C.

Transtorno de Estresse Pós-traumático Complexo. Tinha pesquisado, depois que ele tinha me falado sobre isso. Os sintomas incluíam hipervigilância ou estar em alerta o tempo todo para ameaças. Diferente do TEPT comum, que era causado por um único evento traumático, o TEPT Complexo resultava de trauma de longa duração que tinha permanecido por meses, ou até anos.

Meu coração ficou apertado quando pensei no que ele devia ter enfrentado para ter esse diagnóstico.

— A arte ajuda?

— Mais ou menos. — O rosto de Rhys era ilegível. — Mas não consegui desenhar nada nos últimos meses. — Ele olhou para a mesa. — Estava só rabiscando. Vendo o que conseguia fazer.

— Quando conseguir, quero ver o desenho. Adoro apreciar um bom esquema de alarme de segurança — brinquei, antes de me lembrar que só terímos mais uma semana juntos.

Meu sorriso desapareceu.

Rhys me observava com atenção.

— Se é isso que quer...

Eu queria muitas coisas, mas nenhuma delas tinha a ver com arte.

— Posso confessar uma coisa, sr. Larsen?

Ele assentiu.

— Vou sentir sua falta.

Rhys ficou parado, tão quieto que pensei que não tivesse me ouvido. Depois, com uma voz inusitada e dolorosamente suave, respondeu:

— Também vou sentir sua falta, Princesa.

Então não vai embora. Tinha que haver um jeito de ele ficar. Rhys não fazia parte da guarda real, mas estivera comigo nos últimos dois anos. Eu não via motivo nenhum para ter que trocar de guarda só porque ia voltar para Eldorra.

Exceto, é claro, pelo fato de que Rhys teria que se mudar para lá comigo. Ele podia até ter morado comigo durante todo esse tempo, mas havia uma diferença entre fazer a proteção integral de uma pessoa nos Estados Unidos e se mudar para outro país por tempo indeterminado. Além do mais, ele tinha se demitido antes de ser dispensado.

Mesmo que eu conseguisse convencer o palácio a prorrogar o contrato, será que Rhys aceitaria a oferta? Tinha medo de perguntar e ouvir uma negativa, mas o tempo estava passando.

Um estalo alto soou ao longe antes que eu pudesse abordar o assunto, e Rhys se virou de repente na direção dos fogos que explodiam no céu.

Ele relaxou. Eu não, porque de repente entendi o motivo para ele nunca ter tirado a camisa perto de mim antes.

As costas dele – lindas e fortes – eram cobertas de cicatrizes. Riscavam a pele e se cruzavam em linhas furiosas, quase brancas, salpicadas de pequenas marcas redondas que, eu tinha certeza absoluta, tinham sido deixadas por queimaduras de cigarro.

Considerando como os ombros dele ficaram tensos, Rhys devia ter percebido seu erro, mas não tentou se esconder. Não adiantaria nada. Eu já tinha visto as marcas, e nós dois sabíamos disso.

— O que aconteceu? — sussurrei.

Houve um silêncio antes de ele comentar:

— Minha mãe gostava de um cinto.

Prendi a respiração para tentar conter a náusea. A *mãe* dele tinha feito isso?

— Ninguém disse nem fez nada? Professores, vizinhos?

Esse nível de abuso não passa despercebido.

Rhys deu de ombros.

— Vim de um lugar onde havia muitas crianças vindas de lares problemáticos. Algumas passavam por coisas piores. Uma criança recebendo "disciplina" não causava nenhum espanto.

Senti vontade de chorar por pensar no pequeno Rhys, tão sozinho que não passava de uma estatística para quem deveria ter cuidado dele.

Eu não odiava muita gente, mas de repente odiei todo mundo que sabia ou desconfiava do que estava acontecendo e não tinha feito nada.

— Por que ela fazia isso? — Deslizei os dedos pelas costas dele, um toque tão leve que quase nem era toque. Os músculos dele se contraíram, mas ele não se afastou.

— Vou te contar uma história — disse. — É sobre uma menina bonita que cresceu em uma cidadezinha de merda de onde sempre sonhou escapar. Um dia, ela conheceu um homem que estava na cidade e ele passaria alguns meses lá a trabalho. Era bonito. Sedutor. Prometeu que a levaria com ele quando fosse embora, e ela acreditou nisso. Apaixonou-se, e os dois tiveram um relacionamento arrebatador. Mas ela engravidou. E quando contou a esse homem que tinha dito que a amava, ele ficou furioso e a acusou de tentar aprisioná-lo. No dia seguinte, ele foi embora. Sem mais nem menos. Não deixou qualquer rastro de para onde foi, e até o nome que tinha dito à moça era falso. Ela estava sozinha, grávida e sem recurso nenhum. Não tinha amigos ou pais para ajudá-la. Quis ter o bebê, talvez por ter esperança de que o homem voltasse um dia, mas ele nunca voltou. Buscou consolo nas drogas e na bebida, e se tornou uma pessoa diferente. Mais cruel. Mais dura. Culpava a criança por ter destruído sua chance de ser feliz e descontava nele sua raiva e frustração. Normalmente, com um cinto.

Enquanto ele falava, sua voz era tão baixa que eu mal conseguia ouvi-lo, e as peças foram se encaixando uma a uma. Por que Rhys se recusava a beber, por que raramente falava sobre a família e a infância, o TEPT-C... talvez fosse resultado tanto da infância, quanto do serviço militar.

Uma pequena parte minha sentia empatia por essa mãe e pelo sofrimento que ela devia ter conhecido, mas nenhum sofrimento justificava extravasar em uma criança inocente.

— Não foi culpa do menino — falei. Uma lágrima desceu por meu rosto antes que eu pudesse evitar. — Espero que ele saiba disso.

— Ele sabe — Rhys respondeu, e secou minha lágrima com o polegar. — Não precisa chorar por ele, Princesa. Ele está bem.

Por alguma razão, isso me fez chorar ainda mais. Era a primeira vez que eu chorava na frente de alguém desde que meu pai tinha morrido, e estaria constrangida, se meu coração não estivesse partido.

— Shh. — Ele enxugou outra lágrima e franziu a testa. — Eu não devia ter contado. Não é o melhor jeito de encerrar as férias.

— Não, foi bom você ter contado. — Cobri sua mão com a minha antes que ele a afastasse. — Obrigada por ter dividido isso comigo. Significa muita coisa pra mim.

Era o máximo que Rhys tinha revelado sobre si desde que tínhamos nos conhecido, e eu sabia que não era só uma conversa sem importância.

— É só uma história. — Mas os olhos de Rhys transbordavam emoção.

— Não existe isso de é *só* uma história. Toda história é importante. Inclusive a sua.

Especialmente a sua.

Soltei a mão dele e nadei para trás de suas costas, deslizando novamente os dedos pelas cicatrizes, e beijei de leve uma delas.

— Isso incomoda? — sussurrei.

Os músculos dele enrijeceram ainda mais, tão tensos que tremeram sob meus dedos, mas ele respondeu balançando a cabeça de leve.

Beijei outra cicatriz. E outra.

Tudo era silêncio, exceto a respiração irregular de Rhys e o rugido fraco do oceano distante.

Eu tinha parado de chorar, mas meu coração doía por ele. Por nós. Por tudo que nunca poderíamos ser, porque vivíamos no mundo em que vivíamos.

Mas neste momento, o resto do mundo não existia, e o amanhã ainda não tinha chegado.

Última chance.

— Me beija — falei baixinho.

Um arrepio fez seu corpo estremecer.

— Princesa... — O apelido soou rouco, grave. Sofrido. — Não podemos. Você é minha cliente.

— Aqui não. — Eu o abracei por trás e pus a mão em seu peito, sentindo o coração dele bater forte e acelerado. — Aqui eu sou só eu, e você é só você. O quarto item da lista, sr. Larsen. Lembra?

— Você não sabe o que está me pedindo.

— Eu sei, sim. Não estou bêbada como naquela noite do Borgia. Sei exatamente o que estou fazendo. — Prendi a respiração. — A pergunta é: você sabe?

Não conseguia ver o rosto dele, mas conseguia praticamente assistir à guerra interna que estava travando.

Rhys me desejava. Eu sabia que ele me desejava. Mas não sabia se isso era o suficiente.

A água ondulava à nossa volta. Mais fogos explodiram ao longe. E Rhys ainda não tinha respondido.

Quando eu já esperava que ele fosse me ignorar e sair da piscina, ele resmungou um palavrão, virou-se e me puxou contra o corpo, e só tive tempo para respirar uma vez antes de ele agarrar meu cabelo e pressionar a boca contra a minha.

CAPÍTULO 19

Rhys

BRIDGET VON ASCHEBERG SERIA MINHA RUÍNA. SOUBE ASSIM QUE A vi, e minha previsão se confirmava em tempo real enquanto eu a devorava.

O fim do meu autocontrole, do meu profissionalismo e de qualquer noção de autopreservação que eu tivesse. Não que isso importasse, enquanto eu sentia o quanto ela era doce ou como suas curvas se encaixavam perfeitamente em minhas mãos como se ela fosse feita sob medida para mim.

Dois anos olhando, esperando e desejando. Tudo tinha nos levado àquele momento, e era ainda melhor do que eu imaginava.

Os braços de Bridget em volta do meu pescoço, seu corpo entregue embaixo do meu. O sabor de menta e açúcar dela era, naquele momento, meu gosto preferido no mundo todo.

Eu a empurrei contra a lateral da piscina e segurei seu cabelo com mais força, sem afastar a boca da dela nem por um segundo.

Não era um beijo terno. Era firme, exigente e possessivo, nascido de anos de frustração e tensão acumuladas, mas Bridget correspondia sem hesitar. Puxava meu cabelo, enroscava a língua na minha e gemia baixinho, um som que reverberava direto até meu pau.

— É isso o que você quer? — Belisquei o mamilo dela através da parte de cima do biquíni. *Aquela porra de biquíni.* Meus olhos quase tinham caído quando ela passara por mim mais cedo vestida só com ele, fiquei feliz por ela nunca tê-lo usado na praia. Caso contrário, eu teria sido obrigado a matar cada desgraçado que olhasse para ela, e havia outras coisas que preferia fazer durante as férias... como passar o tempo explorando sem pressa cada centímetro de seu corpo delicioso. — Hm?

— Sim. — Bridget arqueou as costas quando a toquei. — Só que mais. Por favor.

Gemi. *Definitivamente, minha ruína.*

Beijei Bridget de novo antes de acomodar as pernas dela em minha cintura e sair da piscina para subir a escada na direção do quarto dela. Para o que eu tinha em mente, precisaria de mais que só a beirada da piscina.

Deitei-a na cama, apreciando toda a sua beleza. Cabelo molhado, pele brilhante, rosto corado de desejo.

Tudo o que queria era penetrar aquele corpo tão fundo que ela nunca mais me esqueceria, mas mesmo naquele estado atordoado de desejo, sabia que isso não seria possível.

Se cruzássemos essa ponte, eu nunca mais desistira dela, e isso arruinaria nós dois. Eu não dava a mínima para o que aconteceria comigo. Já estava arruinado.

Mas Bridget? Ela merecia coisa melhor que eu.

Ela merecia o mundo.

— Quarto item da lista de desejos. Duas regras — avisei, e minha voz soou rouca. — Primeira: se fizermos isso, fica aqui. Neste quarto, nesta noite. Nunca mais falamos disso. Entendeu?

Era difícil, mas tinha que ser dito – pelo bem de nós dois. Caso contrário, poderia me perder tranquilamente na fantasia do que poderia ser, e isso era mais perigoso que qualquer predador ou inimigo.

Bridget concordou, balançando a cabeça.

— Segunda regra: sem penetração.

Vi a confusão no rosto dela.

— Mas você disse...

— Tem outras maneiras de fazer alguém gozar, Princesa. — Apoiei a mão em seu seio e esfreguei o polegar no mamilo antes de recuar um passo. — Agora, seja boazinha e tira o biquíni para mim.

Um arrepio fez o corpo dela estremecer, mas Bridget se ajoelhou na cama e seguiu minha orientação, desamarrando primeiro a parte de cima do biquíni, depois a parte de baixo com uma lentidão enlouquecedora.

Jesus Cristo. Eu não era um homem religioso, mas se existisse um momento para acreditar em Deus, era agora.

Como não podia tocá-la com as mãos – ainda não –, acariciei o corpo dela com os olhos. Atrevido e descarado, meu olhar desceu dos seios fartos, firmes, até a vagina encantadora, que já brilhava, molhada.

— Se toca pra mim — ordenei. — Me mostra o que você fazia todas aquelas noites sozinha no quarto.

Um rubor intenso mudou a cor do corpo dela, transformando o tom mármore em cor-de-rosa, e quis traçar esse caminho com a língua. Marcá-la com meus dentes e meu toque. Anunciar ao mundo a quem ela pertencia, a quem *deveria* pertencer.

A *mim*.

Cerrei os punhos junto do corpo.

Apesar do rubor, Bridget não desviava o olhar de mim enquanto acariciava os seios, apertando e beliscando os mamilos antes de escorregar uma das mãos até o meio das pernas.

Em pouco tempo ela já gemia de prazer, a boca entreaberta e a respiração arfante enquanto acariciava o clitóris e penetrava a vagina com um dedo.

Eu a devorava com os olhos como um leão rasgando uma gazela. Feroz. Faminto. Destrutivo.

Meu pau estava tão duro que doía, mas eu não o tocava. *Ainda não*.

— Está pensando em mim, Princesa? — perguntei com voz mansa. — Hm? Está pensando em quanto quer que eu te jogue na cama e foda essa bucetinha linda com a língua até você gozar na minha cara?

Bridget gemeu, e os dedos se moveram mais depressa, embalados pelas palavras obscenas. Ela ainda estava ajoelhada, e vi que suas coxas tremiam por causa de seus toques.

— T... talvez.

— É sim ou não. *Fala* — rosnei. — Em quem você pensa quando enfia o dedo nessa buceta apertada?

Bridget estremeceu enquanto pendia a cabeça para trás e fechava os olhos.

— Em você.

— O que estou fazendo com você?

Ela gemeu.

Cheguei perto da cama e segurei o queixo dela com uma das mãos, forçando-a a olhar para mim.

— O. Que. Estou. Fazendo. Com. Você?

— Está me fodendo — ela gemeu. Eu estava perto o suficiente para sentir o cheiro do tesão que ela emitia e ouvir os ruídos dos dedos entrando e saindo de sua vagina molhada. — Estou debruçada em cima da cômoda e posso te ver atrás de mim pelo espelho. Puxando meu cabelo. Você está me comendo por trás. Enchendo minha buceta com o seu pau.

Cacete. Eu não gozava nas calças desde o primeiro ano do ensino médio, mas estava bem perto disso.

— Você é bem boca suja para uma princesa. — Segurei o pulso dela com a outra mão, interrompendo os movimentos. Bridget protestou baixinho, mas não a soltei.

Dava para ver que ela estava a ponto de gozar, mas naquela noite, todos os orgasmos dela pertenciam a mim.

Eu a empurrei sobre a cama e imobilizei seus pulsos acima da cabeça, amarrando-os rapidamente com as tiras da parte de cima do biquíni.

— O que está fazendo?

O rosto de Bridget era uma mistura de nervosismo e antecipação.

— Garantindo que vou poder fazer o que quiser com você, Princesa. Agora deita e me deixa resolver o último item da sua lista.

Capturei sua boca em outro beijo antes de deslizar os lábios até o seu pescoço. Até a clavícula. Até os ombros. Quando cheguei aos seios, lambi e chupei os mamilos até ela ficar ofegante, tentando se soltar das amarras improvisadas, mas os nós estavam muito apertados.

Uma das habilidades mais úteis que tinha aprendido na marinha? Fazer um bom nó.

Puxei seu mamilo com os dentes delicadamente enquanto a penetrava com um dedo, depois dois, esticando sua buceta.

Um gemido irrompeu de minha garganta.

— Você está muito molhada.

— Por favor. — A pele de Bridget estava muito quente. — Preciso... preciso...

— Do que você precisa? — Fui beijando sua barriga e descendo até chegar à vagina. Enfiei os dedos mais fundo dentro dela antes de tirá-los e enfiar de novo. O suficiente para levá-la ao limite, mas não para que chegasse ao ápice.

— Preciso gozar — ela gemeu. — Rhys, por favor.

Parei.

— Do que você me chamou? — Levantei a cabeça, e ela olhava para mim com luxúria e algo a mais iluminando aqueles lindos olhos azuis.

— Rhys — ela repetiu, sussurrando.

O som do meu nome em seus lábios devia ser a coisa mais linda que já tinha ouvido.

Respirei fundo antes de retomar os movimentos.

— Você vai gozar, Princesa. Mas só quando eu disser que pode.

Baixei a cabeça de novo e raspei os dentes de leve em seu clitóris antes de chupá-lo. Com tudo isso e mais a forma como enfiava meus dedos nela, Bridget estava tão molhada que a umidade escorria pelas coxas, e lambi cada gota como um homem faminto.

Que delícia da porra. Nunca tinha sido viciado em nada, mas estava viciado no gosto e na sensação daquela buceta.

Bridget se esfregou no meu rosto, os movimentos dela aflitos e desesperados, e seus gemidos suplicantes foram ficando mais altos enquanto eu a devorava.

Finalmente tive piedade dela, pressionando o polegar sobre o clitóris e flexionando meus dedos dentro dela, encontrando o ponto que a levaria à explosão.

— Goza — ordenei.

A palavra mal terminou de sair da minha boca quando Bridget arqueou as costas e gritou. Foi um orgasmo tão longo e tão forte que demorou uns cinco minutos para os tremores cederem, e assistir a isso tinha sido quase o suficiente para me fazer esquecer da regra que eu mesmo havia imposto.

Sem penetração.

Eu a desamarrei e massageei as marcas vermelhas onde as tiras tinham apertado sua pele.

Bridget ficou deitada e imóvel na cama, mas quando tentei me levantar, ela me segurou.

— Está esquecendo uma coisa. — E olhou para o volume evidente em meu short.

— Acredite, não estou esquecendo nada.

Era difícil me esquecer *daquilo* quando estava duro a ponto de poder martelar uns pregos.

— Deixa eu cuidar disso para você.

Parei de respirar quando os dedos dela roçaram meu corpo.

— Isso não fazia parte do plano.

— O plano mudou. — Bridget puxou meu short para baixo, e arregalou os olhos ao ver o tamanho do meu membro.

— Bridget... — O protesto se transformou em gemido quando ela me segurou com as duas mãos.

— Você falou meu nome. — Ela deslizou a língua em volta da cabeça do meu pau e lambeu as gotas de lubrificação, antes de enfiá-lo inteiro dentro da boca.

Não respondi. Não conseguia.

Tudo tinha deixado de existir, exceto aquele calor que ela provocava em meu pau, e eu tinha certeza absoluta de que o paraíso não podia ser melhor que isso.

O sangue corria em minhas veias feito fogo líquido, e meu coração pulsava com uma mistura de luxúria e mais alguma coisa que eu preferia não identificar enquanto enroscava as mãos no cabelo de Bridget.

Linda pra caralho.

Ela tentou me engolir inteiro, mas eu era muito grande, e o ângulo não ajudava. Bridget deixou escapar um sonzinho abafado de frustração, e dei risada antes de sair de sua boca e colocá-la deitada outra vez.

— Se for demais, me avisa. — Deslizei a cabeça do meu pau por seus lábios antes de enfiá-lo dentro de sua boca. Penetrava alguns centímetros e parava, deixando que ela se acostumasse ao meu tamanho, até estar final e perfeitamente inteiro em sua boca, enterrado até a garganta.

Porra. Não era sempre que eu tinha que recorrer ao velho truque de tentar me lembrar dos nomes de jogadores de beisebol mentalmente, mas naquele momento, pensar na escalação do Washington Nationals era a única coisa que me impedia de encerrar nossa noite mais cedo.

Bridget sufocou e engasgou, os olhos se enchendo de lágrimas, e tirei o pau até deixar só a ponta.

— Foi demais?

Ela negou com a cabeça, os olhos escuros e ávidos, e penetrei sua boca de novo com um gemido.

Encontramos um ritmo – primeiro lento, depois mais rápido, na medida em que ela foi ficando mais confortável. Bridget parou de engasgar, e os sons de antes foram substituídos por gemidos que provocavam pequenas vibrações em meu pau, e ela se penetrava com um dedo enquanto eu beliscava e afagava seus mamilos.

— Isso mesmo — murmurei. — Enfia tudo nessa garganta como uma boa menina.

Suor rolava por minha pele enquanto eu entrava e saía de sua boca até não aguentar mais. O calor aveludado de seus lábios, a imagem dela se masturbando enquanto sua garganta inchava contra o meu pau...

Meu orgasmo foi como uma explosão de fogos de artifício, e vi as luzes e cores com os olhos fechados. Tirei no último segundo e explodi, cobrindo o peito dela com jatos grossos de esperma. Gozei tão forte que quase caí no chão quando acabou, e isso nunca tinha acontecido. Nunca.

Quando terminei, Bridge tinha gozado de novo, e os sons dos nossos gemidos arfantes se misturaram ao cheiro pesado de sexo no ar.

— Uau.

Ela pestanejou, parecendo um pouco chocada.

Dei risada, sentindo a cabeça – as duas, na verdade – ainda vibrando com as ondas pós-orgasmo.

— Era eu quem devia dizer isso. — Beijei sua boca rapidamente antes de pegá-la da cama e carregá-la para o banheiro. — Você precisa de uma limpeza, Princesa.

Depois do nosso banho, durante o qual não resisti e a masturbei até provocar outro orgasmo, troquei os lençóis antes de deitá-la na cama. Exaustão e satisfação estavam evidentes em seu rosto, e pela primeira vez ela aceitou meus cuidados sem reclamar quando a ajeitei embaixo das cobertas e afastei os cabelos de seu rosto.

— Quarto item da lista de coisas para fazer antes de morrer. Não pode mais dizer que nunca te dei nada — provoquei.

Ela conseguiu bocejar e rir ao mesmo tempo.

— Quarto item da lista. Foi perfeito — murmurou sonolenta. Depois olhou para mim com um pouco de tristeza nos olhos azuis. — Queria que pudéssemos ficar aqui para sempre.

Meu peito ficou apertado.

— Eu também, Princesa. — Beijei sua boca novamente, o beijo mais suave da noite, e tentei gravar na memória o sabor e a sensação que ela me provocava.

Depois que ela dormiu, fiquei sentado velando seu sono, me sentindo um esquisito, mas incapaz de parar de olhar. O peito dela subia e descia com os movimentos da respiração suave, e havia um sorrisinho em seu rosto. Bridget parecia mais feliz do que a tinha visto em semanas, e queria ter o poder de fazer esse momento durar para sempre, como ela tinha desejado.

Se fizermos isso, fica aqui. Neste quarto, nesta noite. Nunca mais falamos disso.

Eu tinha criado a regra. Uma regra que tínhamos de seguir, porque Bridget não era só minha cliente. Era a futura rainha de Eldorra, e com isso vinham camadas de complicações e bobagens que eu odiava, mas sobre as quais não podia fazer nada.

Olhei para ela pela última vez, registrando cada detalhe, antes de fechar a cara e sair do quarto.

Quarto item da lista.

Apesar do que meu coração dizia ou desejava, essa noite era uma realização dos desejos dela.

Só podia ser isso.

Não podia ser nada além disso.

CAPÍTULO 20

Bridget

NA MANHÃ SEGUINTE, ACORDEI DOLORIDA, MAS SORRIDENTE. NÃO acordava com todo esse bom humor há eras, e demorei um minuto para me lembrar do porquê.

Pedaços e cenas da noite passada voltaram à minha cabeça, primeiro devagar, depois tudo ao mesmo tempo, então corei quando me lembrei das coisas que tinha dito e feito neste exato quarto.

Mas não conseguia parar de sorrir.

Preciso fazer listas mais vezes.

Fiquei na cama mais um pouco, relutando em sair da névoa de sonho que me envolvia, mas voltaríamos hoje para Nova York e eu precisava me levantar.

Quando saí da cama, encontrei as roupas que usaria para viajar sobre a cômoda e notei que o restante do quarto estava impecável. Não havia sapatos no chão, biquínis na cadeira ou maquiagem espalhada sobre a penteadeira.

Rhys devia ter arrumado minhas malas. Dormi tão pesado que não ouvi nada.

Minhas suspeitas se confirmaram quando desci e o encontrei na sala, esperando ao lado da nossa bagagem. As camisetas casuais e os shorts dos últimos dias tinham desaparecido; o habitual traje preto estava de volta.

Senti uma pontada no peito. Já estava com saudade do Rhys versão férias.

— Bom dia, Alteza — ele disse sem desviar os olhos da tela do celular. — O café está pronto na cozinha. Nosso voo decola ao meio-dia, temos que sair em quarenta e cinco minutos.

Meu sorriso desapareceu. *Alteza.* Não era mais nem *Princesa.*

Concordamos que o que aconteceu na noite passada ficaria na noite passada, mas eu não esperava uma guinada de cento e oitenta graus tão cedo. Rhys tinha voltado a ser quase tão frio quanto era quando tínhamos nos conhecido.

— Obrigada. — Fui pega tão desprevenida que não consegui pensar em mais nada para dizer. — Por fazer as malas e o café da manhã.

— De nada.

Meu bom humor de antes evaporou, mas escondi a decepção enquanto tomava café sozinha e Rhys fazia uma verificação na casa para ter certeza de que estava tudo certo antes de irmos embora.

Ele deixou a cozinha por último, talvez por eu estar lá.

— Sr. Larsen. — Não parecia correto chamá-lo de Rhys, depois de a frieza ter voltado a reinar entre nós.

— Sim?

Ele abriu o refrigerador, agora vazio, e deu uma olhada rápida em tudo antes de fechar a porta.

— Tenho uma proposta a fazer.

Ele ficou tenso e não consegui evitar um sorriso amargo.

— Não é esse tipo de proposta — avisei. — E antes de eu dizê-la, quero que saiba que não tem nada a ver com os... acontecimentos recentes. — Esperava não estar fazendo papel de idiota, mas se estivesse, tudo bem. Se queria alguma coisa, precisava expressar minha vontade. Caso contrário, quando fosse atormentada por arrependimentos e dúvidas sobre o que poderia ter acontecido, não teria ninguém a culpar além de mim mesma. — Você é um bom guarda-costas, e já estou enfrentando mudanças demais com a abdicação de Nikolai. Gostaria de ter ao meu lado alguém com quem me sinta confortável durante a transição.

Rhys estava tão estático que parecia uma estátua.

— Se eu fizer a solicitação, o palácio pode prorrogar seu contrato até eu me sentir mais confortável em meu novo papel. — Respirei fundo. — Para isso, teria que se mudar para Eldorra temporariamente, e vou entender se isso for demais para você. Mas queria lhe dar essa opção. Caso queira ficar.

Não tinha mentido quando dissera que não tinha nada a ver com a noite passada. A ideia estava em minha cabeça há dias, e eu sempre a afastava. Mas o tempo estava acabando, e se eu não falasse agora, nunca mais falaria.

Rhys finalmente pestanejou.

— Quando precisa da resposta?

Engoli outra onda de decepção. É claro que ele precisava pensar. Era um compromisso imenso. Mesmo assim, esperava...

— Até a próxima semana, antes do seu contrato ser oficialmente encerrado.

Ele assentiu com uma expressão neutra.

— Dou uma resposta até o fim da semana. Obrigado pela oportunidade. — Rhys saiu da cozinha e fiquei olhando para o lugar onde ele havia estado.

Era isso.

Nenhum sorriso, nenhuma indicação de que estava feliz, surpreso ou desconfortável. Só "dou uma resposta até o fim da semana", como se o que nos unisse fosse meramente um laço profissional.

Tentei comer mais um pedaço de torrada, mas desisti e apoiei o rosto nas mãos.

Bridget von Ascheberg, o que você foi fazer?

───※───

Rhys e eu não conversamos durante a viagem de uma hora de carro até o aeroporto, nem durante o voo. As coisas entre nós estavam tão tensas que quase desejei que a noite passada não tivesse acontecido, mas não conseguia me arrepender.

As consequências não estavam sendo bonitas, mas o momento tinha sido lindo.

Quarto item da lista.

Tinha sido muito mais que um item da lista de coisas para fazer antes de me mudar pra Eldorra, mas eu guardaria esse segredo.

— Fique à vontade para negar, mas... será que poderia me acompanhar amanhã? — perguntei, quando Rhys deixou a mala na minha suíte. Tínhamos aterrissado em Nova York algumas horas antes e ficaríamos hospedados no Plaza até eu partir para Eldorra, dentro de dois dias. Nikolai anunciaria sua abdicação amanhã, e eu teria a coletiva de imprensa depois disso. Pensar nisso me deixava meio enjoada. — Para o pronunciamento.

Pela primeira vez no dia, o rosto de Rhys ficou mais suave.

— É claro, Princesa.

Era engraçado como, no início, eu odiava essa forma de tratamento, mas agora era um apelido que fazia meu coração palpitar.

Mais tarde, naquela noite, tentei dormir, mas minha cabeça estava tomada por um milhão de pensamentos e preocupações. Costa Rica, Rhys, se ele seguiria sendo meu guarda-costas, a reação do povo à abdicação de Nikolai e seu noivado com Sabrina, a saúde de meu avô, minha nova vida como princesa herdeira, a mudança de volta a Eldorra...

Fechei os olhos com força. *Respira. Só respira.*

Acabei adormecendo, mas foi um sono agitado, dominado por pesadelos com uma coroa gigante que me esmagava na frente do palácio enquanto todo mundo apontava e ria.

Na manhã seguinte, acordei mais cedo do que planejava para me preparar para a coletiva de imprensa e esconder as olheiras com maquiagem. Não tomei café da manhã, tinha medo de não conseguir segurar a comida no estômago, mas quando Rhys apareceu às sete em ponto, como havia prometido, insistiu em pedir ovos e um smoothie ao serviço de quarto. Nada de café. Disse que ajudaria a aliviar a ansiedade, e me surpreendi ao descobrir que ele estava certo.

O pronunciamento de Nikolai começou às oito, e vimos em silêncio meu irmão – vestido com seu uniforme militar, a expressão em seu rosto tensa, mas determinada – dar a notícia que mudaria para sempre a história eldorrana.

— Por meio deste, declaro que abdico do título de príncipe herdeiro de Eldorra e me retiro da linha de sucessão real. Esta decisão não foi fácil...

As exclamações chocadas da plateia eram audíveis até através da tela, mas Nikolai seguiu em frente.

Esta é a decisão mais importante da minha vida...

Meu amor pelo país...

Serei sucedido por minha irmã, a Princesa Bridget...

Durante todo o tempo, permaneci sentada e imóvel. Sabia o que aconteceria, mas era surreal ver e ouvir Nikolai anunciando sua decisão na TV.

Quando ele terminou o discurso, a câmera mudou para o âncora do jornal, visivelmente chocado, mas Rhys desligou o aparelho antes que eu pudesse ouvir o que o homem ia dizer.

— Precisa de um momento?

Ele emanava confiança e autoridade tão naturais que quase conseguiu acalmar meus nervos em frangalhos.

Quase.

Em breve aconteceria a coletiva de imprensa em que eu seria o foco, e sentia vontade de vomitar.

Sim. De preferência, um milhão de momentos.

— Não. — Pigarreei para limpar a garganta e repeti com uma voz mais forte: — Não. Podemos ir.

Chequei meu cabelo e minhas roupas pela última vez antes de sairmos da suíte. Tudo que um membro da família real dizia e usava em público tinha um simbolismo oculto, e hoje eu estava vestida para a batalha com um terninho Chanel, sapatos de salto e um broche de rubi, ouro e diamante nas cores da bandeira de Eldorra.

A mensagem: estou no controle e pronta para assumir meu lugar.

A realidade: o caos.

Quando Rhys e eu entramos no elevador para descer ao saguão, senti um certo torpor me invadir, deixando o mundo à minha volta meio desfocado.

Décimo andar... nono andar... oitavo andar...

Meu estômago ficava mais pesado a cada andar que descíamos.

Quando chegamos ao térreo, as portas do elevador deslizaram e vi uma multidão de repórteres aglomerados na entrada do hotel, contidos pela segurança. Os gritos aumentaram quando eles me viram, e todos no saguão se viraram para olhar para o motivo de tanta comoção.

Eu.

Já tinha lidado com a imprensa muitas vezes no passado, mas esse era meu primeiro encontro com os jornalistas enquanto princesa herdeira. Não devia ser diferente, mas era.

Tudo era diferente.

Minha respiração ficou mais rasa. Pontinhos escuros dançavam na periferia do meu campo de visão, e meus passos fraquejaram.

— Respira, Princesa — falou Rhys em voz baixa. De algum jeito, ele sempre sabia. — Você é a futura rainha. Não deixe que te intimidem.

Inspira. Expira.

Ele estava certo. Eu não podia começar meu primeiro dia no novo papel assustada e tímida. Mesmo que tudo que quisesse fosse correr para minha suíte e nunca mais sair de lá, tinha responsabilidades a cumprir.

Eu vou conseguir.

Eu era a futura rainha de Eldorra. Era hora de agir de acordo com isso.

Respirei fundo, alinhei os ombros e ergui o queixo, ignorando os olhares dos hóspedes do hotel pelos quais passava a caminho da saída e do começo de minha nova vida.

PARTE 2

CAPÍTULO 21

Bridget

SEIS SEMANAS DEPOIS

— Sua Majestade a espera. — Markus saiu do gabinete de meu avô e sua expressão estava tão contraída que ele parecia ter chupado um limão inteiro.

— Obrigada, Markus. — Sorri. Ele não sorriu de volta. Limitou-se à cortesia de um aceno de cabeça antes de se afastar pelo corredor.

Suspirei. Se achava que me tornar princesa herdeira melhoraria meu relacionamento com o conselheiro mais próximo de Edvard, estava lamentavelmente enganada. Markus parecia mais insatisfeito que nunca, talvez porque a recepção da imprensa sobre a abdicação de meu irmão não tinha sido muito boa.

O que também não era bom? Meu apelido: Princesa Meio-Período. Aparentemente, os tabloides não aprovavam o tempo que a futura rainha tinha passado longe de Eldorra, e cada vez que tinham uma oportunidade, adoravam questionar meu compromisso com o país e minha adequação ao trono.

A pior parte era que não estavam inteiramente errados.

— Vejo você amanhã para cortar a fita — falei para Mikaela, que tinha me acompanhado na reunião com Elin mais cedo para tratar da gestão de crise de imagem.

— Perfeito. — Mikaela olhou de relance para a porta entreaberta do gabinete de Edvard. E sussurrou: — Boa sorte.

Não sabíamos por que meu avô queria falar comigo, mas sabíamos que não era coisa boa. Ele não me convocava a comparecer ao gabinete a menos que o assunto fosse sério.

— Obrigada.

Consegui forçar um sorrisinho.

Mikaela era minha melhor amiga de infância e, atualmente, meu braço direito durante o treinamento para me tornar rainha. Filha do Barão e da Baronesa Brahe, ela sabia tudo sobre todo mundo na alta sociedade eldorrana, e eu a havia recrutado para me ajudar na transição de retorno à sociedade de Athenberg. Tinha me mudado dali há tanto tempo que me sentia completamente desinformada, o que era inaceitável para a futura rainha.

Não esperava que aceitasse uma tarefa tão grande, mas para minha surpresa, ela tinha concordado.

Mikaela afagou meu braço antes de se afastar e me controlei antes de entrar no gabinete de Edvard. Era uma sala grande, revestida de mogno, com pé direito duplo, janelas que davam para os jardins do palácio e uma mesa grande o bastante para se poder cochilar em cima dela.

Edvard sorriu ao me ver. Parecia muito mais saudável do que nas semanas seguintes ao colapso, e não tinha exibido nenhum sintoma desde o grande susto, mas eu ainda me preocupava com ele. Os médicos disseram que seu quadro era imprevisível, e eu acordava todos os dias me perguntando se aquele seria o último dia em que veria meu avô vivo.

— Como vai o treinamento? — ele perguntou, depois que me sentei na cadeira diante dele.

— Bem. — Escondi as mãos embaixo das coxas para controlar o nervosismo. — Mas algumas sessões do Parlamento são bem... — *Tediosas. Dignas de um cochilo. Tão chatas que eu preferia ficar olhando tinta secar.* — Verborrágicas.

Infelizmente, os deveres de um monarca incluíam comparecer a sessões do partido uma vez por semana, pelo menos, e meu avô achava que seria útil eu me inteirar do processo agora.

Desde que tinha voltado a Eldorra, meus dias eram lotados de reuniões, eventos e "aulas de como ser rainha", desde o momento em que acordava até o momento em que ia dormir. Mas eu não me importava. Isso mantinha meus pensamentos longe de Rhys.

Droga. Meu peito ficou apertado e me forcei a banir da cabeça todos os pensamentos sobre meu antigo guarda-costas.

A risada de Edvard me trouxe de volta ao presente.

— Um jeito diplomático de falar. O Parlamento é um bicho diferente daqueles com os quais você está acostumada, mas é *de fato* uma parte essencial do governo e, como rainha, vai precisar manter um bom relacionamento com eles... o que me leva ao motivo para ter chamado você aqui hoje. — Ele fez uma pausa antes de dizer: — Na verdade, há três coisas que quero discutir com você, e a primeira é Andreas.

Confusão e desconfiança se misturaram.

— Meu primo?

— Sim. — O vislumbre de uma careta passou pelo rosto de Edvard. — Ele vai passar alguns meses no palácio. Deve chegar na terça-feira.

— *O quê?* — Eu me recompus rapidamente, mas não antes de meu avô olhar para mim com ar desaprovador. — Por que ele vem para cá? — perguntei num tom mais calmo, embora estivesse qualquer coisa, menos calma. — Ele tem a própria casa aqui.

Andreas, filho do falecido irmão de meu avô, Príncipe Alfred, era... como posso explicar com sensibilidade e tato... um completo babaca. Se arrogância, misoginia e babaquice de maneira geral pudessem andar e falar, teriam a forma de Andreas von Ascheberg.

Felizmente, ele tinha ido cursar uma universidade em Londres e ficado lá. Eu não o via há anos, e não sentia a menor falta dele.

Mas agora, Andreas não só estava retornando a Eldorra como ficaria conosco no palácio.

Quero morrer, sério.

— Ele gostaria de voltar a Eldorra em caráter permanente — Edvard explicou com cautela. — Envolver-se mais na política. Quanto ao motivo para ele se hospedar aqui, Andreas disse que quer se reconectar com você porque faz muito tempo que não se veem.

Eu não acreditava nessa desculpa. Nós nunca tínhamos nos dado bem, e pensar nele tentando se envolver na política me fazia sentir vontade de fugir.

Diferente da maioria das monarquias constitucionais, onde a família real permanecia politicamente neutra, Eldorra acolhia a participação real na política de maneira limitada. Eu preferia que fosse diferente, se isso significasse que Andreas teria alguma influência em qualquer coisa que pudesse afetar a vida das pessoas.

— Por que agora? — perguntei. — Pensei que ele estivesse ocupado vivendo a vida agitada de Londres.

Andreas sempre tinha falado muito, vangloriando-se de suas notas e insinuando que seria um bom rei – às vezes na cara de Nikolai, quando meu irmão era o primeiro na linha de sucessão ao trono –, mas era só isso. Conversa. O mais próximo que chegara de participar da política tinha sido quando se diplomara nela.

Edvard levantou uma sobrancelha grossa, grisalha.

— Ele é o próximo na sucessão ao trono, depois de você.

Olhei para o meu avô. Ele não podia estar sugerindo o que eu pensava que estava sugerindo.

Como minha mãe era filha única e eu não tinha filhos, Andreas era realmente o segundo na linha sucessória, agora que Nikolai tinha abdicado. Tentei imaginá-lo como rei e senti um arrepio.

— Vou ser franco — disse Edvard. — Andreas insinuou certas... ambições em relação à coroa, e não acredita que uma mulher esteja à altura da posição.

Ah, como eu queria que Andreas estivesse ali agora para eu poder dizer onde ele devia enfiar suas ambições!

— Talvez ele devesse dizer isso a Rainha Elizabeth na próxima vez que visitarmos o Palácio de Buckingham — retruquei com frieza.[1]

— Você sabe que discordo dele. Mas Eldorra não é a Inglaterra ou a Dinamarca. O país é mais... tradicional, e receio que alguns membros do Parlamento sintam, secretamente, o mesmo que Andreas.

Segurei a beirada da cadeira.

— Ainda bem que o Parlamento não indica o monarca, então.

Posso não *querer* governar, mas não vou admitir que ninguém me diga que não *posso* governar por causa do meu gênero. Não interessa que a monarquia seja apenas simbólica. Éramos o rosto da nação, e nem no inferno eu deixaria alguém como Andreas nos representar.

Edvard hesitou.

— Essa é a outra razão para eu ter chamado você aqui. O Parlamento pode não indicar o monarca, mas temos que pensar na Lei de Casamentos Reais.

Um redemoinho de medo se formou em meu estômago. A Lei de Casamentos Reais, promulgada em 1732, era a lei arcaica que exigia que o

---
[1] Este livro foi publicado originalmente em setembro de 2022, antes do falecimento da Rainha Elizabeth II. [N. E.]

monarca se casasse com alguém de sangue nobre. Tinha sido por isso que Nikolai havia abdicado, e eu evitava pensar nesse assunto o máximo possível porque isso significava que minhas chances de casar por amor eram quase nulas.

Não se tratava apenas de encontrar um nobre de quem eu gostasse. Possíveis parceiros conjugais eram escolhidos para se obter o máximo ganho político, e eu não era ingênua a ponto de esperar um enlace por amor.

— Não tenho que me casar agora. — Fiz um esforço para não deixar a voz tremer. — Tenho tempo...

— Queria que isso fosse verdade. — O rosto de Edvard expressava um misto de culpa e nervosismo. — Mas minha condição é imprevisível. Posso ter outro colapso a qualquer minuto, e, da próxima vez, talvez não tenha tanta sorte. Agora que Nikolai abdicou, a pressão para garantir que você esteja pronta para assumir o trono o mais depressa possível é ainda maior. Isso inclui encontrar um marido aceitável.

Tecnicamente, o casamento não era requisito para o monarca, mas Eldorra não tinha tido um governante solteiro desde... bem, nunca tivera.

Senti a bile na garganta, tanto pela possibilidade de perder meu avô a qualquer minuto, quanto pela perspectiva de passar o resto da vida com um homem que não amava.

— Lamento, querida, mas é a verdade — Edvard falou num tom doce. — Queria poder te proteger das verdades duras da vida como costumava fazer antes, mas um dia você vai ser rainha, e o tempo para amenizar os fatos passou. Você é a última pessoa na nossa linha direta de sucessão, a única entre Andreas e a coroa... — Nós dois sentimos o mesmo arrepio. — O casamento com um aristocrata respeitável, idealmente no prazo de um ano, é o único jeito de garantir que o trono e o país permaneçam em boas mãos.

Abaixei a cabeça, tomada pela resignação. Eu podia abdicar como Nikolai tinha feito, mas não faria isso. Por mais que me ressentisse por ele ter me colocado nessa posição, meu irmão tinha agido por amor. Se eu abdicasse, seria por puro egoísmo.

Além do mais, o país não sobreviveria a *duas* abdicações em tão pouco tempo. Seríamos a piada do mundo, e eu nunca mancharia o nome da minha família ou a Coroa passando-a para Andreas.

— Como vou encontrar um marido em tão pouco tempo? Minha agenda é tão cheia que mal tenho tempo para dormir, imagine para namorar.

Os olhos do meu avô se estreitaram e de repente ele parecia mais um jovem cheio de artimanhas do que um rei que governava há décadas.

— Eu cuido disso. Tenho uma ideia, mas antes de falarmos sobre ela, tem um último tópico que precisamos discutir. Seu guarda-costas.

A expressão *guarda-costas* fez meu coração se contorcer.

— O que tem ele?

Ainda estava me acostumando com Elias, o novo guarda-costas. Ele era bom. Gentil, competente, educado.

Mas não era Rhys.

Rhys, que tinha recusado minha proposta de prorrogação do contrato.

Rhys, que tinha ido embora há um mês sem olhar para trás.

Rhys, que tinha me proporcionado os quatro dias mais perfeitos de minha vida e depois agido como se não tivessem significado nada para ele.

Talvez não significassem mesmo. Talvez eu tivesse imaginado a conexão entre nós, e ele agora estava ocupado com a nova vida na Costa Rica ou na África do Sul.

Quarto item da lista.

Um ardor familiar se espalhou por meu peito e por trás dos olhos antes de eu ranger os dentes e me recompor.

Princesas não choram. Especialmente não por um homem.

— Recebemos um telefonema bem incomum da Harper Security — disse Edvard.

Harper Security. A agência para a qual Rhys trabalhava.

— Rh... O sr. Larsen está bem?

Meu coração disparou apavorado. Ele estava machucado? *Morto?*

Não conseguia pensar em nenhuma outra razão para esse telefonema de seu empregador, considerando que ele não estava mais a serviço do palácio.

— Ele está bem. — Edvard me olhou de um jeito estranho. — No entanto, fizeram uma solicitação esquisita. Normalmente, nem consideraríamos essa possibilidade, mas Christian Harper é um homem muito influente. Não é alguém a quem se nega alguma coisa com facilidade, mesmo que você seja o rei, e ele me pediu uma espécie de favor em nome do sr. Larsen.

Eu ficava mais confusa a cada minuto.

— Que favor?

— Ele quer ser reintegrado à sua equipe de segurança pessoal.

Se eu não estivesse sentada, teria caído com o choque, e isso foi antes de Edvard acrescentar:

— Em caráter permanente.

CAPÍTULO 22

Rhys

— **Então, estamos quites.**

Segurei o telefone entre o ombro e a orelha para poder pegar minha mala do compartimento superior.

— Já falei que sim.

— Quero ter certeza de que isso ficou claro. — O sotaque de Christian chegava suave e preguiçoso do outro lado da linha, como um verniz escondendo as lâminas afiadas abaixo da superfície. Refletia o homem por trás da voz, alguém encantador e afável que podia te matar usando as mãos, mas ter no rosto um sorriso.

Muita gente não tinha conseguido enxergar para além daquele sorriso até que fosse tarde demais.

Era isso que tornava Christian tão perigoso, além de um CEO tão eficiente para a agência de segurança privada mais exclusiva do mundo.

— Não tinha percebido que estava tão apegado à princesa — ele acrescentou.

Rangi os dentes ao ouvir a insinuação e, na pressa para sair do avião, quase derrubei um homem idoso com um paletó marrom horrível.

— Não estou *apegado*. Ela é a cliente menos irritante que já tive, e estou cansado de alternar entre estrelas pop e herdeiras mimadas em intervalos de meses. É uma decisão prática.

Na verdade, eu soube que tinha feito bobagem menos de vinte e quatro horas depois de recusar a oferta de prorrogação do meu contrato. Estava no avião, voltando para Washington, e teria forçado o piloto a dar meia volta, se isso não fosse incluir o meu nome na lista dos vetados em aeronaves e gerar uma detenção, cortesia do governo dos Estados Unidos.

Mas Christian não precisava saber disso.

— Então vai se mudar para Eldorra, o país que mais odeia. — Não era uma pergunta, e ele soava menos convencido. — Faz sentido.

— Não odeio Eldorra. — O país tinha uma grande bagagem para mim, mas eu não tinha nada contra o lugar. Era um problema meu, não deles... na maior parte.

A mulher que andava ao meu lado com uma camiseta Eu ♥ Eldorra me encarou, e encarei de volta até ela ficar vermelha e andar mais depressa.

— Se você diz... — Uma nota de alerta vibrou na voz de Christian. — Concordei com seu pedido porque confio em você, mas não faça besteira, Larsen. A Princesa Bridget é sua cliente. A futura rainha de Eldorra, na verdade.

— Não me diga, Sherlock. — Tecnicamente, Christian era meu chefe, mas nunca fui bom nessa coisa de puxar saco, nem mesmo quando era militar. E isso tinha me causado muitos problemas. — E você não fez isso por confiar em mim. Fez porque passei o último mês limpando a *sua* sujeira.

Não fosse por isso, eu teria embarcado no primeiro voo para Eldorra depois de aterrissar em Washington.

Por outro lado, se não tivesse feito isso, Christian poderia não ter mexido os pauzinhos por mim. Ele não fazia nada por pura bondade.

— De qualquer maneira, lembre-se do motivo para estar lá — ele disse num tom calmo. — Você precisa proteger a Princesa Bridget de ameaças físicas. É isso.

— Estou ciente. — Saí do aeroporto e fui imediatamente atingido por uma rajada de ar gelado. O inverno em Eldorra era frio para cacete, mas eu havia sobrevivido a mais frio na marinha. O vento quase nem me incomodou. — Tenho que desligar.

Encerrei a ligação sem dizer mais nada e entrei na fila do táxi.

Como Bridget teria reagido quando soubera que eu estava voltando? Ficara feliz? Brava? Indiferente? Não recusara minha solicitação para ser reincorporado como seu guarda-costas, o que era um bom sinal, mas eu também não sabia se o palácio deixara a decisão nas mãos dela.

Mas eu lidaria com isso, de qualquer maneira. Só queria vê-la de novo.

Fui embora porque pensei que essa era a coisa certa a se fazer. Combinamos que o que tinha acontecido na Costa Rica ficaria na Costa Rica, e fiz o possível para me manter distante depois daquilo. Para dar a nós dois uma chance de resistir. Porque, se ficássemos perto um do outro, acabaríamos em uma situação que poderia destrui-la.

Bridget era uma princesa, e merecia um príncipe. Eu não era um príncipe. Não chegava nem perto disso.

Mas foi preciso só um dia longe dela para eu perceber que não me importava. Não podia agir de acordo com meus sentimentos, mas também não conseguia ficar longe, então aqui estava. Estar ao lado dela sem realmente *estar* com ela seria uma forma especial de tortura, mas era melhor que não estar perto dela de jeito nenhum. As últimas seis semanas tinham sido prova disso.

— Deixou cair isto.

Meus músculos enrijeceram, e fiz uma avaliação rápida do desconhecido que tinha parado atrás de mim.

Devia ter uns trinta e cinco anos. Cabelo claro, casaco caro e as mãos macias – ambas inteiramente visíveis – de alguém que nunca tinha feito um esforço físico mais exaustivo do que levantar uma caneta.

Mesmo assim, mantive a guarda alta. Ele não era uma ameaça física, mas isso não queria dizer que não pudesse representar outros tipos de ameaça. Além do mais, eu não lidava bem com pessoas desconhecidas me abordando.

— Isso não é meu. — Olhei para a carteira de couro preto na mão dele.

— Não? — O sujeito fez uma cara intrigada. — Pensei ter visto cair do seu bolso, mas tem tanta gente aqui... posso ter me enganado. — Ele me estudou com um olhar penetrante. — Americano?

Respondi com um breve movimento de cabeça. Odiava conversa mole, e alguma coisa no homem me incomodava. Aumentei o nível de alerta.

— Pensei que fosse. — Ele falava um inglês perfeito, mas tinha o mesmo sotaque eldorrano sutil de Bridget. — Está aqui de férias? Poucos americanos vêm para cá no inverno.

— Trabalho.

— Ah, eu também voltei para trabalhar, de certa forma. Meu nome é Andreas. — E estendeu a mão livre, mas eu não me mexi.

Não costumava apertar a mão de estranhos, especialmente no aeroporto. Se Andreas ficou abalado com minha grosseria, não demonstrou. Pôs a mão no bolso e sorriu, mas o sorriso não se abriu até os olhos.

— Aproveite a visita. Talvez eu te veja por aí.

Para algumas pessoas, o comentário podia parecer vagamente amigável ou até convidativo. Para mim, soava vagamente como uma ameaça.

— Talvez. — Eu torcia para que não acontecesse. Não conhecia o homem, mas não confiava nele.

Cheguei à ponta da fila do táxi e nem olhei mais para Andreas quando joguei a bagagem no porta-malas e dei ao motorista o endereço do palácio.

Demoramos quase uma hora para chegar ao destino, graças ao trânsito, e meu corpo ficou tenso de antecipação quando os conhecidos portões dourados surgiram adiante.

Finalmente.

Foram só seis semanas, mas pareciam ter sido seis anos.

Era verdade o que as pessoas diziam sobre só darmos valor às coisas depois que as perdemos.

Depois que a guarda do portão autorizou minha entrada, falei com Malthe, o chefe da segurança real, e depois com Silas, o chefe da residência real, que me informou que eu ficaria na casa de hóspedes do palácio. Ele me mostrou o chalé de pedras, localizado a quinze minutos do edifício principal, e recitou as regras e o protocolo para os residentes, até que eu o interrompi.

— Sua Alteza está aqui? — Fiquei na casa de hóspedes todas as vezes que vim a Eldorra e não precisava ouvir a música até o fim e dançar de novo.

Silas suspirou profundamente.

— Sim, Sua Alteza está no palácio com Lady Mikaela.

— Onde?

— Na sala de estar do segundo andar. Ela só o espera amanhã — o homem acrescentou com firmeza.

— Obrigado. Posso assumir a partir daqui.

Tradução: *Vai embora.*

Ele suspirou mais uma vez antes de sair.

Sozinho, tomei um banho rápido, troquei de roupa e fui até o palácio. Demorei meia hora para chegar à sala de estar e meus passos ficaram mais lentos quando ouvi a risada de Bridget do outro lado da porta.

Deus, que saudade dessa risada. Que saudade de tudo nela.

Abri a porta dupla e entrei, e meus olhos a encontraram imediatamente.

Cabelo dourado. Pele sedosa. Elegância e alegria vestidas com seu vestido amarelo favorito, que ela sempre usava quando queria parecer profissional, mas relaxada.

Estava na frente de um enorme quadro branco, onde havia dezenas de retratos três por quatro. Mikaela, a amiga dela, balançava as mãos e falava com animação até notar minha presença.

— Rhys! — ela exclamou. Era uma moça delicada e de cabelos cacheados e morenos, sardas e uma personalidade tão animada que chegava a ser irritante. — Bridget me contou que você estava voltando. É muito bom ver você de novo!

Inclinei a cabeça para cumprimentá-la.

— Lady Mikaela.

Bridget se virou. Nossos olhares se encontraram, e todo o ar saiu dos meus pulmões. Durante seis semanas, só tivera lembranças dela a que me agarrar, e vê-la pessoalmente outra vez era quase esmagador.

— Sr. Larsen. — Seu tom era frio e profissional, mas notei um tremor sutil por trás das palavras.

— Alteza.

Nós nos encaramos, meu peito e o dela arfando no mesmo ritmo. Mesmo do outro lado da sala, conseguia ver a veia pulsando na base de seu pescoço. A marquinha embaixo da orelha esquerda. O jeito como o vestido envolvia seu quadril, como a carícia de um amante.

Nunca pensei que teria ciúme de um vestido, mas lá estava eu.

— Você chegou bem na hora. — A voz de Mikaela quebrou o encanto. — Precisamos de uma terceira opinião. Bridget e eu não conseguimos chegar a um acordo.

— Sobre o quê? — Continuava olhando para Bridget, que permanecia no mesmo lugar, como se tivesse congelado.

— O que devemos valorizar mais ao classificar um parceiro romântico, inteligência ou senso de humor?

Os ombros de Bridget ficaram tensos e finalmente desviei o olhar dela para Mikaela.

— Classificar?

— Estamos classificando os convidados para o baile de aniversário de Bridget — explicou Mikaela. — Bem, eu estou. Ela se recusa a me ajudar. Mas vai haver muitos homens no baile, e ela não pode dançar com todos. Precisamos reduzir as opções. Só resta uma dança, e estou dividida entre

Lorde Rafe e Príncipe Hans. — Ela bateu com a caneta no queixo. — Por outro lado, o Príncipe Hans é mesmo um *príncipe*, então, talvez ele não precise de senso de humor.

A alegria em rever Bridget desapareceu.

— Sobre o que estão falando? — Minha voz ficou duas oitavas mais grave.

— Sobre o baile de aniversário de Bridget — Mikaela respondeu eufórica. — Que também vai ter um outro propósito: vamos escolher um marido para ela!

CAPÍTULO 23

Bridget

EU QUERIA MORRER.

Se o chão se abrisse e me engolisse, eu seria a pessoa mais feliz da terra. Ou embaixo da terra, como seria o caso.

Infelizmente, continuei na sala de estar com um quadro branco coberto de fotos de solteiros europeus, um Rhys com expressão de pedra e uma Mikaela que não tinha percebido nada.

— É o evento da temporada — ela continuou. — Foi tudo meio corrido, mas a equipe de Elin está trabalhando sem parar e os convites foram enviados hoje de manhã. Dezenas de pessoas já confirmaram presença. — Ela suspirou com ar sonhador. — Todos aqueles homens lindos e bem-vestidos na mesma sala. Eu poderia simplesmente morrer.

Sim, a grande ideia a que meu avô tinha se referido no outro dia em seu gabinete era um evento, disfarçado de baile de gala, para eu achar um pretendente. Eu protestei, horrorizada com a ideia de passar uma noite inteira – e, para piorar, meu *aniversário* – conversando e dançando com egos superinflados disfarçados de humanos.

Mas tinha sido inútil.

Aparentemente, meu aniversário de vinte e quatro anos era uma boa desculpa para convidar todos os solteiros elegíveis da Europa para a festa, *e* aconteceria em poucas semanas, o que fazia da data a ocasião perfeita, mesmo que fosse tudo um pouco apressado, como apontou Mikaela.

— Não sabia que estava procurando um marido, Alteza — Rhys falou com tanta frieza que meus braços arrepiaram.

A corrente elétrica entre nós congelou.

Ao mesmo tempo, a indignação inflamou meu âmago. Ele não tinha o direito de estar bravo. Tinha sido *ele* quem se afastara e insistira em manter as coisas entre nós no nível profissional depois da Costa Rica. Não podia estar pensando que apareceria aqui depois de seis semanas porque tinha mudado de ideia e me encontraria esperando por ele.

— Tem a ver com política e imagem pública — Mikaela disse antes que eu pudesse responder. — Mas do que estávamos falando, mesmo? Ah, sim. — Ela estalou os dedos. — Lorde Rafe e Príncipe Hans. Esquece. O Príncipe Hans fica mais pra cima na lista, é claro. — Ela passou a foto para o lado "sim" do quadro.

— Vou deixá-la à vontade, então, Princesa. Só vim me apresentar. — O rosto dele se fechou e senti a frustração se juntar ao coquetel de emoções que corria por minhas veias – empolgação e confusão por vê-lo de novo, irritação com sua hipocrisia, raiva remanescente por sua partida e um toque de culpa, embora não estivéssemos namorando, nunca tenhamos namorado, e eu fosse livre para dançar com todos os homens de Athenberg, se quisesse.

Se fizermos isso, fica aqui. Neste quarto, nesta noite. Nunca mais falamos disso.
Ele tinha criado essa regra, por que eu me sentia culpada?

— Sr. Larsen...

— Até amanhã, Princesa.

Rhys saiu da sala.

Antes que eu soubesse o que estava fazendo, fui atrás dele pela porta, endireitando a espinha, determinada.

Eu *não* seria arrastada de novo para outro ciclo interminável de dúvidas e suposições. Tinha muito com que me preocupar. Se Rhys tinha um problema, ele podia falar na minha cara.

— Aonde vai? — perguntou Mikaela. — Ainda temos que decidir a ordem das danças!

— Ao banheiro — respondi sem olhar para trás. — Confio em você. Organize na ordem que quiser.

Andei mais depressa e alcancei Rhys ao dobrar o corredor.

— Sr. Larsen.

Dessa vez ele parou, mas não se virou.

— O baile foi ideia do meu avô. Não minha.

Eu não devia explicação nenhuma a ele, mas me sentia impelida a explicar, mesmo assim.

— É seu aniversário, Princesa. Pode fazer o que quiser.

Levantei o queixo quando meu coração palpitou ao ouvir a palavra *princesa*.

— Então não se importa se eu passar a noite toda dançando com outros homens?

Rhys finalmente se virou, mas não era possível ler nada naqueles olhos cinzentos.

— Por que me importaria? Acho que é a solução perfeita. Vai encontrar um bom príncipe, casar-se e reinar feliz para sempre. — Havia uma nota de deboche nas palavras. — A vida de uma princesa, exatamente como tem que ser.

Alguma coisa estourou dentro de mim sem mais nem menos.

Eu estava com *raiva*. Furiosa com Nikolai por ter abdicado e fugido para a Califórnia com Sabrina para que pudessem "ter um tempo" para eles. Furiosa por não ter controle sobre minha vida. E, acima de tudo, furiosa com Rhys por transformar nosso reencontro em algo feio depois de termos passado *seis semanas* separados.

— Você tem razão — respondi. — É *mesmo* a solução perfeita. Mal posso esperar. Talvez faça mais que dançar. Talvez encontre alguém para beijar e levar para...

Dois segundos depois, eu estava presa contra a parede. Os olhos de Rhys não eram mais insondáveis. Tinham endurecido, passado do cinza ao quase preto feito nuvens de tempestade que encharcam a cidade na primavera.

— Não é uma boa ideia terminar essa frase, Princesa — ele avisou em voz baixa.

Eu o tinha provocado de forma deliberada, mas tive que lutar contra o arrepio provocado pelas ondas de perigo que ele emanava.

— Tire as mãos de mim, sr. Larsen. Não estamos mais nos Estados Unidos, e você está ultrapassando os limites.

Rhys se aproximou ainda mais, e tentei manter o foco, mesmo consumida por *ele*. Por seu cheiro, sua respiração na minha pele. Por lembranças de olhares prolongados e risadas roubadas ao pôr do sol e uma piscina do outro lado do mundo.

— Fodam-se os limites.

Cada palavra soava lenta e deliberada, como se ele quisesse gravá-las em minha pele.

— Que belo primeiro dia de volta ao trabalho. Como nos velhos tempos. — Colei as costas na parede, tentando escapar do calor do corpo dele. — Por que voltou, sr. Larsen? Você pareceu muito satisfeito em partir quando o convidei a ficar.

— Se acha que estive satisfeito durante essas seis semanas, não poderia estar mais enganada — ele respondeu em tom sombrio.

— Deve ter ficado satisfeito por um período para se afastar por todo esse tempo. — Tentei esconder a nota de dor em minha voz, mas não consegui.

O rosto de Rhys ficou um pouco mais suave.

— Acredite em mim, Princesa. Se pudesse escolher, teria voltado bem antes.

O toque aveludado das asas de borboletas roçou meu coração.

Pare com isso. Fique firme.

— O que me leva de volta à pergunta: por que voltou? — insisti.

Um músculo se contraiu em seu rosto. Ele não tinha se barbeado, e pelos grossos começavam a brotar da pele, algo a que não estava acostumada.

Cerrei os punhos, resistindo ao impulso de tocar os pelos curtos de seus maxilares e a cicatriz no supercílio. Só para poder ter certeza de que ele estava ali.

Zangado e irritante, mas *ali*.

— Porque eu...

— Estou interrompendo alguma coisa?

Rhys se afastou de mim tão depressa que demorei alguns segundos para processar o que tinha acontecido. Quando me recuperei e vi quem tinha nos interrompido, fui tomada pelo desânimo.

Parado na ponta do corredor, com uma expressão que mesclava curiosidade e deboche, estava ninguém mais, ninguém menos, que meu primo Andreas.

— Estava a caminho do meu quarto quando ouvi alguma coisa e vim ver o que era — ele explicou. — Peço desculpas se... atrapalhei.

Rhys respondeu mais depressa que eu.

— Que porra está fazendo aqui?

— Sou primo de Bridget. — Andreas sorriu. — Acho que, no fim das contas, vamos *mesmo* nos ver por aí. Mundo pequeno.

Olhei de um para o outro.

— Vocês se conhecem? Como isso é possível?

— Nós nos conhecemos no aeroporto — Andreas respondeu em tom casual. — Pensei que ele tivesse perdido a carteira, mas me enganei. Tivemos uma conversa agradável, embora eu não me lembre de ter ouvido seu nome.

Ele dirigiu esse último comentário a Rhys, que esperou uns instantes, antes de responder.

— Rhys Larsen.

— O sr. Larsen é meu guarda-costas. Ele estava... me ajudando com um cisco no olho.

Por dentro, eu me chutava pela falta de cuidado. Estávamos em um corredor secundário de uma parte mais tranquila do castelo, mas havia olhos e ouvidos por todos os lados. Eu não devia ter começado essa conversa com Rhys em um lugar em que qualquer um poderia passar e ouvir.

Considerando a expressão de Rhys, ele pensava a mesma coisa.

— Sério? Quanta consideração da parte dele. — Andreas não parecia convencido, e não gostei de como olhava para nós.

Endireitei os ombros, alcançando toda minha estatura, e o olhei de cima para baixo. Não permitiria que ele me intimidasse. Não em minha própria casa.

— Disse que estava a caminho do seu quarto — falei em tom firme. — Não deixe que atrapalhemos sua jornada.

— É a primeira vez que nos vemos em anos e essa é a recepção que tenho. — Andreas suspirou, tirando as luvas com lentidão deliberada antes de guardá-las no bolso. — Está diferente, agora que é a princesa herdeira, minha querida prima.

— Tem razão. Estou *mesmo* diferente. Sou sua futura rainha — retruquei.

O sorriso de Andreas desapareceu, e vi Rhys esboçar uma risadinha pelo canto do olho.

— Fico feliz que tenha feito boa viagem — falei, tentando evitar um confronto maior, nem que fosse só por não querer me envolver em hostilidades declaradas com meu primo pelo próximo mês ou pelo tempo que ele pretendesse ficar no palácio. — Mas tenho uma reunião à qual preciso voltar. Podemos conversar depois.

Ou nunca, se eu tivesse sorte.

— É claro. — Andreas inclinou a cabeça e lançou um último olhar para mim e Rhys antes de seguir seu caminho.

Esperei uns dois minutos antes de me permitir relaxar.

— Seu primo parece ser um merda — disse Rhys.

Dei risada, e o clima entre nós ficou mais leve, finalmente.

— Parece não, ele *é*. Mas também faz parte da família, e temos que aturá-lo aqui. — Girei o anel no dedo, tentando encontrar um jeito de retomar a conversa sem trazer de volta a tensão. — Sobre o que aconteceu antes de Andreas interromper...

— Voltei porque quis voltar — declarou Rhys. — E...

Ele parou, como se estivesse debatendo internamente se diria o que tinha para dizer.

— Não queria que estivesse sozinha enquanto enfrentasse toda essa merda. — E abriu os braços, mostrando o entorno luxuoso.

Sozinha.

Era a segunda vez que ele dizia isso. Primeiro na noite da minha formatura, e agora. E estava certo nas duas vezes.

Tentei, sem sucesso, identificar a sensação de vazio que me corroía desde que Rhys tinha ido embora. A que me aterrorizava do nada quando eu estava na cama à noite e me fazia tentar pensar em alguma coisa pela qual valesse a pena esperar o dia seguinte. A sensação que me invadia nos momentos mais inesperados, como quando eu estava no meio de um evento ou fingia rir com todo mundo.

Agora eu sabia nomear esse sentimento.

Solidão.

— É bom tê-lo de volta, sr. Larsen — respondi, tentando esconder o quanto as palavras dele me afetavam. Pelo menos quando não está se comportando como um grandessíssimo você-sabe-o-quê.

Ele riu.

— É bom estar de volta, Princesa.

Esse era o reencontro que eu queria. Não gostava de Andreas, mas pelo menos ele tinha servido para quebrar o gelo entre mim e Rhys.

— E agora, como ficam as coisas entre a gente?

Apesar de tudo que tínhamos dito, ele não era só meu guarda-costas, e, no fundo, nós dois sabíamos disso.

— Ficam como têm que ser — respondeu Rhys. — Eu garanto a sua segurança. Fim.

— Você fala como se fosse muito simples.

E a realidade é bem mais complicada. Com os dias na Costa Rica, a partida dele e seu retorno agora, quando a pressão para encontrar um marido "adequado" me sufocava, eu me sentia como um inseto preso em uma teia de segredos e responsabilidades de que não conseguia me libertar.

— Mas é simples — Rhys falou com uma confiança tão tranquila que ribombou em meus ossos. — Cometi um erro quando fui embora e agora estou consertando as coisas.

— Só isso.

— Só isso. — Um canto de sua boca se ergueu. — Mas imagino que vá dificultar tudo isso para mim o máximo que puder.

Ri baixinho.

— E quando é que as coisas foram fáceis para nós?

Apesar de ainda estar aborrecida com Rhys por ele ter ido embora, percebi uma coisa: o sentimento de vazio que antes me corroía tinha desaparecido.

CAPÍTULO 24

Bridget

— SE ME PERMITE APONTAR, ESTÁ ABSOLUTAMENTE LINDA HOJE, ALTEza — disse Edwin, o Conde de Falser, enquanto me conduzia pela pista de dança.

— Obrigada. Você também está muito bonito.

Com o cabelo cor de areia e porte atlético, Edwin não era feio, mas não consegui transmitir mais entusiasmo que aquele contido no elogio morno.

Depois de semanas de planejamento frenético, a noite do meu grande baile havia chegado, e eu não poderia estar mais desanimada. Até agora só havia dançado com chatos, e não tinha conseguido nem respirar direito desde que chegara. Era dança após dança, conversa mole e mais conversa mole. Tudo que tinha comido haviam sido dois morangos que pegara na mesa de sobremesas entre uma dança e outra, e os sapatos de salto eram como lâminas presas aos meus pés.

Edwin estufou o peito.

— Eu me empenho *muito* para ter uma boa aparência — disse, tentando, sem muito sucesso, adotar um tom humilde. — O melhor alfaiate de Athenberg customizou meu smoking, e Eirik, que foi recentemente reconhecido pela *Vogue* como o melhor cabeleireiro da Europa, vai à minha casa a cada quinze dias para fazer a manutenção. Também construí uma academia em casa. Talvez um dia vá conhecê-la. — Ele olhou para mim com um sorriso vaidoso. — Não quero parecer convencido, mas acredito que seja comparável à academia do palácio. Máquinas de cardio de primeira linha, conjuntos de halteres DISKUS feitos de aço inoxidável grau 303...

Meus olhos perderam o foco. *Deus do céu.* Eu preferia ouvir de novo meu último parceiro de dança analisando os padrões de trânsito de Athenberg na hora do rush.

Felizmente, a música acabou antes que Edwin pudesse continuar fazendo um inventário do equipamento de sua academia, e logo me vi nos braços do próximo pretendente.

— Então — sorri com alegria para Alfred, filho do Conde de Tremark. Ele era alguns centímetros mais baixo que eu, e dava para ver nitidamente os primeiros sinais de calvície. Tentei não deixar isso me deter. Não queria ser uma dessas pessoas superficiais que só se importam com aparência, mas seria mais fácil *não* prestar atenção em sua aparência se ele me desse alguma outra coisa em que me concentrar. Ele não tinha me olhado desde que tínhamos começado a dançar. — Ouvi dizer que é um, hã, especialista em pássaros.

Alfred tinha construído um aviário em sua propriedade, e de acordo com Mikaela, um dos pássaros tinha feito cocô na cabeça do Lorde Ashworth durante o baile anual de primavera do Conde.

Alfred resmungou uma resposta.

— Desculpe, não ouvi — falei com toda educação.

Outro resmungo, acompanhado por um rubor intenso que se espalhou até a região calva.

Fiz um favor a nós dois e parei de falar. Fiquei me perguntando quem o teria obrigado a vir esta noite e quem estava passando pela pior experiência, ele ou eu.

Sufoquei um bocejo e olhei em volta, procurando algo interessante que prendesse minha atenção. Meu avô conversava com dois ministros em um canto. Mikaela estava parada perto da mesa de doces, flertando com um convidado que não reconheci, e Andreas se esgueirava entre os convidados parecendo uma cobra.

Queria minhas amigas aqui. Tinha conversado por vídeo com Ava, Jules e Stella mais cedo, e sentia tanta saudade delas que chegava a doer. Teria preferido passar meu aniversário tomando sorvete e vendo comédias românticas cafonas em vez de dançando até meus pés caírem com pessoas de quem nem gostava.

Preciso de uma pausa. Só uma pausinha. Só para poder respirar.

— Perdão — falei, tão de repente que Alfred, surpreso, tropeçou e quase derrubou a bandeja de um garçom que passava por ali. — Eu... não estou me sentindo bem. Importa-se de pararmos antes do fim da música? Sinto muitíssimo.

— Ah, de jeito nenhum, Alteza — ele respondeu muito aliviado, e finalmente consegui ouvir sua voz. — Espero que melhore logo.

— Obrigada.

Olhei para Elin. Ela estava de costas, conversando com o colunista social que cobria a festa, e aproveitei para escapar do salão antes que ela me visse.

Percorri o corredor a passos apressados para ir ao banheiro que ficava em uma alcova tranquila, meio escondida por uma gigantesca estátua de bronze do Rei Frederick I.

Tranquei a porta, sentei-me no vaso sanitário e tirei os sapatos com um suspiro de alívio. O vestido se amontoou à minha volta, formando uma nuvem de seda e tule azul-claro. Era uma criação linda, como os sapatos de salto prateados de tiras finas e o colar de diamantes em meu pescoço, mas tudo que eu queria era meu pijama e minha cama.

— Mais duas horas — disse a mim mesma. Ou talvez fossem três. Não podia ser mais que isso. Eu já devia ter dançado com todos os homens no salão e não estava nem um pouco mais perto de escolher um marido do que estivera no início da noite.

Fechei os olhos e apoiei a cabeça nas mãos. *Não pense nisso.*

Se eu começasse a pensar sobre como o país inteiro me observava e como um dos homens no salão de baile seria meu futuro marido, provavelmente acabaria ficando maluca. E se começasse a pensar em um homem em particular, rabugento, marcado por cicatrizes, com olhos que podiam derreter aço e mãos que podiam me fazer *derreter*, entraria em um caminho que só poderia me levar à destruição.

Evitei olhar para Rhys durante a noite toda, mas sabia que ele estava lá, vestido com seu terno escuro, com o rádio na orelha e emanando tamanha masculinidade que várias convidadas tinham tentado se aproximar dele, em vez de olhar para os príncipes que, normalmente, eram os mais disputados nessas festas.

Não tínhamos ficado sozinhos desde aquele dia no corredor, do lado de fora da sala de estar, mas provavelmente era melhor que fosse assim. Eu não confiava em mim quando estava perto dele.

Fiquei no banheiro por mais alguns minutos antes de me obrigar a sair. Caso contrário, Elin me caçaria e me arrastaria de volta como se eu fosse uma criança perdida.

Calcei os sapatos com um gemido de dor, abri a porta... e colidi com uma parede.

Uma parede de um metro e noventa e cinco de altura e rosto sério.

— Meu Deus! — Levei a mão ao peito, onde meu coração parecia bater três vezes mais depressa que o normal. — Que susto!

— Desculpe. — Rhys não parecia arrependido.

— O que está fazendo aqui?

— Você saiu do salão. Eu sou seu guarda-costas. — Ele levantou uma sobrancelha. — Tire suas conclusões.

Rhys no modo clássico. Se existisse um jeito grosseiro de responder a uma pergunta, ele o encontraria.

— Certo. Bem, vou voltar à festa, então, se me der licença...

Passei por ele, mas ele segurou meu braço antes que eu pudesse ir mais longe.

O tempo parou e se restringiu ao ponto onde a mão enorme envolvia meu pulso. O bronzeado natural dele contrastava com minha pele pálida de inverno, e os dedos eram ásperos e calejados, diferentes das mãos macias e lisas dos lordes e príncipes com quem tinha dançado a noite inteira. Fui dominada por um desejo chocante de senti-los deslizando por minha pele, marcando meu corpo como sua propriedade, atravessando-me.

Quarto item da lista.

Minha respiração rasa era barulhenta no espaço reduzido, íntimo. O poder que esse homem tinha sobre mim não era correto, mas eu era impotente diante do meu coração, dos meus hormônios e da força indomável que era Rhys Larsen.

Depois do que pareceu uma eternidade, mas não passou de alguns segundos, Rhys finalmente abriu a boca.

— Não tive chance de dizer isso antes. Feliz aniversário, Princesa.

Tum, tum, tum, respondeu meu coração.

— Obrigada.

Ele não soltou meu braço, e eu não pedi para soltá-lo.

O ar entre nós ficou mais denso com a presença de palavras não ditas.

Pensei se teríamos dado certo em uma vida diferente, em um mundo diferente. Um mundo no qual eu fosse só uma mulher, e ele, só um homem, sem o peso das regras e expectativas de outras pessoas.

E me odiei por pensar nessas coisas, porque Rhys nunca tinha dado nenhuma indicação de estar interessado em mim para além da atração física e do dever profissional.

Nenhuma, exceto nos momentos rápidos em que olhava para mim como se eu representasse o mundo inteiro dele e ele não quisesse piscar nunca mais.

— O que está achando do baile?

Eu podia estar imaginado coisas, mas tive a impressão de sentir o polegar dele afagando a pele macia do meu pulso.

Tum. Tum. Tum.

— Está legal. — Estava distraída demais com o que podia ou não estar acontecendo no meu pulso para pensar em uma resposta melhor.

— Só legal? — *De novo.* Outra carícia com o polegar. Eu podia jurar. — Passou um bom tempo com o Conde de Falser.

— Como sabe quem é o Conde?

— Princesa, sei quem é cada homem que *pensa* em tocar em você. Sei ainda mais sobre quem dança com você. Duas vezes — acrescentou Rhys, com uma suavidade letal.

Isso devia ter me assustado, mas minha pele arrepiou e as coxas se contraíram.

O que está acontecendo comigo?

— Esse seu talento é impressionante.

Só tinha dançado com Edwin duas vezes porque ele insistira e eu estava cansada demais para discutir.

O sorriso de Rhys não refletia em seus olhos.

— Então. O Conde de Falser. É ele?

— Não. — Balancei a cabeça. — A menos que eu queira passar o resto da vida ouvindo discursos sobre as roupas que ele usa e o equipamento da academia dele.

Rhys pressionou o polegar contra a veia que pulsava em meu braço.

— Que bom.

O jeito como ele falou fazia parecer que o Conde tinha escapado da morte por um fio de cabelo.

— Preciso voltar ao baile — falei, embora fosse a última coisa que eu queria fazer. — Elin deve estar ficando maluca.

— *Ficando?*

Então dei minha primeira risada de verdade naquela noite.

— Você é terrível.

— Mas não menti.

Foi *desse* Rhys que senti falta. O do humor seco, dos lampejos daquela suavidade secreta. Esse era o verdadeiro Rhys.

— Como se sente tendo vinte e quatro anos? — ele perguntou enquanto voltávamos ao salão.

— É igual a ter vinte e três, mas com mais fome e mais cansaço. Como se sente tendo trinta e quatro? — Ele tinha feito aniversário nas semanas em que estivéramos separados. Eu tinha pensado em telefonar para ele no dia, mas perdera a coragem no último minuto.

— É igual a ter trinta e três, mas mais forte e mais inteligente.

Um sorriso ameaçou surgir em sua boca quando reagi com uma mistura de humor e irritação.

Quando voltamos ao salão, encontramos Elin esperando na porta de braços cruzados.

— Ótimo. Você a encontrou — ela disse, sem olhar para Rhys. — Onde estava, Alteza?

— Tive que ir ao banheiro.

Não era uma mentira completa.

— Durante quarenta minutos? Perdeu a dança com o Príncipe Demetrios, que acabou de ir embora — suspirou Elin. — Não tem importância. Tem outros possíveis pretendentes aqui. Vá depressa. A noite está quase acabando.

Graças a Deus.

Retomei as danças. Elin me vigiava como um falcão, e eu estava apavorada demais para olhar na direção de Rhys, temendo que meu rosto revelasse algo que eu não queria que ela visse.

— Sou tão chato assim?

— O que disse? — Prestei atenção em meu atual parceiro de dança, Steffan, filho do Duque de Holstein.

— Você não para de olhar por cima do meu ombro. Ou tem alguma coisa fascinante acontecendo atrás de mim, ou minha análise profunda do estilo arquitetônico do palácio não é tão interessante quanto pensei que fosse.

Senti meu rosto esquentar.

— Peço desculpas. — Nenhum dos meus parceiros anteriores havia percebido a distração, e tinha imaginado que ele também não notaria. — Foi muito indelicado da minha parte.

— Não precisa se desculpar, Alteza. — Os olhos de Steffan foram espremidos por um sorriso simpático. — Devo admitir que não consegui pensar em um assunto melhor que a história do neoclassicismo. Isso acontece quando fico nervoso. Recito todo tipo de fatos inúteis.

Dei risada.

— Existem maneiras piores de lidar com o nervosismo, acho.

De repente minha pele queimava, e tropecei antes de me recuperar.

— Está se sentindo bem? — perguntou Steffan, preocupado.

Assenti, me obrigando a não olhar para Rhys, mas podia *sentir* o calor de seu olhar em minhas costas.

Concentre-se no Steffan. Ele era o parceiro de dança mais agradável que tinha tido durante a noite toda, e atendia a todos os requisitos para um príncipe consorte: engraçado, charmoso e bonito, sem mencionar que tinha o mais azul dos sangues azuis.

Eu tinha gostado dele. Só não sentia nenhum interesse *romântico*.

— Parece que nosso tempo chegou ao fim — sinalizou Steffan, quando a música acabou. A noite finalmente tinha terminado. — Mas talvez possamos sair algum dia, só nós dois? O novo rinque de patinação em Nyhausen é bem legal, e lá tem o melhor chocolate quente da cidade.

Um encontro.

Queria negar porque não gostava da ideia de criar falsas expectativas nele, mas esse era o propósito do baile: encontrar um marido, e eu não conseguiria me casar sem namorar antes.

— Ótima ideia — respondi.

Steffan sorriu.

— Excelente. Ligo para você e combinamos os detalhes.

— Perfeito.

Fui fazer o discurso agradecendo a presença de todos e depois que os soldados saíram um a um, saí do salão rapidamente, aflita para fugir antes que Elin conseguisse me segurar ali.

Estava na metade do caminho para a porta, quando alguém bloqueou a passagem.

— Alteza.

Engoli um gemido.

— Lorde Erhall.

O Presidente do Parlamento olhava para mim com o nariz empinado. Ele era um homem alto, magro, com cabelos grisalhos e olhos de réptil frios e predadores. Também era uma das pessoas mais poderosas do país, por isso foi convidado, apesar de não estar na faixa etária adequada para ser considerado um possível pretendente.

— Sua Majestade e eu sentimos sua falta na reunião de ontem — ele disse. — Discutimos a nova proposta de reforma na legislação tributária, e tenho certeza de que sua contribuição poderia ter sido muito valiosa.

Não deixei de perceber o tom debochado. Às vezes eu comparecia às reuniões semanais que meu avô fazia com o Presidente, e Erhall havia insinuado muitas vezes que achava que eu não tinha nada a fazer lá.

Ele era um dos membros do Parlamento aos quais Edvard tinha se referido quando dissera que algumas pessoas não queriam ver uma mulher no trono.

— De fato — respondi com frieza. — Tem tentado aprovar legislação semelhante há anos, não é, sr. Presidente? Parece *mesmo* que poderia se beneficiar de ideias novas.

Erhall comprimiu a boca, mas sua voz permaneceu leve quando respondeu:

— Espero que tenha apreciado o baile, Alteza. Encontrar um marido é certamente a principal prioridade de uma princesa.

Todos sabiam qual era o verdadeiro propósito do baile, mas ninguém tinha sido idiota ou desprovido de tato a ponto de mencionar isso em voz alta... exceto por Erhall, que tinha poder suficiente para não sofrer as consequências por insultar a princesa herdeira em sua festa de aniversário. Havia boatos de que ele poderia ser o próximo primeiro-ministro, quando se candidatasse ao posto, o que era inevitável.

Resisti ao impulso de estapeá-lo. Bater nele seria jogar o jogo dele. Ninguém ficaria mais feliz que Erhall com algum prejuízo à minha imagem pública, o que certamente aconteceria, se me vissem agredindo o Presidente do Parlamento na minha festa de aniversário.

— Vou ser bem franco, Alteza — Erhall ajeitou a gravata. — Você é uma jovem adorável, mas ser a monarca de Eldorra requer mais que um rostinho bonito. É preciso entender de política, conhecer a dinâmica, ter o domínio das questões *sérias* em jogo. Seu irmão foi treinado para isso, mas você nem morou em Eldorra nos últimos anos. Não acha que seria melhor entregar as responsabilidades da coroa a alguém mais adequado ao posto?

— Quem poderia ser? — Minha voz pingava mel e veneno. — Algum homem, presumo.

Era inacreditável que estivéssemos tendo essa conversa, mas ninguém jamais acusara o Parlamento de ser muito progressista.

Erhall sorriu, sábio o bastante para não dar uma resposta direta.

— Quem achar que seja melhor, Alteza.

— Vou ser bem clara, sr. Presidente. — Meu rosto estava quente e vermelho por conta da humilhação, mas não dei importância a isso. Não daria a ele a satisfação de ver que tinha conseguido me incomodar. — Não tenho nenhuma intenção de abdicar, me retirar ou entregar minhas responsabilidades a qualquer outra pessoa.

Por mais que eu quisesse.

— Um dia, eu estarei no trono, e você vai ter que responder a mim... isto é, *se* ainda estiver no poder até lá. — O rosto de Erhall se transformou com minha provocação nada sutil. — Portanto, é melhor para todos os envolvidos que tenhamos uma relação civilizada.

Fiz uma pausa antes de acrescentar:

— Aliás, em relação a isso, sugiro que modere seu tom ao se dirigir a mim ou qualquer outro membro da família real. Aqui você é um convidado. É isso.

— Sua... — Erhall deu um passo em minha direção, mas empalideceu e recuou rapidamente.

Rhys apareceu ao meu lado com o rosto tranquilo, mas os olhos sombrios como nuvens de tempestade.

— Ele a está incomodando, Alteza?

Erhall o encarou, ameaçador, mas teve o bom senso de ficar calado.

— Não. O Presidente já estava de saída. — Sorri com cortesia. — Não estava, sr. Presidente?

Os lábios dele ficaram mais finos. Erhall assentiu e se despediu, murmurando um breve "Alteza" antes de se virar e ir embora.

— O que ele falou? — Rhys exalava ameaça por todos os poros, e certamente iria atrás de Erhall e quebraria seu pescoço, se eu autorizasse.

— Nada que valha a pena repetir. De verdade — insisti, notando que Rhys ainda olhava para o lugar onde Erhall estivera até pouco antes. — Esquece.

— Ele ia tocar em você.

— Ele não teria se atrevido. — Eu não sabia o que Erhall tinha planejado fazer antes de Rhys aparecer, mas sabia que ele era esperto o bastante para não perder a cabeça em público. — Por favor, esquece. Só quero dormir. A noite foi longa.

Não queria desperdiçar mais energia com Erhall. Ele não merecia.

Rhys concordou, mas não parecia satisfeito. Por outro lado, ele raramente parecia satisfeito.

Ele me acompanhou até o quarto e, quando paramos diante da porta, tirou alguma coisa do bolso do paletó.

— Seu presente de aniversário — disse, carrancudo, e me entregou uma folha de papel enrolada e amarrada com uma fita. — Nada luxuoso, mas eu tinha isto aqui e achei que você poderia gostar.

Parei de respirar por um segundo.

— Não precisava me dar nada.

Nunca tínhamos comprado presentes de aniversário um para o outro. O máximo que fazíamos era pagar um almoço ou jantar, e, mesmo assim, fingíamos que não tinha a ver com o aniversário.

— Não é nada demais. — Rhys ficou observando com os ombros tensos enquanto eu soltava a fita com cuidado e desenrolava a folha de papel.

Quando vi o que era, não disfarcei o choque.

Era eu.

Um desenho de mim, para ser exata, em uma piscina cercada de colinas com o oceano ao fundo. Com a cabeça inclinada para trás, um sorriso no rosto, parecendo mais livre e mais feliz do que me lembrava de jamais ter me sentido. A curva dos lábios, o brilho nos olhos, até a verrugazinha embaixo da orelha...

Ele tinha capturado tudo com detalhes minuciosos, precisos, e ao me ver pelos olhos dele, acreditei que era a mulher mais linda do mundo.

— Não é uma joia nem nada assim — falou Rhys. — Guarda, se quiser, ou joga fora. Não me importo.

— Jogar fora? — Apertei o desenho contra o peito. — Está brincando? Rhys, isso é lindo.

Minhas palavras ficaram suspensas no ar, e percebemos ao mesmo tempo que eu tinha usado o nome dele outra vez. Pela primeira vez desde a Costa Rica.

Mas eu sentia que tinha sido o certo a se fazer, porque, naquele momento, ele *não era* o sr. Larsen. Era Rhys.

E Rhys tinha me dado o melhor presente que já tinha ganhado. Ele estava certo, *não era* uma bolsa cara ou uma joia de diamantes, mas eu preferia ter um desenho feito por ele do que uma centena de diamantes Tiffany.

Qualquer um podia comprar um diamante, mas ninguém poderia ter me desenhado como ele desenhou, e não deixei de notar que essa era a primeira vez que ele dividia sua arte comigo.

— É só ok. — Ele deu de ombros.

— Não é só ok. É *lindo* — repeti. — Sério, obrigada. Vou guardar este tesouro para sempre.

Nunca pensei que este dia chegaria, mas Rhys ficou vermelho. Ficou vermelho *de verdade*.

Fascinada, vi o vermelho se espalhar pelo pescoço e pelas bochechas dele. E o desejo de acompanhar o desenho com a língua me pegou de surpresa.

Mas é claro, eu não podia fazer isso.

Percebi que ele queria dizer alguma coisa, mas o que quer que fosse, pensou melhor e desistiu.

— Não é um alarme de segurança, mas vou guardar essa ideia para o Natal — disse ele, com um sorriso torto.

Sorri, encantada com a combinação de presente e piada. Não tinha nada de que eu gostasse mais que ver Rhys, normalmente tão sério, fazer piadas.

— Vou cobrar.

— Boa noite, Princesa.

— Boa noite, sr. Larsen.

Naquela noite, fiquei deitada na cama olhando o desenho de Rhys à luz da lua que entrava através das cortinas. Queria ser aquela garota de novo. Antes de ser uma princesa herdeira, me bronzeando em uma cidade distante onde ninguém me conhecia. Mas não era.

Talvez amasse tanto o desenho de Rhys não só por ser ele o artista, mas porque o trabalho imortalizava uma versão minha que eu nunca mais poderia ser.

Enrolei a folha de papel com cuidado e guardei em um canto seguro da gaveta da mesa de cabeceira.

Princesa Meio-Período.

Ser a monarca de Eldorra requer mais que um rostinho bonito.

Vou ser bem clara, Sr. Presidente. Não tenho nenhuma intenção de abdicar, me retirar ou entregar minhas responsabilidades a qualquer outra pessoa.

Até agora, eu tinha sido uma participante passiva de minha própria vida, deixando que outros tomassem decisões por mim, que a imprensa me atropelasse e gente como Erhall me tratasse com condescendência.

Chega. Era hora de tomar as rédeas.

O jogo político eldorrano era um campo de batalha e eu declararia guerra.

CAPÍTULO 25

Rhys

UMA VEZ ALGUÉM DISSE QUE O INFERNO SÃO OS OUTROS.

E acertou.

O inferno, mais especificamente, era *assistir* aos outros deslizando por um rinque de gelo, bebendo chocolate quente e se olhando com cara de personagem de filme do Hallmark Channel.

Não era nem época de Natal, francamente. Era pior.

Era o Dia dos Namorados.

Um músculo se contraiu em meu rosto quando a risada de Bridget flutuou até mim seguida pela risada profunda de Steffan, e a urgência de matar alguém – alguém do sexo masculino, com cabelos loiros e um nome que começava com S – aumentou.

O que era assim tão engraçado, caralho?

Eu não conseguia imaginar nada tão engraçado, muito menos algo que tivesse sido dito por Steffan, o Santo.

Bridget e Steffan nem deviam *estar* juntos agora. O baile de aniversário tinha acontecido há quatro dias. Quem saía com alguém que conhecia há quatro dias? Era preciso fazer verificações, pesquisa de antecedentes, uma vigilância em tempo integral para ter certeza de que Steffan não era um psicopata ou um adúltero.

Na minha opinião, princesas não deviam ter encontros desse tipo, a menos que houvesse o equivalente a um ano de dados verificados, pelo menos. Cinco anos, para que fosse realmente seguro.

Infelizmente, minha opinião não tinha nenhuma importância para a família real, e foi assim que fui parar no maior rinque de patinação no gelo de Athenberg, e agora assistia a Bridget sorrir para Steffan como se ele tivesse resolvido o problema da fome no mundo.

Ele disse alguma coisa que a fez rir de novo e também sorriu. Depois afastou uma mecha de cabelo do rosto dela, e minha mão se aproximou da arma.

Talvez a tivesse sacado, se o rinque não estivesse cheio de repórteres, que fotografavam e filmavam Bridget e Steffan e postavam o encontro em tempo real como se fosse um evento olímpico.

— Eles formam um casal tão fofo... — murmurou a jornalista ao meu lado, uma morena cheia de curvas em um tailleur rosa-choque de machucar os olhos. — Não acha?

— Não.

Ela piscou, surpresa com minha resposta seca.

— Por que não? Tem alguma coisa contra o Lorde?

Eu podia quase ver a mulher salivando diante da perspectiva de uma fofoca cabeluda.

— Sou empregado — respondi. — Não opino sobre a vida pessoal de meus empregadores.

— Todo mundo tem opiniões. — A repórter sorriu, e me fez pensar em um tubarão descrevendo círculos na água. — Meu nome é Jas.

E estendeu a mão. Não a apertei, mas isso não a fez desistir.

— Se tiver uma opinião... ou alguma outra coisa... — havia uma nota sugestiva na voz dela — ... me liga.

Jas tirou um cartão da bolsa e o colocou na minha mão. Quase o deixei cair no chão, mas eu não era *tão* babaca, por isso só o guardei no bolso sem ler as informações.

O cinegrafista que acompanhava Jas disse alguma coisa em alemão e ela se virou para responder.

Ótimo. Não suportava gente bisbilhoteira ou conversa fiada. Além do mais, estava ocupado... tentando não matar Steffan.

Tinha feito uma verificação dos antecedentes dele, e, em teoria, ele era perfeito. Filho do Duque de Holstein, um dos homens mais poderosos de Eldorra, era um cavaleiro renomado, fluente em seis idiomas e tinha se formado entre os melhores da turma em Harvard e Oxford, onde havia estudado Ciências Políticas e Economia. Tinha um histórico bem-estabelecido de filantropia, e seu último relacionamento com uma herdeira eldorrana havia terminado de maneira amigável depois de dois anos. Considerando as interações que havia tido com ele até agora, parecia ser simpático e autêntico.

Eu odiava o sujeito.

Não por ele ter tido uma vida de privilégios, mas porque podia tocar Bridget em público com liberdade. Podia levá-la para patinar no gelo, fazê-la rir e ajeitar seu cabelo, e ninguém estranhava nada.

Enquanto isso, tudo o que eu podia fazer era ficar aqui olhando, porque mulheres como Bridget não eram para homens como eu.

— *Você nunca vai ser alguém, seu merdinha* — *mamãe tinha dito com a voz pastosa, cheia de ódio e crueldade no olhar.* — *Olha só para você. Imprestável e magricelo. Eu devia ter me livrado de você quando tive chance.*

Fiquei quieto. Na última vez que tinha respondido, ela me batera tanto com o cinto que sujara a minha camisa de sangue e me fizera passar semanas sem conseguir me deitar de costas. Tinha aprendido que a melhor maneira de lidar com seu mau humor era torcer para ela acabar esquecendo da minha existência. Normalmente, isso acontecia depois que ela esvaziava metade da garrafa do que quer que estivesse bebendo.

— *Não fosse por você, agora eu estaria longe dessa cidade fedorenta.*

O ressentimento transbordava dela em ondas. Mamãe estava ao lado da mesa, de roupão cor-de-rosa desbotado e fumando um cigarro atrás do outro. Seu rosto era pálido e magro, e apesar de ter pouco menos de trinta anos, ela podia passar por alguém de mais de quarenta.

Encaixei as mãos embaixo dos braços e tentei encolher enquanto ela continuava falando. Era sexta-feira à noite. Eu odiava as noites de sexta porque era o início de um fim de semana inteiro só com a mamãe.

— *Você é um desperdício de espaço... não parece em nada com o seu pai... está me ouvindo, seu merda?*

Encarei as fendas no assoalho até que elas se fundissem. Um dia, eu sairia daqui. De algum jeito.

— *Perguntei se está me ouvindo.* — *Mamãe me segurou pelos ombros e me sacudiu com tanta força que bati os dentes.* — *Olha para mim quando eu estiver falando com você, menino!*

Ela me deu um tapa com o dorso da mão, um tapa tão forte que cambaleei, e a dor fez meus ouvidos apitarem.

Meu corpo girou e vi o que ia acontecer, mas não tive tempo de me preparar antes do canto da mesa de jantar acertar minha cabeça e tudo ficar preto.

Sacudi a cabeça e o cheiro de molho de espaguete velho e vodca desapareceu, substituído pelo de gelo fresco e pelo perfume forte de Jas.

Bridget e Steffan se aproximaram, patinando, e as câmeras enlouqueceram. *Clique. Clique. Clique.*

— ... por um período — Steffan dizia. — Mas adoraria sair com você de novo, quando voltar.

— Vai a algum lugar? — perguntei.

Era impróprio interferir na conversa, mas eu não estava nem ligando.

Steffan olhou para mim como se estivesse assustado.

— Sim. Ontem minha mãe caiu e fraturou a bacia. Ela está bem, mas está se recuperando em nossa casa em Preoria. Com meu pai aqui em sessão no Parlamento, ela está muito sozinha, vou ficar lá até que ela se sinta melhor.

Foi uma resposta elegante, o que só me irritou ainda mais. Quanto mais difícil era odiar o sujeito, mais ódio eu tinha dele.

— Que triste — respondi.

Steffan hesitou, sem saber como interpretar meu tom.

— Espero que ela se recupere em breve — disse Bridget, olhando para mim como se me advertisse. — E sobre aquele chocolate quente...

Ela o levou para o quiosque de chocolate quente do outro lado do rinque, e eu fiquei ali, furioso.

Assumir a função de guarda-costas permanente de Bridget significava que eu teria que vê-la com outras pessoas. Eu sabia disso, e essa seria a cruz que eu teria que carregar.

Só não esperava que isso fosse acontecer tão cedo.

Ela tinha tido encontros em Nova York, mas era diferente. Não tinha gostado de nenhum daqueles caras, e não estava planejando se *casar* com nenhum deles.

Senti a acidez me corroendo por dentro.

Felizmente, o encontro terminou logo depois, e eu a levei para o carro antes que Steffan tivesse alguma ideia idiota de beijá-la no primeiro encontro.

— A recuperação inicial de fratura na bacia leva de um a quatro meses — comentei enquanto voltávamos para o palácio. — O Lorde é meio azarado. Que momento de merda para isso acontecer.

Nem o destino aprovava essa aproximação. Se aprovasse, não teria afastado Steffan de Bridget logo depois de eles terem se conhecido.

Nunca acreditei em destino, mas talvez tivesse que agradecer a ele mais tarde com um cartão. Talvez até mandar junto uns chocolates e flores.

Bridget não mordeu a isca.

— Na verdade, o momento é perfeito. Também vou passar algumas semanas longe de Athenberg.

Olhei para ela pelo retrovisor. Essa porra era novidade para mim.

— Ainda não é nada confirmado, não precisa olhar para mim desse jeito — ela continuou. — Propus uma turnê pelo país. Conhecer os negócios locais pequenos, descobrir o que pensam e que dificuldades estão enfrentando. Fui muito criticada por não ter me mantido a par do que acontecia em Eldorra, e as críticas são justificadas.

— Ótima ideia.

Entrei na Alameda do Rei.

— Você acha? — Uma nota de alívio temperava a insegurança na voz de Bridget.

— Não sou especialista em política, mas me parece uma boa ideia.

Bridget podia até não querer ser rainha, mas isso não significava que não seria excelente no papel. Muita gente pensa que a qualidade mais importante em um líder é a força, mas é a compaixão. Força não é nada se não for usada pelos motivos certos.

Felizmente para ela e para Eldorra, Bridget tinha as duas coisas aos montes.

— O rei ainda precisa aprovar — ela disse, depois que estacionei, e caminhamos juntos até a entrada do palácio. — Mas acho que ele não vai dizer não.

— Está falando do seu avô. — A realeza fazia as coisas de um jeito diferente, mas eu estranhava a formalidade com que se tratavam, às vezes.

Bridget sorriu rapidamente quando entramos no grande saguão frontal.

— Em muitas circunstâncias, sim. Mas em casos como esse, ele é meu rei.

— Falando no rei...

Nós dois ficamos tensos quando ouvimos a voz que soou.

— Ele quer falar com você. — Andreas apareceu, e a irritação me invadiu. Não sabia o que havia nele que me incomodava tanto, mas Bridget não gostava dele, e isso bastava para mim. — Como foi o encontro? Já recebeu um pedido de casamento?

— Se está tão interessado em minha vida amorosa, talvez precise de um novo hobby — respondeu Bridget, tranquila.

— Obrigado, mas tenho muitos passatempos para me manter ocupado. Por exemplo, acabei de sair de uma reunião com Sua Majestade e Lorde Erhall sobre a reforma da legislação fiscal. — Andreas sorriu ao ver a surpresa de Bridget, que ela superou rapidamente. — Como talvez saiba, estou interessado em me envolver na política, e o Presidente teve a bondade de me deixar acompanhá-lo por algumas semanas. Ver como tudo funciona.

— Tipo um estagiário — retrucou Bridget.

O sorriso de Andreas ficou mais frio.

— Que está aprendendo muito. — Olhou para mim de relance. — Sr. Larsen, é bom revê-lo.

Queria poder dizer a mesma coisa.

— Alteza. — Eu odiava tratá-lo pelo mesmo título de Bridget. Ele não merecia.

— Sua Majestade espera por você no gabinete — Andreas disse a Bridget. — Ele quer falar com você. A sós. Agora, se me der licença, tenho assuntos prementes que exigem minha atenção. Nada tão empolgante quanto um encontro no rinque de patinação no gelo, é claro.

Precisei de todo meu autocontrole para não arrancar todos os dentes dele com um soco.

— É só me dar o sinal e posso fazer parecer que foi acidente — falei, assim que Andreas se afastou.

Bridget balançou a cabeça.

— Ignore-o. Ele é um merdinha do inferno desde que éramos crianças e adora chamar atenção.

Uma gargalhada surpresa borbulhou em minha garganta.

— Não acredito que as palavras "merdinha do inferno" acabaram de sair da sua boca, Princesa.

Ela respondeu com um sorriso acanhado.

— Já o chamei de coisa pior em pensamento.

Essa é a minha garota.

Era bom ver lampejos da verdadeira Bridget, mesmo quando ela era esmagada por toda essa bobagem real.

Enquanto a princesa conversava com o rei, voltei à casa de hóspedes, que agora desconfiava ser minha casa de verdade, já que estava trabalhando aqui em caráter permanente.

Tinha acabado de entrar no meu quarto quando o telefone tocou.

— Sim.

— Alô para você também — Christian falou do outro lado. — Hoje em dia ninguém mais é educado ao telefone. Uma vergonha.

— Vá direto ao ponto, Harper. — Acionei o viva-voz do celular e tirei a camisa. Ia jogá-la no cesto da lavanderia quando parei. Olhei em volta.

Não conseguia identificar o que era, mas alguma coisa estava estranha.

— Sempre encantador. — Houve uma pausa breve, antes de ele anunciar. — Magda sumiu.

Parei onde estava.

— Como assim sumiu?

A pedido de Christian, eu tinha passado um mês como guarda-costas de Magda no Natal até outro profissional escolhido a dedo terminar o contrato com o cliente anterior e assumir o posto. Por isso não tinha conseguido voltar a Eldorra antes.

— É isso aí, sumiu. Rocco acordou hoje de manhã e ela havia desaparecido. O alarme não disparou, nada.

— Não consegue localizá-la?

Christian era capaz de localizar qualquer pessoa e qualquer coisa, mesmo com o mínimo de rastro digital. Suas habilidades no computador eram lendárias.

A voz dele esfriou.

— Posso e vou.

De repente, senti pena de quem havia participado do desaparecimento de Magda. Mas se eram idiotas a ponto de desafiar Christian Harper, mereciam o que estava reservado para eles.

— Precisa de mim para alguma coisa?

— Nada. Vou resolver. Só achei que devia saber. — A voz lenta e o sotaque retornaram. Mesmo quando estava furioso, como eu imaginava que devia estar, depois de ter sido enganado, ele era capaz de agir como se tudo estivesse perfeito... antes de estripar a parte ofensiva como se fosse um peixe. — Como vão as coisas com a princesa?

— Tudo bem.

— Fiquei sabendo que ela teve um encontro hoje.

Uma veia pulsou em minha testa. Primeiro Andreas, agora ele. Por que todo mundo insistia em tocar nesse assunto?

— Eu estava lá. Mas obrigado pela notícia fresquinha.

O filho da mãe riu.

Desliguei, silenciando a gargalhada. Estava se tornando um hábito, mas se Christian tinha algum problema com isso, ele que dissesse na minha cara.

Por outro lado, Christian tinha problemas mais sérios para resolver, uma vez que Magda havia desaparecido.

Olhei em volta de novo, tentando identificar a origem da sensação de incômodo. As janelas estavam fechadas e trancadas por dentro, todas as minhas coisas estavam onde deviam estar, não faltava nada.

Mas minha intuição nunca errava, e alguma coisa me dizia que alguém estivera ali recentemente... alguém que não deveria ter estado.

CAPÍTULO 26

Bridget

MEU AVÔ QUERIA SABER COMO HAVIA SIDO O ENCONTRO COM STEFFAN.

É isso mesmo. O rei me chamou ao gabinete assim que cheguei ao palácio para que eu pudesse dar um relato detalhado do meu primeiro encontro com o futuro Duque de Holstein – e possível futuro príncipe consorte. Ele também se desculpou por não ter me incluído na reunião "emergencial" da reforma fiscal, que Erhall convocou de última hora. Eu estava convencida de que Erhall fizera isso sabendo que eu não poderia comparecer por causa do meu encontro com Steffan, mas não podia provar.

Edvard, no entanto, estava convencido de que Steffan era *o escolhido*. Com qual embasamento, eu não sabia, mas imaginava que o título, a aparência fotogênica e a atitude diplomática tinham alguma coisa a ver com essa impressão.

Meu avô não era o único. Imprensa e público enlouqueceram com as nossas fotos no rinque de patinação no gelo, e todos já comentavam sobre nosso "relacionamento promissor", embora eu só tivesse falado com Steffan duas vezes na vida.

Mesmo assim, Elin insistiu para eu tirar proveito de toda a atenção com outro encontro. Seria um evento "privado", sem repórteres, para criar a ilusão de intimidade, mas depois a notícia "vazaria" para a imprensa. Concordei, mas só porque ela estava certa. As manchetes sobre a Princesa Meio-Período tinham desaparecido, substituídas por especulações frenéticas sobre o novo "amor" em minha vida.

Se eles soubessem.

Teoricamente, Steffan seria o marido perfeito. Era bonito, inteligente, gentil e divertido, a melhor opção entre os chamados solteiros elegíveis que tinham comparecido ao meu baile de aniversário.

Só havia um problema: falta de química.

Nenhuma. Zero. Nada.

Eu tinha tanto interesse romântico em Steffan quanto na suculenta do vaso no meu quarto.

— É porque ainda não o beijou — decidiu Mikaela, quando contei a ela meu dilema. — Beije o homem, pelo menos. Dá para dizer tudo depois de um beijo.

Ela podia estar certa.

Então, no fim do meu segundo encontro com Steffan, criei coragem para beijá-lo, embora fosse cedo demais. Mas ele partiria para Preoria no dia seguinte, e eu *precisava* saber se isso daria em alguma coisa. Não podia passar semanas na dúvida.

— Tenho que confessar, fiquei surpreso quando você quis me ver novamente tão cedo depois do primeiro encontro. — Ele sorriu, acanhado. — Isto é, fiquei agradavelmente surpreso.

Andamos pela grande e aquecida estufa do Jardim Botânico Real. Flores exuberantes desabrochavam em todos os cantos, perfumando o ar com seu aroma doce, e fileiras de lâmpadas pequeninas cintilavam no alto como estrelinhas. Era um cenário tão romântico quanto se podia esperar, e tentei me concentrar em Steffan, em vez de prestar atenção no guarda-costas carrancudo que seguia cada movimento que fazíamos.

Se um olhar pudesse matar, Rhys já teria enterrado Steffan a sete palmos. Essa era outra razão para eu hesitar em beijar Steffan. Sentia que era... errado fazer isso na frente de Rhys.

Meu Deus, queria ter pensado nisso tudo com antecedência.

— Eu me diverti — disse, quando percebi que ainda não tinha respondido. — Obrigada por aceitar meu convite, mesmo estando ocupado com os preparativos para a viagem amanhã.

— É claro.

Steffan sorriu.

Eu sorri.

Minhas mãos estavam suadas.

Vai logo. Só um beijinho. Não tem motivo para se sentir culpada. Você e Rhys não estão juntos.

— Não sei por que, mas estou com uma vontade doida de citar todas as curiosidades que sei sobre as flores — avisou Steffan. — Sabia que as tulipas eram mais valiosas que ouro na Holanda do século dezessete? Literalmente.

Isso acontece quando fico nervosa também. Começo a recitar todo tipo de coisas inúteis.

Um sinal sutil de que Steffan também queria esse beijo. Caso contrário, não teria motivos para estar nervoso.

Discretamente, enxuguei as mãos na saia. *Não olhe para Rhys.* Se eu olhasse, nunca teria coragem para isso.

— Fascinante. — Tarde demais, pensei que esse era o tipo de resposta que alguém dava quando achava o assunto qualquer coisa, menos interessante. — De verdade.

Steffan riu.

— Acho que só tem um jeito de me impedir de te matar de tédio com todo esse conhecimento sobre flores, Alteza — ele falou, sério.

— Que jeito? — perguntei, distraída pela sensação do olhar de Rhys me queimando até me desmanchar.

— Este.

Antes que eu pudesse reagir, os lábios de Steffan estavam sobre os meus, e apesar de saber que o beijo aconteceria, ainda fiquei chocada o bastante para não ter reação.

Ele tinha um leve sabor de hortelã, e os lábios eram macios nos meus. Foi um beijo agradável, terno, do tipo que a câmera mostra nos filmes e pelo qual a maioria das mulheres suspira.

Infelizmente, eu não era uma delas. Era como beijar meu travesseiro.

A decepção me dominou. Esperava que um beijo pudesse mudar as coisas, mas só tinha servido para confirmar o que eu já sabia. Apesar de todas as características maravilhosas, Steffan não era para mim.

Talvez eu fosse ingênua por pensar que poderia encontrar um noivo por quem sentisse atração *e* de cuja companhia gostasse, mas eu tinha só vinte e quatro anos. Por mais que todo mundo tentasse me apressar, ainda não estava preparada para desistir da esperança de encontrar o amor.

Finalmente, recuperei o controle para me afastar, mas antes que pudesse recuar, um estrondo ecoou na estufa.

Steffan e eu pulamos e nos afastamos, e olhei para Rhys, parado ao lado de um vaso quebrado de lírios.

— Minha mão escorregou. — O tom dele não era o de quem se desculpava.

Aquilo, por falta de palavra melhor, era uma mentira deslavada. Rhys não tinha escorregado. Podia ser maior que qualquer pessoa mediana, mas se movia com a agilidade letal de uma pantera.

E era nisso que ele me fazia pensar agora – uma pantera se preparando para atacar a presa desavisada. Rosto tenso, músculos contraídos e olhar cravado em Steffan com a intensidade de um laser. Steffan ficou desconfortável sob esse olhar.

— Atenção, todos os hóspedes, o jardim será fechado em quinze minutos. — O anúncio explodiu dos alto-falantes, me salvando do momento mais constrangedor da minha vida. — Por favor, dirijam-se às saídas. O jardim será fechado em quinze minutos. Os visitantes que estão na loja de presentes, por favor, terminem suas compras.

— Acho que é nossa deixa. — Steffan me ofereceu o braço com um sorriso, embora continuasse atento a Rhys. — Podemos ir, Alteza?

Tínhamos reservado a estufa só para nós, apesar de o restante do jardim permanecer aberto ao público. Provavelmente, poderíamos ficar mais, se quiséssemos, mas eu não tinha nenhuma vontade de prolongar a noite.

Segurei o braço de Steffan e me dirigi à saída, onde nos despedimos com um meio abraço tenso, meio beijo no rosto, e promessas de um novo encontro quando ele voltasse a Athenberg.

Rhys e eu não nos falamos até chegarmos ao carro.

— Você vai pagar pelo vaso — avisei.

— Eu resolvo isso.

O estacionamento estava vazio, exceto por alguns carros ao longe, e a tensão entre nós era tão densa que eu praticamente sentia o sabor dela.

— Sei que ele se encaixa na imagem de Príncipe Encantado, mas talvez você queira continuar procurando. — Rhys destravou as portas do automóvel. — Já vi você beijar um gato com mais paixão.

— Por isso quebrou o vaso de lírios?

— Minha. Mão. Escorregou — ele disse por entre os dentes.

Talvez fosse o vinho que tinha bebido no jantar ou o estresse estava me afetando. O que quer que fosse, não pude evitar, comecei a gargalhar. Gargalhadas insanas, histéricas, que me deixaram sem ar e segurando a barriga bem ali, no meio do estacionamento.

— Que diabo é tão engraçado? — O tom rabugento de Rhys só me fez rir ainda mais.

— Você. Eu. Nós. — Limpei as lágrimas. — Você é um ex-SEAL, e eu sou da realeza, e estamos em um processo de negação tão forte que poderíamos pedir cidadania egípcia.

Ele nem sorriu da minha tentativa patética de fazer piada.

— Não sei do que está falando.

— Para com isso. — Estava cansada de brigar. — Já perguntei antes, e vou perguntar de novo: por que voltou, sr. Larsen? E dessa vez quero a resposta verdadeira.

— Já dei a resposta verdadeira.

— A *outra* resposta verdadeira.

Rhys rangeu os dentes.

— Não sei o que quer que eu diga, Princesa.

— Quero que diga a verdade.

Eu conhecia a minha verdade. Precisava ouvir a dele.

Minha verdade? Só existia um homem que tinha feito com que eu sentisse frio na barriga com um beijo. Um homem cujo toque tinha me deixado em chamas e me feito acreditar em todas as coisas fantásticas com que havia sonhado desde criança.

Amor, paixão, desejo.

— A verdade?

Rhys deu um passo em minha direção, e o aço em seus olhos deu lugar a tempestades turbulentas.

Recuei instintivamente até minhas costas encontrarem a lateral da SUV. Tinha outro carro ao lado do nosso, e os dois veículos formavam um casulo improvisado que vibrou com a eletricidade quando ele apoiou as mãos dos dois lados da minha cabeça.

— A *verdade*, Princesa, é que voltei sabendo que era para isso que eu voltaria. Para ver você todos os dias e não poder tocá-la. Beijá-la. *Possuí-la*. — O hálito de Rhys era quente em minha pele quando ele abaixou uma das mãos e a deslizou por minha coxa. O calor atravessou as camadas grossas da saia e da meia até minha vagina se contrair e os mamilos endurecerem. — Voltei, apesar de saber a tortura a que seria submetido, porque não consigo ficar longe de você.

Mesmo não estando comigo, eu via você em todos os lugares. Em minha cabeça, em meus pulmões, na porra da minha alma. E estou me esforçando muito para não perder a cabeça agora, querida, porque tudo que quero é arrancar a cabeça daquele cuzão e servir em uma bandeja de prata só por ele ter se atrevido a tocar em você. Depois, debruçar você em cima do capô e bater na sua bunda até deixá-la em carne viva por ter permitido que ele te beijasse. — Ele enfiou a mão entre minhas pernas e apertou. Gemi com uma mistura de dor e prazer. — Então, não abusa. Da minha. Paciência.

Mil emoções corriam por minhas veias, me deixando entorpecida pelo tesão e pelo medo.

Porque o que Rhys tinha acabado de dizer era perigoso. O que estávamos fazendo, *sentindo*, era perigoso.

Mas eu não conseguia me importar.

— Rhys, eu...

O barulho estridente do alarme de um carro cortou o ar quieto da noite, seguido por uma gargalhada distante. Pisquei quando parte da névoa que me atordoava se dissipou, mas não me movi.

Rhys se afastou de mim com um sorriso penoso.

— Esta é a verdade que você queria, Princesa. Satisfeita?

Tentei de novo.

— Rhys...

— Entra no carro.

Fiz o que ele mandou. Não era idiota o bastante para desafiá-lo agora.

— Nós precisamos conversar sobre isso — insisti, assim que saímos do estacionamento.

— A conversa, pra mim, acabou.

Do banco de trás, vi os músculos em seu pescoço contraídos de raiva, e ele segurava o volante com tanta força que as articulações de seus dedos estalavam.

Ele estava certo. Não haveria mais conversa esta noite.

Olhei pela janela para as luzes de Athenberg passando lá fora. Se achava que minha vida estava complicada antes, era porque não sabia o tamanho da encrenca em que estava metida agora.

CAPÍTULO 27

Bridget

Duas semanas depois do encontro com Steffan, parti para uma excursão filantrópica com Mikaela, Elin, Rhys, outro guarda-costas chamado Elliott, Alfred, o fotógrafo do palácio, a assistente de Alfred, Luna, e Henrik, um repórter do *Eldorra Herald*.

Todos tinham adorado minha ideia, inclusive meu avô, e o palácio havia trabalhado sem descanso para construir o itinerário perfeito em tão pouco tempo. Visitaríamos todas as regiões mais importantes do país, até mesmo o polo industrial do norte de Kurtland e o centro de petróleo e energia de Hesberg. Eu me sentia como se estivesse em campanha para um gabinete que já era meu, de certa forma sem merecimento, graças à loteria genética.

Mas era necessário. Depois de anos morando no exterior, eu precisava me reconectar com o povo de Eldorra, entender como as pessoas viviam, que problemas as impediam de dormir à noite, e o que queriam e eu podia oferecer. Na prática, o primeiro-ministro e o Parlamento governavam o país, mas a família real enquanto instituição tinha mais poder em Eldorra do que em outros países. Contava com um índice de aprovação de oitenta e nove por cento – muito mais elevado que o de qualquer político – e as opiniões do monarca influenciavam muita coisa.

Se eu quisesse ser uma boa rainha, precisava voltar a ter contato com o povo. Não importava que eu não quisesse a coroa. Um dia ela seria minha, independentemente disso.

— Somos só nós e mais uns empregados — dizia Ida, a dona da fazenda de leite que estávamos visitando. — Nossa fazenda está entre as menores, mas fazemos o melhor possível.

— Parece que estão fazendo um ótimo trabalho. — Eu caminhava pelo celeiro. Era menor que os outros que tínhamos visitado, mas bem-cuidado, e as vacas pareciam saudáveis. No entanto, notei que metade das baias estava vazia. — As outras vacas estão com os peões em outro lugar?

Atrás de nós, a câmera de Alfred clicava e zumbia. As manchetes sobre a Princesa Meio-Período, que já haviam diminuído depois dos meus encontros com Steffan, tinham praticamente desaparecido durante a excursão, substituídas por fotos das minhas visitas às fábricas e escolas, onde eu lia para as crianças.

Mas eu teria feito a excursão mesmo que não houvesse cobertura. *Gostava* de encontrar a população, muito mais do que gostaria de comparecer a outro tedioso baile de gala.

— Não. — Ida balançou a cabeça. — A indústria de laticínios não tem tido bons resultados. Os preços do leite estão caindo há anos, e muitas fazendas na área encerraram suas atividades. Tivemos que vender algumas de nossas vacas para angariar fundos. Além do mais, não há demanda de leite para justificar manter tantos animais.

Apesar de suas palavras, vi a tristeza passar por seu rosto. A fazenda pertencia à família dela há gerações, e eu podia imaginar como era difícil vê-la diminuir ano após ano.

— Já entrou em contato com seu ministro sobre essas questões?

De acordo com o material informativo que tinha recebido, a queda nos preços do leite resultavam de uma disputa comercial entre Eldorra e alguns outros países europeus. Políticas de comércio e preços eram prerrogativa do Parlamento.

Ida deu de ombros de um jeito resignado.

— Antes, costumávamos escrever para nossos representantes, mas só recebíamos respostas protocolares, então paramos. No fim, ninguém nos ouve.

Franzi o cenho. O propósito do Parlamento era representar as preocupações dos constituintes. Se não estavam cumprindo a própria obrigação, o que estavam fazendo?

— Pode escrever para mim — falei num impulso. — Todos os seus amigos e vizinhos podem escrever para mim. Se tiver um problema que precise ser abordado, escreva uma carta ou um e-mail para mim e eu levarei a questão ao Parlamento. Não posso garantir legislação, mas posso ao menos garantir que suas vozes serão ouvidas.

Elin tossiu, e Henrik, o repórter, escreveu furiosamente em seu caderninho.

Ida reagiu assustada.

— Ah, eu não poderia...

— Eu insisto — falei com firmeza. — Elin, pode deixar meu endereço para correspondência e meu e-mail com Ida antes de irmos embora, por favor? Na verdade, por favor, divulgue essas informações para todos com quem nos encontramos até agora.

Elin massageou a têmpora.

— Sim, Alteza.

Ela esperou até voltarmos à pousada naquela noite para falar comigo.

— Princesa Bridget, a intenção de sua excursão é demonstrar que é *filantrópica*, não complicar ainda mais as coisas com o Parlamento. Quer mesmo pessoas aleatórias escrevendo para você sobre problemas pequenos?

— Não são pessoas aleatórias. São eldorranos. — Sentei-me na sala de estar com Rhys enquanto Elin permanecia em pé ao lado da lareira, as mãos na cintura. Henrik, Alfred, Luna, Mikaela e Elliot já haviam se recolhido aos seus quartos. — Não estou mudando políticas. Só estou colaborando para que as pessoas tenham suas vozes ouvidas. Não — falei, quando Elin abriu a boca. — Isso não está em discussão. Foi um longo dia, e amanhã vamos ter que acordar cedo.

Ela comprimiu os lábios, mas cedeu com relutância.

— Sim, Alteza.

Elin era mestre em escolher que batalhas devia lutar, e, aparentemente, essa não valia a pena.

Ela subiu a escada e desapareceu, e fiquei sozinha com Rhys, que estava sentado em um canto, olhando para as chamas na lareira com uma expressão contrariada. Alguma coisa o aborrecia, e não era o que havia acontecido no estacionamento do Jardim Botânico Real ou nossa situação. Era outra coisa. Estivera mais carrancudo que de costume desde o início da viagem.

— Daria qualquer coisa para saber no que está pensando — falei. Mal tínhamos conversado durante a viagem inteira, a menos que "bom dia" e "boa noite" fossem considerados conversa.

Rhys finalmente olhou para mim. O fogo iluminava seu rosto, projetando sombras trêmulas sobre o queixo forte e as faces esculpidas.

— Você parece feliz — disse. — Muito mais do que a vi naquelas festas requintadas que frequenta em Athenberg.

Ele tinha percebido. É claro que tinha. Era o homem mais observador que já tinha conhecido.

— Gosto muito disso — admiti. — Encontrar pessoas, ouvir seus problemas, ter algo de concreto com que contribuir em minha próxima reunião com o Parlamento. Tenho a sensação de que, finalmente, posso fazer alguma coisa significativa. É como se eu tivesse um objetivo na vida.

Essa era uma coisa que me incomodava muito em ser princesa. Sim, a monarquia era simbólica, mas eu não queria passar a vida só sorrindo para as câmeras e dando entrevistas sobre estilo de vida. Queria algo *mais*.

Mas talvez eu estivesse pensando errado em meu papel. Talvez, em vez de me conformar com o que sempre significou ser princesa, eu pudesse construir as coisas da maneira que eu queria que elas fossem.

Um sorrisinho passou pelos lábios de Rhys.

— Sempre soube que você seria uma grande rainha.

— Ainda não sou rainha.

— Não precisa de uma coroa para ser rainha, Princesa.

As palavras deslizaram por minha pele, deixando um rastro de arrepios. Absorvi o que ele tinha dito por um minuto antes de mudar de assunto, dolorosamente consciente de quem e o que éramos.

Não tem lugar para arrepio aqui.

— Está gostando da viagem? — perguntei. — É bom sair da cidade.

O sorriso dele desapareceu.

— Tudo certo.

— Só isso? — Talvez minha visão fosse enviesada, mas Eldorra era um país lindo, e tínhamos visitado algumas das regiões mais bonitas do nosso território.

Ele fez um movimento curto com os ombros largos.

— Não sou o maior fã de Eldorra. Quase recusei esse trabalho só para não ter que vir até aqui.

— Ah. — Tentei não ficar ofendida. Falhei. — Por quê?

Eldorra era tipo a Suíça ou a Austrália. Nem todo mundo amava, mas ninguém odiava.

O silêncio se prolongou por vários instantes antes de Rhys responder.

— Meu pai era eldorrano — disse com voz neutra, sem nenhuma emoção.

— Ele prometeu para minha mãe que a traria para cá e que viveriam felizes para sempre. Ela nunca desistiu desse sonho, nem depois de ele partir e ficar evidente que nunca mais voltaria. Ela continuou falando sobre Eldorra, como ia sair daquela nossa cidade de merda e se mudar para cá. Tinha cartões postais e artigos de revista sobre o país espalhados pela casa toda. Eu só ouvia isso quando era criança. Eldorra, Eldorra, Eldorra. Ela amava a fantasia do país mais do que a mim, e aprendi a odiar este lugar. Ele se tornou símbolo de tudo que havia de errado na minha infância. Ainda assim, eu deveria ter superado o trauma em algum momento, mas...

Rhys fechou e abriu a mão em torno de um joelho.

— Uma das minhas últimas missões foi uma ação conjunta. Tanto os Estados Unidos quanto Eldorra tinham agentes que haviam sido capturados pelo grupo terrorista que estavam monitorando, e nossa missão era resgatar esses agentes. Por questões diplomáticas, a missão tinha que ser secreta, o que significava que não contaríamos com suporte aéreo. Estávamos em território hostil, em menor número e menos armados. Nossa maior vantagem era o elemento surpresa.

Senti um arrepio gelado nas costas.

— Na noite da missão, um dos soldados eldorranos, um sujeito esquentado, explosivo, saiu do plano. Ele e eu não tínhamos nos entendido bem desde o começo, e ele estava furioso por estarmos seguindo meu plano, não o dele. — A expressão de Rhys era neutra. — Em vez de esperar meu sinal como combinamos, ele disparou quando viu um dos líderes do grupo sair do complexo. Atirou no que era encarregado de torturar os prisioneiros, segundo as informações que tínhamos. Foi uma baixa importante... mas não era nossa prioridade e revelou nossa localização. Depois disso, deu merda. Fomos cercados, e dos oito homens do meu esquadrão, só três sobreviveram. Os agentes também não foram resgatados com vida. Foi uma porra de um banho de sangue.

As palavras dele despertaram alguma coisa em minha memória. Uma unidade de soldados eldorranos havia sido praticamente dizimada em uma missão conjunta que fracassara há alguns anos. A operação fora coberta ininterruptamente pela mídia durante uma semana, e aposto que era a mesma da qual Rhys estava falando.

Horror e compaixão inundaram meu peito.

— Sinto muito.

Eu devia ser leal a Eldorra, e *era*, mas lealdade não era a mesma coisa que cegueira. Todo mundo cometia erros, e, no caso de Rhys, o erro daquele soldado havia custado a vida de pessoas que ele amava.

— Não se lamente. Não foi culpa sua. — Rhys passou a mão pelo rosto. — Aconteceu há anos, e, sim, alimentou meu ressentimento por Eldorra, mas o que passou, passou. Não tem porra nenhuma que possa ser feita em relação a isso.

Ficamos em silêncio de novo, cada um perdido nos próprios pensamentos antes de eu ter coragem para perguntar:

— Por que aceitou ser meu guarda-costas, então? Se sabia que isso implicaria visitas a Eldorra?

A expressão de Rhys relaxou e ele quase sorriu.

— Você tem um rosto muito bonito. — O sorriso se alargou quando bufei, irritada. — Não sei. Acho que, na época, pareceu ser a decisão certa.

— A gente sempre vai parar onde tem que estar — falei em voz baixa.

Os olhos dele encontraram os meus.

— Talvez.

Rhys odiava Eldorra, mas não só tinha aceitado o trabalho como se mudado para cá em caráter permanente. Por mim.

— Bem — falei com um sorriso forçado, incapaz de me ouvir em meio às batidas do meu coração. — Preciso ir dormir. Amanhã acordo cedo.

Rhys ficou em pé quando me levantei.

— Vou acompanhar você até seu quarto.

O rangido baixo da escada de madeira embaixo dos nossos pés se misturava aos sons de nossa respiração – a minha, ofegante, a dele, profunda e estável.

Ele sentia aquela corrente elétrica entre nós? Ou era só minha imaginação?

Talvez não, porque, quando chegamos ao meu quarto, eu não abri a porta, e ele não foi embora.

Minha pele estava arrepiada, fosse pela proximidade de Rhys ou pelo ar-condicionado no corredor.

Mesmo não estando comigo, eu via você em todos os lugares. Em minha cabeça, em meus pulmões, na porra da minha alma.

A confissão dele no estacionamento ecoou em minha cabeça. Não tínhamos mais falado sobre aquela noite, mas talvez não precisássemos de palavras.

Os olhos de Rhys desceram até meus seios. Segui seu olhar e notei, pela primeira vez, como minha blusa era fina. Eu estava usando um sutiã de renda, mas meus mamilos estavam tão rígidos que eram claramente visíveis através de duas camadas de tecido delicado.

Eu devia sair dali, mas o olhar quente de Rhys me mantinha paralisada, apagando os arrepios de antes e ateando um fogo intenso no lugar.

— Sabe aquilo que você disse antes? Sobre sempre irmos parar onde temos que estar? — Ele deslizou a mão pela lateral do meu pescoço e meu coração bateu tão forte que quase tive certeza de que ele saltaria do meu peito para os braços dele.

Não consegui falar, mas assenti timidamente.

O ar denso me acariciava como um amante atrevido, e eu *soube*, em meu íntimo, que estava à beira de um perigoso precipício. No menor movimento que fizesse, cairia.

A questão era se eu queria me salvar ou se o prazer justificaria o eventual sofrimento.

— Talvez... — O toque de Rhys seguiu por meu pescoço e traçou a curva do meu ombro. Estremeci, sacudida por uma nova sucessão de arrepios. — Eu estivesse predestinado a encontrar você desde sempre.

Ai, Deus.

Todo o oxigênio desapareceu dos meus pulmões.

— Devia entrar em seu quarto, Princesa. — A voz era sombria, rouca e áspera. — Entra no seu quarto e tranca a porta.

Balancei a cabeça.

— Não quero.

O que estava acontecendo ali era diferente da Costa Rica. Não tínhamos uma lista de desejos ou desculpas para usar como justificativa. Éramos só nós, ele e eu, fazendo uma escolha que vinha se delineando há muito tempo.

Rhys gemeu baixinho, e quando ouvi esse som, soube que ele havia feito sua escolha.

Respira. Mesmo quando não havia oxigênio, nenhum ar, nada além dele. *Respira.*

Ele abaixou a cabeça, mas em vez de beijar minha boca, beijou a base do meu pescoço. Foi tão suave que pareceu mais um sopro de ar que um beijo, mas foi o suficiente para fazer minhas pernas tremerem.

Eu era um para-raios, e Rhys era o relâmpago que me acendia de dentro para fora.

Fechei os olhos e sufoquei um gemido quando ele deslizou a boca por meu pescoço, centímetro a centímetro. Quando a possessividade lenta anunciada por seu toque me empurrou para um quase estupor, ele me puxou contra o peito com uma das mãos e cravou os dentes na curva entre o meu pescoço e o ombro. Com força. Com quase tanta força quanto a ereção dele que pressionava meu ventre e fazia a região entre minhas pernas pulsar com a necessidade. A outra mão de Rhys cobriu minha boca, sufocando o grito surpreso que soltei.

— Diz pra mim — ele baixou a voz ainda mais. — O que seu namorado ia pensar disso?

Namorado? Demorei um minuto para entender. *Steffan.*

Tínhamos saído duas vezes. Não era o suficiente para considerá-lo meu namorado, apesar do que dizia a imprensa.

Mas eu tinha a sensação de que o argumento não convenceria Rhys, que relaxou a mão apenas o suficiente para eu arfar.

— Steffan não é meu namorado.

O perigo pairava no ar.

— Não gosto de ouvir o nome dele saindo da sua boca. — Palavras suaves, mas letais, cada uma pronunciada com a precisão de um míssil guiado. — Mas você saiu com ele. Você o beijou. — A voz de Rhys ficou mais profunda, e ele me pressionou um pouco mais contra a parede, ainda mantendo a mão em meu pescoço. — Foi para me provocar, Princesa? Hm?

— N... não. — Eu estava ensopada. A escuridão do corredor, a voz rouca de Rhys. Tudo alimentava o calor que pulsava entre minhas pernas. — Eu tinha que sair com alguém depois do baile. E pensei que não fosse se importar.

— Eu me importo com tudo que você faz. Mesmo quando não deveria. — As mãos de Rhys em meu pescoço se apertaram ainda mais. — Última chance, Princesa. Me pede para parar.

— Não.

Tinha plena consciência de que Elin, Mikaela e o restante do grupo dormiam atrás das portas dos dois lados do meu quarto. Só precisávamos de alguém indo ao banheiro, ou acordando de um sono leve e ouvindo nossos ruídos, e o mundo viria abaixo.

Mas o perigo só intensificava a excitação que corria em minhas veias. Seja lá o que fosse isso entre nós, vinha se formando desde o momento em que Rhys saíra do carro dele na porta da minha casa em Thayer, e eu não conseguiria impedir, mesmo que quisesse.

Rhys bufou e soltou meu pescoço, mas usou a mesma mão para agarrar minha nuca. Então me puxou de novo, esmagou minha boca com a dele e meu mundo explodiu.

Línguas, dentes, mãos. Devoramos um ao outro como se o mundo fosse acabar e essa fosse a nossa última chance de *sentir* alguma coisa. Talvez fosse. Mas eu não pensaria nisso agora, não quando nossos corpos estavam tão colados que poderíamos nos fundir, e eu me sentia caindo, caindo em um abismo de onde nunca mais ia querer sair.

Mikaela estava certa. Dava para dizer tudo a partir de um beijo.

Puxei o cabelo de Rhys, desesperada por *mais*. Mais de seu toque, de seu gosto, de seu cheiro. Queria encher cada canto da minha alma com esse homem.

Ele puxou meu lábio inferior com os dentes. Arfei, tão excitada que podia sentir a umidade entre as coxas.

— Quieta — ele murmurou. — Ou alguém vai ouvir. — Deslizou a mão por minha coxa até a vagina e gemeu baixinho quando descobriu o quanto eu estava molhada. — Você vai me matar, Princesa.

Rhys esfregou o polegar em meu clitóris por cima da calcinha e engoli um gemido quando arqueei o corpo contra sua mão. Ele puxou minha calcinha para um lado e...

Uma cama rangeu no quarto ao lado do meu.

Rhys e eu congelamos ao mesmo tempo, ofegantes.

Estávamos tão envolvidos com o que acontecia que tínhamos esquecido completamente as pessoas dormindo a poucos metros dali.

Ouvimos outro rangido, seguido pelos ruídos de alguém saindo da cama. Henrik, se a direção do som servia de indicação.

Rhys resmungou um palavrão e afastou a mão de mim. Era o certo a se fazer, mas eu ainda queria chorar pela perda de seu toque.

Ele abriu a porta do meu quarto atrás de mim e, delicadamente, me empurrou para dentro.

— Amanhã à noite. Coreto — sussurrou. — Vamos juntos.

Havia um coreto atrás de uma fazenda abandonada em uma caminhada de cerca de quinze minutos saindo de nossa pousada. Tínhamos passado por lá a caminho da cidade.

— E, Princesa... não precisa usar calcinha.

A região entre minhas pernas latejou ainda mais forte.

Rhys fechou a porta justamente quando Henrik abriu a do quarto dele. Ouvi as vozes deles abafadas pela madeira enquanto ia para a cama na ponta dos pés e me deitei, meio tonta com os acontecimentos da última hora.

O prazer justificaria o eventual sofrimento?

Só precisei ouvir as batidas frenéticas do meu coração para ter a resposta.

CAPÍTULO 28

Rhys

TENTEI RESISTIR. TENTEI MESMO.

Talvez tivesse conseguido, se Bridget fosse só bonita e mais nada. Beleza por si só não me dizia nada. Minha mãe havia sido bonita e de repente não era mais – e não me refiro só ao aspecto físico.

Mas este era o problema. Bridget não era só beleza. Ela era tudo. Calor, força, compaixão, humor. Eu via no jeito como ela ria, na empatia quando ouvia os problemas do povo e na compostura quando eles reclamavam com ela de tudo que achavam estar errado no país.

Já sabia que ela era mais que um rostinho bonito muito antes dessa viagem, mas alguma coisa tinha se partido dentro de mim na noite anterior. Talvez tivesse sido o jeito como ela olhara para mim, como se me considerasse tudo, quando eu era nada, ou talvez tivesse sido o fato de eu saber que ela poderia ser arrancada de mim a qualquer momento. Podia ficar noiva na semana que vem, e eu perderia para sempre até a possibilidade que ela representava.

O que quer que fosse, aquilo destruiu o pouco autocontrole que ainda me restava. A Costa Rica tinha sido um momento de fraqueza, mas isso? Isso era completa obliteração.

A grama farfalhava enquanto Bridget e eu caminhávamos pelos campos em direção ao coreto. Tínhamos saído escondidos depois que todo mundo fora dormir, e, embora fosse tarde, a lua estava tão brilhante que não precisávamos da lanterna do celular para nos guiar.

O que estávamos fazendo – ou faríamos em breve – era uma má ideia? Pra caralho. Nossa história estava destinada a um fim trágico, mas uma vez que se está dentro de um trem rumo ao precipício, tudo o que se pode fazer é se agarrar a alguma coisa e fazer cada segundo valer a pena.

Ficamos em silêncio até chegarmos ao coreto, onde ela caminhou até o centro do espaço e apreciou a vista. Com exceção da pintura descascada, a estrutura tinha resistido ao teste do tempo surpreendentemente bem.

— Ninguém vem aqui? — ela perguntou.

— Ninguém. — Eu havia pesquisado. A cidade tinha uma população pequena, mas espalhada por muitos acres de fazendas. A pousada era o edifício habitado mais próximo, e todos lá estavam dormindo. Eu tinha me certificado disso antes de mandar uma mensagem para o celular de Bridget dizendo que me encontrasse no hall.

— Ótimo. — A resposta dela soou meio ofegante.

O sul de Eldorra era bem mais quente que Athenberg, e era confortável sair à noite sem casaco. Eu usava meu uniforme habitual de camiseta, calça cargo e botas, e Bridget usava um vestido roxo que dançava em volta das coxas.

Eu a devorei com os olhos sem perder nenhum detalhe. As mechas finas de cabelo em torno do rosto, a antecipação nervosa nos olhos, o jeito como seu peito subia e descia acompanhando o ritmo irregular da minha respiração.

Uma parte de mim queria ir até ela, levantar sua saia e a foder exatamente naquele lugar, exatamente naquele momento. Outra parte queria que eu saboreasse o momento – os últimos e loucos segundos antes de destruirmos o que restava dos nossos limites.

Eu era obediente às regras por natureza. Tinha sobrevivido a maior parte da minha vida dessa maneira. Mas, por Bridget, eu quebraria todas as regras.

Foram necessárias apenas seis semanas longe dela, e mais seis de aflição até eu aceitar a verdade, mas agora que a tinha aceitado, não tinha volta.

— Então? — Bridget prendeu uma mecha de cabelo atrás da orelha e vi sua mão tremer. — Agora que estamos aqui, o que planejou, sr. Larsen?

Eu sorri lentamente, um sorriso cheio de malícia, e um arrepio visível percorreu seu corpo.

— Tenho muitos planos para você, Princesa, e cada um deles termina com meus dedos, minha língua ou meu pau dentro da sua bucetinha.

Não perdi tempo com rodeios. O que eu sentia vinha se construindo há dois anos, desde que tinha saído do carro na porta da casa dela e vira aqueles grandes olhos azuis olhando para mim.

Bridget von Ascheberg era minha e só minha. Não fazia diferença que não estivesse realmente ao meu alcance. Eu a teria assim mesmo, e se pudesse me tatuar em sua pele, me enterrar em seu coração e me gravar em sua alma, era o que eu faria.

Ela arregalou os olhos, mas antes que pudesse responder, percorri a distância entre nós e segurei seu queixo.

— Mas antes, quero deixar uma coisa clara. Desse ponto em diante, você é minha. Nenhum outro homem toca em você. Se tocar... — Meus dedos afundaram em sua pele. — Conheço setenta e nove maneiras de matar um homem, e posso fazer setenta delas parecerem acidentais. Entendeu?

Ela assentiu, o peito subindo e descendo mais depressa que o normal.

— Estou falando sério, Princesa.

— Eu sei.

Definitivamente ofegante.

— Ótimo. — Deslizei o polegar por seu lábio inferior. — Quero ouvir você dizer. A quem você pertence?

— A você — ela sussurrou. Eu já conseguia sentir o cheiro do tesão que emanava dela, doce e pesado, e não consegui mais me segurar.

— É isso mesmo — grunhi. — A mim.

Segurei sua nuca, puxei-a para perto e cobri sua boca com a minha. Ela enlaçou meu pescoço com os braços, colou o corpo quente ao meu e abriu a boca. Senti sabor de hortelã e morangos e quis mais. *Precisava* de mais.

Meu coração era um tambor batendo alto no peito, acompanhando o ritmo em que meu pau pulsava. Todos os meus sentidos se intensificaram até alcançar uma nitidez quase dolorosa – o gosto dela em minha língua, a sensação da pele sob minhas mãos, o cheiro do perfume, os sons de seus gemidos enquanto ela se agarrava a mim como se estivesse se afogando e eu fosse o salva-vidas.

Empurrei Bridget contra uma das vigas de madeira, levantei seu vestido para cima dos quadris e afastei suas coxas com o joelho. Encaixei a mão entre suas pernas e vibrei um murmúrio de aprovação ao descobri-la molhada e desprotegida para mim.

— Sem calcinha. Boa menina — sussurrei. — Porque, se tivesse desobedecido à minha ordem... — Mordi seu lábio inferior e enfiei um dedo em seu calor apertado e quente, sorrindo ao ouvir o gritinho que saiu dela. — Eu teria que te castigar.

Bridget arqueou as costas quando empurrei outro dedo para dentro dela. Movimentei minha mão, entrando e saindo, primeiro lentamente, depois mais depressa, até penetrar mais fundo, até as juntas dos dedos, e o som dos meus dedos se movendo na umidade se misturarem aos gemidos dela.

Bridget estava com os olhos meio fechados e a boca meio aberta. A cabeça dela estava inclinada para trás, apoiada na viga, expondo a coluna esguia do pescoço; todo o corpo dela tremia, aproximando-se do orgasmo. Diminuí o ritmo no último minuto, o que me rendeu um gemido frustrado.

— Por favor. — Ela agarrou meus braços, e as unhas desenharam pequenos crescentes arranhões em minha pele.

— Por favor o quê? — Enfiei os dedos nela de novo até que seu corpo se curvasse e ela deixasse escapar um gritinho. — Por favor o quê? — repeti.

Gotas de suor brilhavam em minha pele, e meu pau pulsava dentro da calça, tão duro que podia martelar pregos. Eu estava morrendo, desesperado para estar dentro dela, mas também podia passar a noite toda olhando para ela assim. Sem sorriso falsos, sem inibições, só prazer e um abandono selvagem enquanto a vagina dela apertava meus dedos e os cobria de umidade.

Linda pra caralho. *Minha* pra caralho.

— Me fode — ela gemeu. As unhas penetraram um pouco mais meus bíceps até uma gotinha de sangue surgir na pele. — Por favor, me fode.

— Que boca suja para uma princesa. — Tirei o pau de dentro da calça e coloquei a camisinha com a mão livre, depois tirei os dedos de dentro dela, levantei-a e acomodei suas pernas em torno da minha cintura. — Você sabe que não tem volta, depois disso.

— Eu sei.

Os olhos de Bridget estavam confiantes, brilhantes de desejo.

Senti o peito apertado. Não a merecia, mas foda-se, eu já tinha ultrapassado o ponto em que me importava com isso.

Ninguém nunca tinha dito que eu era um homem bom mesmo.

Posicionei a cabeça do meu pau em sua abertura e esperei um instante antes de penetrá-la com um movimento firme. Ela estava tão molhada que entrei quase sem atrito, mas ainda senti a abertura se dilatando com dificuldade para acomodar meu tamanho.

Bridget gritou, as paredes de seu corpo me apertando como uma prensa, e eu resmunguei uma sequência de palavrões.

Quente. Molhada. Apertada. *Muito apertada.*

— Você vai me matar — gemi. Apoiei a testa na dela e fechei os olhos, imaginando as coisas menos sensuais do mundo, coisas como brócolis, dentaduras, até me controlar o suficiente para continuar.

Tirei o pau até deixar só a ponta, depois enfiei de novo de uma vez só. E de novo. De novo.

Estabeleci um ritmo rápido, profundo, brutal, obrigando seu corpo a receber cada centímetro do meu até minhas bolas baterem em sua pele e seus gemidos se tornarem gritos.

— Shh. Vai acordar as pessoas, Princesa. — Puxei a gola de seu vestido para baixo. Seus seios balançavam a cada penetração, os mamilos rígidos e a imagem quase me levou ao ápice.

Rangi os dentes. *Ainda não.*

Abaixei a cabeça e lambi e chupei os mamilos enquanto a fodia vorazmente, entrando e saindo de sua vagina apertada e pulsante.

Àquela altura, eu era mais animal que homem, movido apenas por uma urgência primal de penetrá-la o mais fundo que conseguisse e possuir essa mulher tão completamente que nunca mais apagaríamos as marcas de nós.

Um trovão ecoou ao longe, abafando os sons dos meus gemidos e os gritinhos de Bridget.

Meio atordoado, percebi que ia chover e não tínhamos um guarda-chuva ou qualquer outra coisa para nos proteger quando saíssemos do coreto, mas me preocuparia com isso mais tarde. No momento, a única coisa que importava éramos nós.

— *Rhys*. Ai, meu Deus! — Bridget soluçou. — Não consigo mais... preciso...

— Do que você precisa? — Passei os dentes por sobre um mamilo. — Precisa gozar? Hm?

— S... sim. — A resposta soou meio como súplica, meio como gemido.

Ela estava arruinada, com o cabelo bagunçado, o rosto marcado pelas lágrimas, a pele suada e quente.

Levantei a cabeça e deslizei a boca por seu pescoço até chegar à orelha, e então sussurrei:

— Goza pra mim, Princesa.

Belisquei um mamilo e movimentei meus quadris mais depressa e com mais força e ela explodiu, abrindo a boca em um grito silencioso enquanto sua buceta estrangulava meu pau.

Outro trovão explodiu, dessa vez mais perto.

Segurei o corpo trêmulo de Bridget contra a viga de madeira até ela recuperar o fôlego. Quando ela recuperou, coloquei-a no chão, virei-a de costas para mim e a dobrei para frente.

Eu ainda não tinha gozado – o velho truque de recitar escalações de times de beisebol ainda funcionava –, e meu corpo vibrava com a tensão que quase escapava ao controle.

— De novo? — ela arfou, quando deslizei o pau por entre suas camadas escorregadias.

— Querida, eu não estaria fazendo bem meu trabalho se você não gozasse no meu pau três vezes, pelo menos, esta noite.

A tempestade desabou quando a penetrei, e a chuva, que caía de lado, nos molhava enquanto eu fodia Bridget contra a viga de madeira. Um raio cortou o céu, iluminando a curva pálida de seu ombro enquanto ela se agarrava à grade. Com a cabeça virada de lado, ela apoiava um lado do rosto na madeira, e eu vi sua boca aberta numa tentativa de recuperar o fôlego entre uma penetração e outra.

Enrolei seu cabelo em volta do meu pulso e o usei como alavanca para penetrá-la mais fundo.

— Isso é por todas as vezes que você não me ouviu. — Apertei sua bunda antes de dar o tapa que a fez gritar. — Isso é por Borgia. — *Tapa*. — E isso é pelo jardim. — *Tapa*.

A frustração reprimida em mim durante anos ficou estampada em sua pele em marcas cor-de-rosa, e uma risadinha safada escapou do meu peito quando Bridget projetou o quadril contra mim a cada tapa.

— Gosta disso? — Puxei sua cabeça para trás pelo cabelo até ela olhar para mim e eu ver as lágrimas em seus olhos. — Gosta de levar uns tapas na bunda enquanto enfio meu pau duro nessa sua buceta real?

— *Sim.* — A palavra saiu como um gemido e seus joelhos cederam.

Soltei o ar devagar. Meu Deus, ela era perfeita. Em todos os sentidos.

Passei um braço em torno de sua cintura para sustentar seu corpo e a empurrei para baixo até colar o peito em suas costas. Cobri a maior parte de seu corpo com o meu, protegendo-a dos pingos de chuva enquanto a penetrava tão fundo que achava que nunca mais sairia dela.

Eu não queria sair. Isso aqui era tudo que eu queria.

Bridget. Só Bridget.

— Ai, Deus, *Rhys*!

O som do meu nome em seus lábios e a sensação de seu corpo se contraindo em mais um orgasmo finalmente me levou ao limite.

Gozei logo depois dela com um gemido alto, sacudido pelas ondas de um orgasmo que era tão forte quanto um furacão. Por um segundo jurei que tinha perdido a audição, mas quando recobrei os sentidos, tudo parecia amplificado. O cheiro da chuva e da terra misturados ao de sexo e suor, o som da água batendo na madeira, as gotas frias de chuva em minha pele quente.

Bridget tremeu debaixo de mim e eu a levantei e a levei mais para o fundo do coreto, longe da chuva.

— Tudo bem, Princesa? — Minha respiração finalmente se aproximou da normalidade e eu ajeitei as alças de seu vestido sobre os ombros e afastei o cabelo de seu rosto antes de beijá-la com delicadeza.

Eu não era o tipo de homem doce e amoroso em nenhuma área da minha vida, mas talvez tivesse sido bruto demais com ela. Se fosse possível, teríamos feito isso em um quarto, em cima de uma boa cama, mas as paredes da pousada eram finas como papel.

Bridget assentiu, ainda meio trêmula.

— Uau.

Dei risada.

— Vou interpretar isso como um bom sinal. — Mantinha um braço em torno dela, ainda a amparando. Senti uma forte necessidade de protegê-la quando ela apoiou o rosto em meu peito.

Meu Deus, essa mulher. Ela nem imaginava as coisas que eu faria por ela.

Ficamos no coreto até a chuva passar, o que não demorou muito, felizmente. Eu teria ficado ali para sempre bem feliz, mas queria que Bridget tivesse tempo para tomar um banho e dormir um pouco antes da hora em que normalmente acordávamos.

— Não precisa me carregar. Eu posso andar. — Bridget riu quando a peguei nos braços e comecei a andar de volta à pousada. — Não sei se amanhã vou poder dizer a mesma coisa. Tenho a sensação de que vou estar dolorida.

— Está escuro, e o terreno está molhado — respondi. Uma nuvem passou na frente da lua e tive que andar devagar para não pisar em nada em que não queria pisar. — Melhor te carregar, querida.

Ela não respondeu, mas me abraçou com mais força e beijou meu queixo de um jeito que fez meu coração reagir de um modo estranho.

Por outro lado, nada em minha vida era normal desde que Bridget von Ascheberg tinha entrado nela.

CAPÍTULO 29

Bridget

DEPOIS DA NOSSA NOITE NO CORETO, RHYS E EU NÃO TIVEMOS MAIS nenhum tempo sozinhos durante a excursão. Mas quando voltamos a Athenberg alguns dias mais tarde, conseguimos escapar para encontros rápidos, apesar da minha agenda cheia.

Na casa de hóspedes à meia-noite, depois que todos tinham ido dormir. No armário de suprimentos do terceiro andar da ala de empregados durante a hora do almoço. Na minha cobertura preferida, em cima da cozinha. Nenhum lugar era proibido.

Era arriscado, perigoso e atípico para nós dois, considerando como costumávamos ser práticos, mas não conseguiríamos ter evitado tudo isso nem se quiséssemos. Tínhamos esperado demais e precisávamos muito disso.

Era uma jornada louca que teria que acabar, em algum momento, e embora nunca falássemos sobre o futuro, estabelecemos um acordo tácito de aproveitar cada segundo que tivéssemos.

Mas por mais que eu quisesse passar todos os meus dias e noites com Rhys, tinha outras responsabilidades, e três semanas depois do retorno a Athenberg, estava no gabinete do meu avô esperando Erhall terminar de falar para poder elencar minhas pretensões.

— Vamos ver se adivinho. Você tem outro problema de algum *cidadão* que gostaria de expor, Alteza — acrescentou Erhall em tom seco, sem dúvida se lembrando da presença do meu avô na sala.

Respondi com um sorriso sereno.

— Sim. É isso que devemos fazer, não é? Ajudar os cidadãos de Eldorra?

Erhall, Edvard, Andreas e eu estávamos sentados em volta da mesa de Edvard para a reunião semanal do Rei com o Presidente. Era minha terceira reunião desde que tinha voltado da excursão filantrópica, que havia sido um sucesso estrondoso. Henrik publicara uma matéria muito favorável sobre mim no *Eldorra Herald*, e meus índices de aprovação tinham disparado, quase alcançando os de meu avô.

Pessoalmente, eu não me importava muito com índices, mas essa era uma das armas mais poderosas no meu arsenal, já que não tinha nenhum poder político real. Também sentia grande prazer em saber que o índice de Erhall estava quase vinte pontos abaixo do meu.

— É claro. — Erhall ajeitou a gravata, e parecia ter chupado um limão. — O que gostaria de discutir?

Tinha desenvolvido meus planos a partir da decisão impulsiva na fazenda de Ida e criado um programa oficial de cartas do cidadão, no qual os eldorranos podiam escrever cartas ou e-mails para mim contando suas preocupações e eu agradecia por todas elas. Levava as mais importantes ao conhecimento de Erhall nas reuniões semanais. Ele provavelmente não faria nada em relação à maioria delas, mas eu precisava tentar.

— É sobre as estradas em Rykhauver... — comecei minha apresentação, ignorando a careta de Andreas. Odiava a presença de meu primo ali, mas ele ainda estava acompanhando Erhall, e como era o segundo na linha de sucessão ao trono, ninguém se opunha a presença dele nas reuniões.

Não tinha importância. Ele nunca seria rei, não se eu pudesse opinar – e como princesa herdeira, eu opinava, e muito.

— Vou estudar o assunto — disse Erhall. Traduzindo: *depois que sair desta sala, vou fingir que esta conversa nunca existiu.* — Agora, Majestade, sobre a reforma tributária...

Edvard olhou para mim. Evitava comprar minhas brigas, porque não seria bom se eu corresse para ele cada vez que Erhall fosse um cretino, mas eu...

Ai, Deus. Quase pulei da cadeira.

Erhall parou e olhou para mim com uma cara estranha antes de prosseguir seu discurso.

Apertei as coxas uma contra a outra embaixo da mesa quando as vibrações silenciosas, mas fortes, se repetiram entre minhas pernas.

Vou matar ele.

Rhys tinha ordenado que eu usasse um vibrador o dia inteiro, e eu, como uma idiota, tinha concordado. A ideia tinha parecido deliciosa, e Rhys tinha minha programação completa, minuto a minuto. Dissera que manteria o vibrador desligado no horário das reuniões, então por que...

Olhei para o relógio de parede no canto do gabinete.

Droga. Estávamos atrasados. Quinze minutos além do horário previsto, para ser exata. Rhys devia achar que eu já estava longe dali.

Uma gota de suor se formou em minha testa quando tentei não gemer, me contorcer ou fazer qualquer coisa que pudesse me delatar.

— Está tudo bem? Parece... agitada — Andreas comentou com uma sobrancelha erguida, olhando para mim com atenção.

— Sim. — Forcei um sorriso. — Tudo perfeitamente bem.

— Não parece — Edvard comentou, com ar preocupado.

Meu Deus, cada minuto que eles passavam perguntando se eu estava bem era mais um minuto acrescido ao tempo da reunião. Ela precisava acabar logo, antes que eu gozasse no meio de uma discussão sobre a porra da legislação tributária.

— É que está um pouco quente aqui. Por favor, não parem por minha causa — consegui responder.

As vibrações se tornaram um pouco mais intensas, e fechei as mãos com tanta força que minhas unhas marcaram as palmas.

Edvard não parecia convencido, mas ele e Erhall retomaram a conversa enquanto Andreas me observava desconfiado.

Normalmente, eu responderia com um olhar gelado, mas não conseguia me concentrar em nada que não fosse o pulsar do clitóris e o contato dos mamilos com o sutiã.

Felizmente, a reunião acabou logo depois. Eu me despedi rapidamente de Edvard, acenei com a cabeça para Erhall e ignorei completamente Andreas antes de sair com toda normalidade de que era capaz. Não queria despertar mais suspeitas correndo porta afora, mesmo estando a segundos de um orgasmo.

Assim que cheguei ao corredor, as vibrações cessaram.

É claro.

Alisei a frente da saia com as mãos e consegui andar quase normalmente até meu gabinete, onde Rhys esperava por mim.

Meu coração deu um pulo quando o vi encostado em minha mesa. Olhos escuros, braços cruzados, atitude casual e arrogante.

— Isso foi cruel. — Olhei para ele com ar sério, apesar do clitóris pulsando de novo, não por causa do vibrador, mas porque ele olhava para mim como se eu fosse a única pessoa no mundo... *Pare. Concentre-se.* — Eu estava em uma reunião.

— Que devia ter acabado há meia hora.

— Atrasou.

— Evidentemente. — Os olhos dele se iluminaram com um brilho malicioso. — Vem cá, Princesa.

Balancei a cabeça, embora estivesse tão excitada que o menor sopro de ar em minha pele me fazia respirar mais depressa. Era uma questão de princípio.

— Não.

— Não foi um pedido.

O tom autoritário fez meus mamilos endurecerem a ponto de eu sentir dor, e cruzei os braços para esconder a reação.

— Não pode me dar ordens.

— Vem. Aqui. — A voz dele ficou um pouco mais baixa, perigosamente suave. — Antes que eu te ponha sobre os joelhos e bata tanto na sua bunda que vai passar dias sem poder se sentar.

Minha vagina se contraiu com a imagem mental, e quase neguei para que ele cumprisse a ameaça. Mas depois de horas de provocação, eu não aguentava mais, e caminhei com as pernas trêmulas até parar diante dele.

— Pronto. Não foi tão difícil. — Rhys me segurou pela nuca e me puxou para perto dele. — Não se esqueça. Em público, você é minha princesa, mas em particular, você é minha vadia. — Com a outra mão, ele beliscou meu clitóris inchado até eu quase gritar e os tremores iniciais de um orgasmo percorrerem meu corpo. — Vai fazer o que eu disser, quando eu disser, e vai agradar meu pau como eu quiser. Não vai?

Ai, Deus. Outro fluxo de umidade escorreu por entre minhas pernas.

— Sim — murmurei.

A palavra nem havia saído completamente da minha boca quando ele a engoliu com um beijo de tirar o fôlego, e todos os vestígios de resistência desapareceram. Passei os braços em torno de seu pescoço, me deliciando com seu gosto. Estávamos insaciáveis desde a noite no coreto, e eu não conseguia me conter.

Os encontros às escondidas, as escapadas tarde da noite e os olhares provocantes em salas cheias de gente... tudo isso podia desabar em cima de nós a qualquer momento. Mas pela primeira vez na vida, eu não me importava.

Nunca tinha me sentido mais viva.

— Como foi seu dia, querida? — Rhys murmurou com os lábios tocando os meus, adotando um tom mais brando.

— Bom. *Frustrante* — acrescentei com eloquência, antes de também suavizar a voz. — Senti sua falta.

Não o via desde o café da manhã.

Os olhos dele se estreitaram em um sorriso lindo e meu coração ficou tão leve que achei que poderia flutuar.

Se eu pudesse ter três coisas no mundo, seriam a paz mundial, meus pais de volta e os sorrisos de Rhys para sempre.

— Também senti sua falta. — Ele me deu um beijo mais longo, mais suave, antes de deslizar a mão por minha coxa outra vez e um gemido escapar do meu peito. — Está encharcada. — Seu tom voltou a ser duro e autoritário, o tom com o qual eu estava acostumada. — Inclina o corpo e levanta a saia.

Obedeci. A ideia de tê-lo dentro de mim fez meus dedos tremerem quando me debrucei sobre a cadeira e levantei a saia.

— Tira a calcinha.

Deslizei a mão sob o elástico e empurrei a calcinha para baixo até ela parar em volta dos meus tornozelos.

Senti o rosto quente quando percebi que Rhys agora podia ver claramente meu vibrador e os rastros deixados por ele – a calcinha molhada, minhas coxas pegajosas.

Mesmo assim, estava excitada o bastante para superar o constrangimento.

Segurei a beirada da mesa, sentindo o corpo tenso com a antecipação, mas só havia silêncio. Nenhuma palavra, nenhum toque.

Confusa, virei a cabeça.

Rhys estava parado atrás de mim, me devorando com os olhos. Vendo seu olhar faminto e minha posição atual, eu me senti o cordeiro sacrificial esperando o leão dar o bote e me devorar.

— Abre bem as pernas. Quero ver essa bucetinha pingando para mim.

O calor me envolvia da cabeça aos pés, mas fiz como ele me mandou fazer.

— Linda. — Ele segurou minha bunda com as duas mãos e apertou. — O que os bons cidadãos de Eldorra diriam se pudessem ver você agora, hein? A princesa recatada e altiva, debruçada e de pernas abertas, esperando um pau duro foder ela.

Seria possível gozar só com palavras? Porque eu estava muito perto disso.

— Não é qualquer pau — arfei. — É o seu. Vai continuar falando ou vai me foder de verdade?

Rhys deu risada. Afrouxou rapidamente o cinto e a calça, e minha boca ficou seca. Eu nunca me acostumaria com o tamanho dele. Grosso, longo e duro, e já pingava pré-gozo.

— Isso mesmo. — Ele tirou o vibrador e posicionou a cabeça do membro na minha entrada. — Minha. *Só* minha. E não se esqueça disso, Princesa.

Rhys me penetrou com um único movimento firme, e meu gritinho inicial se transformou em uma série de gemidos enquanto ele me penetrava por trás. Os gemidos se misturaram aos grunhidos dele, ao rangido da mesa, que tremia sob a força das estocadas dele e ao som do encontro de pele com pele. Uma deliciosa sinfonia obscena que atordoava meus pensamentos até eu só conseguir pensar na sensação de Rhys entrando e saindo do meu corpo...

— Bridget? Você está aí?

Mikaela.

Demorou alguns segundos para a voz dela penetrar a névoa encharcada de sexo que me cercava, mas quando isso aconteceu, abri os olhos e tentei me levantar, só que Rhys me empurrou para baixo de novo.

— Ainda não terminei, Princesa. — Ele pressionou os quadris e me penetrou de novo, cobrindo minha boca com a mão para me impedir de gritar.

— Rhys, ela *está na porta*! — sussurrei, quando ele afrouxou a pressão o bastante para que eu conseguisse falar. Queria muito gozar, mas meu estômago fervia quando eu pensava na possibilidade de ser pega.

Eu podia fingir que não estava ali, mas Mikaela e eu tínhamos uma reunião marcada, um compromisso do qual tinha me esquecido completamente até agora.

— A porta está trancada.

— Ela vai ouvir a gente.

Falávamos apenas para nós mesmos, mas minha paranoia sugeria que estávamos gritando.

— Então é melhor você ficar quieta, né? — O hálito quente de Rhys deslizou em minha pele quando ele esticou o braço para apertar meus mamilos. Outra onda de luxúria se espalhou por meu corpo.

— Bridget. — Mikaela agora estava impaciente. — A porta está trancada. Está tudo bem aí?

— S... sim. Já... — Rhys me penetrou com um movimento especialmente brutal. — Vou...!

Minha última palavra virou uma exclamação quando o orgasmo explodiu como uma onda.

Escondi o rosto nos braços e mordi meu lábio inferor para sufocar os gritos.

A respiração de Rhys mudou e, um segundo depois, ele chegou ao orgasmo com um grunhido contido antes de sair de dentro de mim.

Não tivemos o luxo de curtir o pós-sexo, e eu ainda sentia as últimas contrações do orgasmo quando nos limpamos.

— Um minuto! — falei para Mikaela. Olhei bem séria para Rhys, que se arrumou em tempo recorde e parecia se esforçar para não rir. — Não tem graça.

— Gostei do duplo sentido no final — ele respondeu, sorrindo.

Já... vou...

Vermelha, terminei de arrumar as roupas e o cabelo. Uma rápida olhada para o espelho me informou que eu ainda estava um pouco desalinhada, mas podia jogar a culpa da minha aparência nas atividades que tinha e que me faziam correr pelo palácio.

— Quase sinto falta dos dias em que você era um babaca exagerado e superprotetor.

— Então, vai gostar de saber que ainda sou um babaca exagerado e superprotetor. Princesa? — Parei a caminho da porta. — Está se esquecendo de uma coisa.

Fiquei vermelha quando vi que ele segurava o vibrador.

— Está tentando *mesmo* arrumar problema para nós. — Arranquei o vibrador da mão dele e o limpei rapidamente com um lenço de papel antes de jogá-lo dentro de uma gaveta da mesa. Eu cuidaria disso mais tarde.

— É Mikaela. Ela não enxerga nada que não tenha a ver com festas e fofocas sociais. Você poderia pôr um elefante na frente dela que ele passaria despercebido, provavelmente. Acha que eu teria feito o que fiz se fosse Markus ou Elin batendo na porta?

Certo, Mikaela não era a pessoa mais observadora do planeta, mas Rhys estava exagerando. Nesse caso, no entanto, eu torcia para que estivesse certo.

Abri a porta para minha amiga aborrecida entrar.

— Por que demorou tanto? — ela resmungou. — Tenho que encontrar minha mãe...

Parou ao ver Rhys.

— Ah, oi, Rhys. O que está fazendo aqui?

Tecnicamente, ele ficava de folga quando eu estava no palácio, e tentei pensar em uma desculpa plausível.

— Estávamos discutindo alguns planos de segurança — improvisei. — Para o casamento de Nik. São planos, hã, confidenciais. Por isso demorei para abrir a porta.

Nikolai e Sabrina ainda estavam na Califórnia, mas se casariam em Athenberg, e os preparativos estavam de vento em popa.

Mikaela fez uma cara desconfiada.

— Só vocês dois? Pensei que a guarda real estivesse cuidando disso.

— Planos de segurança *pessoais* — consertei depressa.

— Ah. — A confusão desapareceu dos olhos de Mikaela. — Ainda quer manter nossa reunião? Posso voltar depois, se preferir.

— Não, pode ser agora — respondi, embora só quisesse tomar um banho e dormir um pouco. Estava grata por ela não ter insistido em perguntar o motivo para eu ter demorado tanto a abrir a porta. Um olhar mais atento, e minha desculpa teria se desmanchado como um suéter barato com um fio solto.

— Até mais tarde, Alteza. Lady Mikaela. — Rhys inclinou a cabeça e saiu, mas não sem antes piscar para mim.

Contive um sorriso.

— Que pena — Mikaela falou, olhando para as costas dele por um momento além do que eu teria gostado antes de a porta se fechar.

— O quê? — Distraída, ajeitei alguns papéis em cima da mesa e tentei tirar da cabeça as imagens do que tinha feito no mesmo lugar há poucos minutos.

— Rhys ser guarda-costas. — Mikaela olhou novamente para mim e sentou-se na cadeira à frente da minha. — Ele é *muito* lindo. Não sei como consegue olhar para ele todos os dias sem babar. Se ele não fosse um plebeu... — Ela se abanou. — Eu já teria me jogado.

Meu corpo inteiro ficou tenso por várias razões.

— O fato de ele não ter um título não o torna inferior a qualquer um da nobreza.

Eu devia ter concordado com o que ela disse, porque Deus sabe que não quero incentivar nenhuma atração que ela possa ter por Rhys, mas odiava a insinuação de que aristocratas eram melhores só porque tinham tido a sorte de nascer em uma família com título.

Mikaela se surpreendeu com meu tom incisivo.

— É claro que não. Mas você conhece a dinâmica social, Bridge. Envolver-se com as pessoas da equipe é complicado demais. E eu sou filha de um barão.

Uma nota incomum de amargura enfatizou a última frase:

— Minha posição social não é elevada o bastante para sobreviver a um escândalo *dessas* proporções.

A aristocracia tinha uma hierarquia rígida, e barões e baronesas estavam na base da pirâmide. Desconfiava que era essa a razão para Mikaela se esforçar tanto na construção de relações e na pesquisa das fofocas sociais – para superar o que pensava ser um status inferior, mesmo que sua família ainda fosse mais rica que a média dos eldorranos.

— Como eu disse, é uma pena, mas pelo menos posso olhar para ele. — Mikaela se animou novamente. — Tem sorte de ter um guarda-costas gostoso. Ou não, considerando que não pode dar uns pegas de vez em quando.

Ela riu, e me forcei a rir também.

— É claro que não — respondi. — Isso seria loucura.

CAPÍTULO 30

Rhys

EU ESTAVA VICIADO.

Eu, o homem que evitou a maioria das substâncias viciantes durante toda a vida – drogas, cigarro, álcool, até açúcar em certa medida –, tinha encontrado uma coisa à qual não conseguia resistir.

Força, resiliência e leveza contidos em um metro e setenta e cinco de pele macia e compostura que escondiam um fogo avassalador.

Mas porra, se isso era um vício, eu não queria me curar nunca.

— Vai me pintar como uma de suas garotas francesas? — debochou Bridget, alongando os braços acima da cabeça.

Meu pau pulsou de interesse quando contemplei a visão dela no sofá, nua, embora, sendo bem honesto, houvesse poucas coisas em Bridget que *não* despertavam o interesse do meu pau.

Ela tivera um raro dia de folga depois das reuniões matinais, e tínhamos passado a tarde toda em um quarto de hotel na periferia de Athenberg. Se alguém perguntasse, Bridget estava aproveitando um dia de spa, mas na verdade, tudo que fizemos foi transar, comer, e transar mais. Tinha sido o mais próximo que tínhamos chegado, e que *poderíamos* chegar, de um encontro de verdade.

— Cuidado com as piadinhas, Princesa, a menos que queira uma verruga no seu retrato — ameacei.

Ela sorriu, e a imagem me atingiu como um soco no estômago.

Eu nunca me cansaria de seus sorrisos. Os *verdadeiros*, não os que ela exibia em público. Tinha visto Bridget nua, em vestidos chiques e de lingerie, mas ela nunca era mais bonita do que quando era ela mesma, despida de todas as encenações que o título a obrigava a manter.

— Não faria isso. — Ela se virou e apoiou o queixo nas mãos, que estavam sobre o braço do sofá. — É muito perfeccionista com sua arte.

— Veremos. — Mas ela estava certa. Eu *era* perfeccionista com minha arte, e a obra em que estava trabalhando poderia se tornar minha favorita até agora depois do desenho que tinha feito dela na Costa Rica, que finalmente destruíra meu bloqueio criativo. — Hm, vejamos. Vou fazer um terceiro mamilo aqui... uma verruga peluda ali...

— Para! — riu Bridget. — Se vai pintar verrugas em mim, pelo menos coloque em lugares escondidos.

— Tudo bem. Vou colocar uma no seu umbigo, então.

Dessa vez, fui eu que dei risada quando ela jogou uma almofada em mim.

— Anos de rabugice e de repente virou o engraçadinho.

— Eu sempre pensei em piadas. Só não as contava para ninguém. — Fiz um sombreado no cabelo. Descia pelas costas, acompanhando a curva delicada da nuca e do ombro. Os lábios estavam entreabertos compondo um sorrisinho, e os olhos brilhavam, maliciosos. Fiz o possível para imprimir realismo ao desenho que fazia com lápis de carvão, embora nada se comparasse à realidade.

Mergulhamos em um silêncio confortável, eu desenhando, Bridget me observando com uma expressão suave, sonolenta.

Eu não me sentia tão relaxado há muito tempo, apesar de ainda me manter em alerta máximo para a possibilidade de alguém bisbilhotar minha casa de hóspedes. Melhorei o sistema de alarmes e acrescentei câmeras de segurança que alimentavam diretamente um feed ao qual eu tinha acesso pelo celular. Ainda não havia acontecido nada incomum, então teria que ser paciente.

Por ora, aproveitaria um dos raros momentos que Bridget e eu podíamos passar juntos sem a preocupação de alguém nos surpreender.

— Você mostra sua arte para alguém? — ela perguntou depois de um tempo. O pôr do sol se aproximava, e a luz dourada do fim de tarde a envolvia em um brilho sobrenatural.

— Para você.

— Além de mim.

— Não. — Nem Christian tinha visto meus desenhos, embora soubesse da existência deles. Nem minha antiga terapeuta.

Bridget levantou a cabeça, e vi sua expressão surpresa.

— Então sou a...

— A primeira pessoa para quem mostrei os desenhos? Sim.

Concentrei-me em terminar a obra, mas sentia o peso do olhar dela sobre meu rosto.

— Sr. Larsen.

— Sim — respondi, captando a insinuação sensual em sua voz.

— Vem cá.

— Está me dando ordens?

Bridget sorriu de novo.

— Talvez. Estou com um problema, preciso da sua ajuda.

Deixei o lápis de lado e suspirei.

— Você não está com um problema. Você *é* o problema.

Caminhei até o sofá e ela deu um gritinho quando a peguei e coloquei no meu colo. Meu pau se aninhou em sua vagina, separados apenas pelo tecido fino da minha cueca.

— Estou aqui. E agora?

— Agora... — Ela mudou de posição e se ajoelhou para poder tirar minha cueca. — Você me ajuda. Estou um pouco tensa.

Prendi a respiração quando ela sentou no meu pau.

— Você é insaciável.

Para alguém tão altiva em público, Bridget era uma explosão no quarto. E na sala, no chuveiro, em cima da bancada da cozinha.

O sorriso dela se alargou.

— E você adora.

Minha risada se transformou em gemido quando ela estabeleceu um ritmo intenso.

— Sim, Princesa. Adoro.

Olhei para ela, sentindo quase tanto prazer em contemplar o rubor de excitação em seu rosto quanto sentia da sensação de sua vagina me apertando.

Meia hora mais tarde, quando estávamos arfantes e satisfeitos, passei um braço em torno dela e ficamos deitados no sofá. Esse era meu tipo de momento preferido com Bridget: os tranquilos, quando podíamos só ficar juntos. Eram muito raros.

— Como isso aconteceu? — Ela deslizou os dedos sobre a cicatriz em minha sobrancelha. — Nunca me contou.

— Bati a testa em uma mesa. — Afaguei o braço de Bridget de um jeito distraído. — Minha mãe teve um ataque de raiva e me deu uma bofetada. Eu caí. Tive sorte por não ter batido o olho, ou você estaria transando com uma porra de um pirata fajuto.

Bridget não riu da piada. Em vez disso, tocou novamente a cicatriz antes de beijá-la com carinho, como tinha feito na Costa Rica com as marcas em minhas costas.

Fechei os olhos e senti o peito apertado, pesado.

Tinha falado mais sobre minha mãe com Bridget do que com qualquer outra pessoa, inclusive minha antiga terapeuta. Não era mais tão difícil, mas Bridget tinha um jeito de facilitar até as coisas mais difíceis para mim.

Relaxar. Conversar. Rir. Coisas simples que me tornavam humano de novo.

— Nunca pensou em procurar seu pai? — ela perguntou. — Para concluir essa história.

— Se pensei nisso? Sim. Mas se já fiz alguma coisa sobre isso? Nunca. — Se quisesse, poderia encontrar meu pai amanhã. Christian me falou mais de uma vez que seriam só uns cliques de mouse para conseguir essa informação para mim, mas eu não estava interessado. — Não tenho o menor interesse em encontrá-lo. Se isso acontecesse, eu provavelmente acabaria preso por assassinato.

Meu pai era um merda, e nem existia para mim. Qualquer homem capaz de abandonar uma mulher como ele fizera não merecia nenhum reconhecimento.

Mesmo que tudo que eu quisesse fosse uma família, preferia comer pregos a desperdiçar energia procurando esse homem.

— É incrível como nossos pais moldam a nossa vida — comentou Bridget. — Com suas escolhas, suas lembranças, seus legados.

Uma sombra de tristeza passou pelos olhos dela, e eu soube que pensava nos próprios pais. A mãe tinha morrido no parto, o pai, poucos anos depois, e ela, ainda criança, tivera que passar pelo processo de luto com milhões de olhos a observando.

Eu me lembrava de ter visto uma foto dela ainda menina andando atrás do caixão do pai com o rosto contorcido em um evidente esforço para segurar as lágrimas e ter pensado que, apesar da situação horrível em casa, pelo menos eu teria a possibilidade de chorar no funeral dos meus pais.

— Acho que parte do motivo para eu ter tanto medo de ser rainha é o receio de não estar à altura do legado da minha mãe. De desapontá-la, de algum jeito. — Bridget olhava para o teto com uma expressão pensativa. — Nunca a conheci, mas li e vi cada entrevista que encontrei. Os vídeos domésticos, as histórias contadas pelo estafe e por minha família... ela foi a princesa, a filha e a mãe perfeita. Teria sido uma grande rainha. Melhor que eu. Mas eu a matei. — A voz de Bridget falhou e, de algum jeito, eu soube que essa era a primeira vez que ela estava verbalizando esse pensamento.

Uma dor profunda atravessou meu coração, e só aumentou quando vi as lágrimas que enchiam seus olhos.

Endireitei o corpo e aninhei o rosto dela entre as mãos.

— Bridget, você não matou sua mãe — falei com firmeza. — Entendeu? Você era um bebê. Não tem culpa de isso ter acontecido no seu parto.

— Eles não planejaram a gravidez. — Uma lágrima rolou por seu rosto. — Foi acidental. Se não fosse por mim, ela ainda estaria viva e seria rainha, e as coisas seriam melhores para todo mundo.

Porra. Alguma coisa estalou no meu peito, um estalo tão alto que teria me assustado, se eu já não estivesse tão rasgado por Bridget. Havia poucas coisas no mundo que eu não conseguia suportar, e Bridget chorando era uma delas.

— Para mim não seria — respondi. — Nem para suas amigas, sua família ou qualquer pessoa cuja vida você tocou. Sua mãe escolheu te ter e ninguém culpa você pelo que aconteceu com ela. Foi uma situação médica que poderia ter acontecido com qualquer pessoa. Não teve nada a ver com você.

— Eu sei. — A voz dela tremeu.

Abracei-a com mais força, desesperado para fazê-la entender. Não sabia por que era tão importante. Só sabia que era.

— Lembra-se do que me falou durante a excursão? Sempre acabamos indo parar onde temos que estar, e seu lugar sempre foi aqui.

Comigo.

Bridget riu alto, e a risada se misturou a um soluço.

— Sr. Larsen, acho que nunca me disse tantas palavras de uma vez só.

— Não é verdade. Se for, quero uma medalha real.

Ela riu de novo e enxugou os olhos.

— Sinto muito. Normalmente, não desmorono desse jeito. Não sei o que deu em mim.

— Não precisa se desculpar. — Enxuguei a última lágrima com o polegar. — Só me diz que entendeu.

— Sim — ela sussurrou. — Acho que entendi.

Beijei o topo de sua cabeça, ainda com o coração doendo. Se ao menos ela pudesse se ver como eu a via.

Linda, inteligente, forte. Perfeita de todas as maneiras que importavam.

Quando saímos de nossa suíte, o sol tinha descido para além do horizonte, e Bridget havia recuperado a atitude fria, embora restasse um indício de vulnerabilidade em seus olhos.

Andamos em silêncio em direção ao elevador, novamente a princesa e o guarda-costas. Mas quando ela virou no fim do corredor, parou tão de repente que quase a atropelei.

Meus sentidos entraram em alerta máximo enquanto eu verificava a área em busca de ameaças visíveis.

Nenhuma arma. Nada de paparazzi.

Mas o que vi era ainda pior.

— Bridget. — Steffan arregalou os olhos com uma mistura de surpresa e alarme. — O que está fazendo aqui?

CAPÍTULO 31

Bridget

— STEFFAN. — MEU CORAÇÃO DISPAROU DE PÂNICO, EMBORA EU NÃO estivesse fazendo nada de errado. Não naquele instante, pelo menos. — Não sabia que já tinha voltado à cidade.

— Eu... hã... sim — Ele gaguejou, estranhamente agitado. — Foi uma decisão de última hora. Eu só planejava voltar na próxima semana, mas tive uma emergência na cidade e precisei vir imediatamente. Ia telefonar para você amanhã, depois de resolver tudo. — Ele inclinou levemente o olhar para a esquerda e percebi que não estava sozinho.

Havia uma mulher delicada e bonita, de cabelos escuros e cacheados, ao lado dele. Ela estava muito vermelha, e mantinha os braços cruzados e bem apertados em torno da cintura.

— Alteza. — Ela se inclinou em uma rápida reverência e seus lábios congelaram em um sorriso tenso.

— Esta é Malin. — O desconforto de Steffan cresceu visivelmente. — Ela me deu uma carona para voltar à cidade.

— Não sabia que futuros duques precisavam pegar carona. — Havia uma nota de desconfiança no tom tranquilo de Rhys.

O Rhys brincalhão e gentil daquela tarde havia desaparecido, dando lugar ao guarda-costas estoico e composto que eu conhecia tão bem.

— Ela estava voltando para a cidade, então fez sentido.

Os olhos de Steffan alternavam de mim para Rhys.

Alguma coisa não encaixava. Se ele tivera uma emergência na cidade, por que estava em um hotel na periferia de Athenberg àquela hora da noite?

Por outro lado, eu era a última pessoa que questionaria a presença dele ali.

Ficamos os quatro parados no corredor, nos olhando com desconfiança. O elevador tilintou ao longe, e o ar-condicionado vibrava de ansiedade. A tensão era tão densa que eu poderia cortá-la com a unha.

— O hotel não fica na cidade — apontou Rhys. Não tinha se movido nem um milímetro desde que tínhamos encontrado Steffan e Malin.

Malin abaixou a cabeça e encarou o chão enquanto Steffan passava a mão no cabelo.

— Tive um jantar de negócios no restaurante. E Malin fez a... hã... gentileza gentileza de esperar enquanto eu resolvia esse assunto. O que estão fazendo aqui?

Ele dirigiu a pergunta a mim, e percebi que não tinha respondido da primeira vez.

— Passei o dia no spa. Estávamos indo embora.

Evitei olhar para Rhys, temendo que o movimento me traísse, de alguma forma, dizendo o que realmente tínhamos feito durante a tarde inteira.

O que significa uma virada de cabeça em eldorrano? Ah, só que transei com meu guarda-costas em um monte de posições diferentes durante seis horas.

— É claro. Não quero atrapalhar.

Steffan deu um passo para o lado para me deixar passar, mas antes que eu me afastasse, Malin falou:

— Steffan, você não tinha uma pergunta para fazer à Sua Alteza? — Ela encarou Steffan, que a olhou de volta com a boca comprimida. Alguma comunicação silenciosa aconteceu entre os dois antes de ele olhar para mim.

— Não era assim que eu tinha planejado perguntar — disse, como se pedisse desculpas. — Mas já que estamos aqui, eu tinha *mesmo* algo para lhe perguntar. Por favor, perdoe-me se for presunçoso, mas, hã, gostaria de ser minha acompanhante para o casamento do Príncipe Nikolai?

Rhys finalmente se moveu, chegou um pouco mais perto de mim e aproximou a mão da arma em sua cintura.

— Eu... — Eu esperava ouvir muitas coisas, mas essa não era uma delas. Tínhamos trocado algumas mensagens educadas depois do encontro no Jardim Botânico Real, mas não tínhamos conversado durante semanas e, para ser franca, ele nem tinha passado por minha cabeça até agora.

Também suspeitava de que ele e Malin mantinham uma relação mais complicada do que ele queria revelar, talvez até um envolvimento romântico. Era evidente que ele não pretendia me convidar para sair, e ela olhava para o chão, novamente com uma expressão contrariada.

Mas se estavam juntos, por que ela o tinha empurrado para um encontro comigo?

— Eu ia perguntar amanhã, quando telefonasse — Steffan acrescentou. Depois sorriu e vislumbrei meu velho amigo, relaxado. — Tínhamos falado em sair de novo quando eu voltasse, e como o casamento está chegando, achei que poderia gostar de ir comigo. A menos que já tenha companhia.

O casamento de Nikolai e Sabrina aconteceria em um mês, e eles voltariam no próximo final de semana para os últimos preparativos. Eu era uma das damas de honra, junto com a irmã de Sabrina e sua melhor amiga dos Estados Unidos.

— Não tenho.

Eu já deveria ter pensado em um acompanhante, mas nem tinha tido tempo de me preocupar com isso. Estava ocupada demais com o programa de cartas do cidadão, o treinamento e Rhys.

Hesitei e refleti antes de finalmente responder:

— Vai ser um prazer ser sua acompanhante. Obrigada pelo convite.

Rhys ficou mais tenso ao meu lado.

— Excelente — Steffan pigarreou. — Acertamos os detalhes depois, está bem? Mal posso esperar.

— Eu também.

— Vocês dariam um lindo casal.

Havia alguma coisa na voz de Malin. Um aviso, talvez? Ou uma animosidade misturada com tristeza. Eu não conseguia identificar, mas o que quer que fosse, tinha atingido Steffan em cheio.

— Obrigada. — Tive que recorrer a tudo que aprendi no treinamento para não acrescentar um ponto de interrogação no final. Como eu poderia reagir a esse tipo de comentário?

Outro silêncio constrangedor se instalou antes de eu pedir licença e deixar Steffan e Malin no corredor encarando um ao outro.

Rhys esperou até entrarmos no elevador para dizer:

— Eles estão transando.

Essa ideia tinha passado por minha cabeça, mas não fazia sentido.

— E como é que você sabe?

— Confie em mim. Sei quando as pessoas estão transando, e eles estão transando.

Saímos do elevador no saguão.

— Se estão, então por que ela o pressionou a me convidar para o casamento?

— Não sei. Talvez eles gostem de uma coisa mais grupal.

Rhys não olhava para mim.

Estava furioso. Não dizia, mas eu podia *sentir*, e não precisei especular o que o enfurecia.

— Eu precisei aceitar o convite — falei, quando entramos no carro. — Todo mundo espera que eu leve alguém ao casamento de Nik.

Edvard e Elin não tinham se esquecido de que eu precisava encontrar um marido e tocavam nesse assunto frequentemente, mas não havia muito que pudessem fazer com Steffan fora da cidade. Agora que ele estava de volta...

Mais complicações. Menos tempo com Rhys.

A frustração crescia em meu âmago.

— Entendo — respondeu Rhys com tom neutro, mas não havia nada de neutro no perigo que emanava dele como calor se desprendendo do asfalto queimado pelo sol.

Odiava não poder levar Rhys como meu acompanhante, odiava termos que nos esconder e nos esgueirar, mesmo que a única coisa que nos mantivesse afastados fosse um estúpido acidente de nascimento. Estávamos no século vinte e um, mas eu vivia como se estivesse no dezoito.

A frustração ficou mais afiada e me cortou por dentro.

Como passamos tão depressa de uma gloriosa tarde dos sonhos para *isso*?

— Ainda esperam que você se case em breve. — Rhys fez uma curva à direita, segurando o volante com tanta força que os nós de seus dedos estavam brancos.

— Sim — respondi baixinho.

As últimas semanas tinham sido nossa versão de uma lua de mel, na qual podíamos estar juntos sem preocupação com as nuvens de tempestade ao longe. Mas a tempestade se aproximava, e logo começaria a chover no nosso piquenique.

Eu era a princesa herdeira e ele era meu guarda-costas.

Por mais que o que tínhamos me desse a sensação de ser infinito, em algum momento teríamos que seguir caminhos distintos... a menos que eu fizesse algo drástico.

Algo que ninguém jamais tinha feito antes.

Por exemplo, rejeitar a Lei dos Casamentos Reais.

CAPÍTULO 32

Bridget

Problema: eu não podia rejeitar a lei sozinha. Precisava de apoio, e as opções eram limitadas. Não queria contar o que estava pensando para Rhys até ter um plano mais concreto, e certamente não podia contar para a minha família ou para um dos agentes do palácio. Minhas amigas em Washington estavam muito longe, e não sabiam nada sobre a política eldorrana, não poderiam me ajudar.

Só restava uma pessoa em quem eu podia confiar.

— Você quer fazer o *quê*? — Mikaela olhava para mim de queixo caído como se eu tivesse desenvolvido uma segunda cabeça. — Bridget, a Lei dos Casamentos Reais é quase tão antiga quanto o próprio país. É impossível derrubá-la, especialmente com esse Parlamento conservador e retrógrado.

— Não é impossível. É improvável — corrigi. — Tem uma diferença aí. E coisas improváveis podem se tornar prováveis com a estratégia correta.

— Sei. Qual é a estratégia?

— Ainda não sei.

Ela gemeu.

— Bridget, isso é absurdo. Por que vai ter todo esse trabalho para derrubar a lei? Pensei que as coisas estivessem indo bem com Steffan. Sei que ele passou um tempo fora, mas voltou, e continua gostoso como sempre foi. *Além disso*, você vai com ele ao casamento de Nikolai. — Ela tomou um gole do chá e repousou a xícara sobre a mesa. — Tem alguma coisa que eu não sei?

Mordi o lábio. Devia contar tudo sobre Rhys? Confiava em Mikaela, mas não confiava na reação dela à notícia, considerando o que ela tinha comentado em meu gabinete sobre sair com alguém do estafe.

— A lei é arcaica — respondi. — Não é só por mim. É por todos os reis e rainhas que virão depois de mim. Se não fosse por essa lei, Nikolai ainda seria o príncipe herdeiro e estaria feliz *e* noivo de Sabrina.

— Sim, mas leis não podem ser rejeitadas a menos que o Presidente leve a moção ao plenário *e* três quartos do Parlamento vote a favor da rejeição — relembrou Mikaela. — Quando foi a última vez que derrubaram uma lei?

Há quinze anos, quando tinham anulado uma lei que proibia limites de velocidade superiores a noventa quilômetros por hora em todo o país.

As chances não me favoreciam.

— Eu vou dar um jeito. — Erhall seria difícil, mas eu pensaria em um jeito de convencê-lo. — Vai me ajudar?

Apesar de resmungar muito, Mikaela concordou, relutante, e durante a semana seguinte dediquei toda minha energia à criação de um plano funcional. Analisei cada lei revogada na história de Eldorra – não eram muitas – e estudei os diferentes ministros no Parlamento, dividindo-os com base na probabilidade de aprovarem a moção. Ainda não tinha pensado em uma estratégia para Erhall, por isso o deixei por último.

No entanto, foi só na reunião seguinte com Elin que uma coisa me ocorreu. Algo tão simples que me senti uma idiota por não ter pensado naquilo antes.

— Sua Majestade está muito feliz por você ter decidido ir ao casamento do Príncipe Nikolai com Steffan — comentou Elin, em tom de aprovação. — A cobertura da imprensa tem sido favorável com a excursão filantrópica e o casamento, mas queremos manter essa vantagem. Além do mais, queremos garantir que tudo esteja no lugar para quando você assumir a Coroa, um dia. Nada sugere estabilidade como um bom casamento com um consorte seguro e bom, e Deus sabe que precisamos de estabilidade depois da abdicação.

— Não vejo como um casamento interfere na habilidade de governar — respondi, sufocando um bocejo. Tinha ficado acordada até tarde na noite anterior para pesquisar, e hoje estava pagando o preço dessa decisão.

— Afeta a opinião pública, Sua Alteza — disse Elin, adotando, dessa vez, um tom que sugeria que eu já devia saber disso. — Ninguém é imune à opinião pública. Nem a família real.

Parei onde estava.

— O que disse?

Ela levantou as sobrancelhas.

— Ninguém é imune à opinião pública, nem a família real.

Foi como se uma luz se acendesse em minha cabeça, e eu quase pulei da cadeira com a força da empolgação.

— Elin, você é um gênio — suspirei. — Um gênio de verdade. Você merece um aumento imediatamente.

— Excelente. Por favor, diga isso a Sua Majestade na próxima vez que falar com ele. — Ela consultou o relógio. — Isso é tudo por hoje, a menos que...

— Não. — Eu já estava a caminho da porta. — Foi uma reunião adorável. Vejo você na semana que vem.

Praticamente saí correndo.

— Alteza, por favor, não se esqueça, princesas não correm! — falou Elin atrás de mim.

Eu a ignorei. As ideias estavam tão alucinadas em minha cabeça que eu não conseguia acompanhá-las. Algumas eram mais ardilosas que outras, mas pelo menos uma tinha que funcionar. Eu *precisava* que funcionasse.

As eleições parlamentares aconteceriam no outono, e eu ainda tinha uma boa aprovação, depois da excursão filantrópica. Se conseguisse o apoio da população para uma revogação...

Colidi com uma parede de tijolos.

— Opa. Aonde vai com tanta pressa? — A voz bem-humorada de Rhys interrompeu a conversa em minha cabeça, e as mãos dele seguraram meus braços e me impediram de cair.

Sorri, e meu coração bateu mais depressa quando o vi.

— O que está fazendo aqui?

Não tínhamos nenhum encontro marcado, mas agendas nem sempre funcionavam bem, na verdade.

— Pensei em dar uma volta. Ver se estava acontecendo alguma coisa interessante ou se alguma princesa precisava de proteção. — E abriu um sorriso pequeno e provocante.

— Hum. — Fingi que estava pensando. — Não sei se preciso exatamente de proteção, mas consigo imaginar algumas coisas pelas quais você pode se interessar.

Não havia mais ninguém no corredor, mas mesmo assim, falávamos baixo. De um jeito íntimo.

O ardor transformou os olhos de Rhys em prata líquida.

— Ah, é? Tipo o quê?

— Tipo visitar a sala do trono. — Andei lentamente de costas até alcançar a porta que se abria para o espaço cerimonial, e olhamos em volta antes de entrar.

Eu planejava pensar em maneiras de conquistar o apoio do povo para uma revogação, mas isso podia esperar. Não tinha visto Rhys o dia todo.

— Então, isso é uma sala do trono. — Ele examinou o espaço luxuoso. Com os enormes lustres de cristal, o grosso tapete vermelho, as cortinas nas paredes e o acabamento dourado, essa era a sala mais exagerada do palácio, mas só a utilizávamos para uma cerimônia ocasional de nomeação de cavaleiro ou uma função oficial. Ninguém vinha aqui a menos que precisasse. — É exatamente como imaginei que seria uma sala do trono.

— Não finja que não estudou cada centímetro de cada cômodo do palácio.

Rhys sorriu para mim e senti meu estômago se contrair.

— Você acha que me conhece muito bem.

— Acho.

— Hum. — Ele se aproximou de mim até estarmos a poucos centímetros de distância. — Então sabe o que vou fazer agora?

Prendi a respiração.

— O quê?

Ele se inclinou e sussurrou:

— Vou sentar você naquele trono ali e chupar sua buceta linda até você implorar para eu parar.

Dei risada quando ele me pegou e jogou sobre um ombro com a facilidade de quem carrega uma boneca de pano.

— Não pode fazer isso! Ninguém senta no trono, só o monarca.

Rhys me pôs na cadeira de ouro e veludo.

— Um dia ele vai ser seu. É melhor ir se acostumando com isso — disse. — Como é a sensação?

— Eu... — Olhei em volta. A sala parecia diferente por esse ângulo. Maior, mais intimidadora. — É estranho. E assustador. Mas... não tão assustador quanto eu pensava.

Na minha cabeça, o trono era tão grande que eu nunca teria tamanho para ocupá-lo, mas agora que realmente estava sentada nele? Eu conseguia lidar com aquilo.

— Porque está pronta para ele — falou Rhys, como se não tivesse nenhuma dúvida. — Você é rainha pra caralho, e não deixe ninguém te dizer o contrário. Nem você mesma.

Abri um sorriso enquanto meu coração se derretia em uma poça.

— Se algum dia decidir parar de ser guarda-costas, pode ser um grande sucesso como palestrante motivacional.

Ele riu.

— Não é discurso motivacional, é só a verdade. O trono combina com você. Agora... — Ele se ajoelhou e afastou minhas pernas. — Como posso ser útil, Alteza?

O calor envolveu me corpo quando ele puxou minha calcinha para baixo.

— Rhys — murmurei, e meu coração disparou com uma mistura de desejo e aflição. — Alguém pode aparecer.

As chances eram mínimas, mas não nulas.

O sorriso devorador que me lançou fez meus dedos dos pés se curvarem.

— Então é bom que valha a pena. Não é, Princesa?

Não tive tempo de responder antes de ele colocar minhas pernas sobre seus ombros, enfiar a cabeça entre minhas coxas e transformar meus protestos em cinzas.

Rhys me devorava com a fome de um homem perdido no deserto, chupando meu clitóris e me penetrando com a língua até minha visão ficar turva. Eu me retorcia e choramingava, escorregando do trono até os ombros sob minhas pernas e as mãos no meu quadril serem as únicas coisas que me impediam de desabar.

Demais. Não é o bastante. Em todos os lugares. Mais.

Eu não conseguia raciocinar.

Meus gemidos ecoavam na sala, reverberando nas tapeçarias e nos quadros de reis e rainhas do passado, todos me olhando com desaprovação enquanto meu guarda-costas me fodia com a língua até que eu me esquecesse de tudo isso em cima do trono.

Ele chupou meu clitóris com força, e a sobrecarga de sensações arrancou um gritinho de mim. Tentei me afastar, mas as mãos de Rhys apertavam minhas coxas como correias de ferro, me forçando a ficar onde estava até meu corpo se contrair e explodir.

Antes que eu tivesse tempo para me recuperar, ele estava em pé, dentro de mim, seu corpo grande me escondendo de olhares curiosos, caso alguém entrasse, e seu pau me penetrando com uma força que chegava a empurrar a cadeira para trás a cada estocada.

Muito errado. Isso era muito errado, mas eu não conseguia me importar, não com Rhys segurando meus tornozelos e colocando minhas pernas sobre os ombros de novo, quase me dobrando ao meio.

— É assim que uma rainha deve ser tratada — ele disse, e os olhos escuros e famintos desceram do meu rosto até a região onde seu pau entrava e saía de mim. — Não concorda?

— Hum... hum... — Gemi alguma coisa incompreensível, incapaz de falar. De *pensar*.

Eu era pura sensação, fogo por dentro e por fora, e o último pensamento coerente que tive antes de mais um vulcão entrar em erupção e me derreter foi: *às vezes, é bom ser rainha.*

CAPÍTULO 33

Rhys

Nossa aventura na sala do trono foi o último momento a sós que Bridget e eu tivemos antes da chegada de seu irmão e da futura cunhada e o início de um turbilhão de obrigações relacionadas à cerimônia de casamento. Eu achava casamentos normais tediosos, mas casamentos reais eram muito piores.

O lado positivo disso era que Bridget também não tinha tempo para ver Steffan. O cretino estava de volta à cidade, e pensar neles saindo juntos de novo fazia meu sangue ferver.

Tinha saído da linha. Caralho, tinha descarrilhado completamente. Nunca tivera mais que dois encontros com a mesma mulher. Nenhuma despertara meu interesse o bastante. E agora estava pensando em matar por uma.

Bridget tinha fodido com a minha cabeça.

— Segura a onda — resmunguei, batendo com o pote de molho de tomate na bancada. — É só um dia.

Mas não era só um dia, porque, em algum momento, ela teria que se casar com alguém da nobreza. Alguém de sangue azul. Alguém que não seria eu.

Raiva e dor me rasgaram, e me forcei a prestar atenção ao que estava fazendo antes que eu pirasse de vez. Não seria bom para mim, nem para nada dentro daquela cozinha.

Tinha acabado de acender o fogão quando alguém bateu na porta. Bridget estava em um evento pré-nupcial com as outras damas de honra, então, não podia ser ela. Quem mais viria me procurar a essa hora da noite?

Desliguei o fogo e olhei pela câmera de segurança.

Só pode ser brincadeira.

Saí da cozinha, atravessei a sala de estar e abri a porta da frente.

— Que caralho está fazendo aqui?

Andreas arqueou as sobrancelhas.

— Estou ficando ofendido com a grosseria com que você e Bridget insistem me tratar. Talvez ela não tenha que enfrentar consequências, mas eu sou um príncipe e você não é. — Havia uma nota estranha no comentário, mas desapareceu tão depressa que pensei que podia ser minha imaginação.

— Se você aparece na minha casa sem avisar, é tratado como eu acho que merece. — Meu sorriso continha mais ameaça que humor. — E acho bom você se dar por satisfeito por não ser cumprimentado pelo cano da minha arma.

Andreas riu, desapontado.

— E pensar que vim até aqui só para ajudar.

— Duvido.

— Diferente do que Bridget pode ter dito, não sou um cara ruim. Quero o melhor para minha família e para o meu país. — Ele ajeitou os punhos da camisa. — Por exemplo, admiro como Nikolai abdicou por amor. No fim das contas, é ele quem tem que viver a própria vida, e Nikolai escolheu ser feliz. Bom para ele.

A impaciência deu um novo giro dentro de mim.

— Vai dar logo o recado ou só gosta de ouvir o som da própria voz?

— Gosto de ouvir o som da minha voz — respondeu Andreas. — Normalmente, porque falo a verdade. Mas o casamento de Nikolai me fez ficar pensando... o que Bridget escolheria, se pudesse escolher? O coração ou o país?

Apertei a maçaneta. Estava *muito* perto de bater a porta na cara dele, fosse ele príncipe ou não.

— Ela não vai abdicar. Não sei o que está planejando, mas não vai dar certo.

— Talvez tenha razão, o que me faz sentir pena de minha prima. Presa em um casamento por conveniência política pelo resto da vida. — Havia compaixão no rosto de Andreas, mas não me convencia. — Ela é romântica, mesmo que tente esconder. O grande amor, essas coisas. Pena que isso nem sempre seja possível para uma herdeira do trono.

Fez uma pausa.

— Por outro lado, Steffan Holstein poderia até ser uma exceção. Eles fazem um casal bonito, não acha?

Um músculo pulsou em minha mandíbula.

— Como eu disse, cuido da minha família e do país — continuou Andreas, com um novo brilho nos olhos. — Quero que todos sejam felizes, e embora

Steffan pareça ser perfeito para o papel de consorte, Bridget seria muito mais feliz se abdicasse.

— Para você ser rei — concluí sem rodeios.

Ele deu de ombros.

— Ela nunca quis ser rainha mesmo. Por que não passar o trono para mim?

— Sabe, estou achando que isso tudo é um problema pessoal seu — falei, com frieza. — Não entendo por que está me dizendo tudo isso.

O sorriso de Andreas me fez levantar a guarda imediatamente.

— Um prestador de serviço americano que se mudou para outro país para poder ser guarda-costas permanente da princesa? Acho que entende.

Ele se virou, mas antes de ir embora, disse:

— Obrigado por me ouvir, sr. Larsen. Foi uma conversa muito esclarecedora.

Bridget estava certa. Ele era *mesmo* um merdinha do inferno, e era perigoso. Se não sabia sobre Bridget e mim, pelo menos suspeitava dos meus sentimentos por ela.

Bati a porta.

Tinha sido Andreas quem estivera bisbilhotando a casa de hóspedes? Eu não conseguia pensar em um bom motivo para isso, a menos que ele esperasse encontrar alguma coisa que pudesse incriminar Bridget e, neste caso, estava na merda.

Qual era a pena por dar um soco na cara de um príncipe? Qualquer que fosse, poderia valer a pena.

Meu telefone tocou, e atendi sem olhar quem era.

— Que é? — grunhi. Devia ser Christian de novo, pronto para piorar meu humor.

— Liguei numa hora ruim? — A voz divertida de Bridget respondeu.

Meus músculos relaxaram e soltei o ar.

— Pensei que fosse outra pessoa, Princesa. — Encostei na parede. — Não devia estar naquela coisa das damas de honra?

— Estou. Fugi para o banheiro. Não tenho muito tempo, mas o casamento é amanhã e... — ela baixou a voz. — Estou com saudade.

Nós nos víamos todos os dias, mas eu sabia o que ela queria dizer. Eu sentia falta dos momentos que eram só nossos.

— Também estou, Princesa. — Dessa vez meu sorriso foi sincero. — Alguma chance de sair daí pela janela do banheiro e terminar a noite dando uma rapinha? Maneira de falar.

Ela tentou sufocar o riso, mas não teve muito sucesso.

— Você acabou de roncar de rir? — Eu não segurei minha risada.

— *Não*.

— Isso não é coisa de princesa.

— Eu *não* ronquei. — Podia praticamente ver o rosto dela ficando vermelho do outro lado. Bridget era adorável. — Enfim, não posso sair pela janela. Estamos no terceiro andar.

— Não é tão alto.

Bridget bufou.

— Fácil falar. Não é você que vai correr o risco de morrer.

— Pode acreditar, Princesa. Prefiro acabar com a minha vida a pedir que faça qualquer coisa que possa te machucar.

Eu não pretendia ter dito isso. As palavras simplesmente saíram, como se estivessem ali o tempo todo à espera do momento certo para se revelarem.

Mas o mais engraçado era que eu não me sentia perturbado ou constrangido, embora tivesse quase feito uma confissão. Sentia que tinha sido a coisa certa a se dizer.

Tudo com Bridget me dava essa sensação.

— Sei — ela disse, e sua voz era tão suave e afetuosa que era como se ela estivesse ali ao meu lado, me acariciando. — Confio em você.

Um silêncio carregado preencheu o outro lado da linha, repleto de palavras não ditas esperando seu momento, e meu coração batia forte como se quisesse me advertir a não fazer nenhuma besteira.

— Progredimos muito, não é? — falei devagar, encerrando a tensão entre nós antes que fizesse ou dissesse alguma coisa de que poderia me arrepender. Algo que nenhum de nós estava pronto para admitir. — De brigar como cão e gato a transar como...

— *Rhys*.

— Que foi? Você aceita que eu te chupe na sala do trono, mas não posso falar em *transar*?

— Você é impossível. — O humor amenizava seu tom de alerta. — Eu...

Ouvi uma batida ao fundo, seguida por vozes abafadas. Bridget devia ter coberto o telefone com a mão.

— Desculpe, era Sabrina — ela disse, com voz mais clara. — Preciso desligar, mas te vejo amanhã.

Seu tom suavizou ainda mais:

— Boa noite, sr. Larsen.

— Boa noite, Princesa.

Esperei ela desligar e só então encerrei a chamada do meu lado.

Fiquei ali por muito tempo, com a cabeça cheia de imagens de uma certa loira e olhando para minha casa de hóspedes real em Eldorra e tentando entender como tinha vindo parar onde estava.

CAPÍTULO 34

Bridget

— Está tudo bem? — Sabrina perguntou quando saí do banheiro. Ela batera na porta para ver se eu estava bem, e percebi que tinha me ausentado por quase meia hora.

— Sim. Só precisei resolver detalhes de última hora para um evento na semana que vem — respondi, envergonhada com a facilidade com que mentia. — Desculpe.

— Não precisa se desculpar. — Sabrina acenou para a irmã e a melhor amiga, que apagaram no sofá enquanto *O diabo veste Prada* era exibido na TV. — Pelo menos está acordada.

Ri baixinho.

— Devíamos *mesmo* ir dormir também. Amanhã você vai ter um dia cheio.

— Tem razão. Não acredito que está chegando. — Sabrina girou o anel de noivado no dedo, emocionada e um pouco perdida. — Eu queria um casamento simples, mas...

— Acabou com um circo completo? — Eu me sentei no sofá ao lado dela. — Bem-vinda à vida real. Mesmo que Nik tenha abdicado, ainda tem sangue real, e tudo que ele faz é um reflexo da Coroa.

— Eu sei. Só espero não passar vergonha. — Sabrina olhou para mim com um sorriso nervoso antes de ficar séria outra vez. — Bridget, sei que não nos conhecemos muito bem, mas queria agradecer por ter aceitado fazer parte do meu cortejo nupcial. Sério. Isso é muito importante para mim.

— É claro que aceitei. Você vai ser minha cunhada.

Quando Nikolai tinha me falado pela primeira vez sobre a abdicação, tinha ficado ressentida com Sabrina. Não era algo de que me orgulhava, mas era a verdade. Se Nik não a tivesse conhecido, ainda seria o príncipe herdeiro, e eu estaria vivendo minha vida em Nova York.

Mas olhando para ela agora, percebi que não voltaria para minha vida nos Estados Unidos nem se pudesse. Tudo tinha sido uma ilusão de liberdade, mais nada. Eu vivia presa na monotonia de sorrisos falsos e eventos entorpecedores, dia após dia. Ser princesa herdeira implicava mais regras e uma gaiola menor, mas também mais propósito, e era justamente isso que faltava em minha vida.

De algum jeito, em algum lugar no meio do caminho, eu tinha me encontrado em meu novo papel. Levaria um tempo até me sentir inteiramente confortável nele, mas estava chegando lá.

— Sim. E amiga também, espero. — Sabrina afagou minha mão. — Amo Nikolai, e estaria mentindo se dissesse que não fiquei feliz por ele ter abdicado. Mas também sei que isso colocou um fardo enorme sobre seus ombros, e lamento muito por isso.

— Não precisa se desculpar. Você não fez nada de errado, só se apaixonou.

Eu sabia disso. Sempre soubera. Mas foi só nesse momento, quando pronunciei as palavras, que percebi que qualquer ressentimento que ainda pudesse ter por Nikolai e Sabrina tinha desaparecido.

Não era culpa deles. Não havia escolhas erradas. Se Nikolai tivesse escolhido o trono, em vez de Sabrina, teria sido horrível para ele, mas compreensível. Se tivesse escolhido Sabrina, como escolheu, também seria compreensível. Amor ou país. Uma escolha impossível quando o futuro de uma nação repousa sobre seus ombros.

A única culpa possível era de um sistema que o obrigava a escolher.

— Meu irmão te adora — falei. Nikolai e eu não éramos muito próximos, mas eu o conhecia bem para perceber a diferença. Ele se tornava uma pessoa diferente quando estava perto de Sabrina, alguém mais feliz, e eu nunca o condenaria por isso.

O rosto de Sabrina se iluminou e parte do estresse desapareceu.

— Às vezes, ainda parece um sonho — ela admitiu. — Conhecer alguém que me vê como sou, com todos os defeitos, e me ama mesmo assim. — Ela afagou minha mão de novo e vi em seus olhos uma sabedoria que ia muito além dos vinte e cinco anos que tinha. — Espero que, um dia, você encontre esse tipo de amor também. Seja com Steffan ou outra pessoa.

Pode acreditar, Princesa. Prefiro acabar com a minha vida a pedir que faça qualquer coisa que possa te machucar.

Forcei um sorriso.

— Um dia.

Mas mais tarde, enquanto olhava para o teto e pensava em Rhys, Steffan e meus esforços incertos para revogar a Lei dos Casamentos Reais, não consegui deixar de especular se não haveria espaço para apenas um final feliz neste reino... e se já não era tarde demais para que fosse o meu.

CAPÍTULO 35

Rhys

Como era de se esperar, o casamento do Príncipe Nikolai e Sabrina foi uma loucura. Metade das ruas da cidade haviam sido fechadas, helicópteros sobrevoavam a área capturando imagens aéreas do cortejo e milhares de pessoas se aglomeravam nas vias públicas, ansiosas para verem o conto de fadas acontecendo na vida real. Havia representantes da imprensa do mundo todo cobrindo, de maneira incansável, cada detalhe, desde o comprimento da cauda do vestido da noiva até a lista de convidados repleta de estrelas. Os únicos repórteres autorizados a registrar a cerimônia de fato eram os do jornal nacional e os da rádio de Eldorra, que tinham recebido direitos exclusivos de cobertura em primeira mão, mas isso não impedia os outros de disputarem o melhor ângulo fora da igreja.

Bridget passou o dia correndo de um lado para o outro, fazendo o que fazem as damas de honra. Enquanto elas se arrumavam na suíte nupcial, fiquei de guarda no corredor com o guarda-costas de Sabrina, Joseph, que também era americano e terceirizado, já que Nikolai havia recusado o direito à guarda real quando abdicara.

Enquanto Joseph contava sobre as aventuras de sua cliente anterior – uma tremenda falta de profissionalismo, mas eu não era chefe do homem – eu monitorava a área. O potencial para um dia grandioso como o de hoje terminar mal era enorme.

Por sorte, tudo parecia tranquilo, e em pouco tempo a porta se abriu e Sabrina saiu da suíte, radiante no elegante vestido branco com véu e grinalda. As damas de honra saíram atrás dela, com Bridget no fim da fila.

Ela usava o mesmo vestido verde-claro de todas as damas, mas brilhava como nenhuma outra. Meus olhos registram o decote e como o vestido envolvia seu quadril antes de buscarem por seu rosto, que me fez quase parar de respirar.

Por metade do tempo, mal conseguia acreditar que ela era de verdade.

Bridget sorriu com discrição ao passar por mim, examinando meu terno e a gravata com evidente admiração.

— Ficou muito bem, sr. Larsen — ela murmurou.

— Você também. — Comecei a andar atrás dela e baixei a voz até quase não ser possível me ouvir. — Mal posso esperar para arrancar esse vestido de você mais tarde, Princesa.

Ela não respondeu, mas o pouco que conseguia ver de seu rosto me permitiu identificar o rubor suave na bochecha.

Sorri, mas o bom humor não durou muito, porque, ao entrar no local da cerimônia, a primeira pessoa que vi foi o merda do Steffan Holstein sentado em um dos primeiros bancos. Sapatos brilhando, cabelo impecável e olhos cravados em Bridget.

Eu tinha certeza de que ele estava transando com a mulher com quem o tínhamos visto no hotel, mas se ele não parasse de olhar para Bridget daquele jeito, eu arrancaria sua língua e o enforcaria com ela até a morte.

Obriguei-me a prestar atenção à cerimônia, não nos pensamentos violentos que inundavam minha mente. Não recebi essa instrução específica de Elin, mas presumia que assassinar um convidado de alta patente no meio de um casamento real atrairia alguma desaprovação.

Bridget ocupou seu lugar no altar e eu me posicionei ao lado da estrutura, nas sombras, e a admirei. Ela estava de frente para mim, e quando Nikolai e Sabrina recitaram seus votos, o olhar de Bridget se voltou ao meu e ela sorriu o tipo de sorriso sutil que só quem estava atento a cada uma de suas pequeninas expressões veria.

Meus ombros relaxaram e minha boca se distendeu em um esboço de sorriso.

Um momento só nosso, roubado embaixo do nariz de centenas de pessoas na maior igreja de Athenberg.

Depois da cerimônia, todos seguiram de carro para o salão de baile do palácio para a primeira grande recepção. A segunda e mais íntima celebração aconteceu na Casa Tolose, a nova residência de Nikolai e Sabrina, que ficava a uma caminhada de dez minutos do palácio. Apenas duzentos amigos e parentes mais próximos da família tinham recebido o convite, e não seria permitida a presença da imprensa.

Era ali que os convidados realmente se soltavam... e onde tive que ver Bridget e Steffan dançando juntos. Uma das mãos dele descansava sobre a curva da parte inferior das costas dela, e a princesa sorria de alguma coisa que ele tinha dito.

O ciúme me rasgou, intenso e implacável.

— Eles formam um bonito casal — disse Joseph, seguindo a direção do meu olhar. — A princesa e o duque. Um conto de fadas de merda. — E balançou a cabeça, rindo. — Pena que ela nunca olharia para um zé ninguém como você ou eu, não é? Eu comeria...

— Cuidado com o que vai dizer. — Minhas palavras eram uma ameaça letal. — Ou pode ser que seja o último comentário que vai fazer.

Steffan podia ser intocável, mas Joseph? Eu podia quebrá-lo inteiro e usar os ossos para palitar os dentes. Ele devia saber disso, porque ficou em silêncio e se afastou um pouco, alguns centímetros.

— Eu estava só brincando — resmungou. — Não acha que leva seu trabalho a sério demais?

— Tenha um pouco de respeito. Ela é a princesa herdeira.

E você não é digno da sujeira na sola dos sapatos dela.

Como Sabrina tinha acabado com um guarda-costas como Joseph? O homem tinha o traquejo social de um tijolo, e quem estava dizendo isso era eu, alguém que não conseguia e nem tentaria puxar o saco de alguém nem que colassem minhas mãos nas bolas da pessoa.

Joseph teve o bom senso de não falar mais nada. Ficou ali parado a alguns metros de mim, com uma expressão azeda, mas não me interessava saber se estava ofendido. Eu tinha outras coisas com que me preocupar.

A música mudou, mas Steffan e Bridget continuaram na pista de dança. Eu sabia que ela estava lá por obrigação social, mas isso não tornava menos pior ver os dois juntos, especialmente porque o comentário de Joseph estava certo. Eles formavam *mesmo* um belo casal. Bridget, angelical e altiva. Steffan, elegante e nobre em seu smoking requintado.

E eu aqui, tatuado e cheio de cicatrizes, atormentado pelas coisas que fiz e pelo sangue em minhas mãos.

Em todos os aspectos, Steffan era a melhor e mais fácil opção para Bridget. O avô dela, o palácio, a imprensa... todos salivavam por uma história de amor entre os dois.

Eu não dava a mínima.

Bridget era minha.

Não podia ser minha, mas eu me apoderaria dela mesmo assim. Suas risadas, seus medos, sua alegria, sua dor. Cada centímetro de seu corpo e cada batida do coração. Era tudo meu.

E estava cansado de vê-la nos braços de outro homem.

Deixei meu posto e me dirigi à pista de dança, ignorando o protesto abafado de Joseph. Estava quebrando todas as regras do protocolo, mas era tarde, e a maioria dos convidados já havia bebido o suficiente para não prestar atenção em mim. Eu era um empregado, alguém que nem merecia a atenção deles, e, neste caso, isso funcionava a meu favor.

— Sua Alteza. — Uma nota sombria temperava minha voz neutra. — Desculpe interromper, mas Jules telefonou. Houve uma emergência.

Eu segurava o celular de Bridget enquanto ela dançava, por isso a desculpa fazia sentido.

O alarme transformou sua expressão.

— Ah, não. Deve ser grave. Ela nunca telefona por causa de emergências. — E olhou para Steffan. — Vai se incomodar muito, se eu...

— É claro que não — ele respondeu. Não havia nem sinal daquele Steffan constrangido e desconfortável do hotel em sua expressão. — Eu entendo. Atenda a ligação. Vou ficar por aqui.

Pode apostar que vai. Talvez eu pudesse subornar um garçom para colocar alguma coisa na bebida dele. Não o suficiente para matar, mas o bastante para incapacitá-lo pelo resto da noite.

Entreguei o celular a Bridget para sustentar a farsa enquanto saíamos do salão da recepção, mas avisei:

— Jules não ligou.

— O quê? — Ela me olhou confusa. — Então por que disse...

— Ele estava chegando muito perto. — Rangia os dentes com tanta força, que a mandíbula doía.

Um instante passou antes de a expressão dela relaxar. Bridget olhou em volta antes de sussurrar:

— Você sabe que eu tinha que dançar com ele.

— Dançou com ele *duas vezes*.

— Rhys, tecnicamente, ele é meu acompanhante no casamento.

Foi a resposta errada, e Bridget sabia disso, considerando como ficou tensa.

Parei na frente do que eu sabia ser a biblioteca, pois tinha feito uma verificação avançada antes do casamento.

— Entra — falei, sem rodeios.

Ao engolir em seco, as linhas delicadas do pescoço de Bridget pareceram se mexer de forma desconfortável, mas ela obedeceu sem discutir.

Entrei atrás dela e fechei a porta com cuidado. O aposento ainda não estava completamente mobiliado, havia apenas um tapete, uma mesa e um espelho grande. As luzes estavam apagadas, mas o luar que penetrava através das cortinas era suficiente para eu ver a expressão desconfiada de Bridget.

— Já falei que tive que vir como acompanhante dele — ela repetiu. — Todo mundo esperava que eu viesse acompanhada, e teria sido estranho se eu só dançasse com ele uma vez.

— Para de repetir que ele é seu acompanhante. — E acabei soando tão suave e perigoso que ela se arrepiou.

Andei até a mesa ao lado da janela e me encostei nela, observando Bridget com os olhos meio fechados, sombrios.

Eu me sentia dominado por um sentimento de posse que se misturava à raiva – não dela, mas da situação e de um mundo no qual tínhamos que nos esconder como criminosos. Eu odiava ter que escondê-la, esconder *nós dois*. Queria que o mundo soubesse que ela era minha, só minha. Queria me tatuar em sua pele e penetrá-la tão fundo que ela nunca mais conseguiria me tirar de lá.

— Tira o vestido — falei.

— Rhys...

— Tira.

Ouvi a respiração arfante de Bridget do outro lado da sala, mas ela não discutiu mais. Em vez disso, levou as mãos às costas e fez o que eu tinha pedido, mantendo os olhos nos meus o tempo todo.

Além da nossa respiração alterada, o ruído metálico do zíper foi o único som que rompeu o silêncio.

Fiquei parado, os músculos contraídos de tensão.

Do lado de fora desta sala eu não podia tomá-la para mim como queria, mas aqui e agora, quando estávamos só nós dois?

Eu a faria minha até estarmos, os dois, completamente arruinados.

CAPÍTULO 36

Bridget

O VESTIDO CAIU EM TORNO DOS MEUS PÉS E FIQUEI SÓ DE CALCINHA e sutiã. Sentia arrepios, mas não sabia se eram pela expectativa ou pelo frio. Provavelmente uma mistura dos dois.

Rhys estava recortado contra o luar, por isso não conseguia ver seu rosto, mas podia *sentir* o calor de seu olhar em mim. Sombrio e possessivo como o toque de um amante, deixando uma trilha de arrepios deliciosos por onde passava.

Umedeci os lábios, louca de vontade de tocá-lo, mas sabendo que, para o meu bem, era melhor não me mover até que ele mandasse.

— Sutiã. Tira.

Dois segundos depois, a renda branca se juntava à seda verde no chão.

Abaixei para tirar a calcinha, mas um rosnado baixo me fez parar.

— Não mandei você fazer isso.

Rhys olhava para os meus seios, e os mamilos, já muito duros, enrijeceram ainda mais.

— Continua de calcinha, de luvas e de sapatos — ele disse, mantendo a suavidade ilusória na voz. — E engatinha até mim.

O choque arrancou uma exclamação sufocada do meu peito, mas outra parte do meu corpo se contraiu com as ordens dele.

Nunca tinha engatinhado para ninguém em minha vida, muito menos seminua. Mesmo que eu não fosse a futura rainha, seria degradante. Humilhante. Depravado.

E eu nunca tinha sentido tanto tesão na vida.

Fiquei de quatro, tremendo mais uma vez ao sentir o assoalho de madeira fria sob minha pele nua.

E comecei a engatinhar.

A sala não era tão grande, mas a expectativa a fez parecer interminável. No meio do caminho, me vi de corpo inteiro pelo espelho que tomava a parede de fora a fora e senti a pele queimar.

Ainda usava as elegantes luvas de cano longo que faziam parte do traje de dama de honra, mas associadas apenas à calcinha e aos sapatos de salto, elas pareciam obscenas.

Minha respiração ficou mais curta. Estava tão molhada que as coxas deslizavam uma contra a outra, e quando cheguei perto de Rhys, eu praticamente pingava.

Parei diante dos pés dele e olhei para cima. Agora podia vê-lo com mais clareza, mas sua expressão permanecia inalterada, exceto pelo fogo que ardia em seus olhos.

— Boa menina. — Ele agarrou meu cabelo com uma das mãos e usou a outra para abrir a calça. O pau dele se libertou, grosso e duro, a cabeça inchada brilhando de pré-gozo.

Por Deus, eu precisava sentir o sabor que tinha. Ninguém nunca tinha me deixado com tanto tesão quanto ele. Cada palavra, cada toque, cada olhar. Eu queria tudo.

Olhei para Rhys com ar suplicante.

Ele ainda não tinha terminado de assentir quando o enfiei na boca, saboreando seus gemidos e como ele puxava meu cabelo a cada lambida, cada chupada faminta.

— O que seus súditos diriam se vissem você agora, Princesa? — ele murmurou, penetrando minha boca com o pau até chegar em minha garganta. Sufoquei, e meus olhos ficaram cheios de lágrimas. — De quatro, engasgada com o pau do seu guarda-costas?

Gemi uma resposta ininteligível. Levei a mão até entre as pernas, mas nem cheguei a me tocar porque ele me levantou com um movimento brusco e capturou minha boca em um beijo rigoroso e punitivo.

Ainda estava bravo por Steffan. Senti em sua língua, senti na rispidez das mãos apertando minha bunda.

— Você é mais que um guarda-costas para mim. — Precisava ter certeza de que ele entendia isso, mesmo em meio ao torpor de luxúria.

— É, eu também posso te fazer gozar — Rhys respondeu em tom ácido. — Mas nenhum dos aristocratas de fígado fraco lá fora é capaz de te foder do que jeito que você gosta.

Não mordi a isca.

— É mais que isso.

Nunca estive tão perto de expressar o que guardava em meu coração.

Alguma coisa vulnerável cintilou nos olhos de Rhys, e seu toque ficou mais brando por um segundo antes de o rosto endurecer novamente. Ele me virou e me debruçou sobre a mesa, pressionando o corpo contra o meu até cada centímetro dele se fundir a cada centímetro meu.

Então aproximou a boca da minha orelha e segurou uma das minhas mãos.

— Quero que você saiba uma coisa, Princesa. — Sua voz era uma carícia rouca em minha pele. — Não tem muita coisa no mundo que eu queira pegar para mim. Já vi e fiz muita merda na vida para acreditar no conceito de "para sempre". Mas você...

Ele segurou meu queixo com a mão livre.

— Você pertence a mim. Não dou a mínima para o que a lei ou qualquer pessoa diga. *Você pertence a mim*. Entendeu?

— Sim. — Apertei a mão dele, sentindo coração e corpo doerem por razões completamente diferentes.

Rhys soltou o ar com um sopro trêmulo, brusco, e recuou. Eu ia protestar quando ele afastou minhas pernas e puxou minha calcinha para baixo.

A bola de expectativas em meu ventre se contraiu.

— Tem mais uma coisa que você precisa saber. — Ele enfiou dois dedos em minha entrada molhada, depois na minha boca, me forçando a sentir meu gosto. Um gemido escapou de meu peito quando senti o gosto desconhecido. — Não gosto quando outras pessoas tocam o que é meu. Especialmente quando essa pessoa é um *acompanhante* que não sou eu.

Eu sabia que teria problemas assim que ele disse isso.

— Mas talvez você precise de uma lição para nunca mais se esquecer disso. — Rhys esfregou o polegar no meu clitóris inchado antes de a palma da mão aberta dele encontrar o lugar onde antes estava o polegar. Meu corpo estremeceu, e um grito de surpresa e dor brotou de minha garganta, mas os dedos em minha boca o contiveram.

A mão dele bateu na minha vagina de novo com um tapa estalado. E de novo. De novo.

Eu tremia, tomada por sensações intensas e afiadas como lâminas. Todo o meu mundo se resumia àquele ponto pulsante entre minhas pernas e ao homem que me concedia dor e prazer em medidas iguais.

— A quem essa sua buceta pertence? — Rhys tirou os dedos da minha boca e apertou meus seios.

— A você — arfei, segurando a beirada da mesa com tanta força que meus dedos perderam a cor.

— Repete. — Forte. Exigente. Autoritário.

— A você! Minha buceta pertence a você. — Minha voz se tornou um soluço quando outro tapa atingiu meu clitóris.

— É isso mesmo. Pertence a mim, e não se esqueça disso nunca.

Outro tapa.

Soltei um gritinho agudo, tentando escapar e me aproximar ao mesmo tempo. Não conseguia decidir se amava ou odiava o que estava acontecendo, só sabia que estava pingando e ardendo, e cada atrito dos mamilos com a madeira da mesa provocava outra corrente elétrica que seguia diretamente para o clitóris.

— Vai dançar de novo com o seu *acompanhante*? — A voz de Rhys soava neutra, embora controlada com muito esforço.

Balancei a cabeça e as lágrimas escorreram pelo meu rosto.

— Muito bem.

Outro tapa.

— Você está muito molhada, Princesa.

Um tapa.

— Devia ver como seu clitóris está bonito e inchado nesse momento. Como se implorasse para apanhar mais forte.

Tapa.

Era demais. As palavras, o castigo brutal e obsceno, o fato de estarmos fazendo tudo isso no mesmo corredor e a alguns metros de onde estavam minha família e meus amigos.

Explodi. Um orgasmo forte. Longo. Violento. Ouvidos apitando, joelhos dobrando, luzes explodindo atrás das pálpebras. Eu teria caído se Rhys não me segurasse enquanto o orgasmo mais forte da minha vida me sacudia como uma tempestade elétrica, e tive que abaixar a cabeça e apoiar o rosto no braço para sufocar meus gritos.

Ainda cavalgava as ondas do meu alívio atordoante quando senti a língua de Rhys deslizar de leve por meu clitóris, lambendo e acariciando até o ardor passar.

Quando eu estava me recuperando, ele se levantou e enfiou o pau em mim lentamente. Tirou com a mesma lentidão até restar só a cabeça e parou. Respirei fundo, mas o suspiro se tornou um gritinho quando ele empurrou o quadril e me penetrou de uma vez só num ritmo cruel. A mão segurando meu cabelo me mantinha no lugar enquanto ele ia mais fundo a cada investida, e o contraste entre a gentileza da entrada e a fúria selvagem com que me comia agora confundiu meus sentidos até eu só conseguir me agarrar à mesa, como se minha vida dependesse disso.

Entrando e saindo. Cada vez mais forte e mais rápido até os arrepios na base da minha coluna voltarem e eu explodir de novo.

— Ai, Deus, *Rhys*.

— É isso, Princesa. — Ele beijou meu ombro e seus movimentos se tornaram mais incertos, entrecortados. Estava perto de gozar também. — Boa menina. Goza para mim.

E eu gozei, interminavelmente e sem vergonha, explodindo em um milhão de pedaços em torno dele.

E enquanto Rhys chegava ao orgasmo com um gemido alto, me perguntei se ele sabia que era dono de cada um daqueles pedaços – não só do meu corpo, mas do meu coração também.

CAPÍTULO 37

Bridget

Rhys e eu não voltamos à recepção. Quando ele terminou tudo que fez comigo, eu não estava em condições de me arrumar a ponto de ficar apresentável de novo, então saímos por uma porta lateral e voltamos para o palácio. Por algum milagre, ninguém nos viu.

Era de péssimo tom uma dama de honra sair cedo sem avisar, mas a festa já estava esvaziando quando tínhamos ido embora e, de qualquer maneira, a maioria das pessoas estava bêbada o bastante para não notar minha ausência.

Mas me senti muito mal por deixar Steffan plantado. Na manhã seguinte, telefonei para ele e pedi sinceras desculpas, alegando que a emergência envolvendo minha amiga se prolongou por mais tempo do que antecipei. Ele foi elegante, como o esperado. Durante a recepção, Steffan não estivera tão sobressaltado quanto o tinha visto no hotel, mas andava distraído, e eu desconfiava que minha partida repentina havia sido motivo de alívio.

— Aonde você foi? — perguntou Mikaela quando desliguei o telefone. Estávamos no meu quarto, reunindo ideias para convencer Erhall a levar a plenário a moção de revogação da Lei dos Casamentos Reais. — Sumiu na metade da festa.

— Uma das minhas amigas de faculdade telefonou e era uma emergência. — Evitei encará-la e continuei estudando o registro de votações de Erhall no Parlamento.

— Sério? — Ela parecia estar em dúvida. — Mesmo estando em países diferentes?

— Ela precisava de um conselho sobre uma questão pessoal.

Outra mentira. Elas se amontoavam, uma depois da outra, e não faltava muito para eu não conseguir mais sair do meio da pilha.

Virei a página com mais força do que era necessário.

— Entendi. — Havia ainda uma nota de dúvida, mas Mikaela não insistiu no assunto. — Só perguntei porque seu primo estava te procurando.

Paralisei.

— Andreas? Ele estava me procurando na recepção?

— Sim, disse que tinha uma coisa importante para te dizer.

Meu coração acelerou. *Calma.* Pensei que Andreas já tinha ido embora. Ouvi quando ele se despediu de Nikolai e Sabrina, muito antes de Rhys e eu sairmos. Será que tinha me enganado, ou ele tinha voltado por algum motivo? Será que ele tinha me visto quando fui embora com Rhys? Mesmo que tivesse visto, não tinha como saber o que estávamos fazendo... a menos que tivesse nos seguido. Mas se Andreas *soubesse* de tudo, já teria jogado na minha cara no mesmo minuto, e um dia inteiro havia se passado.

Minha cabeça girava enquanto eu analisava cada cenário possível.

— Você disse a ele onde eu estava?

— Não — respondeu Mikaela, devagar. — Eu não sabia onde você estava. Lembra?

— É verdade. Desculpe. — Apertei as têmporas com os dedos tentando organizar os pensamentos. — Meu cérebro agora está fritando. Podemos retomar isso mais tarde?

— É claro. Preciso ir, tenho uma reserva para o jantar. — Seu rosto expressava preocupação quando ela pegou a bolsa e pendurou a alça no ombro. — Tem certeza de que não está acontecendo nada? Faz semanas que está agindo de um jeito esquisito.

— Sim, só estou estressada. Preciso de férias. — Forcei uma risada. — A gente se fala depois. Bom jantar.

Depois que Mikaela saiu, deixei de lado as anotações sobre Erhall e respondi as cartas dos cidadãos. O volume de correspondência física e eletrônica tinha aumentado tanto que precisei contratar assistentes, mas gostava de responder pessoalmente sempre que podia. Além do mais, era uma boa distração para não ficar pensando em Andreas.

Estava vendo coisas demais no comentário inocente de Mikaela. Andreas podia ter me procurado por vários motivos, e a ideia dele sobre o que era importante era bem distorcida. Provavelmente, queria reclamar sobre ter sido posto na mesa errada na recepção ou qualquer coisa assim.

Eu estava na metade da pilha de cartas quando vi uma notificação de e-mail novo no notebook. Quase ignorei, mas alguma coisa me fez clicar nela e fiquei ainda mais desconfiada quando vi que o remetente era uma dessas combinações aleatórias de números e letras de um servidor do qual nunca tinha ouvido falar. A mensagem tinha uma linha só.

Não foi muito cuidadosa, Sua Alteza.

Olhei para o arquivo MP4 anexado ao e-mail. Sem nome, sem indicações do que continha.

Não abrir arquivos estranhos enviados por remetentes desconhecidos era a primeira lei de segurança em informática, mas esse era um endereço que só meu círculo mais próximo tinha. Havia outro e-mail para correspondência pública.

Por outro lado, não era difícil descobrir um e-mail, mesmo que fosse privado.

A curiosidade superou minhas reservas e abri o arquivo.

Desculpa, deuses da segurança na internet.

O vídeo abriu e começou a rodar automaticamente. Era tão escuro e granulado que demorei um minuto para entender o que estava acontecendo, mas quando entendi, todo o sangue deixou meu rosto.

Agarrei a beirada da escrivaninha e olhei horrorizada para o vídeo que mostrava eu e Rhys na biblioteca. Mesmo sem som, era revelador – eu debruçada sobre a mesa, ele segurando meu cabelo, me penetrando por trás.

Estava escuro o bastante para não sermos reconhecidos, se eu não tivesse virado a cabeça na metade do vídeo. O rosto de Rhys não aparecia em momento nenhum, mas cabelo, altura e porte físico faziam de sua identidade uma conclusão fácil, e não seria preciso um grande trabalho de edição para melhorar a qualidade e clarear o vídeo o suficiente para que quem o visse soubesse exatamente quem estava fazendo aquilo.

Acho que vou vomitar.

Senti a pele quente e pegajosa, e um zumbido estranho dominou meus ouvidos, enquanto perguntas se sucediam vertiginosamente em minha cabeça.

De onde veio esse vídeo? Quem o teria conseguido assim tão rápido? Quem sabia onde procurar?

A julgar pelo ângulo, a câmera estava dentro da sala, embora Nikolai e Sabrina se negassem terminantemente a instalar câmeras de segurança em suas áreas privadas. Alguém devia ter plantado o equipamento lá. Será que esperavam flagrar Nikolai e Sabrina fazendo alguma coisa e, em vez disso, Rhys e eu tínhamos sido flagrados? Mas por que alguém plantaria uma câmera em uma biblioteca que nem estava pronta? Por que não nos quartos ou no escritório?

E, acima de tudo, o que o remetente queria?

CAPÍTULO 38

Bridget

Passei o resto da semana muito nervosa. Tentei esconder, mas todo mundo percebeu: Rhys, Mikaela, minha família. Atribuí a culpa ao estresse, mas não sei se alguém acreditou nisso.

Não contei a ninguém sobre o vídeo. Ainda não. O remetente não fez mais contato, e todas as minhas respostas para aquele e-mail voltaram. Convenci a equipe de segurança de Nikolai e Sabrina a fazer uma varredura na casa por "medidas de precaução", caso houvesse escutas, mas eles não tinham encontrado nada, nem mesmo na biblioteca.

Isso devia ter me deixado melhor, mas só me fez ficar mais tensa. Quem quer que fosse o remetente, podia entrar e sair de um dos prédios mais bem-guardados da cidade sem ser detectado, e isso não era bom. Nada bom.

Meu principal suspeito era Andreas, mas ele não era do tipo que sabia esperar. Se tivesse um vídeo incriminador de mim e Rhys, já teria me ameaçado com ele. Provocado. Provavelmente me chantageado. Não mandaria o vídeo para depois ficar em silêncio durante quase uma semana.

Ele tinha me procurado na recepção – eu ainda não sabia o porquê, já que não o tinha mais visto depois do casamento e ele não tinha entrado em contato comigo, mas isso acontecera enquanto Rhys e eu estávamos na biblioteca.

Se *não tinha* sido Andreas, quem poderia ter sido? E quando eu teria notícias?

Porque eu teria. Estava certa disso.

— Tem alguma coisa te incomodando — falou Rhys enquanto voltávamos ao palácio depois de uma cerimônia de inauguração de um bazar de caridade. — Não vem com essa de estresse. Não é isso.

Forcei um sorriso fraco.

— Você acha que sabe tudo.

Eu *devia* contar ao Rhys. Ele saberia o que fazer. Mas uma parte de mim, pequena, estúpida e egoísta, temia o que isso poderia fazer conosco.

Se soubesse que alguém tinha descoberto sobre nós, ele se afastaria e terminaria tudo?

Se eu não dissesse, porém, o vídeo poderia ser publicado e viralizar e eu o perderia de qualquer jeito.

Minha cabeça doía com a indecisão.

— Sei tudo sobre você. — As palavras de Rhys eram profundas, confiantes.

Conta pra ele. Acaba logo com isso, é igual arrancar um curativo. Caso contrário, o segredo ficaria pairando sobre minha cabeça por Deus sabe quanto tempo, como uma guilhotina esperando para cair.

Antes que eu pudesse tocar no assunto, porém, o carro parou. Eu estava tão envolvida com meus pensamentos que não percebi que nos afastávamos do palácio, em vez de ir na direção dele.

Rhys tinha estacionado no acostamento perto de uma floresta na periferia de Athenberg. Tinha acampado ali uma vez com Nikolai quando estava no ensino médio – com supervisão, é claro – mas nunca mais voltara.

— Confia em mim — ele disse ao perceber minha confusão, que só aumentou quando ele me conduziu floresta adentro. Havia uma trilha entre as árvores, o que significava que outras pessoas tinham encontrado o atalho, embora houvesse uma entrada principal com uma loja de presentes e um estacionamento.

— Aonde vamos? — sussurrei, tentando não interromper o silêncio reverente que envolvia as árvores.

— Você vai ver.

Misterioso, como sempre.

Suspirei, igualmente irritada e intrigada.

Queria falar sobre o vídeo *agora*, mas não podia arruinar o clima antes de ver a surpresa, podia?

Desculpinhas, desculpinhas, sussurrou minha consciência.

Eu a ignorei.

Quando chegamos ao nosso destino, porém, não consegui disfarçar o espanto.

— Rhys...

Estávamos em uma clareira, onde havia apenas um bonito coreto. Eu nem sabia que existia um coreto na floresta.

Meu coração ficou apertado quando me lembrei da nossa primeira vez.

— Se formos surpreendidos, use sua autoridade. — Rhys estendeu a mão. Eu a segurei e ele me levou ao interior da estrutura de madeira. — Mas estamos bem longe da trilha principal, acho que não vamos ter problemas.

— Como encontrou esse lugar? Virou caçador de coretos?

Ele riu.

— Eu planejava fazer uma trilha por aqui qualquer dia e estudei os mapas. O coreto não é nenhum segredo. A maioria das pessoas é preguiçosa demais para vir até aqui, só isso.

— Por que... — Parei de falar quando ele mexeu no celular e uma música suave flutuou no ar.

— Não tivemos a chance de dançar no casamento — comentou Rhys.

— Você não gosta quando eu danço — brinquei, tentando esconder a emoção que crescia em meu peito.

O que tinha acontecido na biblioteca durante a recepção de Nikolai ficaria gravado em minha cabeça para sempre.

— Eu adoro quando você dança. Mas só comigo. — E pôs a mão livre nas minhas costas.

— Você não dança.

— Só com você.

O calor aumentou.

— Cuidado, sr. Larsen, ou vou pensar que gosta de mim.

Os lábios dele se converteram em um sorriso.

— Querida, já ultrapassamos essa fase de gostar.

As borboletas em meu estômago explodiram, e um calor doce e fulgurante correu por minhas veias.

Pela primeira vez em dias, sorri.

Nos braços de Rhys, apoiei a cabeça em seu peito e, balançando no ritmo da melodia, senti seu cheiro limpo, confortável.

Nossas danças seriam sempre nossas. Secretas, privadas... proibidas.

Em parte, eu amava os momentos que pertenciam só a nós dois, mas outra parte de mim queria que não tivéssemos que esconder nada. Não éramos um segredinho sórdido. Éramos a coisa mais bonita na minha vida, e queria compartilhar isso com o mundo como todas as coisas bonitas merecem ser compartilhadas.

— Para onde sua mente foi, Princesa? — Ele deslizou os dedos pelas minhas costas e eu sorri, apesar da dor no coração.

Ele me conhecia bem demais.

— Ela está bem aqui. — Levantei o rosto e o beijei. Nosso beijo foi lento e doce, permitindo que nos explorássemos como se tivéssemos todo o tempo do mundo.

Mas não tínhamos.

O beijo, a música, o coreto... era o momento perfeito. Mas como todos os momentos, não podia durar.

Em algum momento, o tempo terminaria, e nós também.

―⁂―

— Bridget, acorda!

Na manhã seguinte, batidas fortes na porta me acordaram.

Gemi, meu corpo resistindo ao movimento, mas o coração disparou, reagindo ao pânico na voz de Mikaela.

— Bridget! — Mais batidas.

— Só um minuto! — Com esforço, saí da cama e vesti um robe, antes de abrir a porta e ver os olhos arregalados e a expressão nervosa de Mikaela. Ela estava pálida, e as sardas em destaque eram como uma constelação escura sobre o nariz e as bochechas.

Mikaela morava a poucos minutos do palácio, mas não viria até aqui assim tão cedo a menos que houvesse uma emergência.

— Que foi?

Seria o vídeo?

Meu estômago revirou. Meu Deus, eu devia ter contado a Rhys no dia anterior, mas não quisera destruir nosso momento no coreto, e aí... depois...

Ah, quem eu queria enganar? Tinha tido muito tempo para contar a ele depois. Só tinha sido covarde, e agora tudo cairia na minha cabeça.

Respira. Fica calma. Você ainda nem sabe o que aconteceu.

— É... — hesitou Mikaela. — Bridget, liga a televisão no Daily Tea.

O Daily Tea era uma empresa de comunicação voltada para entretenimento e notícias sobre celebridades. Uma rede que incluía a revista mais lida do país e uma de suas emissoras de maior audiência. Alguns achavam que era conteúdo de baixo nível, mas tinha uma enorme audiência.

Mikaela me seguiu até a saleta da suíte, onde peguei o controle remoto com mãos trêmulas e liguei a TV.

— ... relata que a Princesa Bridget mantém um relacionamento com seu guarda-costas, um americano chamado Rhys Larsen. — A voz do âncora tremia com a empolgação. — Larsen a acompanha desde o último ano da princesa na renomada Universidade Thayer, nos Estados Unidos, e há suspeitas de que o relacionamento tenha começado há anos...

Anos? Isso era mentira. Rhys e eu mal nos *suportávamos* anos atrás.

Incrédula, vi fotos inocentes nossas aparecerem na tela enquanto o apresentador fazia comentários. Nós dois andando pela rua, com a mão de Rhys em minhas costas para me desviar de uma poça de água que não tinha visto, se me lembro bem. Rhys me ajudando a sair do carro em um baile de caridade enquanto nos encarávamos. Eu um pouco perto demais dele em um evento ao ar livre alguns meses atrás, mas só porque estava muito frio e eu precisava do calor físico.

Momentos inocentes que, emoldurados de uma certa maneira e capturados em um segundo específico, passavam a impressão de ser mais do que eram.

Depois foram exibidas as fotos mais complicadas. Rhys olhando feio para Steffan durante nosso encontro no rinque de patinação, assumindo a atitude de um namorado ciumento. Ele me encurralando contra o carro no estacionamento do Jardim Botânico Real. Nós dois saindo do hotel onde tínhamos passado uma tarde maravilhosa bem próximos um do outro.

Como alguém tinha tirado essas fotos, porra? Com exceção do rinque, não tínhamos visto paparazzi nos seguindo. Por outro lado, tínhamos estado distraídos... terrivelmente distraídos.

O ponto positivo é que não houve menção ao vídeo de sexo. Se o Daily Tea o tivesse, não falaria sobre outra coisa.

— Isso é verdade? — perguntou Mikaela com os olhos arregalados. — Fala que não é verdade.

— São só fotos — me esquivei. Respirei um pouco mais calma. Só um pouco, porque a situação ainda era muito difícil, mas possível de consertar. Eles não tinham o vídeo. — Podemos...

— *Bridget*!

Mikaela e eu nos olhamos assustadas quando o grito de meu avô reverberou no corredor.

Opa.

※

Uma hora mais tarde, eu estava sentada no gabinete de meu avô com Elin, Markus e Nikolai, que insistiu em participar da reunião de emergência. Mikaela havia sido dispensada com gentileza, mas de um jeito firme. Eu não sabia onde estava Rhys, mas seria só uma questão de tempo até ele ser incluído na conversa.

— Alteza, precisamos saber a verdade. É o único jeito de nos ajudar a resolver essa situação. — Sempre que Elin ficava furiosa, seu olho esquerdo tremia, e no momento ele tremia o suficiente para estourar um vaso sanguíneo. — Existe alguma verdade nessas afirmações?

Era uma bifurcação.

Eu podia mentir e prolongar a farsa ou dizer a verdade e deixar as peças se encaixarem em seus devidos lugares.

Se eu fosse honesta, Rhys seria demitido, mas isso aconteceria de qualquer maneira, provavelmente, mesmo que as alegações fossem mentirosas. Ele, agora, seria muito conhecido, e as pessoas comentariam o caso de qualquer maneira. O palácio não podia permitir esse tipo de distração.

Mas se mentisse, eu poderia ganhar algum tempo para nós, pelo menos. Não muito, mas algum tempo, e isso era melhor que nada.

— Bridget, pode confiar em nós — disse Nikolai com ternura. — Estamos aqui para te ajudar.

Não mesmo, quis responder. *Estão aqui para ajudar a Coroa e a reputação dela.*

Talvez isso fosse injusto, mas era verdade em medidas variáveis. Eles não se importavam comigo, Bridget. Estavam preocupados com a princesa, a Coroa e nossa imagem.

Meu avô e meu irmão me amavam, mas se fosse necessário escolher, escolheriam o que era bom para a família real como instituição, não o que era bom para mim.

Eu não os condenava por isso. Era o que tinham que fazer, mas significava que não podia confiar neles para apoiar meus interesses pessoais.

A única pessoa que tinha me visto como pessoa e me colocado em primeiro lugar tinha sido Rhys.

Olhei em volta. Vi meu avô, cuja expressão permanecia neutra, embora raiva e preocupação iluminassem seus olhos. Markus, tenso e contrariado, sem dúvida imaginando como seria torcer meu pescoço. Elin, que pela primeira vez não olhava para o celular, só me encarava como se prendesse a respiração. E, finalmente, Nikolai, de longe o mais solidário do grupo, embora houvesse desconfiança em seu rosto.

Então pensei em Rhys. Nas mãos grossas, na voz dura e em como ele me abraçava. Beijava. Em como olhava para mim como se não quisesse piscar nunca mais.

Querida, já ultrapassamos essa fase de gostar.

Respirei fundo, me preparei e escolhi o lado que tomaria da bifurcação.

— É verdade — respondi. — É tudo verdade.

Ouvi exclamações chocadas ressoando pela sala. Markus pressionou a têmpora enquanto Elin começou a digitar na tela do celular com uma velocidade assustadora de um furacão de categoria 4.

Vi a decepção no rosto de Edvard.

— O contrato do sr. Larsen será encerrado imediatamente — ele disse, e nunca tinha ouvido sua voz tão dura. — Você vai encerrar esse relacionamento e nunca mais vai vê-lo ou falar com ele.

Ele falava como rei, não como meu avô.

Enterrei as unhas nas coxas.

— Não.

Outra exclamação chocada de todos os presentes.

Edvard endireitou as costas, e a neutralidade que ainda restava em seu rosto deu lugar à raiva. Eu nunca o havia desobedecido, não em relação a questões importantes. Amava e respeitava meu avô, e odiava desapontá-lo.

Mas estava farta de outras pessoas determinando como eu devia viver e com quem devia estar. Jamais teria a liberdade de uma pessoa normal, alguém que não nasceu para esta vida, mas precisava estabelecer o limite em algum lugar. Como poderia governar um país se não conseguia governar nem minha própria vida?

— Não posso impedir que demita Rhys — falei. — Mas não vou terminar meu relacionamento com ele.

— Ah, mas que porra, não é possível. — Era a primeira vez que eu ouvia Markus dizer um palavrão. — Alteza, ele é... *era*... seu guarda-costas. É plebeu. Você é a primeira na linha de sucessão ao trono, e a lei determina...

— Eu sei o que a lei determina. Tenho um plano.

Bom, meio plano, mas se eu conseguisse concluir, seria um plano inteiro. Sabia o que precisava fazer, só faltava entender *como* fazer o que precisava ser feito. Havia um punhado de ministros com cujo apoio eu contava para revogar a Lei dos Casamentos Reais, mas os outros só me dariam cobertura política se eu conseguisse um apoio esmagador da opinião pública para garantir cobertura política.

No entanto, se eu abordasse o assunto agora, enquanto as acusações estavam em evidência, seria como usar um cartaz anunciando: "É verdade! Eu tenho um relacionamento com o guarda-costas!".

O rosto de Edvard ficou vermelho, e Markus só me encarava perplexo.

— Como? — O conselheiro de meu avô parecia querer arremessar contra mim os livros de leis de mil páginas enfileirados nas prateleiras. — Se acha que o Parlamento vai derrubar a lei, acredite em mim, não vai acontecer. Passamos por isso com o Príncipe Nikolai. Para que essa possibilidade seja considerada, o Presidente tem que apresentar a moção, e Lorde Erhall já deixou *bem* claro que nunca faria isso.

— As eleições se aproximam — respondi. — Se eu conseguir...

Um baque alto me interrompeu.

Por um segundo, pensei que Markus tinha surtado e quebrado alguma coisa em um ataque de fúria. Depois ouvi o grito apavorado de Nikolai e percebi, horrorizada, que o barulho não era de alguma coisa caindo.

Era de *alguém*: meu avô, que tinha caído da cadeira e estava no chão.

CAPÍTULO 39

Rhys

— ... INFORMAM QUE A SITUAÇÃO DO REI É ESTÁVEL DEPOIS DO INFARTO ocorrido há quatro dias. O palácio pede que o povo respeite a privacidade da família real nesse momento difícil, e apoiadores deixaram milhares de cartões e flores na área externa do palácio...

A voz do apresentador do jornal vinha da TV no canto, mas eu olhava para o guarda na minha frente.

— Vou ser bem claro — falei com voz calma, apesar da raiva que queimava dentro de mim. — Vou ver a Princesa Bridget hoje, de um jeito ou de outro. Não complique a situação.

O guarda ergueu os ombros para atingir sua estatura máxima, e ainda ficou uns quinze centímetros menor que eu.

— Está me ameaçando?

Sorri, e ele engoliu em seco.

— Estou.

— Escute aqui. Eu sou da guarda real...

— Não. Dou. A. Mínima — falei bem devagar e com todo cuidado, caso ele fosse idiota demais para perceber que eu estava *muito* perto de enfiar uma seringa em seu pescoço se ele não saísse do meu caminho.

Estávamos na entrada da ala particular do rei no hospital. Fazia quatro dias que as notícias do meu relacionamento com Bridget haviam sido divulgadas pela imprensa e o rei tinha sofrido um infarto.

Quatro dias sem vê-la, sem falar com ela, sem saber se estava bem.

Quatro dias de um inferno do caralho.

O palácio havia encerrado meu contrato no mesmo dia em que as notícias tinham sido veiculadas alegando preocupação com minha capacidade em ser produtivo devido à minha "maior visibilidade midiática".

Eu não tinha me importado tanto com a demissão, que já esperava, quanto tinha me incomodado com não poder ver Bridget antes de a segurança me acompanhar até a saída da área do palácio. Ela não respondia minhas mensagens nem atendia minhas ligações desde aquele dia, e eu precisava saber se estava bem ou acabaria perdendo a razão. Merda, eu já estava quase perdendo a razão.

— Você não é mais o guarda-costas dela — afirmou o guarda. — Só família e equipe credenciada têm autorização para entrar. Aliás, como chegou até aqui?

Uma parte de mim aprovava a firmeza dele, porque estava certo, eu *não tinha* autorização para entrar, mas uma parte muito maior estava perdendo a paciência rapidamente.

— Não é da sua conta. O que você *devia* era estar preocupado em sair da minha frente antes que tenha que explicar ao chefe da segurança real como acabou com o nariz quebrado.

Na verdade, tinha tido que usar um disfarce, igual a uma porra de uma pop star, para me esconder da imprensa e passar pelos paparazzi acampados do lado de fora do hospital. As notícias sobre mim e Bridget tinham ficado em segundo plano depois da hospitalização do rei, mas minha cara tinha aparecido em todos os canais da TV eldorrana e eu não podia correr o risco de ser visto.

As coisas no hospital estavam tão frenéticas que tinha conseguido chegar ao andar reservado e à porta da suíte particular do rei sem ser detectado. Isso dizia muita coisa sobre a segurança real e a do hospital, mesmo que eu tivesse mais habilidade que a maioria das pessoas para escapar de guardas e câmeras.

O guarda abriu a boca, mas antes que pudesse falar mais alguma bobagem, a porta se abriu. Meu coração parou por um momento quando vi os cabelos loiros, mas retomou o ritmo normal quando vi a cara fechada de Elin.

— Sr. Larsen — ela disse. — Achei que tinha ouvido sua voz.

E olhando para o guarda, falou:

— Eu resolvo.

Vi o alívio no rosto dele e não disfarcei o desgosto. Na marinha, treinei recrutas de dezoito anos que tinham mais coragem que ele.

Elin abriu a porta um pouco mais e não perdi tempo, passando pelo guarda e entrando na ala particular do rei. Não vi Bridget, mas ela podia estar em qualquer um dos cinco ou seis quartos. O lugar era maior que a casa de muita gente.

— Presumo que tenha vindo para ver a Princesa Bridget. — Elin cruzou os braços, perfeitamente composta, como sempre, com o coque elegante, o tailleur e os sapatos de salto. Nenhum fio de cabelo fora do lugar, nenhum amassado na roupa.

Abaixei o queixo.

— Onde ela está?

— No quarto do rei. Terceira porta à esquerda.

Fui tomado pela desconfiança. *Isso foi fácil demais.*

— Só isso?

Elin sorriu com frieza.

— Já está aqui, sr. Larsen, e é claro que não vai embora sem vê-la. Não perco tempo com esforços inúteis, então por favor. — Ela apontou para o corredor. — Vá em frente.

A suspeita aumentou mais um pouco, mas porra, cavalo dado não se olha os dentes.

Andei até o quarto do rei e parei na frente da porta sentindo um nó na garganta quando vi Bridget pela janelinha de vidro.

Ela estava sentada ao lado da cama segurando a mão do avô e mais vulnerável do que jamais a tinha visto. Mesmo de longe, vi a palidez em seu rosto e os olhos vermelhos.

Alguma coisa agarrou meu coração e o apertou. Com força.

Abri a porta e entrei.

— Oi, Princesa — falei baixo, com a voz branda, tentando não perturbar a quietude e não acordar o rei. A luz do sol entrava pelas janelas dos dois lados da cama do hospital, conferindo um toque mais animado à atmosfera sombria, mas não havia como ignorar o ruído dos monitores ou os fios presos ao peito de Edvard.

Os ombros de Bridget ficaram tensos e um instante se passou antes de ela me encarar.

— Rhys! O que está fazendo aqui?

— Vim te ver. — Alguma coisa estava estranha. Talvez fosse a forma como ela evitava meu olhar, ou a dureza em sua expressão, mas passara pelo inferno nos últimos dias. Não era justo esperar que se jogasse nos meus braços toda sorridente. — Como está seu avô?

— Melhor. Fraco, mas estável. — E afagou a mão dele. — Vão mantê-lo aqui mais alguns dias, mas disseram que ele pode ter alta na semana que vem.

— Isso é bom. Se vai ter alta, não deve mais estar tão grave.

Bridget assentiu, ainda evitando me encarar, e senti um arrepio incômodo nas costas.

— Vamos conversar em outro lugar. Ele acabou de dormir.

Ela afagou a mão do avô mais uma vez antes de sairmos do quarto. Elin tinha desaparecido, e só o cheiro de antisséptico e os apitos baixos do monitor do outro lado da porta pairavam no ar.

— Aqui. — Bridget me levou a um quarto duas portas adiante. — É onde tenho dormido.

Examinei o espaço. Tinha um sofá-cama, uma cozinha pequena e um banheiro. Um cobertor grosso estava dobrado sobre o encosto do sofá e uma garrafa de Coca-Cola pela metade em cima da mesinha de canto, onde também havia uma pilha de revistas.

Imaginei Bridget dormindo ali, sozinha, noite após noite, esperando ser informada caso o estado do avô piorasse e uma agulha de dor perfurou meu coração.

Queria abraçá-la com força, mas havia uma distância entre nós e hesitei. Ela estava a poucos passos de mim, mas poderiam ser quilômetros.

— Desculpe por não ter atendido suas ligações ou respondido suas mensagens — começou ela, ajeitando o cobertor. — Esses dias têm sido surreais. O palácio está tentando entender como a imprensa teve acesso àquelas fotos, e com isso e a hospitalização do meu avô...

— Eu entendo. — Podíamos falar sobre isso mais tarde. — E você? Como você está?

— Mais ou menos como era de se esperar. — Ela finalmente olhou para mim, os olhos cansados e sem o brilho habitual, e a agulha de dor penetrou mais fundo. — Nik e eu temos passado a noite aqui, mas ele foi para casa cuidar de alguma documentação. Ele e Sabrina adiaram a lua de mel até meu avô melhorar. — Bridget riu baixinho. — Que belo presente de casamento, né?

Sim, era horrível, mas eu não estava preocupado com Nikolai e Sabrina. Só queria saber de uma pessoa no mundo, e ela estava sofrendo.

— Vem cá, Princesa. — Abri os braços.

Bridget hesitou por um instante antes de finalmente percorrer a distância entre nós e esconder o rosto em meu peito, os ombros tremendo.

— Shh, está tudo bem. — Beijei o topo de sua cabeça e afaguei seu cabelo sentindo um peso dentro de mim ao ouvir seus soluços abafados. Tinha sobrevivido a artilharia pesada, missões noturnas em temperaturas subárticas, a mais ossos quebrados e ferimentos quase fatais do que conseguia contar, mas Bridget chorando chegava mais perto de me destruir do que todas as outras coisas juntas.

— Não, não está. Quase matei meu avô. — A voz de Bridget era abafada, mas sua dor era alta e clara. — Ele teve um infarto por *minha* causa.

Segurei-a ainda mais forte em nosso abraço, sentindo sua dor através da pele até ela se tornar minha.

— Isso não é verdade.

— É, sim. Você não estava lá. Não sabe... — Ela recuou, o nariz vermelho e os olhos brilhantes. — Estávamos em uma reunião de emergência para discutir as notícias sobre... você e eu. Confirmei as revelações, disse que era tudo verdade, e quando ele determinou que eu terminasse tudo com você, me recusei. Estava discutindo com Markus por causa disso quando ele caiu. — Bridget piscou e vi em seus cílios o brilho das lágrimas que ainda não tinham caído. — Fui eu, Rhys. Não fala que não foi minha culpa, porque foi.

Uma fissura funda abriu meu coração ao meio. Bridget já se culpava pela morte da mãe. Acrescentar a isso a culpa pelo infarto do avô...

— Não é — falei, com firmeza. — Seu avô tem uma doença crônica. Qualquer coisa pode desencadear episódios como esse.

— Sim, e dessa vez fui eu. Ele precisava evitar o estresse e acabei dando a ele o equivalente a um ano em um dia. — A risada de Bridget ecoou vazia quando ela saiu dos meus braços e cruzou os dela, envolvendo a cintura. — Que bela neta eu sou.

— Bridget...

Tentei tocá-la de novo, mas ela balançou a cabeça e olhou para o chão.

— Não posso mais fazer isso.

Tudo ficou em silêncio. Meu coração, meu pulso, a vibração do refrigerador e o tique-taque do relógio na parede.

Era possível que eu ainda estivesse vivo se meu coração não batia mais?

— Não pode mais fazer o quê? — Minha voz soou estranha no vácuo criado pelas palavras de Bridget. Mais baixa, gutural, como um animal preso em uma armadilha que ele mesmo tinha criado.

Era uma pergunta idiota.

Eu sabia a resposta. Nós dois sabíamos. Em parte, eu esperava por esse momento desde que a tinha beijado em um corredor escuro há uma vida, mas ainda assim, tinha alimentado esperanças.

Bridget piscou, aqueles olhos azuis lindos brilhando de dor antes de endurecerem, e minha esperança morreu de forma rápida, feroz.

— Isso. Nós. — Ela gesticulou para o espaço entre nós dois. — O que tínhamos. Isso tem que acabar.

CAPÍTULO 40

Bridget

NÃO OLHA PARA ELE.

Se olhasse, eu perderia a cabeça, e já estava meio maluca. O estresse, a culpa, a exaustão dos últimos quatro dias tinham penetrado meus ossos, me transformando em um zumbi.

Mas não eu consegui evitar. Olhei.

E meu coração se partiu imediatamente em ainda mais pedaços que antes.

Rhys me encarava, e permanecia tão imóvel que poderia passar por uma estátua, não fosse a dor cintilando em seus olhos.

— Tínhamos?

Aquele tom calmo nunca era um bom presságio.

— Foi divertido enquanto durou. — As palavras tinham um sabor amargo em minha boca, como pílulas venenosas de mentira que eu tomava para enfrentar a próxima hora e, talvez, o resto da minha vida. — Mas as pessoas sabem. Todo mundo está nos vigiando. Não podemos continuar com isso... seja o que for.

— Engraçado. — Ainda naquele tom perigosamente calmo.

— Rhys. — Apertei ainda mais os braços em volta do meu corpo. O pessoal do hospital tinha regulado a temperatura em confortáveis vinte e três graus, mas minha pele parecia gelo debaixo de minhas mãos. — Por favor, não torne isso mais difícil do que deve ser.

Por favor, deixe meu coração quebrar em paz.

— O cacete que não. — Os olhos cinzentos dele agora eram quase pretos, e uma veia pulsava em sua têmpora. — Me diz uma coisa, Princesa, está fazendo isso por querer ou por achar que é o que deve ser feito?

— Não *acho* que tenho que fazer. Eu *tenho* que fazer! — Fui invadida pela frustração, um sentimento intenso e quente. Ele não conseguia entender? — É só uma questão de tempo antes de a imprensa confirmar as informações.

Elin, Markus e minha família já sabem. O que acha que vai acontecer quando isso for de conhecimento público?

— *Majestade!*

— *Vovô!*

Nikolai, Markus e Elin tinham corrido para perto de Edvard, e eu tinha ficado onde estava, incapaz de me mover.

Devia me juntar a eles. Ter certeza de que ele estava bem.

Mas é claro que ele não estava bem. Tinha sofrido um colapso... por minha causa, por causa do que eu tinha dito. Porque, por um segundo, tinha pensado que podia ter qualquer controle sobre minha vida.

Se ele morresse, nossa última conversa teria sido uma discussão.

— *Você vai encerrar o relacionamento e nunca mais vai vê-lo ou falar com ele...*

— *Não.*

Alguma coisa murchou dentro de mim.

— Bridget...

O som do meu nome na voz profunda e crua desafiou minha força de vontade, deixando fendas em algo que nunca havia sido forte. Não em relação a ele.

Fechei os olhos, tentando encontrar minha versão fria e inabalável, a que eu apresentava ao público. A que sorria durante horas em pé e acenava, enquanto meus pés sangravam em cima do salto alto. A que tinha andado atrás do caixão do meu pai e contido as lágrimas até desmoronar encolhida no banheiro durante o velório.

Mas não conseguia. Nunca tinha sido capaz de esconder de Rhys quem eu realmente era.

Ouvi os passos quando ele se aproximou de mim. Senti aquele cheiro limpo e másculo que tinha se tornado meu conforto ao longo dos anos, porque significava que ele estava perto, e eu, segura. Senti que ele enxugava com o polegar uma lágrima que nem percebi que tinha escapado.

Não olhe para ele. Não olhe para ele.

— Princesa, olhe para mim.

Balancei a cabeça e fechei os olhos com mais força. Minhas emoções formavam um nó na garganta, quase me impedindo de respirar.

— Bridget. — Mais firme, mais autoritário. — Olhe para mim.

Resisti por mais um minuto, mas a necessidade de evitar mais sofrimento desapareceu diante da intenção de absorver tudo que eu pudesse de Rhys Larsen.

Olhei para ele.

Tempestades cinzentas me encaravam de volta, vibrantes de emoção.

— O problema com as fotos, vamos dar um jeito de resolver. — Ele segurou meu queixo e passou o polegar sobre meu lábio, mantendo uma expressão firme. — Já disse, você é minha, e não vou desistir de você. Mesmo que todo o exército eldorrano tente me arrastar para longe.

Queria que fosse tão fácil e eu pudesse mergulhar na confiança dele, deixar que ela me arrebatasse.

Mas nossos problemas agora iam muito além das fotos.

— Você não entende. Não existe final feliz para nós. — Não éramos um conto de fadas. Éramos uma carta de amor proibida, escondida no fundo de uma gaveta e lida apenas na escuridão da noite. Éramos o capítulo alegre antes de o clímax acontecer e tudo desmoronar em cinzas. Éramos um conto que estava fadado, para sempre, a terminar. — É isso.

Minha mãe tinha morrido me trazendo ao mundo.

Meu pai tinha morrido ao sair para comprar algo que eu tinha pedido.

Meu avô quase tinha morrido porque eu me recusara a desistir da única coisa que me fizera feliz.

Isso era o que eu merecia por ser egoísta, por querer alguma coisa para *mim*. Futuras rainhas não viviam para elas mesmas; viviam para seu país. Esse era o preço do poder.

Por mais que eu tentasse mudar a realidade, ela seguia sendo a verdade, e era hora de crescer e encará-la.

Rhys segurou meu queixo com mais força.

— Não preciso de um felizes para sempre. Preciso estar ao seu lado. Preciso de você feliz, saudável e segura. Caralho, Bridget, preciso de *você*. Do jeito que for. — A voz dele tremeu pela primeira vez em todos os anos que tinha passado com ele, e meu coração se partiu em resposta. — Se acha que vou deixar você lidar com toda essa porcaria sozinha, é porque não me conhece.

O problema era que eu o *conhecia*, e sabia qual era a única coisa que o faria perder a cabeça, mas não conseguia me forçar a dizer isso agora.

Um último ato de egoísmo.

— Me beija — murmurei.

Rhys não questionou a mudança repentina em meu tom. Em vez disso, me segurou pela nuca e esmagou minha boca com a dele. Profundo, duro e possessivo, como se nada tivesse mudado entre nós.

Ele sempre sabia do que eu precisava sem eu ter que dizer.

Bebi cada gota dele, tudo que podia. Seu sabor, seu toque, seu cheiro... queria poder engarrafar tudo para ter algo que me mantivesse aquecida nas noites e anos que viriam.

Rhys me pegou e carregou para o sofá, onde levantou minha saia, abaixou minha calcinha e me penetrou com uma lentidão deliberada, delicada. Me alargando. Me preenchendo. Me quebrando em mil pedaços e me juntando de novo, muitas e muitas vezes.

Mesmo que meu coração doesse, o corpo respondia a ele como sempre: ansioso, disponível, desesperado por mais.

Rhys tocou meu seio e passou o polegar no mamilo, brincando com o botão sensível até uma nova onda de calor se formar em meu ventre. Durante todo o tempo ele se movia para dentro e para fora de mim devagar, tocando com o membro um ponto dentro de mim que me fazia ver estrelas.

— Rhys, *por favor*.

— O que você quer, Princesa? — Ele apertou meu mamilo, e a repentina aspereza do gesto me fez abrir a boca com uma exclamação surpresa.

Você. Para sempre.

Como não podia dizer isso, me contentei com:

— Mais depressa. Mais forte.

Ele abaixou a cabeça e trocou a mão pela boca, lambendo e chupando enquanto aumentava o ritmo das investidas. Minhas unhas afundavam em suas costas, e quando eu estava quase caindo no abismo, ele reduziu o ritmo outra vez.

Quase gritei com a frustração.

Mais depressa. Mais devagar. Mais depressa. Mais devagar.

Rhys parecia intuir o segundo exato em que eu estava quase gozando e alterava a velocidade, estimulando meu corpo até eu estar pingando, gemendo.

Por fim, depois do que pareceu uma eternidade, ele gemeu e me penetrou fundo e forte, a boca se apoderando da minha enquanto me fodia com tanta força que o sofá saiu do lugar com um rangido.

Luzes explodiram no fundo dos meus olhos. Arqueei as costas e o grito foi engolido por um beijo quando outro orgasmo me rasgou e me deixou exausta.

Rhys explodiu logo depois de mim com um tremor silencioso, e ficamos nos braços um do outro, ofegando juntos.

Eu adorava o sexo com ele, mas amava ainda mais os momentos tranquilos que vinham depois.

— De novo. — Enlacei o corpo dele com as pernas, relutando em abandonar nosso casulo. *Só mais um pouquinho.*

— Insaciável — ele sussurrou, deslizando a ponta do nariz por meu pescoço e pela linha do queixo.

Sorri ao me lembrar da tarde que tínhamos passado no hotel. Nosso último momento de felicidade real antes de tudo desandar.

— Você adora — respondi.

— É, Princesa, adoro.

Passamos a hora seguinte ali, subindo e descendo juntos.

Foi perfeito, como todos os nossos momentos roubados. Trepamos forte e depressa, e fizemos amor lentamente, com ternura. Fingimos que essa era a nossa vida, e não um recorte no tempo, e fingi que meu coração ainda batia no peito quando os pedaços dele estavam espalhados aos nossos pés.

— Não tem outro jeito, Alteza. — Os olhos de Elin transmitiram solidariedade por um momento antes de endurecerem de novo. — Tem que ser assim.

— Não. — Balancei a cabeça, sentindo a negação cravar as garras em minha pele. — É muito cedo para isso. Ele está bem. Os médicos disseram...

— Os médicos disseram que ele vai se recuperar... desta vez. O fato é que Sua Majestade foi internado duas vezes em um ano. Não podemos correr o risco de uma terceira hospitalização.

— Podemos reduzir a carga de trabalho dele — sugeri, desesperada. — Deixar a papelada e as reuniões mais cansativas para os auxiliares. Ele ainda pode ser o rei.

Elin olhou para Markus, que estava no canto com a cara mais tenebrosa que eu já tinha visto.

— Discutimos a questão com Sua Majestade depois da primeira hospitalização — ele disse. — E o rei foi bem claro: se tivesse outro colapso, renunciaria.

Eu me lembrava vagamente de meu avô dizendo alguma coisa assim nas semanas seguintes ao primeiro colapso, mas estava tão concentrada nas implicações da abdicação de Nikolai que nem tinha pensado muito nisso.

— Entendo que este talvez não seja o melhor momento para discutir o assunto — Elin falou com mais um lampejo de simpatia. — Mas o estado de Sua Majestade é estável e precisamos começar os preparativos imediatamente.

— Preparativos? — Algo horrível se enraizou em meu estômago e se alastrou. Inundou meu peito, pescoço, braços e pernas, entorpecendo meu corpo de dentro para fora.

Elin e Markus se olharam mais uma vez.

— Sim — Elin respondeu. — Preparativos para a sua coroação como rainha.

Pensei que teria mais tempo, tanto com Rhys, quanto para convencer o Parlamento a revogar a Lei dos Casamentos Reais, mas não tinha. O tempo tinha acabado.

— Você se lembra da Costa Rica? — Os lábios de Rhys roçavam os meus enquanto ele falava. Deitado em cima de mim, ele me cobria com o corpo poderoso, mas mantinha um antebraço no sofá para não me esmagar com seu peso.

— Como eu poderia esquecer? — Era uma das lembranças mais felizes da minha vida.

— Você me perguntou se eu já havia me apaixonado. Respondi que não. — E beijou minha boca de leve. — Pergunte de novo, Princesa.

Meus pulmões se contraíram. *Respira*.

Mas era difícil, quando tudo doía a ponto de eu não conseguir me lembrar de como era *não* sentir dor. Coração, cabeça, alma.

— Não posso. — Fiz um esforço para afastar Rhys de mim.

Minha pele gelou de imediato com a ausência de seu calor, e pequenos arrepios me sacudiram quando me levantei do sofá para ir ao banheiro.

Depois de me limpar, ajeitei as roupas com mãos trêmulas, sentindo o olhar dele abrir um buraco em minhas costas através da porta aberta.

— Por que não?

— Porque... — *Fala para ele. Só fala.* — Vou ser rainha.

— Já sabíamos disso.

— Você não está entendendo. — Lavei as mãos e voltei ao quarto, onde finalmente o encarei de novo. A tensão marcava seu rosto e desenhava um vinco profundo entre suas sobrancelhas. — Não estou dizendo que vai acontecer um dia. A coroação vai acontecer em nove meses.

Rhys ficou paralisado.

— Não é só isso. — Mal conseguia empurrar as palavras além do nó em minha garganta. — Por causa da Lei dos Casamentos Reais, tenho que...

— Não fala. — A voz dele estava tão baixa que quase não a ouvi.

— *Tenho* que me casar, ou ficar noiva, pelo menos, antes da coroação. — Já haveria retaliações por eu subir ao trono tão depressa. *Vai precisar de toda boa vontade política que puder conquistar*, Markus tinha dito. Eu odiava, mas ele estava certo. — Eu...

— Não fala, porra.

— Vou me casar com Steffan. Ele já aceitou.

Não era um casamento por amor. Era um contrato político. Nada mais, nada menos. Markus tinha procurado os Holsteins ontem e os feito assinar um contrato de sigilo antes de fazer a proposta. Eles a tinham aceitado algumas horas depois. Tudo tinha sido tão rápido que tinha até sentido vertigem.

Simples assim, eu tinha um noivo, pelo menos em teoria. De acordo com o contrato, Steffan faria o pedido oficialmente no próximo mês, depois que o furor provocado pela hospitalização do meu avô se dissipasse. Além disso, o noivado poria um fim nas manchetes especulativas sobre Rhys e eu, como Elin apontou sem nenhuma sutileza.

Rhys se levantou do sofá. Já tinha vestido e ajeitado suas roupas. Tudo preto. Camisa preta, calça preta, sapatos pretos, expressão sombria combinando com o conjunto.

— Vai o cacete.

— Rhys, está decidido.

— Não — ele retrucou sem hesitar. — O que foi que eu te disse no coreto, Princesa? Eu avisei que, daquele ponto em diante, nenhum outro homem tocaria em você, e estava falando sério. Não vai se casar com ninguém, nem fodendo. Temos nove meses. Vamos pensar em alguma coisa.

Eu queria concordar. Queria ser egoísta e roubar mais tempo com ele, mas isso não seria justo com nenhum de nós.

Tinha tido Rhys por três anos. Era hora de abrir mão dele.

Chega de ser egoísta.

— E se eu *quiser* me casar com outra pessoa?

As narinas de Rhys dilataram.

— Não mente para mim. Você mal conhece Steffan. Saiu com ele *três* vezes, porra.

— Um casamento real não tem a ver com conhecer alguém. Tem a ver com adequação, e a verdade é que ele é adequado, e você, não. — Eu torcia para Rhys não notar o tremor em minha voz. — Além do mais, Steffan e eu temos o resto da vida para nos conhecermos.

Vi um tremor sacudir seu corpo e a dor atravessar o rosto, tão viva e visceral que também atravessou minha alma.

— Sou a princesa herdeira e preciso agir de acordo com minha posição — continuei, me odiando mais a cada segundo. — Em *todas* as áreas da minha vida. Não posso ficar com um guarda-costas. Eu... — Lágrimas me sufocaram, mas eu as contive. — Estou destinada a um duque. Nós dois sabíamos disso.

Rhys recuou, abalado. Um movimento pequeno, mas que me atormentaria para sempre.

— Então, acabou tudo entre nós. Assim, sem mais. — A voz dele estava baixa e perigosa, repleta de dor.

Não, não é assim, sem mais. Você nunca vai saber como meu coração está dilacerado.

— Lamento — murmurei.

Queria poder dizer a ele que nunca tinha sido tão feliz na vida quanto quando estivera com ele.

Queria poder dizer que não tinha a ver com o trono ou poder, e que, se pudesse, eu desistiria do reino por ele.

Mas "lamento" era a única coisa que eu podia dizer.

A emoção desapareceu dos olhos de Rhys até eu estar olhando para paredes de aço, mais duras e mais protegidas do que quando nos conhecemos.

— Não, Alteza — ele disse. — Quem lamenta sou *eu*.

E foi embora.

Em um minuto estava ali. No outro, tinha ido embora.

Meus joelhos cederam, e caí lentamente no chão, sentindo lágrimas quentes escorrerem pelo rosto e pingarem do queixo. Meu peito arfava tanto que eu não conseguia levar oxigênio suficiente aos pulmões, e tinha certeza de que morreria ali, no chão do hospital, a poucos metros dos melhores médicos e enfermeiros do país. Mas nem eles poderiam consertar o que eu tinha acabado de quebrar.

— Vai precisar se mudar.

— Como é que é?

— Sua casa. É um pesadelo para a segurança. Não sei quem escolheu o lugar, mas precisa se mudar.

— Você já se apaixonou?

— Não. Mas espero que eu me apaixone; um dia.

— Boa noite, Princesa.

— Boa noite, sr. Larsen.

Fragmentos de lembranças ocupavam minha mente, e eu apertei o rosto contra o cobertor no encosto do sofá, abafando os soluços.

— Alteza? — A voz de Elin atravessou a porta seguida por algumas batidas. — Posso entrar?

Não. Eu ficaria feliz se nunca mais falasse com você.

Mas tinha responsabilidades a cumprir e um noivado para planejar.

Forcei os soluços a enfraquecerem até silenciá-los.

Respirei fundo, recuperando o controle. Cabeça erguida. Músculos tensos. Era um truque que tinha aprendido e fora útil várias vezes ao longo dos anos.

— Só um minuto — pedi depois de recuperar o controle. Levantei do chão e lavei o rosto com água fria, ajeitei o cabelo e as roupas. Abri a porta com a coluna ereta. — O que é?

Se Elin percebeu meus olhos ou nariz vermelhos, não disse nada.

— Vi o sr. Larsen ir embora.

Meu queixo tremeu por uma fração de segundo antes de eu comprimir os lábios.

— Sim.

— Então está resolvido.

Ela me encarava atenta.

Respondi com um movimento breve de cabeça.

— Que bom. É a coisa certa a se fazer, Alteza — Elin disse com um tom muito mais gentil do que eu estava acostumada a ouvir. — Você vai ver. Agora...

Ela recuperou a atitude eficiente de sempre.

— Podemos discutir os planos para o pedido de casamento de Lorde Holstein?

— É claro — concordei, vazia. — Vamos discutir os planos para o pedido de casamento.

CAPÍTULO 41

Rhys

O PRIMEIRO GOLE DE ÁLCOOL QUEIMOU. O SEGUNDO, TAMBÉM. Quando cheguei na metade da garrafa de uísque, no entanto, tinha parado de queimar e começado a entorpecer, o que era o melhor que eu poderia ter esperado.

Nos dois dias que se seguiram após Bridget terminar comigo, eu desabei. Desmoronei. Não saíra do quarto de hotel desde que tinha voltado do hospital, em parte porque não tinha para onde ir, em parte porque não tinha interesse em lidar com os paparazzi. Tinha problemas o suficiente sem um processo por agressão.

Levei a garrafa à boca e continuei assistindo ao Daily Tea. O hospital tinha dado alta para Edvard no dia anterior, e agora que o rei não corria mais risco de morte, a imprensa retomava a especulação frenética sobre mim e Bridget.

Se eles soubessem...

O uísque desceu incendiando a garganta e se acumulou em meu estômago.

Eu devia desligar a TV, porque metade da merda que eles sugeriam era só bobagem – como essa história de que Bridget e eu tínhamos estado em uma orgia com um certo casal de astros pop no sul da França –, mas por mais que fosse masoquismo, os vídeos dela eram a única maneira de eu satisfazer meu vício.

Não era viciado em álcool, ainda não, mas era viciado em Bridget, e agora que não a tinha mais, sofria com a crise de abstinência.

Pele pegajosa, náusea, dificuldade para dormir. Ah, sim, e um buraco enorme, do tamanho do Alasca, no peito. *Isso* não aparecia na lista de sintomas no site do Narcóticos Anônimos.

Não posso ficar com um guarda-costas. Estou destinada a um duque.

Dias depois, a memória ainda cortava mais fundo que uma faca de caça de lâmina serrilhada. Bridget não pensava assim. Eu sabia disso. As palavras tinham sido cruéis, e ela era tudo, menos cruel. Mas refletiam minhas dúvidas sobre como eu não era bom o bastante, e como ela merecia coisa melhor, e com uma nitidez tão grande que era impossível não me afetarem.

Esvaziei a garrafa. Joguei-a de lado com desgosto, odiando a mim mesmo por me rebaixar a ponto de recorrer ao álcool, me odiando ainda mais por ter ido embora do jeito que eu fizera com Bridget.

Eu tinha ido embora no calor do momento, quando a raiva e a dor tinham superado todo o resto, e me arrependera antes de chegar ao saguão.

Ela tinha feito o que achava que tinha de fazer, e isso tinha partido meu coração, mas não era culpa dela.

A câmera mostrou Bridget saindo do hospital com o rei e o irmão dela. Estava elegante e refinada, como sempre, mas seu sorriso parecia vazio quando acenou para a imprensa. Triste e sozinha, duas coisas que nunca quis que ela fosse.

Meu peito ardeu e não foi por causa do uísque. Ao mesmo tempo, alguma coisa cresceu dentro de mim: determinação.

Bridget não estava feliz. Eu não estava feliz. E já era hora de fazer alguma coisa em relação a isso.

Não dava a mínima para o que dizia a lei. Ela não se casaria com Steffan. Eu visitaria cada ministro no Parlamento e, se precisasse, os forçaria a reescrever a lei.

Alguém bateu na porta.

— Serviço de quarto.

Minhas costas enrijeceram quando reconheci a voz.

Dois segundos depois, abri a porta e fechei a cara.

— Que *porra* você está fazendo aqui?

Christian arqueou uma sobrancelha.

— Isso é jeito de receber seu chefe?

— Vai se foder.

Ele riu, mas não havia humor na risada.

— Encantador, como sempre. Vai, me deixa entrar para podermos resolver essa confusão.

Rangi os dentes e me afastei, já lamentando esse dia, essa semana e toda minha merda de vida.

Ele entrou, passando os olhos por minha mala meio desfeita e pelos restos do jantar sobre a mesa de café, antes de se deter na garrafa de uísque vazia. A surpresa dominou seu rosto antes que ele a disfarçasse.

— Bom, isso é triste — ele disse. — Você está no melhor hotel de Athenberg e não conseguiu pagar pelo filé mignon?

Aparentemente, Christian era o estereótipo do playboy charmoso e bem-humorado. Apesar de ter trinta e um anos, não aparentava mais que vinte e cinco ou vinte e seis, e usava isso a seu favor. As pessoas olhavam para o rosto de menino bonito e para os ternos italianos feitos sob medida que usava e o subestimavam. Não percebiam que ele era um lobo em roupas caras até que fosse tarde demais.

— O que está fazendo aqui, Harper? — repeti.

Eu sabia, é claro. Ele tinha acabado comigo pelo telefone na semana passada, depois que as notícias sobre mim e Bridget tinham começado a circular, mas eu não esperava que ele viesse até aqui tão depressa, e com Magda ainda desaparecida.

Devia saber que viria, o que provava o quanto Bridget tinha me deixado fodido da cabeça. Não conseguia raciocinar. Só pensava em onde ela estava, com quem estava e como estava.

Não importava que ela tivesse arrancado meu coração dias atrás. Se alguém machucasse minha princesa de algum jeito – física, mental ou emocionalmente –, a porra da conta ia chegar.

— Tenta adivinhar. — Christian se apoiou na bancada como se não tivesse nenhuma preocupação no mundo, mas o olhar duro traía a pose casual. — Sua cliente, Larsen. *Uma futura rainha.*

— Isso é fofoca de tabloide, e ela não é mais minha cliente.

Eu precisava de mais bebida.

Entendia agora por que as pessoas buscavam conforto no álcool. A bebida preenchia uma parte que faltava, ou dava a ilusão de preenchimento, pelo menos.

— Você se esqueceu de que sei quando está mentindo. — A voz de Christian baixou vários decibéis. Sua raiva era gelada, e não quente, e era quando ele ficava quieto que as pessoas corriam e tentavam se esconder. — Mesmo que não soubesse quando está mentindo, acha que não cheguei pessoalmente a situação? O erro que cometeu é passível de demissão.

— Então me demita. — Eu tinha dinheiro o suficiente para me sustentar por muito tempo, e a perspectiva de ser guarda-costas de alguém que não fosse Bridget não fazia sentido para mim.

O pensamento tomou forma e criou raiz.

— Na verdade, quer saber? Eu me demito.

Christian me encarou.

— Do nada.

— É, do nada. — Comprimi os lábios em uma linha fina. — Fiz besteira, sinto muito. Mas cansei desse joguinho de ser guarda-costas.

Ele batucou com os dedos na cômoda. Observando. Pensando.

— Imagino que a história com a princesa tenha acabado, considerando os boatos que ouço por aí sobre ela, Steffan Holstein e um noivado.

Um rosnado brotou do meu peito, mas ele ignorou.

— Por que ainda está aqui, Larsen? Vivendo como um eremita e *bebendo*. — Ele fez uma careta de desgosto. Christian era dono de uma das mais completas, caras e raras coleções de bebidas dos Estados Unidos. Não tinha nada contra beber, mas deve ter reprovado meu jeito de beber. — Você não bebe.

— Aparentemente, bebo.

— Está na hora de ir embora. E não estou falando como seu chefe, mas como seu amigo. Isto... — ele abriu os braços mostrando o quarto — ... é patético. Além do mais, seu visto vai vencer em breve. É bobagem adiar o inevitável.

Eu estava em Eldorra com um visto especial porque era prestador de serviço no palácio, mas agora que não trabalhava mais para eles, o visto venceria no fim do mês.

— Você não é mais meu chefe — retruquei com frieza. — Vou embora quando eu quiser.

— Jesus Cristo, o que aconteceu com você? Use a cabeça, Larsen — Christian respondeu, irritado. — A que tem em cima do pescoço, não a que fica entre as pernas. Ou a buceta real é tão boa que...

Um rosnado saiu do meu peito. Ele não terminou a frase, porque atravessei o quarto e o empurrei contra a parede.

— Fala dela desse jeito de novo e eu te faço engolir os dentes.

Christian parecia imperturbável, embora estivesse a dois segundos de levar um soco na cara.

— Isso nunca te incomodou antes. E cuidado com o terno. Acabei de mandar fazer.

— Você fez muito por mim ao longo dos anos. — O perigo engrossava o ar, tão potente que eu podia quase sentir seu sabor. Estava maluco por uma briga, e talvez conseguisse o que queria. — Mas se não tomar cuidado com o que diz, nossa amizade vai acabar aqui.

Ele me analisou com um olhar atento.

— Ora, ora. — Uma nota de surpresa coloriu sua voz. — Nunca pensei que viveria para ver isso. Rhys Larsen apaixonado.

Apaixonado.

Nunca estive apaixonado. Nunca quis estar apaixonado. Eu nem sabia o que *era* amor. Sempre tinha sido algo do qual ouvira falar, nunca experimentara, até conhecer uma mulher que tinha aberto uma brecha em minhas defesas inabaláveis como ninguém havia conseguido antes. Alguém que amava a chuva, os animais e sorvete de chocolate com nozes e marshmallows nas noites tranquilas. Alguém que via minhas cicatrizes e minha feiura e ainda me achava digno e, de algum jeito, tinha preenchido as lacunas em uma alma que eu pensava que nunca mais seria inteira.

Podia até não saber o que era amor, mas sabia que estava apaixonado por Bridget von Ascheberg, tão apaixonado que eu, o homem que era muito bom em se abster de coisas boa na vida, não conseguia negar que estava.

A constatação me atingiu como uma bala no peito, e soltei Christian.

— Você não negou — ele comentou. E balançou a cabeça. — Não tenho nada contra o amor, além de achar meio tedioso, chato e inteiramente desnecessário. Pessoas apaixonadas são as mais insuportáveis do planeta. — Ele olhou com desdém para uma linha solta no paletó e a removeu. — Mas se é isso que quer, fique à vontade. Só não vai ser com a princesa.

— Minha vida pessoal não é da sua conta.

Ele me olhou com pena e quis bater nele outra vez. Esse era um resumo razoável da nossa amizade esquisita. Um querendo matar o outro a todo momento. Era assim desde que tínhamos nos conhecido em Tangier, onde o salvara da tortura e morte lenta das mãos de um senhor da guerra que ele havia enfurecido.

Às vezes, como agora, lamentava não tê-lo deixado lá.

— Vá embora de Eldorra. Agora. Antes que perca ainda mais o controle das coisas — disse Christian. — Não importa quantos desvios tente fazer, essa história só tem um fim. Se não acabar com isso agora, vai se afundar demais e não vai conseguir sair.

Tarde demais. Eu já tinha me afundado demais.

— Vá embora — eu disse.

— Acha que estou sendo cruel, mas estou tentando te ajudar. Considere minha retribuição por Tangier.

— Vá. Embora.

— Quer mesmo que seja assim. — Não era uma pergunta.

— Deixe que eu mesmo me preocupe com o que vou fazer.

Christian suspirou.

— Se insiste em continuar com isso, tenho uma coisa que pode ser do seu interesse. Fiz uma pesquisa rápida depois que aquelas fotos *emocionantes* de você e da princesa juntos vieram à tona. — Ele tirou um envelope do bolso interno do paletó. — É bom dar uma olhada nisso. Logo.

Não peguei o envelope.

— Que porra é essa?

Jamais confie em um presente de Christian Harper. Esse devia ser o lema da vida de todo mundo.

Mas nada poderia ter me preparado para o que ele disse em seguida.

— A identidade do seu pai. — Uma pausa. — E do seu irmão.

CAPÍTULO 42

Rhys

É ENGRAÇADO COMO UM MOMENTO PODE MUDAR SUA VIDA.

Em um momento, minha mãe estava viva. No outro, não mais.

Eu um momento, meus companheiros de esquadrão estavam vivos; no outro, tudo explodiu. Literalmente.

Em um momento, eu conhecia meu lugar no mundo; no outro, tudo virou de cabeça para baixo só porque desdobrei uma folha de papel.

A noite de ontem tinha sido uma loucura em todos os sentidos, e eu ainda refletia sobre a sensatez da decisão de ir fazer uma visita ao meu irmão enquanto olhava para a casa à minha frente. Não havia tanta segurança quanto eu esperava, embora ficasse em um dos bairros mais seguros do norte de Athenberg.

Até agora, os únicos irmãos que eu tinha tido haviam sido os homens da unidade SEAL. A ideia de ter um irmão *de verdade*? Fodeu de leve minha cabeça, para ser bem honesto.

Andei até a porta da frente e bati, sentindo um arrepio com a expectativa. Christian tinha ido embora mais cedo, naquela manhã. Tinha sido a viagem mais rápida na história das viagens internacionais, mas ele tinha um problema sério para resolver nos Estados Unidos, então eu não podia criticá-lo.

Era a cara dele jogar uma bomba e ir embora.

Meu irmão abriu a porta quando bati pela segunda vez. Se estava surpreso por me ver ali sem aviso prévio em uma tarde de quinta-feira, não demonstrou.

— Olá, sr. Larsen.

— Olá, irmão. — Não perdi tempo com rodeios.

O sorriso de Andreas desapareceu. Ele me encarou por um longo momento antes de dar um passo para o lado e abrir completamente a porta.

Eu entrei, ouvindo o ruído dos meus sapatos no piso de mármore brilhante. Com exceção de alguns toques de branco, tudo na casa era cinza.

Paredes, mobília, tapetes, tudo cinza. Era como entrar em uma nuvem de chuva muito cara.

Tecnicamente, Andreas ainda morava no palácio, mas, nas últimas semanas, tinha passado mais tempo na própria casa.

Ele me levou à cozinha, onde serviu duas xícaras de chá e me deu uma.

Não peguei a xícara. Não tinha sido para isso que tinha vindo.

— Você sabia. — Fui direto ao ponto.

Ele reagiu meio desapontado à minha recusa e deixou a xícara sobre a bancada com uma expressão séria.

— Sim.

— Por que não falou nada?

— Tem algum palpite, sr. Larsen? O mundo pensa que eu sou um príncipe. E eu sou *mesmo* um. Acha mesmo que eu prejudicaria meu status para declarar parentesco com um guarda-costas americano que, se posso mencionar, foi muito grosseiro comigo em todas as interações que tivemos?

Olhei para ele sem esconder a impaciência.

— Como descobriu?

Quando Christian tinha me entregado o papel com os nomes do meu pai e do meu irmão, quase o tinha jogado fora. Alguma coisa me dizia que desdobrar a folha me causaria problemas. Mas no fim, não tinha conseguido resistir.

Dois nomes.

Andreas von Ascheberg, meu meio-irmão.

Arthur Erhall, meu pai.

Nosso pai.

Eu era parente das duas pessoas que mais desprezava em Eldorra. Vai entender.

Vivi um breve momento de horror quando pensei que Bridget e eu podíamos ser parentes, mas Andreas não era primo dela de verdade, graças a Deus. O pai dele era Erhall, não o tio dela.

Mesmo assim, não fiquei empolgado com a identidade da família recém-descoberta.

Andreas ficou em silêncio por um longo instante.

— Quando descobri que Nikolai estava abdicando, fiquei... preocupado. Com Bridget. Ela nunca se interessou muito pelo trono, e achava que ela nem gostava muito de Eldorra. Certamente, ela passou tempo suficiente fora para causar essa impressão. Imaginei que ela não seria adequada para a posição de rainha.

Ouvir o nome de Bridget foi como ter meu coração enrolado em arame farpado.

Cabelos loiros. Olhos brilhantes. Um sorriso capaz de iluminar até minha alma fria, morta.

Tinham se passado só três dias, e eu já sentia tanta saudade dela que cortaria meu braço direito pela oportunidade de vê-la pessoalmente, mas ela estava trancada no palácio desde que tinha ido embora do hospital. Provavelmente, ocupada com os planos para o noivado com Steffan.

Senti ácido correndo nas veias, e me obriguei a prestar atenção ao que Andreas estava dizendo em vez de surtar de novo.

— Sei que não tem uma opinião muito boa sobre mim, mas quero o que é melhor para o país. Eldorra é meu lar e merece um bom governante.

Fiquei furioso com o insulto dissimulado.

— Bridget seria uma ótima governante.

— Bom, sua opinião é enviesada, não é? — falou Andreas, sem se alterar. — Contratei alguém para investigar o que fez enquanto esteve em Nova York. Queria saber quais eram seus interesses. Essa pessoa mencionou que vocês dois eram... próximos. Mais do que se espera de um guarda-costas e uma cliente.

— Mentira. Eu teria percebido uma investigação.

— Você estava distraído, e não foi uma pessoa só. Foram várias. — Andreas riu da minha expressão carrancuda. Como *caralho* eu tinha deixado passar alguém me vigiando? — Não se sinta mal. Essas pessoas não estavam lá para fazer mal a ela. Só para colher informações. Eu estava curioso sobre você, o guarda-costas que parecia ter encantado minha prima, por isso mandei meu pessoal pesquisar seu passado, inclusive suas origens. — O sorriso dele endureceu. — Imagine minha surpresa quando descobri que tínhamos o mesmo pai. Mundo pequeno.

Ele mantinha o tom leve, mas a tensão na mandíbula sugeria que não estava tão indiferente quanto queria que eu pensasse.

A história era plausível, com exceção de eu não ter percebido o rastro. Eu realmente estivera distraído, mas nem *tão* distraído assim.

Pensei no confronto incomum com Vincent no Borgia, na viagem de última hora à Costa Rica, nas milhares de pequenas coisinhas que, antes de Bridget, eu nunca teria feito.

Não me envolvo na vida pessoal dos clientes. Estou aqui para garantir sua integridade física. Só isso. Não estou aqui para ser seu amigo, confidente ou qualquer outra coisa. Isso garante que meu julgamento não seja comprometido.

Passei a mão no rosto. *Porra.*

— Digamos que seja verdade. Pode me explicar por que você é um príncipe, considerando que seu pai é só lorde?

Erhall. Tanta gente no mundo e tinha que ser Erhall.

Bile subiu pela minha garganta quando me lembrei de que éramos parentes. Andreas semicerrou os olhos.

— Minha mãe teve um caso com Erhall. Meu pai, o de verdade, mesmo que não fosse meu pai biológico, não soube de nada até pouco antes de ela contar, antes de morrer. Foi há seis anos, câncer. Acho que minha mãe queria partir com a consciência tranquila. Meu pai só me contou há três anos, antes *de ele* morrer. — Ele soltou uma risada curta feito um latido. — Pelo menos, minha família é capaz de levar os segredos para o túmulo. Literalmente.

— Erhall sabe?

— Não — Andreas respondeu depressa demais. — E nem vai saber. Foi meu pai quem me criou, não Erhall. Meu pai... — Uma sombra passou rapidamente por seu rosto antes de sumir. — Ele era um bom homem, e me amava o bastante para me tratar como filho mesmo depois de saber que eu não era. Erhall, por outro lado, é um patife ardiloso.

Dei risada. Pelo menos concordávamos em alguma coisa.

O sorriso de Andreas voltou quando ele bebeu outro gole de chá.

— Vou te contar um segredo: não quero o trono. Nunca quis. Assumiria o posto, se fosse necessário, é claro, mas prefiro ter outra pessoa lá, desde que seja alguém competente. O trono é o assento mais poderoso, mas também é a gaiola mais apertada do palácio.

— Para de mentir, porra — rosnei. — Você deixou suas intenções bem claras várias vezes. As reuniões com o Rei Edvard e o Presidente, a visita "prestativa" à minha casa de hóspedes na noite anterior ao casamento de Nikolai. Tá lembrado?

— Bridget precisava de um empurrãozinho — ele respondeu com frieza. — Queria ver se ela brigaria pela Coroa. Mas também voltei porque... — ele hesitou por um instante — ... queria dar uma chance a Erhall. Ver se poderíamos ter alguma conexão. Por isso pedi para acompanhá-lo nas reuniões, não porque queria ser rei. Quanto à casa de hóspedes, eu estava tentando te ajudar. Não sou nenhum idiota, sr. Larsen. Ou posso te chamar de Rhys, agora que sabemos que somos irmãos?

Eu o encarei em silêncio e ele riu.

— Sr. Larsen, então — disse. — Eu sabia que estava acontecendo alguma coisa entre você e Bridget muito antes de as notícias circularem. Não tinha certeza, mas via como se olhavam. É uma escolha difícil, o amor ou a pátria. Nikolai fez a escolha dele. Bridget, bem, acho que ela também fez a dela. Mas antes de Bridget aceitar se casar com Steffan...

O ácido em minhas veias engrossou e empoçou em meu estômago.

— ... vocês dois tiveram uma chance. Tentei te dar um empurrãozinho. No fim, você é *mesmo* meu irmão, e ela *é* minha prima. Dois membros da família que me restavam. Pense nisso como minha boa ação do ano.

— Muito caridoso — respondi, sarcástico. — Devia ser canonizado.

— Ria o quanto quiser, mas eu estava disposto a unir vocês dois porque estavam evidentemente apaixonados, mesmo que isso me obrigasse a usar o manto, caso Bridget abdicasse. Não considera isso um sacrifício?

Era *mesmo* um sacrifício. Mas eu não admitiria isso para Andreas.

Minha cabeça latejava com o volume de informações novas dentro dela. Era bem possível que Andreas estivesse me enrolando, mas minha intuição dizia que não.

— Quase contei a ela sobre nosso pai, sabe? Na recepção do casamento de Nikolai. Não ajudaria em nada, por causa da Lei dos Casamentos Reais, que requer que o monarca se case com alguém de nascimento nobre *legítimo*. Você nasceu fora do casamento e nunca foi reconhecido como filho por Erhall, ele *nem sabe* que é seu pai, portanto você não se qualifica. — Andreas terminou de beber o chá e levou a xícara para a pia. — Mas ela desapareceu da recepção, e antes que eu pudesse conversar com Bridget, o Daily Tea divulgou as fotos. — Ele deu de ombros. — *C'est la vie*.

Droga. Agora que sabia que era filho de um lorde, eu esperava...

— Se a lei impediria tudo de qualquer maneira, por que contaria a ela? — perguntei.

— Porque tenho uma ideia de como isso poderia ajudar de um jeito meio tortuoso. — Sorriu Andreas. — Poderia até te ajudar a ter Bridget de volta, se agir rápido o suficiente. Holstein deve fazer o pedido no mês que vem. Estou disposto a te ajudar...

— Mas? — Sempre havia um *mas* neste tipo de jogo.

— Mas você precisa parar de me tratar como inimigo e começar a me tratar como... talvez não um irmão, mas um conhecido simpático. Afinal, somos a única família que nos resta além do nosso adorável pai. — Alguma coisa cintilou no rosto de Andreas antes de desaparecer.

— Só isso? — A desconfiança crescia dentro de mim. Parecia fácil demais.

— Só isso. É pegar ou largar.

Uma coisa me ocorreu.

— Antes de te dar uma resposta, quero saber uma coisa. Andou bisbilhotando minha casa de hóspedes enquanto eu não estava lá?

Ele olhou para mim de um jeito estranho.

— Não.

— Quero a verdade.

Andreas endireitou as costas, aparentemente ofendido.

— Sou um príncipe. Não bisbilhoto "casas de *hóspedes*" — respondeu, a palavra pingava desprezo — feito um ladrãozinho qualquer.

Comprimi os lábios. Ele estava dizendo a verdade.

Mas se não era o culpado, quem era?

Achei que isso não tivesse mais importância, considerando que não morava mais lá, mas o mistério me incomodava.

No entanto, tinha coisas mais importantes em que me concentrar.

Não confiava em Andreas. Podia estar sendo honesto hoje, e podia não querer roubar a coroa de Bridget, mas isso não significava que seria honesto sempre.

Infelizmente, estava ficando sem tempo e sem opções.

Espero não me arrepender disso.

— Qual foi a ideia que você teve? — perguntei. — Estou ouvindo.

CAPÍTULO 43

Bridget

O PALÁCIO DESIGNOU BOOTH COMO MEU GUARDA-COSTAS OUTRA VEZ. Eu estava péssima desde que Rhys havia ido embora, e os administradores do palácio imaginaram que ajudaria se alguém que eu conhecesse e de quem gostasse o substituísse.

Booth assumiu o posto depois que Edvard saiu do hospital, há duas semanas, e embora ninguém pudesse substituir Rhys, foi bom ver o rosto sorridente de Booth outra vez.

— Como nos velhos tempos, hein, Alteza? — ele disse enquanto esperávamos Elin e Steffan no meu gabinete. Normalmente, eu não tinha um guarda no palácio, mas as reuniões com convidados de fora eram uma exceção.

Forcei um sorriso.

— Sim.

Booth hesitou, depois acrescentou:

— Muita coisa mudou ao longo dos anos. Não sou o sr. Larsen, mas vou fazer o melhor que puder.

Uma dor intensa invadiu meu peito quando ouvi o nome de Rhys.

— Eu sei. Estou feliz por ter você de volta. De verdade.

Mas pensamentos sobre cabelos escuros e olhos cinzentos, cicatrizes e sorrisos raros ainda me consumiam.

Houve um tempo em que eu teria dado qualquer coisa para ter Booth como meu guarda-costas de novo. Nas semanas seguintes à sua partida, eu o amaldiçoei todos os dias por ter me deixado sozinha com Rhys.

Rhys, aquele insuportável, dominador, arrogante que não me deixava andar do lado de fora da calçada e tratava cada ida ao bar como uma missão em uma zona de guerra. Que fazia mais careta do que ria e discutia mais do que conversava.

Rhys, que tinha planejado uma viagem de última hora para eu poder realizar os desejos da minha lista, mesmo que isso contrariasse todos os seus instintos de guarda-costas, e que tinha me beijado como se o mundo estivesse acabando e eu fosse sua última chance de salvação.

A dor se intensificou e se espalhou para a garganta, os olhos, a alma.

Ele estava em todos os lugares. Na cadeira onde tínhamos nos beijado, na escrivaninha onde tínhamos transado, na tela da qual tínhamos rido porque o artista havia pintado uma sobrancelha mais alta e mais arqueada que a outra na modelo, dando a ela uma permanente expressão de surpresa.

Mesmo que eu saísse do gabinete, ele ainda estaria lá, me assombrando.

A porta se abriu e apoiei a mão no joelho para me manter firme. Elin e Steffan entraram.

— Obrigada por vir — disse, quando Steffan sentou-se à minha frente. Era a primeira vez que o via pessoalmente desde que ele havia concordado com o noivado.

Steffan me deu um sorriso que parecia quase tão forçado quanto o meu.

— Não foi nada, Alteza. Vamos ficar noivos, afinal.

O jeito como ele pronunciou as palavras me fez pensar que talvez eu não fosse a única forçada a entrar nessa situação. Tinha se mostrado bem interessado em nossos dois primeiros encontros, mas estava distante e distraído desde que voltara de Preoria.

Pensei na tensão que havia percebido entre ele e Malin.

Um silêncio incômodo se prolongou antes de Elin pigarrear e pegar caneta e bloco de anotações.

— Excelente. Vamos começar a reunião, Princesa? O primeiro item da agenda é a data e o local para os eventos. Lorde Holstein vai fazer o pedido daqui a três semanas no Jardim Botânico Real. Vai ser uma boa referência ao segundo encontro que tiveram. Diremos à imprensa que se corresponderam regularmente enquanto ele esteve em Preoria, para não criar a impressão de que o pedido de casamento surgiu do nada...

A reunião se arrastou, interminável. A voz de Elin tornou-se um barulho constante e monótono, e Steffan ficou sentado com uma expressão distante, os olhos vidrados. Eu me sentia como se participasse de uma negociação para a fusão de duas empresas, o que, de certa forma, era o que estava acontecendo.

O *conto de fadas com que as meninas sonham*.

— ... sua lua de mel, alguma ideia? — disse Elin.

O olhar cheio de expectativas me arrancou do lugar para onde eu havia escapado mentalmente enquanto ela falava sem parar sobre entrevistas na mídia e opções de roupa para o pedido.

Fiquei confusa.

— O que disse?

— Precisamos decidir onde vai ser a lua de mel — ela repetiu. — Paris é um clássico, embora seja clichê. As Maldivas são uma boa opção, mas visadas demais. Poderíamos fazer uma escolha diferente, talvez na América Central ou América do Sul. Brasil, Belize, Costa Rica...

— Não!

Todo mundo se assustou com meu grito. Booth arregalou os olhos, e as sobrancelhas de Elin subiram em desaprovação. Só a expressão de Steffan se manteve neutra.

— Não, Costa Rica não — repeti com mais calma, mas com o coração disparado. — Qualquer lugar, menos lá.

Eu preferia passar a lua de mel na Antártica de biquíni.

A Costa Rica pertencia a mim e a Rhys. E a mais ninguém.

Quarto item da lista.

Você já se apaixonou?

Não. Mas espero que eu me apaixone; um dia.

Olha para cima, Princesa.

Um ardor que agora eu conhecia bem pulsou atrás dos meus olhos, e me obriguei a respirar fundo até passar.

— Além do mais, é muito cedo para falar em lua de mel. — Minha voz era distante, como se estivesse falando de um sonho. — Ainda não somos oficialmente noivos.

— Queremos resolver todos os detalhes o mais depressa possível. Planejar um casamento real *e* uma coroação no mesmo ano não é tarefa fácil — Elin retrucou. — A imprensa vai querer saber.

— Vamos falar primeiro sobre o pedido. — Meu tom não admitia oposição. — A imprensa pode esperar.

Ela suspirou, e tive medo de que sua boca congelasse naquela posição, de tão contraída.

— Sim, Alteza.

Depois de uma hora, a reunião finalmente chegou ao fim, e Elin correu para outra reunião com meu avô. Edvard progredia bem, depois da hospitalização, mas ainda não havíamos discutido Rhys ou o que havia acontecido em seu gabinete antes do infarto.

Eu não tinha objeções a isso. Não estava preparada para essas conversas.

Enquanto isso, Steffan continuava sentado. Batucava de leve com os dedos nas coxas, e a expressão distante deu lugar a outra, mais sombria.

— Posso falar com você, Alteza? A sós? — Ele olhou para Booth, que olhou para mim.

Assenti, e Booth saiu da sala.

Assim que ele fechou a porta, eu disse:

— Pode me chamar de Bridget. Seria estranho se ficássemos noivos e continuasse me chamando de Alteza.

— Perdão, é força do hábito, Alt... Bridget. — Vi o desconforto em seu rosto antes de ele continuar. — Espero que isso não cause nenhum constrangimento, mas queria conversar com você a respeito do, hã, sr. Larsen.

Todos os músculos se contraíram. Se existia alguém com quem eu queria discutir Rhys ainda menos do que com meu avô, essa pessoa era meu futuro noivo.

— Não vou perguntar se a... hã... notícia é verdadeira — acrescentou Steffan, apressado. Ele sabia que era. A fúria de Rhys em nosso primeiro encontro, o vaso de flores quebrado no Jardim Botânico Real, o dia em que ele tinha nos encontrado no hotel... eu podia ver as peças se encaixando em sua cabeça. — Não é da minha conta o que fez antes do nosso... noivado, e sei que não sou sua primeira opção de marido.

A culpa esquentou meu rosto. Se nos casássemos, eu não seria a única presa em uma união sem amor.

— Steffan...

— Não, tudo bem. — Ele balançou a cabeça. — Foi esta a vida em que nascemos. Meus pais se casaram por conveniência política, igual aos seus.

Era verdade. Mas meus pais se amavam. Tinham tido sorte, até ela acabar.

— Você não me ama, e não espero que me ame. Nós... bem, só conversamos algumas poucas vezes, não é? Mas gosto da sua companhia, e vou me esforçar para ser um bom consorte. Talvez isso não seja o tipo de amor de conto de fadas com que sonhou, mas podemos ter uma vida boa juntos. Nossas famílias estarão felizes, pelo menos. — Com exceção da ponta de amargura colorindo a última frase, Steffan parecia estar lendo o texto de um teleprompter.

Eu o estudei enquanto ele olhava para a escrivaninha, vi seu rosto tenso e as mãos apertando os joelhos com força.

Reconhecia essa expressão e essa atitude. Era como eu *vivia*, ultimamente.

— É Malin?

Steffan levantou a cabeça sobressaltado, e a tensão deu lugar ao espanto.

— Como?

— A mulher por quem está apaixonado — expliquei. — É Malin?

Steffan engoliu o ar com dificuldade.

— Não tem importância.

Três palavras. Uma confirmação de algo que nós dois já sabíamos.

Nenhum de nós queria isso. Nosso coração pertencia a outras pessoas, e se nos casássemos, seria confortável. Agradável. Segunda melhor opção.

Mas não seria amor. Nunca seria amor.

— Eu acho que isso é muito importante — respondi com suavidade.

Steffan soltou um longo suspiro.

— Quando te conheci no seu baile de aniversário, tinha toda intenção de me apresentar como um candidato — disse. — Você é adorável, mas em Preoria... ela era ajudante da minha mãe durante o período de recuperação. Estávamos sozinhos em casa, além de minha mãe, e aos poucos, sem que eu sequer percebesse...

— Você se apaixonou — concluí.

Ele sorriu.

— Nenhum de nós esperava. No começo, não nos suportávamos. Mas, sim, me apaixonei. — O sorriso desapareceu. — Meu pai descobriu, ameaçou me deserdar se eu não terminasse o relacionamento e jurou que Malin nunca mais conseguiria trabalhar em Eldorra. Ele não blefa. Não quando o que está em jogo é um relacionamento com a família real. — Steffan esfregou a mão no rosto. — Peço desculpas, Alt... Bridget. Sei que compartilhar tudo isso é extremamente impróprio, considerando nosso compromisso.

— Não tem problema. Eu entendo. — Mais do que a maioria das pessoas entenderia.

— Eu achei que fosse entender.

Abordei uma questão que me incomodava desde nosso encontro no hotel.

— Se estavam juntos, por que ela o pressionou a me convidar para sair?

Vi a tristeza em seus olhos.

— O hotel foi nossa última vez juntos. Meu pai tinha retornado a Preoria e a demitiu do emprego de criada de minha mãe, por isso tivemos que ir a algum lugar onde não fôssemos... onde pudéssemos ficar sozinhos. Ela sabia sobre você e o que meu pai esperava de mim. Foi o jeito de Malin de superar o que tivemos.

Tentei me imaginar empurrando outra mulher para os braços de Rhys e quase me encolhi.

Mal conhecia Malin, mas sofria por ela.

— Sinto muito.

— Eu também.

O silêncio durou um instante antes de Steffan tossir baixinho e endireitar as costas.

— Mas gosto da sua companhia, Bridget. Acredito que vamos formar um casal adequado.

Um sorriso triste se abriu em meus lábios.

— Sim, vamos. Obrigada, Steffan.

Fiquei no meu gabinete depois que ele foi embora olhando para as cartas sobre a escrivaninha, para o selo real e a agenda colada na parede.

Três semanas para o pedido.

Seis meses para o casamento.

Nove meses para a coroação.

Eu já conseguia imaginar tudo isso. O vestido, a igreja, o juramento na coroação, o peso da coroa em minha cabeça.

Fechei os olhos. As paredes me pressionavam de todos os lados, e o rugido do sangue latejando em meus ouvidos bloqueava todos os outros sons.

Eu tinha me acostumado com a ideia de ser rainha. Em parte, estava até empolgada para assumir a posição e trazê-la ao século vinte e um. A monarquia tinha muitos costumes antiquados que não faziam mais sentido.

Mas eu não esperava que fosse acontecer tão cedo, nem que fosse acontecer sem Rhys ao meu lado, mesmo que fosse só como meu guarda-costas.

Sério e firme, rabugento e protetor. Minha rocha e minha âncora na tempestade.

Respira, Princesa. Você é a futura rainha. Não deixe que te intimidem.

Fiquei pensando se Rhys já tinha saído de Eldorra, e se ele se lembraria de nós em dez, vinte, trinta anos.

Pensei se, quando me visse na TV ou em uma revista, ele pensaria na Costa Rica, em tempestades em um coreto e tardes preguiçosas em um quarto de hotel ou se viraria a página sem mais nada além de um lampejo de nostalgia.

Queria saber se eu assombraria as lembranças dele tanto quanto ele assombrava as minhas.

— Queria que você estivesse aqui — cochichei.

Meu desejo ricocheteou nas paredes e percorreu a sala, pairando no ar, antes de finalmente se dissolver em nada.

―――※―――

Horas mais tarde, eu ainda estava no meu gabinete quando meu avô apareceu.

— Bridget, gostaria de falar com você.

Levantei o olhar da pilha de cartas, meus olhos vermelhos. Ficara trabalhando desde a reunião com Elin e Steffan, e havia dispensado Booth há muito tempo.

Trabalho era a única coisa que me mantinha em pé, mas eu não tinha percebido que já era tão tarde. O sol do fim de tarde entrava pelas janelas e delineava sombras longas no chão, e meu estômago roncou de fome. Não me alimentei mais desde que tinha comido um iogurte e uma maçã, chequei o relógio, há sete horas.

Edvard ficou parado na porta com o rosto cansado, mas com uma cor muito melhor que a de alguns dias atrás.

— Vovô! — Pulei da cadeira. — Não devia estar acordado até tão tarde.

— Ainda não é nem hora do jantar — ele resmungou. Depois entrou e se sentou na minha frente.

— Os médicos disseram que você tem que descansar.

— Sim, e já repousei nas últimas duas semanas, repousei o suficiente para uma vida inteira. — Ele ergueu o queixo em uma demonstração de teimosia e suspirei. Era inútil discutir com meu avô quando ele estava assim.

Se havia uma coisa que Edvard odiava eram mãos ociosas. Tinha reduzido a carga de trabalho, como os médicos haviam instruído, mas como as obrigações de rei o tinham impedido de escolher um hobby ao longo dos anos, ele agora enlouquecia de tédio – coisa que nunca deixava de mencionar sempre que falava comigo ou com Nikolai.

— Programa de cartas do cidadão? — Ele examinou os documentos em cima da mesa.

— Sim, estou terminando a remessa dessa semana. — Não mencionei os e-mails que ainda esperavam no endereço oficial. Mesmo com a ajuda de dois assistentes, estávamos atrasados. Os cidadãos de Eldorra tinham muito para dizer.

Eu estava eufórica com o sucesso do programa, mas em breve teríamos que contratar mais gente. Profissionalizar a atividade, em vez de tratá-la como um projeto secundário.

— Tem alguns temas que eu gostaria de levar à próxima reunião com o Presidente — falei. — Imagino que Erhall vá ficar eufórico.

— Erhall não fica eufórico desde que foi eleito Presidente do Parlamento pela primeira vez há dez anos. — Edvard encaixou os dedos embaixo do queixo, apontados para cima, e me estudou. — Está se saindo bem. Defendendo sua posição, mesmo quando ele tenta minar sua confiança. Você realmente ganhou segurança nesses últimos meses.

Engoli um nó que se formava em minha garganta.

— Obrigada. Mas não sou você.

— É claro que não, mas nem devia tentar ser. Ninguém deve se esforçar para ser alguém além de si mesmo, e você não é menos que eu ou qualquer outra pessoa. — A expressão de Edvard ficou mais suave. — Sei que a perspectiva de se tornar rainha é esmagadora. Sabia que fiquei uma pilha de nervos durante meses antes da minha coroação?

— Sério? — Eu não conseguia imaginar meu avô, sempre altivo e orgulhoso, nervoso com alguma coisa.

— Sim — respondeu, rindo. — Na noite anterior à cerimônia, vomitei no vaso de plantas favorito da rainha viúva. Precisava ter ouvido o jeito que ela gritou quando descobriu o, hã, presente que deixei.

Não segurei o riso provocado pela imagem mental criada pelas palavras dele. Minha bisavó tinha morrido antes de eu nascer, mas sempre ouvi dizer que ela tinha sido uma força implacável.

— O ponto é que é normal se sentir desse jeito, mas confio em você. — Edvard bateu com o dedo no carimbo do selo real na minha mesa. — Sua coroação vai acontecer mais cedo do que todos nós esperávamos, mas você vai ser uma boa rainha. Não tenho nenhuma dúvida disso.

— Eu ainda nem terminei o treinamento — respondi. — Nikolai foi treinado durante a vida toda para assumir o trono, e eu só tive alguns meses de preparo. E se eu cometer erros?

Senti um arrepio gelado nas costas e pressionei as mãos contra os joelhos de novo para impedir que tremessem.

— Ninguém espera que você seja perfeita, mesmo que pareça o contrário. Admito, um rei ou uma rainha tem uma margem bem menor para cometer erros, mas você *pode* errar, desde que aprenda com isso. Ser líder não tem a ver com conhecimento técnico. Tem a ver com *você* enquanto pessoa. Sua compaixão, sua força, sua empatia. E tudo isso você tem aos montes. Além do mais... — os olhos dele ficaram cercados por linhas quando sorriu — ... não tem jeito melhor de aprender do que pondo a mão na massa.

— Com milhões de pessoas olhando.

— Esse é um trabalho para quem lida bem com pressão — ele reconheceu.

Minha risada soou enferrujada, depois de uma semana sem uso.

— Acha mesmo que tenho essa capacidade? — A insegurança me devorava, e tentei não pensar no que minha mãe teria feito em meu lugar. Como teria lidado com tudo isso de maneira muito mais elegante.

— Eu sei que tem. Você já está comandando as reuniões com o Presidente, enfrentando Erhall de igual para igual, e o povo te ama. — Edvard irradiava tanta confiança que me fez lembrar de Rhys, que nunca tinha duvidado da minha capacidade em nenhuma circunstância.

Não precisa de uma coroa para ser rainha, Princesa.

Meu Deus, que saudade dele. Nunca pensei que fosse sentir tanta falta de alguém.

— Estou sempre aqui, se quiser falar sobre alguma coisa relacionada à Coroa, mas não foi para isso que vim hoje. — Edvard me estudou com olhos incisivos, apesar da hospitalização recente. — Quero falar sobre *você*, Bridget. Não sobre a princesa.

Cautela tomou minhas veias.

— Sobre mim?

— Está profundamente infeliz, minha querida. Está assim desde que saí do hospital. — Um sorriso cansado se abriu em seus lábios. — Para o meu próprio bem, presumo que não tenha ficado arrasada por eu ter escapado com vida. Mas acontece que o momento coincidiu com uma certa proposta iminente e a partida de um determinado guarda-costas.

A mesa ficou turva antes de eu piscar e recuperar a nitidez.

— Estou bem. Você tinha razão. Era hora de terminar tudo, e Steffan vai ser um bom consorte.

— Não minta para mim. — A voz de Edvard ficou mais grave com a autoridade de soberano, e senti vontade de me encolher. — Você é minha neta. Sei quando está mentindo, e sei quando está mal. No momento, as duas coisas estão acontecendo.

Tive o bom senso de não responder.

— Fiquei, e ainda estou, muito aborrecido com seu relacionamento com o sr. Larsen. Foi inconsequente, e a imprensa ainda está explorando o assunto. Mas... — ele respirou fundo, um suspiro cheio de tristeza e compaixão. — Você é, antes e acima de tudo, minha neta. Tudo que mais quero é que seja feliz. Pensei que fosse algo casual entre vocês, mas depois de te ver andando por aí feito um zumbi de coração partido, acho que me enganei.

Eu me belisquei embaixo da mesa para ter certeza de que não estava sonhando. A dor aguda confirmou que a expressão "zumbi de coração partido" tinha realmente saído da boca do meu avô.

Mas por mais estranha que fosse a expressão, ele não estava errado.

— Não importa — falei, repetindo o sentimento de Steffan mais cedo. — É tarde demais. Eu estava tentando revogar a Lei dos Casamentos Reais antes de isso se tornar uma questão aflitiva, mas agora não tenho mais tempo.

— Nove meses, se não estou enganado.

— Três semanas até o pedido de casamento — argumentei.

— Hum. — O som era carregado de significados.

Ele não podia estar sugerindo o que eu achava que estava sugerindo.

— Vô, você *quis* que eu rompesse com Rhys. E passou esse tempo todo me pressionando para aceitar o casamento com Steffan e... — desabafei, quando a emoção formava um nó em minha garganta. — Teve um infarto, quando me recusei.

O horror dominou a expressão dele.

— Acha que foi isso que aconteceu? — Edvard endireitou as costas, e seus olhos recuperaram subitamente a firmeza. — Bridget, não foi por sua causa. Foi um acúmulo de estresse. Foi minha culpa, porque não ouvi você e Nikolai.

Ele fez uma careta.

— Eu precisava ter reduzido a carga de trabalho, mas não reduzi. O infarto aconteceu em um momento inoportuno, mas *não* foi sua culpa. Está me entendendo?

Assenti, e o nó de emoção se expandiu até alcançar meu nariz e minhas orelhas. Meu peito ficou apertado; a pele, quente demais; depois, gelada.

— Não culpo você pelo que aconteceu. De jeito nenhum — ele disse. — E por decreto real, ordeno que pare de se culpar.

Forcei um sorrisinho e uma lágrima quente desceu por meu rosto ao mesmo tempo.

— Ah, meu bem. — Edvard suspirou de novo, dessa vez mais profundamente. — Venha cá.

Ele abriu os braços, e eu contornei a mesa e o abracei, respirei seu cheiro familiar e confortante de couro e colônia Creed. Parte da tensão que me acompanhava desde que ele tinha sofrido o infarto desapareceu.

Eu não havia percebido, até agora, quanto precisava de seu perdão.

— Você é minha neta, e quero que seja feliz. — Edvard me abraçou com força. — Não podemos desrespeitar a lei, mas você é uma menina esperta e tem nove meses pela frente. Faça o que tem que fazer. Está entendendo o que estou dizendo?

— Acho que sim — sussurrei.

— Que bom. — Ele recuou e beijou minha testa. — Pense como uma rainha. E lembre-se: os melhores governantes são aqueles que podem usar recompensas e punições na mesma medida.

Os melhores governantes são aqueles que podem usar recompensas e punições na mesma medida.

As palavras de Edvard permaneceram por muito tempo depois de ele sair da sala e o sol de fim de tarde se transformar nos azuis frios do crepúsculo.

Peguei meu celular, a cabeça girando com as implicações do que queria fazer.

Tinha uma carta na manga, mas não havia considerado essa ideia até agora, porque era manipuladora, dissimulada e completamente contrária à minha moral.

Não era uma recompensa *ou* uma punição. Era o equivalente a uma bomba nuclear.

Mas apesar de ter nove meses, teoricamente, respeitava Steffan demais para humilhá-lo rompendo o noivado depois do pedido de casamento, caso eu conseguisse revogar a Lei dos Casamentos Reais. Também *não* podia cancelar o pedido sem um bom motivo. Isso causaria comoção no palácio.

Portanto, eu tinha três semanas para convencer Erhall, que me desprezava, a apresentar uma moção a que já se havia declarado contrário *e* convencer três quartos do Parlamento a derrubar uma das leis mais antigas da nação.

A bomba nuclear era minha única opção viável.

Rolei minha lista de contatos e encontrei o nome que procurava. Hesitei, mantendo o dedo suspenso sobre a tela.

Eu realmente queria ir em frente com isso? Seria capaz de conviver comigo?

Foi esta a vida em que nascemos.

Temos nove meses. Vamos pensar em alguma coisa.

Querida, já ultrapassamos essa fase de gostar.

Digitei o número. Ele atendeu no primeiro toque.

— Estou ligando para cobrar o favor que você me deve. — Pulei o cumprimento e fui direto ao ponto. Se havia alguém que apreciava eficiência, esse alguém era ele.

— Estava esperando sua ligação. — Eu podia praticamente ver o sorriso de Alex Volkov pelo telefone, gelado e sem humor. — O que posso fazer por você, Alteza?

CAPÍTULO 44

Bridget

Eu tinha perdido a cabeça quando pedira ajuda a Alex. Ele podia estar namorando Ava, e ser menos... sociopata desde que tinham reatado no ano passado, mas eu ainda não confiava nesse homem.

Entretanto, ele amava Ava de verdade, apesar de todos os seus defeitos, e me devia o favor de ter chamado a atenção dele para que agisse antes de me mudar para Nova York. Não fosse por mim, ele ainda estaria chorando sozinho e aterrorizando todo mundo à sua volta.

Nossa conversa por telefone quatro dias antes tinha sido curta e sucinta. Disse a ele o que queria e ele confirmou que podia conseguir isso para mim. Eu não duvidada da capacidade dele porque era do Alex que estávamos falando, mas ele não me deu um prazo, e eu estava aflita desde então.

— Alteza — Booth falou mais baixo do que o normal, e todo seu corpo vibrava com uma energia nervosa enquanto caminhávamos para o meu quarto. Tínhamos acabado de voltar de um evento no National Opera House, e eu estava tão distraída pensando no meu plano que não questionei a presença de Booth no corredor para minha suíte, sendo que ele costumava se despedir de mim na entrada do palácio.

— Sim? — Arqueei uma sobrancelha ao notar os olhares furtivos de Booth para o corredor vazio. Ele era um bom guarda-costas, mas daria um péssimo espião.

— Leia quando estiver sozinha. — Booth me entregou uma folha de papel, e falou tão baixo que quase não o ouvi.

Estranhei.

— O que é...

Uma criada apareceu na ponta do corredor e Booth recuou tão depressa que quase derrubou o vaso de porcelana sobre uma mesa próxima.

— Bem — ele disse, e dessa vez falou tão alto que me assustei. — Então é isso, Alteza, vou indo.

E sussurrou:

— Não conte a ninguém sobre isso.

Booth acenou e se afastou apressado até desaparecer na mesma ponta onde a criada tinha aparecido.

Estranhei ainda mais.

Que porra estava acontecendo? Booth não costumava ser tão misterioso, mas fiz o que ele pediu e esperei até entrar no quarto e fechar a porta, e só então desdobrei o papel. Booth não era o tipo de pessoa que escrevia bilhetes secretos. O que teria...

O tempo parou. Meu rosto esquentou, meu estômago revirou quando vi aquela caligrafia conhecida rabiscada no bilhete.

9 da noite hoje, Princesa. Duas cadeiras.

Não tinha assinatura, mas não era preciso.

Rhys ainda estava em Eldorra.

Uma onda de alívio me inundou, seguida pela ansiedade e por uma nota de pânico. Não tínhamos mais conversado desde o hospital, e aquela conversa não tinha acabado bem. Por que ele estava tentando contato agora, duas semanas e meia depois? Como tinha conseguido convencer Booth a me entregar um bilhete? O que ele...

— Bridget!

Por um momento, pensei que me chamavam de fora do quarto, mas levantei a cabeça e vi a morena pequenina dentro da minha suíte.

Fui invadida por outro tipo de incredulidade.

— Ava? O que está fazendo aqui? — Enfiei rapidamente o bilhete de Rhys no bolso, onde ele queimou minha pele através da seda.

O rosto de Ava se transformou em um largo sorriso.

— Surpresa! Vim te ver, é claro. E não vim sozinha.

Jules entrou na saleta vestida com um casaco que eu conhecia.

— Boa tarde, Alteza — ela cantarolou.

Inclinei a cabeça.

— Esse casaco é meu?

— Sim — ela confirmou, sem nenhuma vergonha. — Adoro. Ele realça meu cabelo.

O tom de esmeralda realmente fazia o cabelo vermelho de Jules saltar aos olhos.

— Seu closet é *tudo*. Vou precisar de uma visita mais aprofundada mais tarde.

— Já fez essa visita por conta própria. — Stella apareceu atrás dela em um vestido branco que fazia sua pele morena reluzir. Como a blogueira de moda do nosso grupo, ela era dona de um closet que podia se equiparar ao meu, apesar das escolhas mais casuais. — Passou meia hora examinando a coleção de sapatos.

— O nome disso é pesquisa — disse Jules. — Vou ser advogada. Saltos poderosos são essenciais para pisar em cima da oposição.

Dei risada e abracei minhas amigas, sentindo que o choque se transformava gradativamente em empolgação. Não as via pessoalmente desde que tinha voltado para Eldorra, e não havia percebido o quanto sentia falta das nossas conversas frente a frente.

No entanto, evitei cumprimentar a última pessoa do grupo com um abraço.

— Alex. — Acenei com a cabeça para o namorado de Ava, uma descrição que parecia branda demais para ele. Namorados eram doces e gentis. Com seus olhos frios e a atitude ainda mais fria, Alex era tudo, menos isso, embora sua expressão ganhasse um pouco mais de calor quando ele olhava para Ava.

— Bridget.

Nenhum de nós deu a menor indicação de que tínhamos interagido para além dessas situações em grupo. Eu me sentia mal por esconder o telefonema de Ava, mas quanto menos ela soubesse o que íamos fazer, melhor. Negação plausível era importante.

— Vimos as notícias sobre o que aconteceu com o seu avô e Rhys. — Ava estava preocupada. — Teríamos vindo antes, mas Jules precisava concluir o estágio, e eu não consegui folga até agora. Como você está?

— Bem. Meu avô está muito melhor.

Não mencionei Rhys de propósito.

— Eu *sabia* que tinha alguma coisa rolando entre você e o gostoso do seu guarda-costas. Eu nunca me engano — Jules brincou, antes de recuperar a seriedade. — Precisa de alguma coisa da gente, meu bem? Estraçalhar uns paparazzi, talvez? Um álibi, enquanto você escapa no meio da noite para um encontro tórrido com seu amante? Posso pintar meu cabelo de loiro.

— J, você é uns sete ou oito centímetros mais baixa que ela — apontou Stella.

Jules deu de ombros.

— Detalhe bobo. Nada que um salto alto não resolva.

Dei risada de novo, embora o bilhete de Rhys estivesse queimando em meu bolso. *9 da noite hoje, Princesa. Duas cadeiras.*

— Como foi que chegaram aqui?

— Nikolai ajudou na surpresa — Jules contou. — Pena que ele já é comprometido. Seu irmão é uma delícia.

— Viemos passar o fim de semana — Stella acrescentou, afastando um cacho do rosto. Olhos verdes, pele bronzeada, pernas longas e elegância faziam dela a pessoa mais linda que já tinha conhecido, e apesar de ter plena consciência do efeito que exercia sobre os outros, especialmente sobre os homens, ela nunca demonstrava vaidade. — Queria que pudéssemos ficar mais, mas não conseguimos uma licença maior do trabalho.

— Tudo bem. Estou feliz por terem vindo. — O nó de solidão em meu peito afrouxou um pouco. Por mais que quisesse reler o bilhete de Rhys muitas vezes até decorar cada volta e cada curva das letras, também queria ter um tempo com minhas amigas. Fazia muito tempo que não as via. — Contem as novidades. O que eu perdi?

Como não tinha mais reuniões pelo resto do dia, passei a tarde ouvindo as novidades de minhas amigas enquanto Alex fazia várias ligações de trabalho. Contei a elas sobre meu treinamento, a excursão filantrópica e o baile de aniversário. Elas me falaram sobre o trabalho de cada uma, os namoros fracassados e a viagem que tinham feito de carro até o Parque Nacional de Shenandoah.

Depois de um tempo, superamos os assuntos mais leves e chegamos ao elefante na sala.

— Você e Rhys. — Ava afagou minha mão. — O que aconteceu?

Hesitei, refletindo sobre quanto devia revelar, e acabei escolhendo uma versão curta e limpinha da história, começando pelo momento em que soube sobre a abdicação de Nikolai e terminando no rompimento no hospital. Fiz um relato rápido sem intervalos, sem desabar, o que considerei uma vitória importante.

Quando terminei, minhas amigas olhavam para mim de boca aberta, com expressões que variavam do choque à solidariedade, passando pela tristeza.

— Puta merda — disse Jules. — Sua vida é um filme do Hallmark.

— Não exatamente.

Filmes do Hallmark tinham finais felizes, e o meu ainda estava em exibição.

— Tem alguma coisa que possamos fazer? — Vi a compaixão no rosto de Stella. Ela não estava olhando para o celular, o que era inédito e um grande feito, já que praticamente vivia na internet.

Balancei a cabeça.

— Eu vou dar um jeito nisso tudo.

Se Alex conseguir me ajudar. Olhei para o lugar, ao lado da janela, em que ele estava em pé, falando em russo pelo telefone.

— Vai dar tudo certo, meu bem. — Jules emanava confiança. — Sempre dá certo. Se não der, declare lei marcial e *anuncie* que vai ficar com a coroa *e* com o seu guarda-costas gostoso. O que eles vão fazer, te levar para a guilhotina?

Sorri. Podia sempre contar com Jules para ter as ideias mais malucas.

— Não é assim que funciona, e eles poderiam.

— Eles que se fodam. Quero ver tentarem. Se ameaçarem, Alex cuida disso. Certo, Alex? — A voz de Jules assumiu um tom provocativo, melodioso.

Alex a ignorou.

— Não provoque — interferiu Ava. — Não vou conseguir te salvar sempre.

— Não estou provocando. É um elogio. Seu namorado consegue resolver tudo. — Quando Ava olhou para o outro lado, Jules se inclinou e cochichou: — Ele está completamente rendido. Olha só.

E em um tom apavorado, falou alto:

— Meu Deus! Ava, você está sangrando?

Alex virou a cabeça imediatamente. Menos de cinco segundos depois, desligou o celular e atravessou a sala em direção a Ava, que era a imagem da confusão e mantinha a mão suspensa na metade do caminho para a mesa, onde pretendia pegar um pãozinho.

— Estou bem — Ava avisou quando Alex a examinou em busca de ferimentos. E olhou para Jules. — O que foi que acabei de dizer?

— Não consigo me controlar. — Os olhos de Jules brilhavam. — É muito divertido. É tipo brincar com um brinquedo de corda.

— Até o brinquedo ganhar vida e te matar — murmurou Stella, alto o bastante para todo mundo ouvir.

Alex olhou para Jules sem esconder o desprazer. Seus traços eram tão perfeitos que até causavam um certo nervosismo, como ver uma estátua cuidadosamente esculpida ganhar vida. Algumas pessoas gostavam disso, mas eu preferia homens com mais personalidade. Prefiro cicatrizes e um nariz meio torto, resultado de várias fraturas.

— Torça para sua amizade com Ava durar para sempre — falou Alex, e seu tom gelado fez arrepios irromperem por meus braços.

Jules não parecia abalada com a ameaça implícita.

— Em primeiro lugar, Ava e eu *seremos* amigas para sempre. Em segundo lugar, pode mandar ver, Volkov.

— Está vendo com o que me deixou em Washington? — Ava suspirou e me disse.

Suspirei, solidária.

Minhas amigas passaram mais uma hora comigo, depois foram jantar. Recusei o convite para ir com elas alegando ter assuntos oficiais para resolver ainda naquele dia, mas prometi que as levaria para conhecer o palácio na manhã seguinte.

Dei uma olhada no relógio.

Ainda faltavam três horas.

Senti o nervosismo no estômago. O que diria quando visse Rhys? O que *ele* diria? Não queria falar sobre meu plano até ter certeza de que todas as peças estavam posicionadas, e mesmo assim ele poderia não aprovar. Meus métodos não seriam, de jeito nenhum, os mais ortodoxos.

— Já encontro vocês lá fora. — Alex deu um beijo na testa de Ava. — Vou ao banheiro antes.

Depois que todas saíram, olhei para Alex e cruzei os braços.

— Você demorou. E podia ter me avisado que estavam a caminho.

— Eu administro uma empresa da Fortune 500. Tenho outras coisas para resolver além da sua vida pessoal. — Alex ajeitou a manga da camisa. — E talvez queira consultar a definição da palavra "surpresa". Ava fez questão.

Suspirei. Não queria entrar em uma longa discussão com ele.

— Tudo bem. Conseguiu?

Alex levou a mão ao bolso e pegou um pen-drive.

— Informações sobre todos os cento e oitenta membros do Parlamento de Eldorra, como você pediu. — *Informação*, no caso, significava material para chantagem. — Ao entregar isso aqui para você, minha dívida está paga.

— Eu sei.

Ele me estudou por um longo momento antes de colocar o pen-drive na minha mão estendida.

Fechei os dedos em torno do pequeno objeto e meu coração palpitou como um coelho assustado. *Não acredito que estou fazendo isso.* Eu não era uma chantagista. Mas precisava ter alguma vantagem, depressa, e esse era o único jeito de me fortalecer.

Esperava não ter que usar as informações. No entanto, com o relógio correndo e meus apelos privados aos ministros sendo educadamente, mas definitivamente, recusados, talvez eu tivesse que recorrer a medidas extremas.

— Confesso que estou impressionado — comentou Alex. — Não pensei que tivesse esse tipo de coragem. Talvez, no fim, você acabe sendo uma boa rainha.

É *claro* que ele acreditava que boa liderança se baseava em manipulação e mentira. O filósofo favorito de Alex devia ser Maquiavel.

— Alex — retruquei. — Não me leve a mal, mas você é um tremendo cretino.

— Essa é uma das coisas mais gentis que alguém já me disse. — Ele olhou para o relógio. — Eu agradeceria, mas não ligo. Pode continuar sozinha daqui para frente?

E apontou para o pen-drive.

— Sim. — Mas uma ideia me ocorreu. Eu não devia perguntar, porque tinha a sensação de que não gostaria da resposta, mas... — Você tem esse tipo de material sobre mim também, não tem?

E ainda assim, eu não tinha feito muita coisa errada na vida que justificasse uma chantagem, exceto o relacionamento com Rhys quando era segredo... e o que estava fazendo naquele momento.

Que ironia.

Alex ameaçou um sorriso.

— Informação é poder.

— Se alguma coisa vazar, Ava jamais vai te perdoar.

Essa era a única ameaça que fazia efeito contra ele.

Não acreditava que ele fosse revelar qualquer coisa, mas com Alex Volkov, nunca se sabe.

A expressão dele ficou gelada.

— Isso conclui a negociação, Alteza. — Ele parou na porta. — Sugiro que comece pelo arquivo sobre a família de Arthur Erhall. Tem informações nele que vai achar *muito* interessantes.

Alex desapareceu no hall, e eu fiquei com um pen-drive na mão e uma sensação estranha no estômago.

Envolver Alex na situação havia sido uma ideia terrível, mas era tarde demais para arrependimentos.

Peguei meu notebook não rastreável e pluguei o pen-drive na porta USB. Não confiava em Alex a ponto de inserir qualquer coisa que viesse dele no meu computador pessoal.

Abri o arquivo sobre Erhall. Finanças. Relacionamentos antigos. Família. Acordos políticos e escândalos que haviam sido abafados. Senti vontade de me aprofundar nos escândalos, mas cliquei primeiro na pasta da família, seguindo a sugestão de Alex.

No início, tudo parecia normal; era só uma relação da linhagem de Erhall e informações sobre sua ex-esposa, que havia morrido em um acidente aéreo anos atrás. Então meus olhos encontraram a palavra *filhos* e os dois nomes listados logo abaixo.

Cobri a boca com a mão.

Meu Deus.

CAPÍTULO 45

Rhys

ELA NÃO VIRIA.

Eu estava na cobertura da torre, no extremo norte do palácio, tenso e atento aos minutos marcados pelo relógio.

Nove e seis. E sete. E oito.

Bridget era sempre pontual, a menos que tivesse uma reunião mais longa que o planejado, e ela não marcava reuniões a essa hora da noite.

Tique-taque. Tique-taque. Tique-taque.

A insegurança me dominava. Recorrer a Booth e entrar escondido no palácio havia sido uma aposta alta, mas eu estava desesperado para vê-la.

Eu sabia que havia uma possibilidade de Bridget não aparecer porque era teimosa. Mas eu também *conhecia* ela. Apesar do que tinha dito, ela queria se separar de mim tanto quanto eu queria deixá-la, e eu apostava na chance de essas últimas semanas terem sido tão infernais para ela quanto haviam sido para mim.

Em parte, esperava que não, porque pensar nela sofrendo por qualquer motivo me fazia querer atear fogo ao palácio. Mas outra parte, uma mais egoísta, esperava que eu a tivesse assombrado tanto quanto ela tinha me assombrado. Que respirar tivesse sido um esforço constante para levar oxigênio suficiente aos pulmões, e cada menção ao meu nome tivesse provocado a dor de uma facada no peito.

Porque assim eu saberia que ela ainda se importava.

— Vai, Princesa. — Olhei para a porta vermelha de metal e a imaginei passando por ela. — Não me decepciona.

Nove e doze. E treze.

O ritmo da minha mandíbula estava sincronizado ao das batidas do meu coração.

Foda-se. Se essa noite não desse em nada, eu tentaria de novo até conseguir. Passei minha vida inteira lutando e vencendo batalhas impossíveis, e essa por Bridget era a mais importante de todas.

Se ela não pudesse ou não quisesse lutar por nós – fosse por culpa, dever, família ou qualquer outra razão –, eu lutaria por nós dois.

Nove e catorze. E quinze.

Porra, Princesa, cadê você?

Ou Bridget não havia recebido o bilhete, ou tinha decidido não vir.

Booth tinha me mandado uma mensagem para avisar que havia entregado o bilhete, e eu confiava nele. Caso contrário, não teria recorrido a ele. Se o que ele tinha dito era verdade, então...

A dor me rasgou por dentro, mas me forcei a afastá-la. Esperaria a noite toda, se fosse necessário, caso ela mudasse de ideia, e se...

A porta se abriu com um estrondo e, de repente, ela estava lá. Ofegante, com as bochechas vermelhas, o cabelo dançando em torno do rosto, voando com o vento.

Minha pulsação acelerou muito em uma fração de segundo.

Endireitei as costas e o ar encheu meus pulmões quando, finalmente, voltei à vida.

Bridget continuava na porta, uma das mãos na maçaneta, os lábios entreabertos e o peito arfando.

A lua se derramava sobre o terraço, transformando seu cabelo dourado em prata e iluminando as curvas esguias de seu corpo. O vento trazia até mim um sopro leve de seu perfume de jasmim, e o vestido verde tremulava em torno das coxas, expondo os ombros e as pernas longas, macias.

Eu adorava aquele vestido. Ela sabia que eu adorava aquele vestido. E alguma coisa dentro de mim relaxou pela primeira vez em semanas.

— Oi — ela murmurou. A mão segurou a maçaneta com mais força, como se ela tentasse se manter firme.

Meus lábios se curvaram em um sorriso.

— Oi, Princesa.

O espaço entre nós vibrou, tão repleto de expectativas e palavras não ditas que era uma coisa viva que nos aproximava um do outro. A distância que senti no hospital não existia mais. Ela estava em minha pele, na minha alma, no ar que eu respirava.

Tudo que tinha enfrentado nas duas semanas anteriores para chegar até ali tinha valido a pena.

— Peço perdão pelo atraso. Encontrei Markus e acabei presa em uma conversa sobre a coroação. — Bridget afastou o cabelo do rosto e percebi um leve tremor na voz dela. — Acontece que o arcebispo...

— Vem cá, bebê.

Que Markus ou o arcebispo fossem para o caralho. Eu precisava dela. Só dela.

Bridget ficou paralisada ao ouvir minha ordem baixa, endurecida por semanas de saudade. Por um segundo, pensei que fosse virar e sair correndo, o que poderia ser inteligente, considerando o fogo acumulado que ardia dentro de mim. Mas então ela correu *na minha direção* com o cabelo esvoaçando.

Eu a abracei e nossas bocas se encontraram. Um duelo de línguas. Nossos dentes colidindo. Nossas mãos tocando cada centímetro da pele um do outro a que tínhamos acesso.

Duas semanas pareciam ter sido dois anos, considerando como nos devorávamos.

Segurei sua bunda e mordi seu lábio, um castigo por ela nos ter feito perder um tempo que podíamos ter passado juntos. Por pensar que qualquer coisa que dissesse poderia me fazer desistir dela quando ela era a única coisa pela qual eu mais ansiava.

Mesmo que eu fizesse umas idiotices, como ir embora no calor do momento, sempre encontraria o caminho de volta para ela.

— Desculpa — sussurrou Bridget com a voz emocionada. — Pelo que eu disse no hospital. Não quero me casar com Steffan, e eu não...

— Eu sei. — Passei a mão aberta por suas costas, sobre a pele quente e a seda fria, e outro arrepio a sacudiu. — Desculpe por ter ido embora daquele jeito.

O arrependimento me consumia. Nossa separação havia sido tão culpa minha quanto dela. Eu devia ter ficado. Lutado mais.

Por outro lado, ela tinha precisado de espaço para organizar os pensamentos. O infarto do avô ainda era recente, e naquele dia ela ainda não tinha mudado de ideia.

— Pensei que não viesse. — Minha mão descansava na parte inferior de suas costas. — Na próxima vez que eu encontrar Markus, não me deixa esquecer de matar esse infeliz.

Ela soltou uma pequena risada.

— Combinado. — Bridget levantou o rosto e olhou nos meus olhos. — Eu...

E fez uma pausa como se estivesse pensando melhor no que ia dizer.

— Como chegou aqui? Se alguém te viu...

— Ninguém me viu. Sou um Navy SEAL, lembra? — falei, lentamente. — Não é difícil passar pelos guardas do palácio.

Ela revirou os olhos, e sorri ao ver a mistura conhecida de humor e irritação. Porra, que saudade tinha sentido dela. Disso. *De nós.*

— E Booth?

— Quase matei o cara do coração quando apareci na casa dele, mas consigo ser bem convincente quando quero.

Não tinha precisado me esforçar tanto quanto imaginava. De acordo com Booth, Bridget tinha estado muito triste desde o hospital, e ele esperava que me ver pudesse ajudar. Booth não era burro, tinha deduzido que realmente existia alguma coisa entre mim e Bridget.

Ele poderia perder o emprego se alguém descobrisse que estava levando bilhetes meus para Bridget, mas tinha corrido o risco mesmo assim.

Um dia, eu teria que pagar minha dívida com esse homem, um bom filé e uma cerveja bem gelada.

— Não esperava que me procurasse depois do que aconteceu — Bridget comentou. — Achei que estivesse chateado comigo. Pensei...

A garganta dela se moveu com o esforço para engolir.

— Pensei que tivesse ido embora.

— E fui. Tive que sair do país para conseguir um novo visto. Seis meses como turista — esclareci, ao ver que ela levantava as sobrancelhas. — Agora vou ter que comprar uma camiseta estampada com "Eu ♥ Eldorra".

Um sorriso pálido distendeu seus lábios.

— Vai ficar aqui por seis meses? — Sua voz sugeria alívio e tristeza.

Seis meses era tempo demais e, simultaneamente, tempo nenhum.

— Não, Princesa. Vou ficar enquanto você estiver aqui.

Os olhos de Bridget se iluminaram antes de os músculos se contraírem de novo.

— Como... por quê...

— Deixa o como comigo, eu vou pensar nisso. E por quê... — Puxei-a mais forte contra o meu peito. — Não vou abandonar *você*. Se estiver em Eldorra, eu estarei em Eldorra. Se estiver na Antártica, no Saara, no meio da porra do oceano, é lá que eu vou estar. Sou tão seu quanto você é minha, Princesa, e não tem *lei* que me faça ficar longe. Não quero nem saber o que diz um pedaço de papel. Se for preciso, boto fogo na porra do Parlamento.

Mil emoções passaram pelo rosto dela.

— Rhys...

— É sério.

— Eu sei que é. E deve ter alguma coisa errada comigo, porque nunca me senti tão emocionada com a possibilidade de causar um incêndio. — Seu sorriso rápido desapareceu. — Mas tem uma coisa que você precisa saber. Várias coisas, na verdade.

Fui imediatamente tomado pela apreensão no tom de voz de Bridget.

— Ok.

— É engraçado você ter falado em botar fogo no Parlamento. Tenho uma ideia... não para queimá-lo *fisicamente* — ela acrescentou apressada quando arregalei os olhos —, mas para revogar a lei antes de Steffan fazer o pedido.

A fera em meu peito rosnou ao ouvir o nome dele. O plano de Andreas não resolvia o problema de curto prazo do noivado de Bridget e Steffan – e aquele era *mesmo* um problema de curto prazo –, mas eu mesmo cuidaria disso.

Bridget nunca usaria no dedo uma aliança com outro homem, de jeito nenhum.

— Mas não sei se consigo ir até o fim. — Vi um toque de vulnerabilidade nos olhos dela. — Não é um método lá muito honesto.

— O que é?

Seu rosto ficou vermelho antes de ela alinhar os ombros e responder:

— Chantagear os ministros para que abram uma moção e votem uma revogação.

Cacete, espera só um segundo.

— Repete.

Ela repetiu.

— Como eu disse, não é a estratégia mais honesta, mas...

Um ruído estrangulado brotou de minha garganta e a interrompeu.

Ela franziu a testa.

— Que foi?

— Esteve conversando com Andreas?

Se não estivesse, tudo era irônico demais para explicar com palavras.

A ruga em sua testa se aprofundou.

— Não. Por que eu falaria com Andreas sobre isso? Ele quer roubar a coroa.

Não exatamente. Andreas e eu tínhamos passado um bom tempo juntos criando um plano, e embora ainda não o considerasse alguém digno de confiança, sabia que ele não queria a coroa. Ele gostava da vida livre de príncipe, sem muitas responsabilidades.

— Porque ele tem uma ideia parecida, mas aplicada apenas a Erhall, e não a todo o Parlamento. — Esbocei um sorriso. — Você sempre teve objetivos maiores.

— Por que você foi conversar com... — Bridget arregalou os olhos. — Você sabe.

Minha surpresa era reflexo da dela. Como ela... então entendi. A chantagem com Erhall. Devia incluir informações sobre mim e Andreas.

Mas antes que eu dissesse qualquer coisa, quis ter certeza de que sabíamos as mesmas coisas. Estivera me preparando para revelar minha verdadeira origem; não queria jogar essa bomba em cima dela, caso estivesse entendendo tudo errado.

— Eu sei sobre Andreas. — Observei Bridget com atenção. — Que ele é...

Um silêncio tenso vibrou entre nós.

— Seu irmão.

— Meu irmão.

Falamos ao mesmo tempo, e lá estava. Meu segredo exposto.

Depois de trinta e quatro anos sem família, tirando minha mãe, que mal contava como família, era estranho pensar que eu tinha um irmão.

— Então é verdade. — Bridget soltou o ar em um longo suspiro, e os vestígios do choque ainda permaneceram em seu rosto. — Como descobriu?

— Christian fez uma investigação e me contou. Fui tirar satisfação com Andreas. — Contei tudo que tinha acontecido na casa dele e também falei sobre o plano de Andreas de chantagear Erhall com a informação sobre eu ser seu filho. Erhall não poderia correr o risco de ser vítima de um escândalo antes das eleições, e o filho de um antigo caso de amor se enquadrava perfeitamente na categoria "escândalo".

— Estou um pouco apavorada por ter tido a mesma ideia que meu primo. — Vi as engrenagens girando na cabeça de Bridget enquanto ela digeria a informação. — Como sabe que podemos confiar nele?

— Não sei, mas temos a faca e o queijo na mão. Ele não quer que ninguém saiba que Erhall é seu pai, ou...

— ...ele pode perder o status real — concluiu Bridget. — Um destino pior que a morte, aos olhos dele.

— Isso.

A situação toda era uma merda. Eu odiava fazer joguinhos mentais, e estávamos presos na rede de jogos e disputa de poder mais louca que se pode imaginar. Também não gostava nada da ideia de chantagear uma pessoa, mas se era isso que tínhamos que fazer, eu faria.

Bridget me examinou com aqueles lindos e compreensivos olhos azuis.

— Deve ter sido um choque descobrir sobre Erhall e Andreas. Sei que tem sentimentos confusos em relação a seu pai.

Era um jeito de colocar as coisas. Outro jeito era dizer que agora que sabia quem ele era, eu o desprezava ainda mais.

— Ele não é meu pai. — Erhall era um doador de esperma, no máximo. — Mas não quero falar sobre ele agora. Vamos nos focar no plano.

Eu tinha muita merda para resolver em relação a Erhall, mas podia deixar isso para depois.

Bridget aproveitou a deixa e mudou de assunto.

— Certo. Então... — Ela levantou o queixo. — Vamos fazer isso mesmo. Chantagear o Presidente do Parlamento.

Apesar da coragem, uma nota de nervosismo vibrava por trás de suas palavras, e a feroz necessidade de protegê-la – do mundo, das próprias dúvidas e inseguranças – me consumia.

Queria que ela pudesse se ver como eu a via. Perfeita pra cacete.

Segurei seu rosto entre as mãos.

— Se fizermos, faremos isso juntos. Você e eu contra o mundo, Princesa.

O sorriso dela me aqueceu por dentro.

— Eu não ia querer outra pessoa ao meu lado, sr. Larsen. — E respirou fundo. — Pode ser que precisemos mesmo usar as informações para pressionar Erhall, mas quero tentar uma coisa antes de recorrermos à mesma tática com o Parlamento. Durante todo esse tempo, tenho tratado os tabloides como inimigos, mas eles podem ser aliados.

Ela explicou seu plano. Era mais fácil que chantagear cento e oitenta dos indivíduos mais poderosos de Eldorra, mas também era uma aposta mais alta.

— Tem certeza? — perguntei, quando ela terminou de falar. — O risco é grande.

Se não desse certo, Bridget era quem tinha mais a perder.

— Sim. Não acredito que não pensei nisso antes. — Uma pausa. — Na verdade, acredito. Estava com medo do que as pessoas diriam e de isso reduzir minha legitimidade como governante. Mas estou cansada de ter medo. Com grandes riscos vêm grandes recompensas, certo?

Um sorriso encurvou minha boca.

— Com toda certeza.

Afinal, Bridget era meu maior risco *e* minha maior recompensa.

Ela levantou uma das mãos e enroscou os dedos nos meus.

— Fiquei com saudades.

O clima mudou, passou da praticidade ágil do nosso plano para algo mais suave, dolorosamente vulnerável.

— Estou aqui. E não vou embora. — Passei o polegar por sobre o lábio dela. — Eu cuido do que é meu, e você é minha desde o momento em que a vi do lado de fora da sua casa sem segurança em Thayer. Sem segurança até eu chegar, é claro.

Um sorriso repuxou o rosto dela.

— Você nem me suportava nessa época.

— Não interessa. Mesmo assim, você era minha. — Segurei sua nuca, mantendo o polegar sobre sua boca. — Minha para eu brigar. Minha para eu proteger. Minha para eu foder. — Baixei a voz. — Minha para eu amar.

Bridget prendeu a respiração.

— Na Costa Rica, você perguntou se eu já havia me apaixonado. — Abaixei a cabeça e encostei a testa na dela, com seus lábios quase tocando os meus. — Pergunta de novo.

Era o mesmo pedido que tinha feito no hospital, mas dessa vez Bridget não desviou o olhar ao perguntar:

— Já se apaixonou, sr. Larsen?

— Só uma vez. — Escorreguei a mão de sua nuca até a parte de trás da cabeça, segurando-a. — E você, Princesa? Já se apaixonou?

— Só uma vez — ela murmurou.

Soltei o ar de uma vez quando as palavras dela penetraram minha alma, preenchendo fendas que eu nem sabia que existiam.

Antes de Bridget, nunca tinha amado ou sido amado, e finalmente entendia por que tanta comoção em torno disso. Era melhor que qualquer armadura blindada ou entorpecimento que eu tivesse encontrado dentro de uma garrafa durante meu breve relacionamento com a bebida.

Álcool entorpecia, e eu não queria dormência. Queria sentir cada coisinha com ela.

Puxei Bridget para perto até nossos corpos estarem colados.

— Exatamente — falei com firmeza. — Só uma vez. Primeira e última. Não se esqueça disso, Princesa.

Segurei o cabelo dela e puxei sua cabeça para trás, beijando sua boca com insistência enquanto a empurrava para uma cadeira.

Havia noites quando eu não tinha pressa, saboreava cada centímetro de seu corpo antes de dar a nós o que ambos queríamos, e havia noites, como esta, quando nossa necessidade desesperada de estarmos juntos superava todo o resto.

— Rhys... — Ela arfou quando levantei sua saia e rasguei a calcinha, impaciente demais para tentar tirá-la enquanto ela sentava. Joguei o tecido rasgado no chão e afastei as pernas dela com o joelho.

— Adoro quando você fala meu nome. — Entrei nela, engolindo o gritinho com um beijo e penetrando mais fundo, até estar inteiro em seu corpo até a base.

Tivemos que sufocar os gemidos para que não fossem levados pelo vento, e isso só aumentou a intensidade do momento, como se estivéssemos contendo todas as nossas emoções nessa pequena bolha onde éramos os únicos que existiam.

— Mais forte, *por favor*. — Bridget arqueou o corpo, as unhas deixando sulcos em minha pele, o corpo quente contrastando com o ar frio da noite em minhas costas.

Segurei o encosto da cadeira para ter mais apoio e dei o que ela pedia, e um gemido escapou de minha garganta quando ela afundou o rosto em meu peito para silenciar um grito.

— Você é tão gostosa, Princesa.

Meu sangue fervia a cada vez que estocava de novo e de novo para dentro dela, meus músculos se contraíam com o esforço. Ela era escorregadia e apertada, seu hálito era morno em minha pele, e seu corpo me apertou e devorou em meio a um grito silencioso.

Meu orgasmo veio logo depois, e foi tão intenso que levei o dobro do tempo habitual para me recuperar.

Quando finalmente os tremores cessaram, eu me apoiei nos braços para não esmagar Bridget com meu peso, mas ela enlaçou minha cintura com os braços e me manteve perto.

— Segunda rodada? — Afastei o cabelo de seu rosto. Ela parecia sonolenta, preguiçosa e satisfeita, e eu ainda tinha dificuldade para acreditar que ela era real.

Não só era real como estava ali, comigo.

Bridget riu baixinho.

— Você é insaciável — disse, virando para mim a acusação que eu fizera a ela no passado.

— Com você? — Beijei seu queixo. — Sempre.

Os olhos de Bridget eram líquidos sob o luar, e ela me segurou com mais força.

— Eu amo você.

Mais uma vez, todo o ar saiu do meu corpo.

— Eu também amo você — respondi, e minha voz soou rouca com a emoção contida há tanto tempo.

Beijei Bridget de novo.

Sua boca na minha, as pernas em torno do meu corpo, nossa respiração e as batidas dos corações se misturando até serem uma coisa só... eu tinha vivido minha vida inteira no inferno, e só agora vislumbrava como era estar no paraíso.

Mas quando o beijo se aprofundou e eu a penetrei novamente, percebi que estava errado.

Estar com Bridget era melhor que estar no paraíso. Era como estar em casa.

CAPÍTULO 46

Bridget

Depois da noite com Rhys, acelerei o andamento do meu plano e torci para dar certo. Não me sentia *tão* mal assim por pressionar Erhall, mas não era inteligente pressionar todo o Parlamento. Eu não acreditava em governar pelo medo.

Foi assim que me vi diante de três dezenas de jornalistas no domingo, três dias depois do encontro com Rhys. Estávamos no gramado ao norte do palácio e, atrás da imprensa, espectadores se espremiam contra barricadas de metal, ansiosos para ver pessoalmente um membro da realeza.

Minhas amigas tinham ido embora naquela manhã. Eu tinha contado meus planos para elas, mas esperei que estivessem no avião, rumo aos Estados Unidos, para convocar a coletiva de imprensa. Não queria que tivessem que lidar com a loucura que seria desencadeada. Elas não tinham ficado felizes com isso, pois queriam estar presentes para me dar apoio moral, mas isso era algo que eu tinha que fazer sozinha.

— Boa tarde.

Minha voz ecoou pela área, e todos ficaram em silêncio.

— Obrigada por terem atendido a um chamado tão imediato. Sei que é domingo, e que há outros lugares onde gostariam de estar agora, como em um almoço, ou na cama de vocês. — Uma onda de risadas surpresas. Não estavam acostumados com membros da família real se expressando de maneira tão informal. — Então, agradeço pela presença de todos. Mas antes de responder às perguntas, gostaria de dizer algumas palavras sobre por que os chamei aqui.

Olhei em volta e vi a expectativa no rosto daquelas pessoas. *Tum. Tum. Tum.* Apesar do coração disparado, eu me sentia estranhamente calma. Era como se tivesse investido tanta energia me preocupando antecipadamente que não tivesse restado nada para o momento da ação.

Rhys estava certo. O risco era enorme, e Elin quase tivera uma parada cardíaca ao descobrir sobre a coletiva de última hora, mas eu não queria mais evitar riscos.

Se queria alguma coisa, tinha que lutar por ela, mesmo que houvesse a possibilidade de desabar e queimar diante do mundo todo.

Se eu não fosse corajosa o bastante para defender o que queria, não teria esperança nenhuma de defender aquilo de que o povo precisava.

— Sou uma orgulhosa cidadã de Eldorra. Amo este país e seu povo, e tenho a honra de servi-los como princesa. Quando chegar a hora, também espero ser uma rainha de que *vocês* possam se orgulhar. — *Respira. Você consegue.* — No entanto, estou ciente de que, desde que me tornei princesa herdeira, existem preocupações relativas à minha vontade e adequabilidade para servir. Essas preocupações são inteiramente infundadas.

Uma onda de murmúrios respondeu à minha declaração, mas continuei.

— Creio que posso falar por qualquer um aqui, quando digo que nenhum de nós poderia ter previsto os acontecimentos que me trouxeram ao lugar onde estou hoje... a nove meses de ser coroada rainha deste grande país. — Respirei fundo. — Quando soube que meu irmão Nikolai planejava abdicar, tive medo. Medo de assumir uma posição que nunca esperei ter, medo de não corresponder ao título e desapontar minha família, meu país. Mas medo não é motivo para estagnação e, felizmente, tenho uma equipe maravilhosa para me guiar pelas complexidades inerentes a um papel tão importante. Há pouco tempo, passei três semanas viajando pelo país, encontrando e conhecendo cidadãos como vocês. Entendi como viviam, que apreensões os mantinham acordados à noite...

Segui com o discurso falando não só sobre a turnê, mas sobre o programa de cartas do cidadão e os assuntos que tinha levado ao Parlamento antes de abordar a parte mais importante do meu pronunciamento.

— Entendi que ser rainha não é só representar o país como ele é. É conduzir a nação adiante e preservar as tradições que fazem de Eldorra este lugar único e maravilhoso, abandonando outras que impedem o país de progredir. Isso vale para as reformas que ajudei a levar adiante no Parlamento. E também para as tradições que fazem da Coroa sinônimo de normas e expectativas ultrapassadas... como a Lei dos Casamentos Reais. O que me leva ao próximo assunto.

Mais murmúrios, dessa vez mais altos.

Respirei fundo mais uma vez. *Aqui vamos nós.*

— Como talvez saibam, no mês passado veio à tona uma informação sobre um suposto relacionamento entre mim e meu antigo guarda-costas, Rhys Larsen. Essas alegações foram negadas oficialmente. Mas hoje estou aqui para dizer a vocês que eram verdadeiras.

Os murmúrios explodiram em um rugido. Os repórteres se levantaram de seus lugares, gritando e empurrando microfones em minha direção. Atrás deles, a multidão enlouqueceu.

Flashes de câmera. Gritos. Um milhão de celulares erguidos apontados para mim.

Meus batimentos ficaram mais lentos e ecoaram em meus ouvidos.

Tentei não imaginar as reações de Elin ou da minha família. Deviam estar surtando. Tinha me recusado a contar a eles antecipadamente o que diria, e insisti para que ficassem no palácio durante o evento.

Hoje era tudo comigo.

Ergui a voz para falar em meio à comoção.

— Também estou aqui para dizer que *ainda* estou em um relacionamento com o sr. Larsen.

Pandemônio.

O barulho era tão alto que eu não conseguia ouvir nem meus pensamentos, mas meu pronunciamento tinha chegado ao fim. Era hora de passar a vez aos repórteres: a um deles em particular.

— Sim — apontei para Jas, a repórter do Daily Tea.

— Alteza.

A multidão ficou em silêncio para ouvir a pergunta dela.

— E quanto à Lei dos Casamentos Reais? Sua Alteza será coroada rainha em menos de nove meses, e a lei requer que se case com alguém de origem nobre antes da cerimônia — falou Jas, exatamente como tínhamos combinado.

Era surpreendente o que a promessa da primeira entrevista exclusiva com a rainha de Eldorra podia conseguir.

Sorri.

— Obrigada, Jas. Você abordou uma questão importante. A Lei dos Casamentos Reais requer que o monarca se case com um nobre, mas *não* que o casamento aconteça antes da coroação. E, de qualquer maneira, acho que é hora de repensarmos a lei. Ela foi criada no século dezoito, quando Eldorra precisava garantir alianças por meio de casamentos reais para sobreviver como nação, mas vivemos em outro tempo, e a Europa não está mais em guerra. Acredito que já passou da hora de revogarmos a Lei dos Casamentos Reais.

— É necessário que o Presidente do Parlamento apresente a moção ao plenário e que três quartos do Parlamento, pelo menos, aprovem uma revogação — disse Jas, seguindo nosso roteiro. — A questão foi discutida durante a abdicação do antigo Príncipe Herdeiro Nikolai. Não havia votos suficientes.

— É verdade. — Fiz uma pausa, forçando a plateia a esperar pelo que diria a seguir. *Mantenha o suspense.* A voz de Elin ecoou em minha cabeça. Não concordávamos em tudo, mas ela sabia lidar com a imprensa. — O que aconteceu com meu irmão foi uma tragédia. Ele teria sido um rei maravilhoso, mas teve que escolher entre o amor e o país, e escolheu o amor. Acho que todos podemos nos identificar com isso. Nós, membros da família real, nos empenhamos em representar o país e servir aos cidadãos de Eldorra da melhor maneira possível, mas também somos humanos. Amamos, choramos...

Minha voz fraquejou quando o rosto de meus pais surgiu em minha cabeça.

— E, às vezes, temos que tomar decisões impossíveis. Mas nem meu irmão nem qualquer pessoa aqui presente deveria *ter* que fazer essa escolha. Casar-se ou não com um nobre *não* interfere na capacidade que o nobre tem de servir. A Lei dos Casamentos Reais é uma relíquia de um tempo que não existe mais, e apelo ao Parlamento para reconsiderar sua posição nessa questão.

Era isso que minhas palavras diziam, mas meu verdadeiro apelo – o propósito desse pronunciamento – era dirigido ao público. Abordar as preocupações que eles tinham comigo desde o início, estabelecer com eles uma conexão emocional através da minha confissão de ter medo de assumir minha posição, lembrá-los do bem que havia feito e da minha experiência com o Parlamento e explicar a lógica da necessidade de revogação da lei.

Ethos e logos.

Eu tinha sido sincera em cada palavra que dissera, mas também tinha passado horas construindo o discurso de maneira estratégica. Se queria ter sucesso como rainha, precisava não só entrar no jogo, mas dominá-lo, e a opinião pública significava tudo quando eu não tinha nenhum poder político real.

É claro, faltava uma parte importante da coletiva de imprensa.

Pathos.

— Sua Alteza sempre menciona a escolha entre amor e país — disse Jas. — Isso significa que está apaixonada pelo sr. Larsen?

O público prendeu a respiração. O país inteiro parecia ter parado de respirar.

Longe dali, um carro buzinou, e uma ave desceu do céu batendo as asas contra o azul límpido. Nenhum dos dois interrompeu o silêncio pesado que pairava sobre o gramado.

Esperei um instante. Dois. Então, com um sorriso calmo, respondi:

— Sim. Estou. É só isso. Obrigada a todos por terem vindo.

Desci do palanque sob um coro de gritos e aplausos.

Minhas pernas tremiam e meu coração galopava enquanto eu andava de volta ao palácio. *Consegui.* Mal podia acreditar nisso.

Mas ainda não podia comemorar. Ainda havia um item na minha lista de coisas a fazer.

Cheguei à passarela coberta, que ficava ao lado da entrada lateral do palácio. Rhys esperava à sombra das colunas, e vi uma chama queimando em seus olhos cinzentos.

— Foi muito bem, Princesa.

Aceitei seu abraço, sentindo o coração bater na garganta.

— Ainda não acabou. — Enlacei seu pescoço com os braços e sussurrei: — Me beija como se o mundo estivesse olhando.

Seu sorriso lento me envolveu numa abundância de mel derretido.

— Com todo o prazer, Alteza.

A boca de Rhys cobriu a minha e ouvi o estalo revelador de uma câmera entre os arbustos próximos.

— Acha que eles conseguiram? — Seus lábios roçavam os meus enquanto ele falava.

— Com toda a certeza.

Rhys sorriu e me beijou de novo. Dessa vez foi um beijo mais profundo, mais insistente, e colei o corpo ao dele, deixando seu toque e seu sabor me arrebatarem.

O primeiro beijo tinha sido para o mundo. Esse era para nós.

CAPÍTULO 47

Rhys

UMA SEMANA DEPOIS

— Alteza! — A secretária de Erhall se levantou sobressaltada de trás da mesa, arregalando os olhos. — Sinto muito. Não sei o que aconteceu, mas não tínhamos nenhum registro em nossa agenda de que apareceria aqui. Deve ter acontecido alguma confus...

— Não se incomode — Bridget a interrompeu com um sorriso elegante. — Não marquei horário, mas gostaria de falar com o Presidente. Ele está disponível?

— Ah, hum. — Agitada, a mulher examinou os papéis sobre a mesa antes de balançar a cabeça. — Sim, é claro. Por favor, me acompanhe.

Ela nos conduziu pelas antessalas do Presidente em direção ao seu gabinete. O carpete azul e grosso abafava o som de nossos passos, e meus músculos se contraíam com a tensão.

Isso está mesmo acontecendo.

Eu não tinha medo de Erhall, mas essa seria a primeira vez que o encontraria desde que soubera que ele era meu pai. Biológico, pelo menos. Ele nunca fizera nada para merecer o respeito que o título sugeria.

A secretária de Erhall bateu na porta. Não houve resposta. Ela bateu de novo.

— O que é? Eu disse que não queria ser interrompido! — ele gritou.

A mulher pareceu se encolher.

— Sr. Presidente, Sua Alteza, a Princesa Bridget, está aqui para falar com o senhor. E, hum, o sr. Larsen. — Ela lançou um olhar rápido e fascinado na minha direção.

Contive a vontade de rir.

Depois da última semana, todos em Eldorra – porra, todos no *mundo inteiro* – conheciam meu rosto e meu nome. As duas coisas tinham estampado as manchetes de Tóquio a Nova York, e as imagens da conferência de imprensa de Bridget, bem como as fotos e os vídeos "espontâneos" do nosso beijo depois do evento, foram exibidos repetidamente em todos os canais de notícias.

A imprensa tinha construído a história como um conto de fadas às avessas sobre uma princesa e seu guarda-costas, e os comentaristas tinham acompanhado a narrativa, redigindo artigos e editoriais sobre amor, dever e tradição.

O público devorava as informações. De acordo com Bridget, o Parlamento foi inundado de telefonemas sobre a revogação da lei, e a hashtag #MaisAmorMenosPaís tinha chegado aos assuntos mais comentados em todas as redes sociais.

Amor era a emoção mais universal. Nem todo mundo a experimentava, mas todos a queriam – mesmo quem dizia que não –, e a coletiva de imprensa de Bridget tinha tocado nessa necessidade essencial. Ela não era mais só alguém da realeza. Ela era humana, e, mais importante, todas as pessoas do mundo que, por alguma razão, não podiam estar com quem queriam conseguiam se identificar com ela facilmente.

Não havia nada mais forte que uma figura de poder com quem o povo conseguia se identificar.

O plano de Bridget tinha funcionado melhor do que poderíamos ter esperado, mas era desconcertante ver meu rosto em todas as bancas de jornal e as pessoas pararem para olhar para mim onde quer que eu fosse.

Mas concordei com o plano sabendo que isso destruiria qualquer privacidade que me restasse, e se sair da sombra para os holofotes era o que eu tinha que fazer para ficarmos juntos, eu daria uma entrevista para cada porra de revista do mundo.

Bridget, a secretária de Erhall e eu esperamos a resposta do Presidente à visita da princesa.

Ouvi o barulho de uma gaveta se fechando, depois de vários instantes de silêncio antes de a porta ser aberta e revelar a cara irritada de Erhall.

A contração nos meus músculos duplicou. *Meu pai.* Eu não sabia o que esperava. Talvez uma pontada no peito ao ver o homem que, tecnicamente, era metade de mim, ou o ódio que tinha vibrado dentro de mim por mais de três décadas esperando o dia em que poderia extravasá-lo em uma chuva de socos, sangue e palavrões.

Mas não senti nada. Nada além de um vago desgosto pelo cabelo cheio de gel e excessivamente arrumado de Erhall e da raiva ao ver o sorriso tenso, quase desrespeitoso, com que ele recebeu Bridget.

— Alteza. Entre, por favor. — Seu tom de voz indicava que a surpresa era desagradável, e ele nem reconheceu minha presença quando entramos no amplo gabinete revestido de carvalho.

Bridget e eu nos sentamos diante da mesa dele. O espaço refletia o homem que o ocupava, frio e vazio de quaisquer objetos pessoais, com exceção dos diplomas universitários pendurados nas paredes.

Estudei Erhall, tentando encontrar semelhanças entre nós. Notei alguma coisa leve no ângulo das maçãs do rosto e na curva da testa. Não era suficientemente óbvio para que desconhecidos deduzissem o parentesco ao olhar para nós, mas estava lá, visível a um olhar mais atento.

Pisquei, e a semelhança desapareceu, substituída por uma expressão contrariada e olhos frios, calculistas.

— Então... — Erhall uniu os dedos embaixo do queixo e os lábios se contraíram como o restante do rosto. — A princesa herdeira em pessoa visitando meu gabinete. A que devo a honra?

— Tenho um tema a ser levado à próxima sessão do Parlamento. — Bridget exalava autoridade, e fui tomado pelo orgulho. Ela tinha percorrido um longo caminho desde o dia em que tínhamos assistido a abdicação de Nikolai pela TV de sua suíte de hotel em Nova York. Naquela ocasião, tive a impressão de que ela queria vomitar durante o discurso do irmão, mas agora não via mais nenhum sinal daquela menina insegura, amedrontada. — Abra a moção para a revogação da Lei dos Casamentos Reais.

Erhall a encarou por um segundo antes de rir. Alto.

Senti um rugido se formando em meu peito, mas fiz um esforço para permanecer em silêncio. Bridget era a dona do show.

— Pensei que fosse outra questão relacionada às cartas dos cidadãos — respondeu Erhall. — Lamento, não posso fazer o que está me pedindo. A lei é uma das mais antigas de Eldorra, e por mais... *tocante* que tenha sido sua coletiva de imprensa, estamos falando de uma tradição. Isso sem mencionar que temos assuntos mais importantes a tratar, inclusive a questão da poluição da água, que você mesma levou à nossa atenção no mês passado. Quer água potável limpa para o povo de Hedelberg, não quer?

Bridget sorriu, sem se abalar com a ameaça direta.

— Receio que *você* não tenha *me* entendido. Não foi um pedido, e acredito que o Parlamento é competente o bastante para tratar de mais de um assunto por vez. Se não for, sugiro alterações em como preside a câmara, sr. Presidente... ou uma alteração na própria presidência.

Erhall parou de rir, e seu rosto endureceu.

— Com todo o respeito, Alteza, o Parlamento consulta a Coroa por cortesia, mas ninguém, nem mesmo Sua Majestade, dita a lei.

— Nesse caso, é bom que eu não esteja ditando a lei, então. — Bridget cruzou as pernas, mantendo uma postura impecável e olhando para ele com superioridade. — Estou dizendo para revogar uma lei. Ela é ultrapassada e não tem valor prático para o país ou o povo. Sem valor, tradições não são mais que uma imitação do passado, e o povo concorda com isso. Uma pesquisa recente mostra 93% de aprovação da opinião pública para a revogação.

O peito de Erhall se inflou de indignação.

— Permita-me discordar. Tradições são a base deste país, deste gabinete e do *seu* gabinete. Não podemos sair por aí as destruindo a torto e a direito. Então, não, lamento, mas não posso levar a moção ao plenário. Mesmo que as camisetas com o rosto do sr. Larsen sejam o item mais vendido no momento — ele acrescentou, com um sorriso gelado.

Bridget e eu trocamos olhares.

Tem certeza?

Sim. Vá em frente.

Breve, sucinta e silenciosa. A conversa mais eficiente que já tínhamos tido.

— Devia se preocupar mais com o perfil público do sr. Larsen — Bridget começou com tom brando, antes de jogar a bomba sem aviso prévio. — Afinal de contas, ele é seu filho.

A maioria das explosões é ensurdecedora, abalando dentes e tímpanos com a força da energia deslocada. Esta foi silenciosa, mas cem vezes mais letal, com ondas de choque que atingiram Erhall antes que ele percebesse que se aproximavam.

Consegui identificar perfeitamente o momento do impacto. O rosto dele perdeu a cor, e a arrogância desapareceu do olhar aflito que se movia entre mim e Bridget. Ia e voltava, ia e voltava, como duas bolas de pingue-pongue presas em um pêndulo.

— Isso é... ele... isso é mentira — gaguejou Erhall. — Não tenho filho nenhum.

— Michigan, verão de oitenta e seis — eu disse. — Deirdre Larsen.

Não pensava que fosse possível, mas o rosto de Erhall empalideceu ainda mais até ficar da mesma cor de sua camisa engomada.

— Considerando sua reação, você se lembra dela. — Inclinei o corpo para a frente, e sorri ao ver que ele recuava automaticamente em resposta. Uma fina camada de suor cobria sua testa. — Ela morreu, aliás. Mergulhou no álcool e nas drogas depois que um canalha de merda a abandonou quando ela contou que estava grávida. Teve uma overdose quando eu tinha onze anos.

Pensei ter visto um lampejo de pesar nos olhos de Erhall antes de ele disfarçar.

— Lamento por isso. — Um músculo se contraiu em seu rosto, e ele levou a mão à gravata, mas a abaixou antes de fazer contato. — Mas não conheço nenhuma Deirdre Larsen. Está me confundindo com outra pessoa.

Cerrei os punhos sobre as coxas. Bridget tocou meu joelho, um toque frio e tranquilizante, e soltei o ar lentamente antes de me forçar a relaxar.

Não estava ali para bater em Erhall, não fisicamente, pelo menos. Tínhamos um objetivo mais importante a alcançar.

— O exame de DNA conta outra história. — Levei a mão ao bolso e joguei os papéis, cortesia de Andreas, em cima da mesa. O barulho fez Erhall pular de susto. — Se não acredita em mim, dá uma olhada.

Ele não tocou no exame. Nós dois sabíamos que eu estava dizendo a verdade.

— O que você quer com isso? — Erhall recuperou parte da compostura. — Dinheiro? Um título?

Então ele arqueou uma sobrancelha.

— Visitas mensais para construirmos um vínculo?

Apesar do tom debochado, ele me olhava com uma expressão estranha e quase...

Não. No dia em que me envolvesse em qualquer tipo de atividade de "formação de vínculo" com ele, o inferno congelaria.

— Sua Alteza já disse. — Inclinei a cabeça na direção de Bridget. Ela continuava calma ao meu lado, sentada com uma expressão neutra, quase entediada, acompanhando a conversa. — Queremos que abra a moção para a revogação da Lei dos Casamentos Reais.

— E se eu me recusar?

— Pode dar de cara com a notícia sobre seu filho, fruto de um antigo caso de amor, estampada na primeira página do *Herald* — respondeu Bridget. — Mas estamos falando em hipóteses, é claro. Os jornalistas conseguem ter acesso às coisas mais improváveis.

Ela balançou a cabeça.

— É uma pena mesmo que eles nem sempre esperem as eleições. Você tem um oponente bem forte este ano. Uma mera sugestão de escândalo pode favorecer o adversário. Mas o que é que eu sei? — Seu sorriso voltou. — Eu sou só um "rostinho bonito".

O rosto de Erhall passou de branco como giz ao roxo brilhante em menos de um segundo. Teria sido assustador, se não fosse tão satisfatório.

— Está me *chantageando*?

— Não — respondeu Bridget. — Estou te incentivando a fazer a coisa certa. Porque você *vai* fazer a coisa certa, não vai, sr. Presidente?

Percebi que ele se esforçava para engolir algumas palavras reprováveis que gostaria de gritar enquanto as engrenagens giravam em sua cabeça.

Se ele se recusasse, colocaria em risco a própria carreira política, que seria arruinada pelo escândalo que um filho ilegítimo causaria. Ele representava um dos países mais tradicionais do mundo, e seus eleitores não reagiriam bem à notícia de que o homem tinha tido um filho com uma garçonete americana fora dos laços sagrados do matrimônio.

Se cedesse, ele perderia a disputa de poder, porque era a isso que tudo se resumia. Não seria difícil para Erhall levar a moção ao plenário, mas a decisão daria a Bridget a vantagem. Política era um jogo, e perder uma partida devia doer – especialmente para alguém que Erhall considerava inferior por ser mulher.

O relógio de pêndulo marcava a passagem dos minutos com um tique--taque ensurdecedor.

Finalmente, Erhall deixou os ombros caírem, e a euforia da vitória me atravessou.

— Mesmo que leve a moção ao plenário, o Parlamento nunca a aprovará — ele disse, desdenhoso. — A opinião pública só te considera até um certo ponto.

O sorriso de Bridget se manteve.

— Deixa que eu me preocupo com o resto do Parlamento. Faça a sua parte e o mundo nunca vai precisar saber sobre seu deslize. Um dia pode até ocupar o posto de primeiro-ministro. Mas lembre-se, sr. Presidente, eu serei a rainha. E ainda serei rainha por *muito* tempo depois que sua carreira política acabar, quando estiver divulgando sua biografia e os dias de glória nos programas matinais da TV. Portanto, pode ser mais interessante trabalhar comigo e não dificultar as coisas. Concorda?

Erhall era um babaca, mas não era idiota.

— Muito bem. Vou levar a moção ao plenário na próxima sessão do Parlamento — anunciou ele, contrariado.

— Excelente. — Bridget se levantou. — Adoro quando uma reunião é produtiva. Quer acrescentar alguma coisa, sr. Larsen?

Encarei Erhall. Algumas coisas que ele dizia e fazia me irritavam, mas, de maneira geral, os sentimentos por meu pai passaram do ódio à indiferença.

Se um dia ele tivera qualquer poder sobre mim, não existia mais.

— Passei a vida inteira construindo você na minha cabeça — falei. — Você foi a decisão que mudou duas vidas de maneira irrevogável, o monstro que transformou minha mãe no monstro em que *ela* se tornou. Eu poderia ter descoberto sua identidade há muito tempo, mas achei melhor não. Eu me convenci de que era porque não confiava em mim mesmo para não matar você pelo que fez. — Erhall recuou um pouco na cadeira. — Mas a verdade é que tinha medo de encarar o fantasma que me assombrou a vida toda, mesmo depois de me convencer de que fantasmas não existem. Como seria o homem que, tecnicamente, era metade de mim? Como ele reagiria quando descobrisse que eu era filho dele?

O músculo no rosto de Erhall se contraiu de novo.

— Bem, finalmente encarei esse fantasma, e sabe o que percebi? — Olhei diretamente em seus olhos. Não havia nada em mim além de apatia. — Ele não é um monstro. É só um homenzinho triste e patético, covarde demais para assumir as consequências de seus atos, e perdi décadas deixando que ele tivesse mais poder do que merecia sobre minha vida. Então, não, não quero e jamais vou querer seu dinheiro, seu título ou qualquer forma de relação com você. Até onde sei, meu pai está morto. Morreu quando foi embora há trinta e quatro anos.

Erhall recuou mais um pouco quando fiquei em pé, e meu peso projetou uma sombra sobre sua silhueta arqueada. Acenei com a cabeça.

— Tenha um bom dia, sr. Presidente.

Bridget e eu estávamos a meio caminho da porta quando ele disse:

— Casamentos arranjados não são só para os membros da realeza, sr. Larsen. Pessoas foram obrigadas a viver em casamentos sem amor muito antes de Sua Alteza nascer.

Parei e olhei para trás, diretamente na direção de Erhall. Percebi outro lampejo de remorso passar por seu rosto, mas não era o suficiente. Não pelo que ele havia feito com Deirdre, não pelo que havia feito comigo. Não havia desculpa para como ele tinha lidado com a situação.

Em vez de responder, percorri a distância restante até a porta e saí, deixando-o lá, sozinho e sufocando em seu gabinete frio e gigante.

Bridget esperou até estarmos no elevador, longe dos olhos e ouvidos atentos da secretária de Erhall, para falar:

— Devíamos pensar em investir na carreira de palestrante. Arrebentamos.

Uma risada retumbou em minha garganta. Um peso enorme tinha saído do meu peito, e minha risada agora fluía mais livre.

— Pra mim, nem pensar. Normalmente, não sou muito de fazer discurso.

— Mas arrasou lá dentro. — Bridget afagou meu braço, transmitindo mais com o movimento do que poderia dizer com palavras antes de um brilho malicioso invadir seus olhos. — Pensei que Erhall fosse acabar com uma artéria rompida. Imagine se tivéssemos falado de Andreas também.

Andreas havia sido taxativo em nunca deixar que Erhall soubesse a verdade sobre ele. Tinha mais a perder que qualquer um de nós caso a identidade de seu verdadeiro pai se tornasse conhecida, e eu não me opunha a guardar segredo – em parte por respeitar a escolha dele, em parte porque isso o mantinha na linha. Mesmo que não quisesse a coroa, Andrea continuava na minha lista de atenção. Como qualquer pessoa que pudesse ameaçar Bridget.

— Muito bem. Primeira batalha vencida — comentei quando o elevador parou no piso térreo do edifício do Parlamento. — O que vem agora?

A expressão maliciosa de Bridget deu lugar à determinação.

— Agora, vamos vencer a guerra.

— Pode acreditar que vamos.

Estendi a mão e ela a segurou, a mão pequenina e delicada dela aninhando-se perfeitamente na minha, embrutecida e muito maior.

As portas se abriram com um sibilo e saímos para uma confusão de flashes e repórteres gritando perguntas a esmo.

Das sombras para os holofotes.

Nunca tinha esperado ser reconhecido mundialmente, mas eu havia falado sério quando dissera que seguiria Bridget para onde quer que fosse – inclusive para o meio de uma tempestade na mídia.

Pronto, sr. Larsen?

Eu nasci pronto, Princesa.

Bridget e eu seguimos de mãos dadas e atravessamos a tempestade.

Uma batalha vencida, uma guerra a vencer.

Que bom que eu era, e sempre seria, um soldado para uma rainha.

CAPÍTULO 48

Bridget

AO LONGO DO MÊS SEGUINTE, COMECEI UMA CAMPANHA PARA CON-vencer, ou ameaçar, um número suficiente de ministros para que aprovassem a revogação da lei. Alguns tinham cedido com facilidade, outros nem tanto. Mas depois de cem telefonemas, onze visitas, vinte e três entrevistas em canais da mídia e incontáveis aparições públicas de nós dois juntos – agendadas e "espontâneas" –, o grande dia finalmente chegara.

Rhys e eu estávamos em minha suíte assistindo à votação pela TV. O estresse tinha me feito comer dois pacotes de Oreo enquanto ele continuava sentado ao meu lado com o rosto impassível, mas o corpo vibrando com a mesma energia inquieta que corria em minhas veias.

No momento, a contagem de votos estava assim: noventa sins, trinta nãos e duas abstenções, e faltavam mais cinquenta e oito votos. Precisávamos de cento e trinta e cinco votos favoráveis para a revogação. A situação parecia promissora, mas eu não ia comemorar antes da hora.

— Lady Jensen. — A voz azeda de Erhall ecoou na sala revestida de mogno e estampada na tela.

— Sim.

— Lorde Orskov.

— Sim.

Apertei a mão de Rhys, sentindo o coração disparado. Eu tinha incluído Orskov na coluna do *talvez*, então esse voto representava uma grande vitória.

— Eles vão aprovar. — A confiança tranquila de Rhys me acalmou um pouco. — Se não aprovarem, temos o plano B.

— Qual?

— Botar fogo no Parlamento.

Bufei ao deixar sair uma risada.

— E como isso nos ajudaria?

— Não sei, mas seria muito satisfatório.

Mais uma risada, mais um pouco de tranquilidade.

Faltavam cinquenta e sete. Cinquenta e seis. Cinquenta e cinco.

A votação continuou até faltarem apenas dois ministros e estarmos a um sim da revogação. Se um deles votasse sim, poderíamos comemorar a vitória.

Apertei a mão de Rhys novamente, e Erhall chamou o próximo ministro.

— Lorde Koppel.

— Não.

Murchei, e Rhys recitou uma sequência de palavrões. Não esperava que Koppel fosse votar sim, mas não deixava de ser decepcionante.

O arrependimento comprimiu minha garganta. Eu devia ter aberto o arquivo sobre Koppel. Tinha tentado fazer uma campanha honesta, nunca ameaçar diretamente nenhum dos ministros para além de Erhall, mas talvez tivesse cometido um erro de cálculo. Eu não seria a primeira pessoa na história a sofrer uma derrota por causa da própria consciência.

Você fez o que era certo.

Senti um arrepio na nuca. Endireitei as costas e olhei em volta, mas não havia ninguém ali além de mim e Rhys. Ainda assim, eu poderia jurar que uma voz feminina tinha cochichado em meu ouvido... uma voz muito parecida com a da minha mãe, a julgar pelas gravações que tinha ouvido.

É isso que eu ganho por ter ido dormir tão tarde. Estava ansiosa demais para dormir na noite passada, e agora delirava de exaustão, era evidente.

Na tela, um sorriso arrogante surgiu no rosto de Erhall, e era *óbvio* que ele estava torcendo pela reprovação da revogação. Tinha levado a moção a plenário, conforme prometera, mas sua alegria era visível a cada vez que alguém votava "não".

— Lady Dahl.

Mordi o lábio inferior.

Dahl era a última ministra a votar. Seu histórico no Parlamento era o mais imprevisível, e ela podia ir tanto para um lado como para o outro. Meus telefonemas para ela nunca tinham rendido mais que "Obrigada, Alteza. Vou pensar a respeito".

A energia que emanava de Rhys havia triplicado até se tornar quase audível no silêncio tenso da suíte. A montanha de Oreo balançava no meu estômago, e me arrependi de ter comido tanto açúcar em tão pouco tempo.

Dahl abriu a boca e eu fechei os olhos, incapaz de assistir ao momento que mudaria minha vida – para melhor ou para pior.
Por favor, por favor, por favor.
— Sim.
Sim. Meu cérebro demorou um minuto para processar essa palavra. Quando aconteceu, abri os olhos a tempo de ver Erhall, aparentemente irritado, anunciar:
— Com a contagem final de cento e trinta e cinco votos para sim, quarenta para não e cinco abstenções, o Parlamento declara a Lei dos Casamentos Reais de 1723 oficialmente revogada. A câmara...
Meu cérebro desligou no resto da declaração. Estava atordoada, arrepiada e tonta, completamente incrédula. Meu olhar de choque encontrou o de Rhys.
— Isso está mesmo acontecendo?
Os olhos dele se enrugaram em um sorriso pequeno.
— É, Princesa, está sim. — Orgulho e alívio se misturavam em seu rosto.
— Conseguimos. — Era difícil acreditar. A lei tinha sido o tormento da minha existência desde que havia me tornado a princesa herdeira, e agora ela havia sido extinta. Eu podia me casar com quem quisesse, sem ter que desistir do trono. Podia me casar com *Rhys*.
A importância do que havia acabado de acontecer finalmente tomou corpo.
— *Conseguimos!* — gritei, e me joguei nos braços de Rhys, que ria. Tudo perdeu a nitidez, e percebi que estava chorando, mas não me importava.
Tantos meses de aflição por causa da lei, tantos dias acordando cedo e dormindo tarde e tantas conversas que tinham me feito querer arrancar os cabelos... tudo tinha valido a pena, porque *tínhamos conseguido*.
Estou muito orgulhosa de você, querida. A voz suave e feminina voltou, e senti um nó na garganta.
Não importava se a voz era real ou produto da minha imaginação. Tudo que importava era que estava ali, mais perto do que jamais estivera.
Obrigada, mãe. Também estou orgulhosa de mim.
Rhys, meu avô e Nikolai tinham me garantido que eu era capaz de cumprir meu papel de rainha, mas eu não acreditava muito nisso, até agora. Minha primeira vitória real no Parlamento. Esperava que meu relacionamento com os ministros fosse mais cooperativo que combativo, mas não era ingênua o

bastante para pensar que, de agora em diante, seria tranquilo. Eu teria muitas batalhas a enfrentar, mas se tinha vencido uma vez, poderia vencer de novo.

A boca de Rhys capturou a minha em um beijo profundo e terno.

— *Você* conseguiu. Eu só acompanhei.

— Não é verdade. — Cheguei mais perto dele, tão eufórica que teria saído do chão, se ele não estivesse envolvendo minha cintura com os braços. — Você participou de tudo.

As entrevistas, as reuniões, as aparições em público. Tudo isso.

Um som profundo vibrou no peito de Rhys.

— Parece que vai ter que me aturar, Princesa. — Ele deslizou os dedos pelas minhas costas. — Devia ter pensado melhor nisso.

— Vou? — Adotei uma expressão pensativa. — Posso terminar com você e namorar outra pessoa. Tem um ator de cinema que eu sempre...

Gritei de novo quando ele se levantou e me jogou sobre um ombro.

— Rhys, me põe no chão. — Eu sorria tanto que minhas bochechas doíam. — Tenho ligações para atender.

Balancei a mão na direção do celular, que vibrava anunciando novas mensagens e ligações desde o fim da votação.

— Mais tarde. — Rhys deu um tapa na minha bunda, e eu gritei ao sentir o calor provocado pelo impacto. — Preciso te ensinar uma liçãozinha para nunca mais brincar comigo desse jeito. Especialmente quando envolve outros homens.

Era errado eu ficar com a calcinha molhada quando ouvia a voz dele ficar mais grave e ganhar uma nota possessiva? Talvez. Mas eu não conseguia me importar enquanto ele abria a porta do meu quarto com o pé e me jogava na cama.

— Que tipo de lição? — Já estava tão molhada que minhas coxas escorregavam uma contra a outra, e o sorriso sombrio de Rhys só aumentou minha excitação.

— De quatro — ele disse, ignorando minha pergunta. — De frente para a cabeceira da cama.

Obedeci, e meu coração disparou quando a cama cedeu sob o peso de Rhys. Ele levantou minha saia com uma das mãos e abaixou a calcinha com a outra, e foi um movimento tão forte que ouvi o som característico da seda *rasgando*.

Eu precisaria organizar um orçamento mensal para substituir toda a roupa íntima que ele destruía, mas não estava reclamando.

— Vamos comemorar a votação mais tarde. — Rhys deslizou o dedo pela umidade e sobre o clitóris sensível, e não contive um gemido baixo. — Mas por agora, vamos ver se ainda se acha engraçada depois do que vou fazer com você.

Esse foi o último aviso que me deu antes de um tapa ecoar no quarto e uma mistura de dor e prazer explodir em meu corpo.

Abaixei a cabeça bem a tempo de sufocar um grito no travesseiro antes de outra sensação seguir a primeira.

Ele estava certo. Comemoraríamos a votação mais tarde. Por ora, precisávamos extravasar a tensão e a ansiedade do último mês, e...

Uma exclamação chocada escapou de minha boca quando Rhys me penetrou por trás, e logo todos os pensamentos tinham derretido, restando apenas a glória de seu toque e a plenitude no meu coração.

CAPÍTULO 49

Bridget

Passamos o resto do dia e da noite no meu quarto, de onde saímos só para comer, mas, na manhã seguinte, a realidade se impôs, e fui obrigada a me afastar dos braços de Rhys.

Por mais eufórica que estivesse com nossa vitória, eu ainda precisava lidar com uma questão importante. Tinha esperado a votação passar porque não podia me dar ao luxo de ter essa distração antes dela, mas era hora de encarar a questão de uma vez por todas.

Rhys ficou no quarto enquanto eu esperava pela minha convidada na sala de estar.

Ouvi as batidas antes de Mikaela abrir a porta.

— Queria falar comigo?

— Sim. Por favor, sente-se.

Ela entrou e se jogou na poltrona ao meu lado.

— Estava *maluca* para falar com você, mas não atendeu minhas ligações ontem. Imagino que estivesse... *ocupada*, mas, poxa vida, a votação! Temos que comemorar! Foi incr...

— Por que vazou minhas fotos para a imprensa? — Fui direto ao ponto, sem rodeios. Não suportava essa conversa vazia enquanto havia uma nuvem pesada pairando sobre nós.

Meu tom era neutro, mas eu apertava a almofada do sofá com tanta força que deixava marcas das unhas.

Não quis acreditar quando Rhys me contou. Em parte, ainda esperava que ele estivesse errado. Mas o rosto pálido de Mikaela e os olhos apavorados revelaram tudo o que eu precisava saber.

Era verdade.

A traição me apunhalou feito uma faca afiada, rasgando minha calma.

Não tinha muitos amigos em Eldorra. Tinha conhecidos e pessoas que me adulavam por causa do título, mas nenhum *amigo* de verdade. Mikaela era a única constante ao meu lado, e eu tinha confiado nela.

— Eu... não sei do que está falando. — Ela desviou o olhar.

— A empresa para a qual Rhys trabalhava rastreou as fotos e chegou ao *seu* endereço de IP.

Christian, antigo chefe de Rhys, era um gênio dos computadores, e Rhys tinha pedido a ajuda dele para descobrir a identidade do autor do vazamento. Fazia semanas que eu sabia que Mikaela podia estar envolvida, e tivera que fingir que não havia nada de errado até confrontá-la.

Se essa coisa de realeza não desse certo, talvez eu tivesse vocação para ser atriz.

Mikaela abriu e fechou a boca, depois voltou a abri-la.

— Pensei que estivesse ajudando — disse, em voz baixa. — Ela me falou que ajudaria.

— Eu sei.

A faca da traição rasgou mais fundo.

Christian tinha encontrado algumas... mensagens de texto interessantes quando examinou a correspondência de Mikaela com o Daily Tea, e elas deixavam claro que Mikaela era a responsável pelo vazamento.

O fato de não ter sido ideia dela não diminuía a mágoa. Ela não devia ter se prestado a esse papel.

Ouvi alguém bater na porta.

— Entre. — Não tirava os olhos de Mikaela, que parecia querer afundar na poltrona e nunca mais sair de lá.

Elin entrou, elegante e refinada no terninho escada branco com mocassins de salto sete e meio. Seu olhar passou por Mikaela antes de pousar em mim.

— Queria falar comigo, Princesa?

— Sim. Estávamos falando sobre minhas fotos com Rhys, as que vazaram. — Finalmente, desviei o olhar de minha amiga – ex-amiga – e encontrei os olhos azuis e frios de Elin. — Por acaso sabe alguma coisa sobre isso?

Elin não era burra. Captou a insinuação imediatamente, mas em sua defesa, não fingiu ignorância nem inventou desculpas.

— Fiz aquilo para ajudar, Alteza — disse depois de um instante.

— Vazando *fotos privadas*? Como isso me ajudaria?

— Não eram fotos privadas. — Havia irritação em seu tom. — Eram fotos perfeitamente inocentes, divulgadas de maneira sugestiva. Eu nunca teria vazado imagens que realmente a incriminassem. Mas se eu não tivesse feito isso, você e o sr. Larsen teriam continuado com a aquela atitude inconsequente, e alguma coisa mais escandalosa *acabaria* aparecendo. Era só uma questão de tempo. Não pense que não notei o que vocês dois tentaram esconder embaixo do meu nariz. Não ocupo essa posição há tanto tempo sendo desatenta.

Droga. Eu devia saber que Elin perceberia nosso romance.

Ela estava certa. Tínhamos *mesmo* sido inconsequentes, envolvidos demais na nossa fase de lua de mel para pensar nas precauções de costume. Mas isso não justificava o que ela havia feito.

— E o vídeo?

Há algumas semanas, finalmente contara a Rhys sobre o vídeo da recepção do casamento de Nikolai. Ele ficara aborrecido por eu ter guardado segredo por tanto tempo, mas como não tínhamos tido consequências daquilo, ele se acalmou depois de uns, hum, cinco dias. Mas também pediu a Christian para investigar quem havia mandado o e-mail, e quando eu soube que Elin estava por trás do vídeo também, tinha quase caído da cadeira.

As surpresas não paravam nunca.

Mikaela olhava de mim para Elin.

— Que vídeo?

Nós a ignoramos e continuamos nos encarando.

— Plantar câmeras em uma residência particular é crime — avisei. — Especialmente se for uma residência particular da *realeza*.

— O Príncipe Nikolai sabia sobre as câmeras. — Elin nem piscou. — O chefe da segurança o convenceu a instalar o equipamento enquanto a casa passava pela reforma. Eram muitos prestadores de serviço entrando e saindo. Foi uma medida de precaução.

Parei para digerir a informação, depois disse:

— Chantagem também é ilegal.

— Não fiz chantagem com você, não faria isso jamais. — Elin franziu a testa. — Mandei o vídeo torcendo para que aquilo te induzisse a romper o relacionamento com o sr. Larsen. Quando não funcionou, tive de vazar as fotos.

— Você não *teve* de fazer nada. Podia ter conversado comigo antes — objetei com frieza. — Para uma secretária de comunicações, você não é muito boa se comunicando.

— Não me arrependo de nada. Você é teimosa, Alteza. Teria me dito que terminaria tudo e voltado para ele na mesma hora. Fui obrigada a forçá-la. Além do mais, o repórter do Daily Tea para quem enviamos as fotos já estava investigando, esperando encontrar coisas condenáveis. A segurança o encontrou invadindo a área do palácio. Ele era bem persistente, quase como se tivesse algum ressentimento pessoal. — Elin inclinou a cabeça. — Hans Nielsen, que já trabalhou no *National Express*. Conhece?

É claro. Hans era o paparazzo cuja câmera Rhys havia quebrado no cemitério no ano passado. Aparentemente, ele tinha progredido na profissão *e* guardado rancor.

Recordei de algumas semanas atrás, quando Rhys tinha me dito que suspeitava de que alguém tivesse invadido a casa de hóspedes quando ele morava lá. Aposto que tinha sido Hans, considerando que isso acontecera antes de Rhys e eu ficarmos juntos e Elin contratar um fotógrafo para nos seguir.

Não contei nada disso a Elin.

— De qualquer maneira, as fotos o contentaram e impediram que ele continuasse investigando — Elin continuou quando não respondi. — Pensando nisso agora, devo dizer que sua coletiva de imprensa foi inspiradora, e você e o sr. Larsen fizeram tudo dar certo. A votação de ontem foi uma grande vitória, então, sem grandes prejuízos, tudo certo.

Engraçado ela dizer *agora* que a coletiva de imprensa havia sido inspiradora depois de ter surtado por causa dela.

— Sem grandes prejuízos, tudo certo? — repeti. — Elin, você agiu pelas minhas costas, criou um escândalo e envolveu Mikaela nisso!

Mikaela, que acompanhava assustada a troca rápida entre nós, abaixou a cabeça.

— Eu precisava de uma intermediária. Não podia correr o risco de rastrearem as fotos e chegarem a mim. — Elin respirou fundo. — Honestamente, Alteza, deu tudo certo. Alimentei a imprensa com um pequeno escândalo para impedir que encontrasse outro maior. Estava protegendo a família real. Esse sempre foi meu principal objetivo.

— Talvez. — Endireitei as costas. — Agradeço pelo serviço prestado à família durante todos esses anos, mas suponho que é hora de seguirmos caminhos diferentes.

Mikaela sufocou um gritinho, e Elin empalideceu.

— Está me *demitindo*? Não pode me demitir. Sua Majestade...

— Me deu autoridade para fazer todas as mudanças de estafe que eu julgasse apropriadas — concluí. Apertei as mãos contra as coxas para impedir que tremessem. Elin era uma das mais antigas funcionárias do palácio, e sempre tive um certo pavor dela. Apesar de ser excelente na parte externa da função, eu precisava de alguém que trabalhasse *comigo*, não alguém que agisse pelas minhas costas e tentasse ditar meu comportamento. — Você passou dos limites e perdeu nossa confiança. Minha *e* do rei.

Elin apertou o telefone, e os nós de seus dedos ficaram mais brancos que o terninho. Finalmente, ela disse:

— Como quiser. Limpo minha mesa até o fim da semana. — Um músculo pulava embaixo de seu olho, mas esse era o único sinal visível de emoção. — Mais alguma coisa, Alteza?

Ativa e eficiente até o fim.

— Não — respondi, sentindo uma estranha melancolia. Elin e eu nunca tínhamos sido próximas, mas esse era o fim de uma era. — Está dispensada.

Ela acenou com a cabeça brevemente e saiu. Não era dada a gestos dramáticos, e me conhecia bem o suficiente para saber quando uma decisão minha era irrevogável.

— Você também — falei para Mikaela.

— Bridget, juro...

— Preciso pensar nisso tudo. — Talvez eu a perdoasse algum dia, mas a traição ainda era muito recente, e nada do que ela dissesse no momento penetraria minha dor. — Não sei quanto tempo isso vai demorar, mas preciso de tempo.

— Justo. — Seu queixo tremeu. — Eu estava *realmente* tentando ajudar. Elin foi muito convincente. No começo, não acreditei quando ela disse que você e Rhys tinham alguma coisa. Mas depois pensei em como vocês se olhavam, e naquela vez em que você demorou muito para abrir a porta do seu gabinete... tudo fez sentido. Ela disse que você se meteria em confusão séria se...

— Mikaela, por favor. — Apertei a testa com os dedos. A dor de cabeça estava quase tão forte quanto a do coração. Se eu fosse a antiga Bridget, talvez tivesse deixado passar o que ela havia feito, mas não conseguia mais passar por cima das coisas. Precisava me cercar de pessoas em quem pudesse confiar. — Agora não.

Mikaela engoliu em seco, as sardas se destacaram na pele pálida, mas ela desistiu de tentar dar desculpas e saiu da sala.

Respirei fundo. A conversa tinha sido mais breve e mais dura do que eu tinha esperado, mesmo depois de semanas me preparando mentalmente.

Imaginei que nada pudesse preparar inteiramente alguém para demitir uma de suas empregadas mais antigas e se despedir de uma de suas amigas mais permanentes no espaço de meia hora.

Ouvi Rhys se aproximar de mim por trás. Ele não falou nada. Só apoiou as mãos abertas sobre meus ombros e massageou os músculos com os polegares.

— Torci para você estar errado. — Eu olhava para onde Mikaela estivera sentada, ainda sentindo na pele o ardor da traição.

— Princesa, eu nunca estou errado.

Soltei uma risadinha, amenizando parte da tensão.

— Consigo pensar em alguns casos em que você errou.

— Ah, é? Quando? — Rhys me desafiou com uma nota de humor.

Aprofundei a voz para imitá-lo.

— "Primeiro, não me envolvo na vida pessoal dos clientes. Estou presente para garantir sua integridade física. Só isso. Não estou aqui para ser seu amigo, confidente, ou qualquer outra coisa. Isso garante que meu julgamento não seja comprometido." — Voltei ao meu tom normal. — O que acha disso, sr. Larsen?

Ele parou de massagear meus ombros e segurou meu pescoço com uma das mãos. Meu coração disparou quando ele abaixou a cabeça até roçar os lábios no meu ouvido.

— Zoando com a minha cara? Já precisa de outra lição, Alteza?

Mais um pouco da tensão foi embora.

— Talvez. Você pode querer aprimorar suas habilidades didáticas, sr. Larsen — concordei, entrando na brincadeira. — As aulas deveriam durar mais que duas horas.

Rhys gargalhou mais uma vez, me pegou e girou até ficarmos frente a frente, com meus braços em torno de seu pescoço e as pernas em sua cintura.

— Eu sabia que você era encrenca desde a primeira vez que te vi. — Ele apertou minha bunda com força, mas os olhos cinzentos eram suaves. — Você fez o que tinha que fazer, Princesa.

Apesar de grosseira, a frase simples e direta me confortou mais do que um discurso inteiro de qualquer outra pessoa teria confortado.

— Eu sei. — Apoiei a testa na dele sentindo a emoção oprimir meu peito. — Mas são poucas as pessoas com quem posso contar aqui, e acabei de perder duas delas em um só dia.

Eram muitas mudanças em pouco tempo. Algumas eram boas, outras me deixavam nervosa. E eu mal conseguia acompanhar umas ou outras.

— Você tem a mim.

— Eu sei — respondi, dessa vez em tom mais suave.

— Que bom. E para sua informação... — Rhys sorriu. — Nunca me senti mais feliz por estar errado. Foda-se o *envolvimento pessoal*. Não é o suficiente. Quero estar na sua cabeça, no seu coração, na sua alma como você está na minha. Você e eu, Princesa...

— Contra o mundo — terminei. O aperto em meu peito não tinha mais nada a ver com Elin e Mikaela.

— Isso mesmo. Você nunca está sozinha, Princesa — ele sussurrou com a boca na minha. — Não esquece.

Rhys e eu ainda não tínhamos comemorado oficialmente a vitória do dia anterior, mas quando ele me beijou, percebi que não precisávamos de champanhe e fogos de artifício. Sempre tínhamos nos sentido melhores quando éramos só nós dois, sem a necessidade de pompa e circunstância, e a melhor comemoração era estarmos *juntos* sem ter que esconder nada de ninguém.

Sem vergonha, sem culpa, sem votação iminente ou conversas difíceis com amigas e empregadas que em breve deixariam de fazer parte da minha vida pairando sobre nossas cabeças.

Só nós dois.

Era só disso que precisávamos.

CAPÍTULO 50

Rhys

— **NÃO PODE OCUPAR O LUGAR AO LADO DE UMA RAINHA SE NÃO SABE** que garfo usar. Vai passar vergonha nos eventos oficiais. — Andreas cruzou os braços. — Não deu uma olhada no esquema que eu mandei?

— São garfos — respondi. — Todos servem para a mesma coisa.

— Queria ver você tentar comer um filé com um garfo para ostra.

Uma dor persistente latejava em minha têmpora. Fazia uma hora que estávamos fazendo uma revisão da etiqueta à mesa, e eu estava a um segundo de furar Andreas com um de seus amados garfos.

Ele tinha se mudado oficialmente do palácio na semana anterior, depois da votação no Parlamento, e estávamos na cozinha da casa dele estudando etiqueta à mesa.

Eu tinha pedido para que ele me ajudasse a entender toda aquela coisa do estilo de vida da realeza. Protocolo diplomático, quem é quem na cidade eldorrana, essas coisas.

Já estava arrependido e não tínhamos nem terminado a primeira aula.

Antes que eu pudesse responder, a campainha salvou Andreas da morte por um utensílio doméstico.

— Estude o esquema — ele disse antes de ir ver quem era.

Minha têmpora latejou mais forte. Eu devia ter pedido ajuda ao gabinete de protocolos do palácio. Os funcionários eram autômatos desprovidos de humor, mas pelo menos eu não ia querer matar alguém a cada cinco minutos.

Ouvi vozes baixas seguidas pelo som de passos.

— Rhys?

Levantei a cabeça e vi Bridget parada na soleira com Booth. Não sei quem ficou mais surpreso, ela ou eu.

— O que está fazendo aqui? — perguntamos um ao outro ao mesmo tempo.

— Parece que agora sou a pessoa mais popular da família — Andreas comentou ao passar por Bridget. — Que ironia.

Ela se aproximou de mim e me deu um beijo rápido antes de olhar para Andreas com uma expressão fria.

— Você não é a pessoa mais popular em lugar nenhum, exceto na sua cabeça.

Nem tentei disfarçar o sorriso. A versão ferina de Bridget estava entre as minhas preferidas.

Andreas arqueou uma sobrancelha.

— Nesse caso, pode me explicar o que está fazendo aqui, Alteza? Pensei que estivesse ocupada demais para me visitar.

Boa pergunta. Bridget deveria estar ocupada em uma reunião de planejamento da coroação.

— A reunião acabou mais cedo e pensei em passar por aqui para agradecer. Não tive uma oportunidade para isso antes, mas agradeço por ter ajudado Rhys com Erhall. — Foi uma declaração relutante. O relacionamento de Bridget com Andreas tinha melhorado um pouco depois que ela descobrira que ele estava tentando ajudá-la do seu jeito esquisito, mas os dois nunca seriam grandes amigos. Eram diferentes demais e tinham muitas histórias passadas para isso.

O rosto de Andreas foi transformado por um sorriso diabólico.

— Não seja cuzão — avisei.

— Eu? Nunca — ele respondeu, antes de olhar para Bridget. — Aprecio sua gratidão, prima querida. Isso significa que me deve um favor?

Ela estreitou os olhos.

— Não abusa da sorte.

Andreas deu de ombros.

— Não custava tentar. Já que está aqui, talvez *você* consiga explicar ao seu namorado essa coisa de modos à mesa. Eu desenhei um esquema perfeito, mas, lamentavelmente, não foi o suficiente.

A confusão de Bridget se transformou em humor quando expliquei a situação, olhando feio para Andreas o tempo todo.

— Ele não sabe distinguir os garfos — Andreas acrescentou depois que terminei. — Estou tentando civilizar o homem. Imagine só, usar um garfo de salada para comer massa.

Ele bufou desdenhoso.

— Conheço os garfos o suficiente para te furar com um deles — falei.

Booth sufocou uma risada na porta.

— Violência é outra coisa com que temos que trabalhar. — Andreas terminou de beber seu uísque e deixou o copo em cima da bancada. — Você agora namora uma princesa. Não pode andar por aí furando pessoas.

— Ah, eu acho que as pessoas vão ser compreensivas quando souberem quem estou furando.

Bridget riu.

— Esquece isso — ela me disse. — Eu te ajudo.

E olhando para Booth, falou:

— Estou bem aqui. Rhys vai ficar comigo. Não queria ir ver uma partida de futebol?

Futebol comum, não o americano. Essa era mais uma de milhares de coisas com as quais precisava me acostumar.

Booth se animou.

— Se não se incomodar, Alteza.

Como estava ficando tarde e Andreas não tinha comida em casa, exceto leite e ovos, pedimos uma refeição enquanto Booth assistia ao jogo na sala e Bridget e Andreas discutiam para me ensinar tudo sobre etiqueta à mesa. Depois de um tempo, acabei entendendo o que importava, e passamos aos títulos de nobreza. Não era difícil de lembrar. Depois da família real, duques e duquesas eram os de posição mais elevada, seguidos por marqueses, condes, viscondes e barões. Eldorra tinha uma hierarquia semelhante à da Inglaterra.

— Você pode ser um bom príncipe consorte, afinal. — Andreas limpou a boca com um guardanapo e olhou para seu relógio. — Se me dão licença, tenho uma chamada marcada com um velho amigo de Oxford. Não destruam a cozinha na minha ausência.

— Pode deixar. Você sabe que eu vivo por sua aprovação — respondi com ironia.

— Eu sei. — Ele bateu no meu ombro a caminho da porta, e minha irritação cresceu um pouco mais.

Não conseguia acreditar que compartilhava meu DNA com esse sujeito.

Quando olhei para Bridget, ela tentava disfarçar um sorriso, mas não conseguia.

— Qual é a graça?

— Você e Andreas. Discutem como Nik e eu. — Seu sorriso se tornou mais largo diante da incompreensão em meu rosto. — Vocês brigam feito irmãos.

Irmãos.

Eu não tinha realmente assimilado até esse momento. Sabia que Andreas era meu irmão, mas ele era meu "irmão". De verdade, embora irritante, e com quem eu convivia regularmente. Discutíamos o tempo todo, mas talvez isso fosse coisa de irmãos, como dissera Bridget.

Eu não saberia dizer. Tinha passado a vida toda sozinho... até agora.

Meu estômago deu um giro e uma sensação esquisita se apoderou de mim.

— Ainda não confio nele completamente — falei. A desconfiança fazia parte do meu DNA, e apesar de Andreas não ter feito nada duvidoso desde que o tinha procurado para falar abertamente sobre sermos irmãos, tinham se passado só dois meses.

— Eu também não, mas vamos ser otimistas, por enquanto. Além do mais, vai ser bom para você ter um irmão aqui. Mesmo preferindo que ele fosse menos...

— Andreas?

Bridget riu.

— Isso.

— Hum. Veremos.

Eu a puxei para mais perto e beijei sua testa. Podia ouvir o jogo de futebol na sala, e as embalagens de comida estavam espalhadas pela bancada da cozinha junto com o copo vazio de Andreas e o esquema amassado que ele havia desenhado para mim.

Não parecia uma reunião da realeza. Parecia só uma noite de quarta-feira em casa.

E quando Bridget enlaçou minha cintura com os braços e Andreas voltou, resmungando sobre uma despedida de solteiro adiada em Santorini, finalmente identifiquei a sensação estranha que me invadia.

Era o sentimento de ter uma família.

CAPÍTULO 51

Rhys

TRÊS MESES DEPOIS

— Rhys! — O rosto de Luciana foi transformado pelo sorriso. — *¿Como estas?*

Ela olhou para Bridget com um brilho no olhar, e quando falou novamente, suas palavras tinham um tom brincalhão:

— *¿Es tu novia?*

Ri e segurei a mão de Bridget.

— *Si, es mi novia.*

— Eu sabia! — Luciana riu com alegria. — *Finalmente*. Venham, venham. Tenho comida para vocês.

Ela nos levou à mesma mesa em que tínhamos nos sentado na última visita à Costa Rica. Eu não conseguia acreditar que fazia só um ano. Muita coisa mudara de lá para cá.

Muita coisa tinha mudado só nos últimos três meses. Bridget e eu finalmente tínhamos podido desfrutar de estarmos *juntos*, mesmo com os preparativos para a coroação a todo vapor e eu me acostumando com os holofotes. Não gostava da atenção, mas me sentia mais confortável com ela, e isso era o melhor que eu podia esperar.

— Essa ideia foi boa. — Bridget suspirou contente quando Luciana trouxe nosso banquete de carne e arroz. — Eu precisava de férias.

Dei risada.

— Eu tenho ótimas ideias.

Bridget tinha me dito que não queria viajar antes da coroação, mas era evidente que não estava suportando o estresse. Precisava de um tempo para se recuperar. Além do mais, minha boca era bem convincente, especialmente quando eu a usava para outros fins além de falar.

Era nossa primeira viagem como um casal oficialmente, e não escolhi a Costa Rica por razões sentimentais, mas porque ali ninguém sabia ou se importava com o fato de Bridget ser uma princesa. Mesmo depois de toda a cobertura da imprensa, ali eles a tratavam como faziam com todo mundo – com afeto e amizade, às vezes alguma curiosidade, mas nunca eram invasivos.

— Cinco dias no paraíso — falei. — Nadando, tomando sol, transando...

— *Rhys*.

— Que foi, não gostou do roteiro?

— Fala baixo — ela cochichou, e seu rosto ficou da cor dos tomates no prato. — As pessoas vão ouvir.

— Não tem ninguém prestando atenção.

Viajamos sozinhos. Sem Booth, sem equipe. Tinha sido difícil convencer o palácio, mas tinham, finalmente, aceitado meu plano. Eu ainda era qualificado para proteger Bridget, mesmo não sendo mais contratado para isso.

Desde que tinha deixado de trabalhar para Christian, tinha aceitado alguns projetos de consultoria em segurança como freelance. Não precisava do dinheiro – a Harper Security pagava *muito* bem, e eu não era de gastar muito – mas acabaria enlouquecendo de tédio se não tivesse alguma coisa com que ocupar meus dias.

— Não tem como saber disso. — Bridget prendeu o cabelo atrás da orelha. Ela vestia camiseta regata e short, e sua pele já exibia uma luminosidade deixada pelo sol. Nada de maquiagem ou roupas elegantes, e ela ainda era a coisa mais linda que já tinha visto. — Pode ter gente prestando atenção.

— Confie em mim. Eu sei. — Os clientes mais próximos de nós estavam sentados a três mesas de distância, e olhavam vidrados para um jogo de futebol na TV. — E mesmo que alguém escute, não tem nada de errado em tran...

— *Rhys*.

Dei risada, mas parei de tentar provocá-la, tive medo de que seu rosto explodisse de vergonha. Eu sempre me surpreendia com quanto Bridget era recatada em público, comparado ao comportamento livre na cama. Isso fazia o sexo entre nós ainda mais quente, saber que eu podia ver um lado dela que mais ninguém conhecia.

Depois do almoço, andamos um pouco pela cidade antes de eu a convencer a voltar para casa.

Não conseguia mais esperar.

— Tenho uma surpresa para você — falei enquanto subíamos a colina. Não resisti ao impulso de dar uma dica, e falar me distraía do nervosismo que parecia amarrar meu estômago com um nó apertado.

Não estava habituado a ficar nervoso.

Bridget se animou.

— Adoro surpresas. O que é?

Mantive uma das mãos no volante e entrelacei os dedos da outra nos dela.

— Se eu contar, vai deixar de surpresa.

— Gosto de surpresas quando estou preparada para elas — Bridget se corrigiu. — Nem uma dica?

Balancei a cabeça e sorri. Ultimamente, eu sorria muito mais.

Alguma coisa havia mudado ao longo dos últimos meses. A nuvem pesada e escura que pairou sobre mim durante a vida toda se dissipou. Ainda voltava de vez em quando, mas hoje os dias ensolarados eram a norma, não as tempestades.

Era... estranho. A escuridão servia como um escudo protetor, e sem ela eu me sentia nu. Indefeso, e essa não era uma sensação que eu queria ter. Mas em momentos como esse, quando éramos só Bridget e eu, as defesas não eram necessárias. Ela já havia atravessado todas, de qualquer maneira.

— Chegamos — anunciei ao estacionar na frente da casa. — Surpresa.

Bridget olhou em volta lentamente.

— Bom... — Ela lançou um olhar confuso em minha direção. — Odeio ter que dizer isso, mas a gente já esteve aqui antes, lembra? Deixamos as bagagens hoje de manhã? Quarto item da lista de desejos?

— Pode acreditar, eu jamais me esqueceria disso. — Sorri ao ver o vermelho se espalhando por seu rosto. — Mas não é essa a surpresa. É esta. — Mostrei um molho de chaves. — Comprei a casa.

Ela deixou o queixo cair.

— O quê?

— Meu amigo estava pensando em vender. Ele e a família estão se mudando para uma região mais ao sul. Então, comprei a casa. — Dei de ombros. Podíamos ficar nos melhores hotéis do mundo, mas eu queria um lugar nosso.

— Rhys, você não pode... — ela falou, olhando para a casa. — É sério?

— É. — Meu sorriso se alargou quando ela deu um grito nada adequado para uma princesa e saiu do carro.

— A gente vai vir para cá todos os anos! — berrou, olhando para trás. — E precisamos de mais redes!

Eu a segui para dentro da casa, rindo ao vê-la visitar cada cômodo como se fossem amigos que não via há muito tempo.

Adorava ver Bridget assim, livre e despreocupada, sem reservas e com o rosto iluminado por um sorriso. Um sorriso *verdadeiro*.

— Adoro esse lugar. — Ela abriu a porta de vidro para o terraço e suspirou ao ver a piscina. — Isso é a perfeição.

— Por que acha que comprei?

Vi um brilho de provocação surgir em seus olhos.

— Rhys, você é um romântico enrustido?

— Não sei. — Coloquei a mão no bolso e peguei uma caixinha de veludo, e o nó no meu estômago apertando ainda mais. Bridget parou de respirar, e foi como se tudo à nossa volta também silenciasse: o vento, os pássaros, o barulho distante do Pacífico. Era como se o mundo todo prendesse a respiração, esperasse para ver o que ia acontecer. — Me diz você.

Abri a caixa, revelando o anel de diamante que tinha ficado no fundo da gaveta da cômoda durante dois meses. Quis esperar o momento perfeito. O momento era agora, e eu me sentia novamente como um garoto de dezoito anos chegando pela primeira vez para o treinamento na marinha, determinado, mas morrendo de medo do próximo capítulo da minha vida.

O pedido de casamento era inevitável. Eu sabia, Bridget sabia, o mundo sabia. Mas ser inevitável não torna alguma coisa menos importante, e esse era o momento mais importante da minha vida.

— Não sou muito bom com palavras complicadas, então vou manter as coisas simples. — Porra, minha voz estava tremendo? Eu esperava que não. — Nunca acreditei no amor. Nunca quis o amor. Não via o valor prático e, para ser bem franco, eu vivia bem sem ele. Mas aí conheci você. Seu sorriso, sua força, sua inteligência e compaixão. Até sua teimosia e sua cabeça dura. Você preencheu uma parte da minha alma que sempre pensei que ficaria vazia, e curou cicatrizes que eu nem sabia que existiam. E eu percebi... que não é que eu não acreditava no amor antes. É que eu estava guardando ele todo para você.

Bridget cobria a boca com a mão, mas não conseguia sufocar um soluço. Respirei fundo.

— Bridget, quer casar comigo?

Eu nem tinha acabado de fazer a pergunta quando Bridget me abraçou e me beijou.

— *Sim*. Sim, sim, mil vezes *sim*!

Sim. Uma palavra, três letras, e eu me sentia tão completamente preenchido que tinha certeza de que nunca mais sentiria fome.

Coloquei o anel no dedo dela. Coube perfeitamente.

— Não tem mais volta — avisei sério, torcendo para ela não perceber o tremor em minha voz. — Agora você está realmente presa aqui comigo.

Ela soluçou de novo, um soluço que era meio risada.

— Eu não ia querer que fosse diferente, sr. Larsen. — E entrelaçou os dedos nos meus. — Você e eu.

Uma dor profunda e agradável se espalhou por meu peito, me aquecendo mais que o sol de fim de tarde.

Não sabia o que tinha feito para merecê-la, mas ela estava aqui, era minha e eu nunca a deixaria ir embora.

— Você e eu. — Segurei seu rosto e beijei seus lábios de leve. — Para sempre.

EPÍLOGO

Rhys

SEIS MESES DEPOIS

— Promete e jura solenemente governar o povo de Eldorra, honrando todas as leis e costumes do país?

— Prometo solenemente — respondeu Bridget na cadeira de coroação com o rosto pálido, mas a mão firme sobre o livro do rei, enquanto fazia o juramento oficial. O avô estava ao lado dela com uma expressão solene, mas orgulhosa, e o silêncio na catedral era tão intenso que eu sentia o peso da ocasião na pele.

Após meses de planejamento, o grande dia finalmente tinha chegado. Em alguns minutos, Bridget seria coroada rainha de Eldorra, e eu, como seu noivo, seria oficialmente o príncipe consorte.

Não era algo que eu houvesse sonhado ou pensado que queria, mas seguiria Bridget a qualquer lugar, desde a menor e pior cidade até a igreja mais grandiosa. Se estivesse com ela, estaria feliz.

Eu estava na primeira fileira, no lugar mais próximo possível da cerimônia, com Nikolai, Sabrina, Andreas e os outros von Ascheberg. A cerimônia acontecia na ampla Catedral de Athenberg, que estava lotada de milhares de convidados importantes. Chefes de estado, realeza internacional, celebridades, bilionários, estavam todos lá.

Juntei as mãos à minha frente, torcendo para o arcebispo acelerar as coisas. Não falaria com Bridget durante o dia todo, e estava aflito pelo baile da coroação, para podermos ter um tempo sozinhos.

— Promete, no que concerne à tua alçada, contemplar, com misericórdia, a lei e a justiça em todas as suas decisões? — perguntou o arcebispo.

— Prometo.

O orgulho me atravessou ao ouvir a voz forte e nítida de Bridget.

Ela concluiu o juramento, e o silêncio se tornou ainda mais denso na catedral quando o arcebispo tirou a coroa da cabeça de Edvard e a pôs na dela.

— Sua Majestade, a Rainha Bridget de Eldorra — declarou o arcebispo. — Vida longa ao seu reinado!

— Vida longa ao seu reinado! — repeti com o restante dos convidados, sentindo o peito apertado. Ao meu lado, Nikolai baixou a cabeça, seu rosto emocionado; ao lado de Bridget, Edvard permanecia ereto com um brilho suspeito nos olhos.

O arcebispo concluiu a cerimônia com alguns versos do livro do rei e estava feito.

Eldorra tinha oficialmente uma nova governante e sua primeira monarca mulher em mais de um século.

Uma vibração baixa e elétrica substituiu o silêncio. Espalhou-se pelo espaço amplo e alto e por minha pele quando Bridget se levantou para a saída em procissão; a julgar por como os outros convidados se agitavam e murmuravam, eu não era o único a experimentar essa sensação.

Era o sentimento de assistir à história acontecendo bem na minha frente.

Atraí o olhar de Bridget durante o cortejo e pisquei sorridente. Ela ameaçou sorrir, mas se conteve, e contive a vontade de rir ao ver sua expressão muito séria na saída da igreja.

— Que cerimônia mais longa — comentou Andreas, bocejando. — Ainda bem que não era eu sentado lá.

— Que bom que nunca será, então. — Meu relacionamento com Andreas tinha se desenvolvido até algo bem próximo de uma amizade autêntica ao longo dos meses, mas a personalidade dele ainda deixava muito a desejar.

Ele deu de ombros.

— *C'est la vie*. Bridget vai carregar nos ombros o peso de uma nação enquanto eu vivo como um príncipe e sem nenhuma dessas responsabilidades.

Nikolai e eu nos olhamos e balançamos a cabeça. Enquanto Andreas e eu nunca perdíamos uma oportunidade de provocar o outro e fazer piadinhas, eu tinha um relacionamento muito mais fácil com Nikolai. Era mais um de meus irmãos, este pelo casamento, não pelo sangue, e eu não passava metade do tempo querendo matá-lo.

Depois do cortejo formal, os convidados saíram da catedral e logo entramos no salão de baile do palácio, onde esperei ansioso pela chegada de Bridget.

Apenas quinhentas pessoas tinham sido convidadas para o baile de coroação, entre os milhares presentes na cerimônia, mas ainda era muita gente. Todos queriam apertar minha mão e me cumprimentar, e eu correspondia sem muito entusiasmo, atento à porta. Pelo menos as aulas com Andreas tinham tido alguma utilidade: eu me lembrei dos títulos de todos e os cumprimentei de acordo com a posição.

Meu coração acelerou um pouco quando o anúncio do sargento de armas finalmente ecoou no salão.

— Sua Majestade, a Rainha Bridget de Eldorra.

A música triunfal começou, as portas se abriram e Bridget entrou. Ela usava um vestido mais leve que a confecção ornamentada escolhida para a cerimônia, e a coroa tinha dado lugar a uma tiara mais fácil de usar.

Bridget acenou para as pessoas mantendo o sorriso público, mas quando nossos olhares se encontraram, vi em sua expressão uma sugestão de humor.

Pedi licença para me retirar da conversa com o primeiro-ministro da Suécia e atravessei o mar de gente. Pela primeira vez, não precisava usar meu peso ou altura – todos abriam caminho quando me viam.

Vantagens de ser o príncipe consorte, imagino.

Quando alcancei Bridget, ela estava cercada por meia dúzia de pessoas que disputavam sua atenção.

— Majestade. — Estendi a mão, interrompendo uma mulher que elogiava o vestido dela. As pessoas ficaram em silêncio. — Pode me conceder esta dança?

Vi os lábios de Bridget se moverem em um esboço de sorriso.

— É claro. Senhoras, cavalheiros, se me dão licença...

Ela segurou minha mão e nos afastamos, seguidos por seis pares de olhos. Bridget esperou até que o grupo não pudesse nos ouvir e então disse:

— Graças a Deus. Se eu tivesse que ouvir Lady Featherton elogiando meu traje mais uma vez, teria me furado com as pontas da minha tiara.

— Não podemos permitir que isso aconteça, não é? Gosto muito de você viva. — Apoiei a mão na parte inferior de suas costas e a guiei pela pista de dança. — Então, você é oficialmente rainha. Como se sente?

— É surreal, mas também parece... certo. — Ela balançou a cabeça. — Não sei como explicar.

— Eu entendo.

E entendia mesmo. Estava com a mesma sensação. Não tinha sido eu o coroado, é claro, mas tínhamos esperado e planejado isso tudo por tanto tempo que era estranho pensar que a cerimônia já havia acontecido. Também tivéramos tempo o bastante para assimilar a ideia de Bridget como rainha, e agora que ela realmente o era, tudo parecia estar nos devidos lugares.

Sempre acabamos indo parar onde temos que estar.

— Eu sei que entende. — Os olhos de Bridget brilharam com a emoção antes de ela fazer uma careta. — Mas estou ansiosa para me livrar deste vestido. Não é tão ruim quanto o da coroação, mas juro que ainda deve pesar uns cinco quilos.

— Não se preocupe. Vou arrancar ele de você mais tarde — murmurei, abaixando a cabeça para acrescentar: — Nunca fodi uma rainha antes.

Uma risadinha escapou da minha garganta quando vi o rubor que se espalhava pelo rosto e pescoço de Bridget.

— Tenho que parar de te chamar de Princesa? — perguntei. — *Rainha* não tem a mesma sonoridade.

Ela estreitou os olhos.

— Não se atreva. Por decreto real, você está proibido para sempre de parar de me chamar de *Princesa*.

— Pensei que odiasse esse apelido.

Eu a girei, e ela esperou até estar novamente em meus braços para responder:

— Tanto quanto você odeia quando o chamo de sr. Larsen.

Eu costumava odiar. Mas não odiava mais.

— Eu estava brincando. — Beijei sua testa de leve. — Você sempre vai ser minha princesa.

Os olhos dela brilharam mais intensamente.

— Sr. Larsen, se me fizer chorar no baile da minha coroação, não vou te perdoar nunca.

Meu sorriso ficou mais largo e eu a beijei, sem me importar com a possibilidade de demonstrações públicas de afeto serem contra o protocolo.

— Que bom que tenho o resto da vida para te compensar por isso, então.

Bridget

Três meses depois da coroação, Rhys e eu voltamos à Catedral de Athenberg para o nosso casamento.

Foi tão grandioso e luxuoso quanto se poderia esperar de um casamento real, mas trabalhei com Freja, a nova secretária de comunicações, para reduzir a recepção ao mínimo possível. Como rainha, não era permitido que eu tivesse uma festa só para amigos e família por razões diplomáticas, mas diminuímos a lista de convidados de *dois mil* para duzentos. Considerei uma grande vitória.

— Estou com inveja — disse Nikolai. — Você só precisa cumprimentar duzentas pessoas. Minhas mãos quase caíram na minha recepção.

Dei risada.

— Você sobreviveu.

Ficamos perto da mesa de doces enquanto os convidados comiam, bebiam e dançavam. A cerimônia de casamento havia transcorrido sem nenhum problema, e por mais que eu gostasse de ver meus amigos e familiares relaxando e se divertindo, estava contando os minutos para poder ficar sozinha com Rhys, que nesse momento conversava com Christian e alguns amigos da marinha.

Ele não esperava que os companheiros dos tempos de militar aparecessem depois de tanto tempo sem falar com eles, mas estavam todos ali. As preocupações que ele podia ter alimentado sobre nunca mais vê-los pareciam ter desaparecido. Rhys sorria, ria e parecia muito à vontade.

— Por pouco — Nikolai brincou, mas seu sorriso desapareceu em seguida. — Estou feliz por tudo ter dado certo com você e Rhys — acrescentou em voz baixa. — Vocês merecem. Quando abdiquei, não pensei que... nunca quis causar esse tipo de pressão sobre você. E quando me dei conta do que aquilo significava... do que teria que desistir...

— Está tudo bem. — Afaguei a mão dele. — Você fez o que tinha que fazer. Fiquei abalada quando me contou, mas tudo se resolveu, e gosto de ser rainha... quase sempre. Especialmente agora que Erhall não é mais Presidente.

Erhall tinha perdido a posição por meio ponto percentual. Eu estaria mentindo se dissesse que não senti um enorme prazer com a notícia.

No entanto, fiquei apreensiva com a possibilidade de Nikolai se ressentir em relação à revogação. Será que ele ficaria enciumado por eu ter conseguido ficar com Rhys e com a coroa? Mas ele não tinha demonstrado nada além de apoio, e admitiu que gostava mais do que esperava da nova vida. Acho que, na verdade, uma parte dele estava aliviada.

Nikolai tinha crescido pensando que queria o trono porque não tivera outra *escolha*, e agora que estava livre dessas expectativas, estava desabrochando. Enquanto isso, eu tinha assumido o manto e me adaptado ao papel.

Era irônico como tudo tinha acabado se acertando.

— Sim, ele era um estorvo, não era? — Nikolai riu, e olhou por cima do meu ombro. — Ah, e parece que meu tempo acabou. Falo com você depois. Preciso salvar Sabrina antes que o vovô a obrigue a prometer que o nome do nosso bebê vai ser Sigmund, em homenagem ao nosso tio-bisavô.

Ele hesitou.

— Você está feliz, Bridget?

Afaguei a mão dele, e a emoção plantou um nó na minha garganta.

— Estou.

Às vezes me sentia como se carregasse o peso do mundo nas costas? Sim. Ficava com raiva, frustrada e estressada? Sim. Mas isso acontecia com muita gente. O que importava era que não me sentia mais encurralada. Tinha aprendido a dominar as circunstâncias em vez de me deixar dominar por elas, e Rhys estava ao meu lado. Por mais que meu dia fosse horrível, eu podia ir para casa e encontrar alguém que eu amava e que correspondia a esse amor, e isso fazia toda a diferença.

Nikolai devia ter ouvido a sinceridade em minha voz, porque seu rosto relaxou.

— Ótimo. Isso é tudo que preciso saber. — Ele beijou meu rosto antes de ir se juntar a Sabrina, grávida de cinco meses, e meu avô, que passava os dias pós-governo à espera do bisneto e procurando um hobby adequado com que pudesse ocupar seu tempo.

Edvard tinha obrigado Rhys a dar aulas de desenho para ele durante algumas semanas até ficar evidente a falta de talento artístico. Desde então ele vinha tentando arco e flecha, e tive que acrescentar um adicional de periculosidade ao salário dos funcionários que o acompanhavam nos treinos.

Virei para ver o que tinha feito Nikolai se afastar tão apressado e sorri ao ver Rhys se aproximando.

— Há quanto tempo... — brinquei. Tínhamos dançado apenas uma música juntos antes de eu ser requisitada por vários amigos e familiares.

— Nem me lembre. Meu próprio casamento, e quase não consigo ver minha esposa — ele resmungou, mas a tensão desapareceu de seu rosto quando me tomou nos braços. — Devíamos ter casado escondidos.

— O palácio teria alguns comentários contundentes sobre isso.

— Foda-se o palácio.

Sufoquei uma gargalhada.

— Rhys, não pode dizer isso. Você é o príncipe consorte. — O título de rei consorte não existia em Eldorra, então, embora eu fosse a rainha, ele seria chamado de príncipe consorte.

— O que significa que posso falar isso ainda mais do que antes. — Rhys beijou meu rosto e um arrepio cobriu meus braços. — Falando em príncipe consorte, quais benefícios acompanham a posição?

— Hum... — Tentei pensar enquanto ele acariciava minha nuca e me deixava atordoada. — Uma coroa, um lindo quarto no palácio, convênio médico...

— Chato. Chato. Mais chato ainda.

Dei risada.

— O que você quer, então?

Rhys levantou a cabeça e vi seus olhos brilhantes.

— Quero te debruçar...

— Oi, pessoal. Estou interrompendo algo? — Ava surgiu ao nosso lado. Ela usava um lindo vestido roxo de dama de honra, mas sua expressão sugeria preocupação. — Viram Jules e Josh? Não encontro os dois em lugar nenhum.

— Ela tem medo de que os dois tenham se matado — acrescentou Alex quando parou atrás dela.

Ava revirou os olhos.

— Está exagerando.

— Não muito. Vi Jules com uma faca mais cedo.

— Espero que eles não tenham se matado. Se houver um assassinato no meu casamento, a imprensa vai nos destruir — brinquei. — Mas não. Não vi nenhum dos dois. Lamento.

Mesmo assim, dei uma olhada no salão, só por garantia.

Booth, que insisti em incluir na lista de convidados, não como guarda-costas, conversava, entretido, com a esposa e com Emma, que tinha chegado alguns dias atrás para podermos colocar a conversa em dia antes do casamento. Aparentemente, ela ficara mais apegada à fofura de Meadow e à boca suja de Couro e adotara os dois no abrigo. Fiquei muito contente, especialmente quando Emma prometeu mandar vídeos e fotos dos dois.

Steffan estava dançando com Malin. Eu o tinha chamado depois da coletiva de imprensa para me desculpar por não ter dito nada antes, mas ele não ficara aborrecido. Dissera que aquilo o tinha feito reunir coragem para enfrentar o pai, e considerando que ele estava ali, comparecendo ao evento mais divulgado do ano na companhia de Malin, as coisas deviam ter dado certo.

Christian estava em um canto conversando com Andreas, mas seus olhos buscavam alguma coisa – *alguém* – na pista de dança. Segui seu olhar e me inquietei quando vi Stella.

Isso não é nada bom. Ou eu estava vendo coisas demais onde elas não existiam.

Até Mikaela havia comparecido, e integrava um grupo formado por nossos antigos amigos de escola. O convite havia sido feito como uma proposta de paz, mas demoraria muito até que eu conseguisse confiar nela de novo.

Quase todo mundo que tinha um papel importante na minha vida estava ali... menos Jules e Josh.

— Também não vi os dois — disse Rhys.

Ava suspirou.

— Obrigada. Só queria checar mesmo. Desculpe incomodar vocês com isso, e parabéns de novo! — Ela se afastou levando Alex, provavelmente para procurar o irmão e Jules, embora Alex passasse a impressão de preferir comer pregos.

— Isso estragou o clima — comentou Rhys em tom seco. — Não conseguimos nem conversar sem alguém interromper.

— Talvez seja melhor esperar o fim da recepção, porque isso vai acontecer muitas vezes. Por exemplo, Freja está vindo em nossa direção. A menos... — Baixei a voz, sentindo alguma coisa se acender dentro de mim. — A gente pode se esconder.

Olhamos um para o outro por um instante antes de um sorriso lento iluminar o rosto dele.

— Gosto de como você pensa, Princesa.

Rhys saiu primeiro, escapou com a desculpa de ir ao banheiro, e eu o segui pouco depois. Não poderíamos passar muito tempo longe dali, mas roubaríamos uns momentos para nós.

— Majestade! — chamou Freja quando passei por ela. — Aonde vai? Precisamos discutir...

— Banheiro. Já volto. — Andei mais depressa e segurei a risada até chegar à saleta onde Rhys esperava.

— É como se a gente estivesse se escondendo de novo. — Fechei a porta ao entrar, e meu coração disparou com a euforia de finalmente estar a sós com ele e fazer alguma coisa que não deveríamos fazer.

— Como nos velhos tempos — ele concordou. A luz estava apagada, mas o luar que entrava pelas cortinas permitia que eu visse seu rosto esculpido e o afeto em seus olhos.

— Então, me fala. — Enlacei seu pescoço com os braços. — Quando era criança, você imaginava que chegaria aqui? Escondido na antessala de um banheiro do salão real com sua esposa na noite do casamento?

— Não exatamente. — Rhys passou o polegar sobre minha boca. — Mas uma vez alguém me disse que sempre acabamos indo parar onde temos que estar, e era aqui que eu tinha que estar. Com você.

Esqueça as borboletas. Um bando inteiro de aves voava em meu estômago, pairando entre as nuvens e me levando com eles.

— Sr. Larsen, estou convencida de que você é um romântico enrustido, afinal.

— Não conta pra ninguém. — Ele colocou as mãos em minha bunda e apertou. — Ou vou ter que te dar outra surra.

Engasguei uma gargalhada um instante antes de sua boca se apoderar da minha, e tudo (Freja, a recepção, as centenas de pessoas reunidas no salão de baile na porta ao lado) deixar de existir.

Sequestro, chantagem, traição... o caminho pelo qual tínhamos passado tinha sido tudo, menos convencional. Eu não era uma princesa de contos de fadas, e Rhys não era o Príncipe Encantado.

Mas eu nem queria que fôssemos.

Porque o que tínhamos não era um conto de fadas tradicional, era algo nosso. E era para sempre.

Obrigada por ler *Jogos do amor*! Se você gostou deste livro, adoraria que deixasse uma resenha na sua plataforma de leitura preferida.

Resenhas são como gorjetas para o autor, e todas são úteis!

Com amor,

Ana

CENA EXTRA

Bridget

— **Tenho uma surpresa para você.**

Rhys se apoiou no batente da porta e me observou enquanto eu passava batom em frente ao espelho.

— É outra casa na Costa Rica? — brinquei, fechando o batom e me virando para encará-lo. Borboletas tomavam meu estômago enquanto eu o examinava.

Cabelos escuros, olhos cinzas e intensos, e um smoking preto que envolvia seus ombros largos e sua silhueta poderosa como se tivesse sido feito especialmente para ele... o que era verdade. O título de príncipe consorte vinha com muitas vantagens, incluindo o acesso aos melhores alfaiates de Athenberg.

Eu já tinha visto Rhys nu e vestido tanto com roupas casuais como formais. Ficava em dúvida sobre qual eu preferia, mas, naquele momento, eu era completamente time *roupa formal*.

Um sorriso repuxou seus lábios.

— Não. Mas é um acréscimo para nossa casa.

— Humm. — Minha curiosidade foi despertada. O que poderia ser essa surpresa? Um de seus desenhos? O vaso de cristal que eu fiquei olhando esses dias quando fomos na loja de decoração em Nyhausen? — Estou intrigada.

Caminhei em sua direção, a sensação de bater de asas se intensificando quando eu cheguei perto o suficiente para que seu cheiro e o seu calor me envolvessem.

Mesmo depois de seis meses de casamento, as borboletas não tinham morrido. Na verdade, elas tinham se reproduzido e se multiplicado, e esse era o jeito que eu gostava. Sem gaiolas. Elas estavam livres para voar como quisessem.

— Espero que você revele a surpresa antes da festa, ou vou ficar nesse suspense a noite toda — disse, envolvendo meus braços em seu pescoço.

Em duas horas, iremos participar do jantar black tie de véspera de Natal da minha família. Este ano será na casa de Nikolai e Sabrina. Ela deu à luz a bebezinha mais adorável do mundo dois meses atrás, e mal vejo a hora de abraçar minha sobrinha. Mas, nesse momento, eu preferia abraçar o meu marido.

Marido. Eu nunca pensei que seria a primeira do meu grupo de amigas a se casar, e eu pensei que o casamento seria algo entediante. Mas me enganei muito, porque eu o amava. O casamento fez com que a nossa relação ficasse ainda mais quente. Mais íntima. Ele sempre foi meu, e eu sempre fui dele, mas, agora, o mundo inteiro sabia.

— Talvez. — Ele pousou as mãos no meu quadril com um brilho provocador no olhar. Ele tinha relaxado desde os nossos primeiros dias juntos. Menos desconfiança, mais piadas. A risada dele não era mais uma raridade, mas ainda fazia meu coração palpitar. — Depende do quão legal você vai ser comigo.

— Eu sempre sou legal com você. — Dei uma olhada nele da cabeça aos pés. — Você fica bonito quando se arruma, sr. Larsen.

— Digo o mesmo sobre você, Sua Majestade — disse lentamente, enquanto seu olhar passeava pelo meu penteado elegante, o colar de diamantes e o vestido de seda, antes de parar em meus lábios. — Quão apegada você é ao seu batom?

Expectativa se acumulou no meu ventre e eu sorri.

— Ah, eu sempre posso passar de novo.

As palavras não tinham terminado de sair da minha boca quando ele me apertou contra ele em um beijo profundo e possessivo, derreti no mesmo instante. Não importa quantas vezes já tivéssemos nos beijado, transado ou feito amor, sempre parecia que era a primeira vez, e sempre da melhor maneira possível.

A língua de Rhys passou pela minha, aumentando o fogo que tomava conta do meu estômago. Tínhamos que sair logo, mas a casa de Nikolai e Sabrina não era tão longe. Poderíamos... Um miado suave atravessou a névoa que tomava meu cérebro, me surpreendendo o suficiente para que eu interrompesse o beijo e me afastasse.

Ouvi um outro miado, e meus olhos arregalaram.

— Isso é...

— Sim — resmungou Rhys. — Eu ia te contar, mas...

Ele saiu no corredor e voltou carregando uma bolsa de transporte para gatos. Uma carinha peluda e cinza que me era familiar apareceu no topo e olhos verdes vívidos me encararam com animação

— Você estragou tudo. Não foi?

A ternura suavizou seu tom rude enquanto ele a acariciava, sua mão enorme engolindo a cabeça pequena do animal de um jeito que derreteu meu coração.

A gata ronronou e se aconchegou na palma dele.

— Meadow! — A removi da bolsa e a aninhei no meu peito, rindo quando ela começou a se esfregar em mim. Surpresa e felicidade me tomaram na mesma medida. Emma me mandava fotos e vídeos com frequência de Meadow e Couro, mas não era o mesmo que ver um deles de perto. — O que você está fazendo aqui?

— Ela é a parte que faltava da nossa casa. — Rhys franziu o cenho quando Meadow continuou a se esfregar no meu peito. — Mas se você não parar de se engraçar com a minha esposa, vou te mandar de volta para Emma — ameaçou.

Meadow ronronou de novo, sem preocupação e sem vergonha.

Enquanto isso, eu ainda estava presa na parte que faltava da nossa casa.

— O quê... como?

— Eu arranjei as coisas com Emma. — A cara fechada de Rhys se transformou em um sorriso ao notar meu choque. — Eu sei o quanto você sempre quis um animal de estimação, e é difícil para Emma cuidar de todos eles sozinha. Ela já tem Couro, mais dois outros gatos e um cachorro. Ela sabe o quanto você ama Meadow, então... — Ele deu de ombros — Aqui está ela.

Meu Deus, esse homem.

Um bolo se formou na minha garganta e eu apertei Meadow mais forte contra mim.

— Silas vai infartar.

O chefe da residência real não era fã de animais domésticos. Quando meu avô considerou me dar um gatinho no meu aniversário de onze anos, Silas deu um chilique tão grande que Edvard desistiu da ideia e decidiu me levar para Paris. Silas tem servido ao palácio desde quando meu avô ainda era um menino e todos, até mesmo Edvard, evitam o irritar sempre que possível.

— Não se preocupe com Silas. Eu dei um jeito nisso — disse Rhys

Levantei minhas sobrancelhas

— Você não o matou, né? Porque isso é estritamente proibido pelo código de conduta real.

Ele riu, enquanto soltava ar pelo nariz.

— Não, só tivemos uma conversa. Eu posso ser muito persuasivo.

— Hmm. — Olhei para ele com desconfiança. — Suponho que é bom que ele tenha medo de você.

Silas nunca admitiria, mas todo mundo sabia que era verdade. Rhys, com suas tatuagens, seu jeito de quem não leva desaforo pra casa e seu histórico militar era uma espécie diferente dos aristocratas elegantes que Silas estava acostumado, ele não tinha ideia de como lidar com ele.

Rhys deu de ombros de novo, levantando o canto da boca em um sorriso malicioso.

— Trabalhe com as vantagens que tem. Mas ele não vai dizer nada sobre Meadow. Todos gostaram da ideia do gato real. Mas não consegui convencê-los a dizer sim para um papagaio que xinga, então Couro vai continuar com Emma.

A emoção formou um bolo na minha garganta e preencheu meu nariz e pulmões, causando um ardor nos olhos.

— Você não precisava ter feito isso.

Ele facilmente poderia ter me comprado uma joia ou me dado outro dos seus desenhos e eu teria ficado feliz. Mas, apesar de resmungar sobre "sentimentalismo irritante", Rhys nunca fora o tipo de pessoa que dá presente só por dar. Seus presentes sempre significam alguma coisa.

— Precisava? Não. Queria? Sim. — A expressão de Rhys se suavizou. — Espero que goste do seu presente, Princesa.

— Você sabe que gostei.

Uma das coisas que eu mais sentia falta da minha antiga vida era ser voluntária nos abrigos. Eu visitava de vez em quando, mas levando em conta o meu novo título e a minha rotina cheia, meus dias de voluntariado tinham acabado. Eu quase não interagia com animais, exceto quando andava a cavalo.

Além disso, Rhys tinha razão. Eu sempre quis ter um animal de estimação e agora finalmente tinha um.

Beijei o topo da cabeça de Meadow e a coloquei de volta na bolsa de transporte, atrás do sofá. O que estava prestes a acontecer não era para crianças.

Rhys se apoiou no batente da porta, com um olhar semicerrado e seu corpo exalando uma satisfação masculina despretensiosa enquanto eu ia em direção a ele. A leveza da nossa conversa anterior tinha desaparecido e sido substituída por uma eletricidade que pairava sobre a minha pele e fez cerrar minhas coxas.

— É véspera de Natal e você me deu um presente adiantado. Um presente incrível, ainda por cima. — Parei diante dele e passei meus dedos lentamente por seu peitoral até chegar no cinto. — Acho que isso merece um agradecimento.

— Hmm. E que tipo de agradecimento você tem em mente? — perguntou Rhys, pausadamente, com a voz tão despretensiosa quanto sua pose. Ele não moveu nem um centímetro quando eu o puxei mais para perto e comecei a beijar suavemente o seu maxilar meio áspero por conta da barba por fazer, mas eu podia sentir o peso do seu olhar, que atravessava minhas roupas e ao mesmo tempo marcava minha pele.

— Esse. — Levantei meu rosto e pressionei meus lábios contra os dele, sentindo o gosto de especiarias, café e algo que era inexplicavelmente só dele explodir na minha boca, e me arrepiei inteira.

Rhys permitiu que eu tomasse o controle por um minuto antes de colocar a mão na minha nuca e andar comigo até que minhas costas encostassem na cômoda.

Simples assim, nosso beijo lento se tornou ardente. Intenso. Sem limites. Bem do jeito que eu gostava.

Minhas coxas cerraram novamente e meus mamilos ficaram duros e doloridos.

— Lembra do quarto item da lista? — Ele puxou meu lábio com os dentes.
— Aham — consegui falar.

Eu não conseguia pensar direito. Todo o meu foco estava na pulsão no meio das minhas pernas e no calor que tomava conta da minha pele.

Meio ano depois do nosso casamento e Rhys ainda agia como se estivéssemos na lua de mel. Um beijo, um toque e eu ia de zero a cem na escala de tesão.

Eu pressionei meu quadril contra o dele, desesperada por mais contato para aliviar o desejo dentro de mim, mas ele enlaçou um braço na minha cintura e me forçou a parar.

— Lembra que você me disse sobre o que fantasiava enquanto enfiava seus dedos na sua bucetinha? — ele sussurrou, sua barba por fazer raspando a minha pele enquanto ele beijava o canto da minha boca.

O que estou fazendo com você?

Está me fodendo. Estou debruçada em cima da cômoda e posso te ver atrás de mim pelo espelho. Puxando meu cabelo. Você está me comendo por trás. Enchendo minha buceta com o seu pau.

Lembranças da Costa Rica invadiram minha mente e o calor explodiu como um verdadeiro inferno que me consumia.

Mas antes que pudesse responder, Rhys me girou e me debruçou em cima da cômoda. Uma mão se fechou na minha garganta enquanto a outra puxou meu zíper até que as alças do vestido caíram dos meus ombros, expondo meus seios cobertos pelo sutiã de renda. O pau duro dele pressionava a minha bunda e eu gemi, o desejo entre as minhas pernas se tornou tão intenso que parecia uma segunda batida de coração, que eu sentia em todo o meu corpo. Minha cabeça, meus dedos da mão e dos pés, todos pulsavam no mesmo ritmo insistente.

— Chegou a hora da fantasia virar realidade, não acha? — Ele passou a boca pelo meu pescoço até chegar na base do meu colo, onde meu coração batia.

— Achei que era eu quem deveria estar te agradecendo. — As palavras saíram tão ofegantes que quase não reconheci minha voz.

Rhys deslizou a mão pelas minhas costelas até chegar ao meu sutiã. Ele empurrou a renda para cima, revelando meus seios e meus mamilos enrijecidos. Estavam tão sensíveis que cada lufada de ar causava um espasmo de prazer na minha buceta.

— Ah, você já está me agradecendo. — Ele levantou minha saia de modo que meu vestido ficou na altura da cintura, me deixando praticamente nua. — Eu vou te comer com tanta força que você mal vai conseguir andar, Princesa, e durante todo o jantar — ele arrancou minha calcinha e jogou o pedaço de seda para o lado —, vou lembrar de como você estava enquanto eu metia cada centímetro do meu pau em você. E eu vou saber, enquanto você bebe champanhe e posa para as câmeras — ele mordiscou minha orelha enquanto enfiava um dedo no meu centro encharcado — que a sua buceta está molhada e pelada por baixo do seu vestidinho sexy, esperando para que eu te arruíne de novo. Só eu e você. — Ele enfiou um segundo dedo dentro de mim. — Será nosso segredinho.

Meu Deus.

Eu ia gozar. Ele ainda nem tinha movimentado os dedos dentro de mim e eu ia explodir por conta da imagem que ele tinha pintado em minha mente.

Era tão obsceno. Tão errado. E tão excitante.

Eu ouvi o som do zíper dele e quando estava prestes a chegar lá, Rhys tirou sua mão.

Meu gemido de reclamação se transformou em um gritinho quando ele deu um tapa na minha bunda. Forte.

— O único lugar que eu permito que você goze é no meu pau. Já que... — ele passou o nariz pelo meu maxilar, provocando um arrepio no meu corpo inteiro — ... esse é o meu presente de agradecimento.

Com isso, ele meteu em mim com tanta força que eu gritei e a cômoda tremeu.

Ouvi o barulho fraco dos frascos de perfume caindo, mas estava tão focada na sensação de como ele me preenchia que não conseguia prestar muita atenção.

— Rhys. — Eu agarrei a cômoda, tentando recuperar o fôlego entre as estocadas. — Meu Deus.

Eu nunca ia me acostumar com o tamanho dele. Ele era tão grande que eu me esforçava para acomodá-lo, mas a pressão e a sensação deliciosa dele abrindo mais espaço dentro de mim valiam a pena.

Pontadas de prazer passavam por mim e se alojaram na base da minha coluna.

— Sua buceta pega meu pau tão bem — ele grunhiu. — Como se tivesse sido feita para ser fodida por mim.

Eu soltei outro gemido e soltei minha cabeça, fechando meus olhos suavemente por conta da sobrecarga de sensações, mas eles se abriram novamente quando Rhys apertou minha garganta.

— Olhos abertos. Assista — ele mandou, com a voz séria e grave de desejo.

Ele relaxou os dedos quando obedeci, e um gemido suave seguiu o meu choramingo quando vi nosso reflexo. Tirando o meu batom manchado, meu penteado e minha maquiagem ainda estavam perfeitos, milagrosamente, e meu colar de diamante brilhava por baixo de sua mão na minha garganta. A elegância tornou a imagem ainda mais obscena – meus seios quicavam com cada estocada, meu lindo vestido de grife amontoado na minha cintura enquanto Rhys me comia por trás como um animal, meus olhos embaçados e minha boca ligeiramente aberta pelo prazer.

— É sobre isso que você fantasiava, princesa? — O olhar de Rhys encontrou o meu no espelho enquanto ele beliscava meu mamilo com a mão livre — Hmm?

Eu assenti, incapaz de falar.

A única coisa que faltava era ele puxar meu cabelo, mas como minha cabeleireira tinha levado duas horas para colocar as mechas em um coque refinado, a pegada no pescoço mais do que compensou isso.

— É, foi o que eu pensei. Você fica tão linda com o meu pau dentro de você. — Ele atingiu um ponto que me fez ver estrelas e eu teria fechado meus olhos de novo se o seu olhar ameaçador não tivesse me prendido. — Você tinha que sentir quão apertada você é e o quão molhada está.

Sua respiração se intensificou, seus olhos escureceram até parecerem negros enquanto ele me penetrava com uma ferocidade que teria machucado se não fosse tão gostosa.

Meus dedos apertaram a cômoda e o suor se acumulou na minha testa. Tinha a impressão de que talvez a maquiagem não ficasse tão perfeita assim depois que tudo tivesse acabado, mas eu não ligava. A única coisa que eu me importava era o nó de prazer na base da minha coluna, que continuava crescendo e crescendo, *quase*.

Rhys me virou um segundo antes que eu gozasse e sufocou minha frustração com um beijo. Ele me colocou em cima da cômoda e envolveu minhas pernas em sua cintura antes de entrar em mim novamente.

— Eu adoro te ver assim. Livre. Desinibida. — O olhar dele passou por mim, brilhando com amor ardente e possessividade. — Você quer gozar?

Assenti novamente. Eu estava em chamas, meus nervos consumidos por labaredas e minha pele tão quente que eu quase esperava ver vapor exalando dos meus poros.

Rhys abaixou a mão e acariciou meu clitóris ao mesmo tempo que atingiu um ponto novo e mais profundo dentro de mim, que fez meus dedos do pé se curvarem e minha boca abrir em um grito silencioso.

— Deixa acontecer, Princesa.

Eu deixei. Rápida e intensamente, caindo em um abismo de êxtase tão profundo que eu achei que nunca sairia de lá – e nem queria.

Nada na vida era perfeito, mas esse momento, com esse homem? Era perfeito.

Rhys gozou logo depois de mim com um tremor, e ficamos abraçados um no outro até que nossa respiração desacelerou e meus sentidos voltaram o suficiente para ouvir Meadow miando ao fundo.

Nós dois resmungamos e rimos ao mesmo tempo.

— Deveríamos...

— Sim.

Nenhum dos dois se moveu. Ainda não.

Só mais um momento para nós dois.

Eu não conseguia parar de sorrir. Tudo ao meu redor alimentava minha euforia – o cheiro do perfume de Rhys, a madeira contra minha pele desnuda, os sons de Meadow tão perto, mesmo que ela estivesse irritada por ter sido ignorada por tanto tempo.

— Talvez a gente possa pular o jantar — eu disse, tão preguiçosa e contente que poderia adormecer ali mesmo, na minha cômoda. — Eles não vão sentir minha falta.

Rhys riu novamente.

— Por mais que eu fosse amar isso, levaria a culpa de novo. Como daquela vez que escapamos para uma rapidinha antes da sua sessão de foto da *Vogue* e você atrasou meia hora. — Ele puxou meu sutiã para baixo e ajeitou minhas roupas. Fiquei parada, deixando que ele me arrumasse enquanto meu peito se enchia de calor. — Não que eu dê a mínima quando as pessoas ficam bravas comigo.

Soltei um suspiro.

— Acredito que não vamos poder pular o jantar. Mas... — entrelacei meus dedos aos dele — ... vamos pular a sobremesa.

— Eu topo. — A boca de Rhys se suavizou em um sorriso mais íntimo. — Feliz Natal, Princesa.

— Feliz Natal, sr. Larsen.

Nos beijamos mais lentamente e, dessa vez, com mais doçura, e mesmo que tecnicamente ainda não fosse Natal, até aquele momento eu já sabia que esse seria o melhor que já tinha tido.

Afinal, ainda tínhamos uma vida inteira de Natais pela frente.

AGRADECIMENTOS

Agradeço a todos por terem lido a história de Bridget e Rhys! Esse casal me consumiu por meses, e agora que eles finalmente estão no mundo, espero que gostem deles tanto quanto eu gosto!

Agradeço especialmente às pessoas que me ajudaram a fazer deste livro uma realidade: minhas leitoras alfa e beta Brittney, Brittany (com a), Yaneli, Sarah, Rebecca, Aishah e Allisyn pelo feedback construtivo. Vocês ajudaram a fazer a história brilhar, e sou muito grata pela honestidade e atenção aos detalhes.

Christa Désir e o restante da equipe da Bloom Books: obrigada por todas as incríveis oportunidades, pelo incentivo e pela experiência de vocês.

Minha incrível agente Kimberly Brower, por fazer meus sonhos se tornarem realidade.

Minha assistente pessoal Amber, por não me deixar enlouquecer e estar sempre disponível quando eu precisava de uma segunda opinião. O que eu faria sem você?

Minha editora, Amy Briggs, e minha revisora, Krista Burdine, por trabalharem comigo nos meus prazos que estão sempre mudando e, às vezes, são muito apertados. Vocês são estrelas!

Quirah, da Temptation Creations, pela capa incrível, e as equipes da Give Me Books e Wildfire Marketing por fazerem do dia do lançamento um sonho.

E um ENORME obrigada a cada leitor e blogueiro que demonstrou tanto amor por esta série! Fico fascinada com todas as resenhas, pelos edits maravilhosos e pelas DMs. Vocês realmente merecem o mundo.

Beijo,

Ana

PARA MAIS DE ANA HUANG

Grupo de leitores: facebook.com/groups/anastwistedsquad
Website: anahuang.com
BookBub: bookbub.com/profile/ana-huang
Instagram: instagram.com/authoranahuang
TikTok: tiktok.com/authoranahuang
Goodreads: goodreads.com/anahuang

Quer discutir meus livros e outras coisinhas divertidas com leitores com os mesmos gostos que você? Junte-se ao clube de leituras só para associados: facebook.com/groups/anastwistedsquad.